矢橋丈吉を探して

『自伝叙事詩 黒旗のもとに』を読む

戸田桂太・著

社書院

自宅書斎での矢橋丈吉。昭和 36、7 年頃の写真と思われるが、撮影年は不詳。

矢橋丈吉を探して

『自伝叙事詩　黒旗のもとに』を読む

戸田桂太・著

文生書院

傷ついた百足《むかで》のようにのたうちながら生きて
殺虫剤をくらってコロリと死ぬ蠅のように私は死にたい
遺言も葬列も墓碑もなく風化したい。
百足や蠅や蝶たちと同じように――。

私はそんな「民草」であり
「無権威者《アナキスト》」の誇りと「位《くらい》」を汚したくない。

（無権威者の「位」　矢橋丈吉　昭38・1月）

目次◎矢橋丈吉を探して――『自伝叙事詩　黒旗のもとに』を読む

第一章　雨竜郡雨竜村字滑ノ津……7
第二章　牛込区牛込改代町……43
神田すずらん通り・早稲田・神楽坂・本郷界隈
第三章　豊多摩郡落合村上落合一八六……71
小石川区白山御殿町
第四章　小石川区小石川表町・西江戸川町……127
牛込区牛込西五軒町
第五章　赤坂区赤坂新町付近……171
豊多摩郡杉並村阿佐ケ谷六一一

第六章　南足立郡千住新橋……207
香取郡多古町
豊多摩郡下渋谷鎗ケ崎一一八〇
第七章　京橋区木挽町五ノ一……243
第八章　大森区馬込町東四ノ三三二……285
第九章　大田区馬込東四ノ三〇……315
矢橋丈吉を探して　補遺……338
あとがき……350
矢橋丈吉略年譜・執筆録（一九〇三〜一九六四）……352

第一章 雨竜郡雨竜村字渭ノ津

矢橋丈吉《やばしじょうきち》は馬の好きな少年だった。小学五、六年の頃には、一家が大事に飼っていた元気のいい牡の十勝《トカチ》馬の世話も一人前にこなし、日曜日の朝など、飯を食うより前に、その黒鹿毛《くろかげ》の裸馬に跨《また》がって、ひとり村の街道を奔らせたという[1]。丈吉は明治末期に一家をあげて北海道の辺境の開拓地に移住した開拓農民の子である。

昭和六十四（一九八九）年に精緻な調査と考察による「矢橋丈吉ノート」を著した寺島珠雄《てらしまたまお》[2]はその評伝の題を「單騎の人」とした。それは昭和三（一九二八）年に矢橋が自ら主宰して創刊した雑誌を『單騎』と名付けたことに由来していると思われるが、生涯アナキズムの炎を胸のうちに秘めて、たった一人ですべてに向き合ったかに見える矢橋丈吉という人物を語るのに、「單騎の人」はふさわしい題名だった。そのことばの響きから、裸馬を駆って北の原野を疾走する開拓地の少年の姿が浮かびあがってくるように思われる。

父矢橋鉄次郎、母とふ以下家族六人が岐阜県の故郷を捨て、北海道の開拓地に移住したのは明治三十九（一九〇六）年の春[3]のことだったという。函館本線の妹背牛《モセウシ》駅に降り立った一家を迎えたのはそのあたりで〝石狩おろし〟ともいわれる猛烈な吹雪だったというが、春とはいえ、三月の北海道中央部であれば、猛吹雪が襲うことも珍しくはなかったはずだ。だが、失意と絶望をようやく乗り越えて、新しい大地への希望を秘めて到着したはずの一家にとっては、その猛吹雪は厳しい洗礼であったろう。

屯田兵という制度は矢橋一家が移住する二年ほど前に廃止されていたが、明治末期の北海道開拓では、国から払下げられた山林原野を特権階級の地主が所有して「農場」と称し、小作人募集に応じて全国から北海道を目指して移住した入植者たちが、その「農場」の小作人として働くという仕組みが普通だった。矢橋一家が移住・入植したのは雨竜《ウリュウ》郡雨竜《ウリュウ》村字《アザ》渭《イ》ノ津《ツ》。そこは旧阿波《アワ》徳島藩主蜂須賀《はちすか》侯爵家が明治二十六年に開設した広大な「農場」で、六千ヘクタールという途方もない広さを誇っていた[4]。一家は「蜂須賀農場」の小作人となってこの地を開墾して畑を作り、大豆、小豆、隠元類などの豆類や菜種、燕麦、裸麦（大麦）を作った。

雨竜村は妹背牛駅から西へ十数キロ、北海道中央部の西に位置し、北空知《ソラチ》地方に属する。東は大河石狩川の中流域に接し、浜益《ハママス》、増毛《マシケ》などの西側の日本海沿岸地域とは増毛連山の山なみで隔てられており、村はその山岳地帯と、山脈の東側に広がる平坦な大地にひろがっていた。平坦地のあちらこちらに、雨竜川旧河川の流れの名残である三日月型の沼沢が点在している。

村の中を三本の川が流れている。天塩《テシオ》山地から雨竜原野を南下して石狩川に合流する雨竜川、増毛山脈の最高峰暑寒別《ショカンベツ》岳に水源を発し、平野を横断して雨竜川に注ぐ恵岱別《エタイベツ》川、南暑寒別岳を水源とする尾白利加《オシラリカ》川も村の南部を流れて石狩川に注いでいる。これらの急流は村内の平地に水と沃土をもたらすが、雪解けの時期や夏秋の豪雨期に、しばしば氾濫して田畑を泥の海に変える。収穫目前の貴重な作物は一瞬のうちに泥水に流されて跡形もなくなって、開拓民を絶望の淵に突き落とすのだった。

雨竜村字滑ノ津はおよそ九百ヘクタールほどの広さだったというのだが、これは矢橋丈吉の記憶による数字だから正確ではないかもしれない。ともかく、そこは戸数五十戸ほどの「滑ノ津」地区と「十三戸」地区の二つに分けられ、矢橋家は「十三戸」地区の方に属していた。矢橋家が入植した当時のこの地区の戸数は十七、八戸あったそうだが、開村時には戸数わずか十三戸だったのでそう呼ばれていたという。

明治三十六年生まれの丈吉は家族とともにこの地に移住した時、二歳の幼児だった。父母の故郷・岐阜県での暮らしの記憶はなく、滑ノ津で小学校に通い、開墾と農作業に明け暮れた少年時代と青年時代前期を過ごしたのである。この地こそが彼の故郷であり、未開の原野での労働体験と各地からの移住者が作る新しい共同体での生活体験が矢橋丈吉の思想と人生に大きな影響を与えたことは間違いない。もちろん、開拓地の厳しい自然の猛威に打ちのめされ、特権地主たる農場経営者からの容赦ない小作料の取り立てに苦悩する日々が権力と資本に対する反抗的な心情を燃え上がらせたのも自然の成り行きだろう。

明治政府の方針の下に北方警備とともに北海道開拓が進められた明治期、新天地を求めて日本全国から入植してきた人びとが、先住民族の生活圏を押しのける形で原野森林を開墾して各地に新しい居住地が作られたが、そこでは、日本のそれぞれの地域の歴史をふまえた伝統やしきたりは失われた。入植者たちはその固有の歴史や独自の習慣を家や田畑とともにそっくりそのまま、かつての故郷に捨ててこの地にやって来た。その代わりに北海道の「新たな大地」と「希望に満ちた未来」を手に入れたというわけなのだった。

日本の各地域で何世代にもわたって共同体の秩序を形成してきた生活習慣やしきたりは各地方ごとに微妙な違いがあろう。さまざまに違う地域から人が集まってきたのであれば、それぞれの生活習慣をそのまま踏襲したのでは人びとの意識は共有されず、日常的な場であれ、なにか事が起きた際の対処であれ、地域の自治は滞り、コミュニティー独自の活力は生まれない。開拓地での新しい人間関係が成り立たないのである。そこで、それぞれの歴史や習慣を捨て去った代わりに、開拓地独特の生活のルールやしきたりが新たに作られ、この新しいルールのもとに、人びとは新たなつながりを作り上げたのだった。

ひと言でいえば、その新しいルールとは「平等」「無差別」「協同」ということばで語られる範囲の生活上の規範であったと想像できる。そこには、昔からのしきたりや伝統的な因習にアグラをかいた権威主義とか特権意識などが幅を利かせる余地はなく、新しい人びとが新しい生活を始める場所にふさわしく、全体として自由で民主的なルールだったと考えられるだろう。この「ある種の自由さ」は北海道の地域風土に特有の傾向で、現在の北海道の人びとの生活習慣にもその名残のようなものが残っているが、開拓の初期はさらに鮮明な規範であったと思われる。矢橋丈吉はそのような生活規範のもと、日々の暮らしの中で学び、自らの思想を形成し、社会における自分の立ち位置についての意識を確立したのではないだろうか。

後に詳しく述べるが、彼は大正九（一九二〇）年十二月、十七歳の時、五歳上の兄とともに村を脱出して東京へ向かった。その出奔は矢橋丈吉の人生の大きな岐路《きろ》となったが、その心の内に、北海道の開拓農民としての心情を常に持ち続けていたように思われる。

本稿冒頭で触れた矢橋丈吉主宰の詩誌『單騎』が創刊されたのは昭和三年六月、矢橋丈吉二十五歳にならんとする時だが、ほとんど同じ時期に『矛盾』という雑誌も創刊されている。『矛盾』は宮嶋《みやじま》資夫《すけお》を核とし、新居《にい》格《いたる》、小《お》川《がわ》未明《みめい》、石川《いしかわ》三四郎《さんしろう》ら、すでに作家、思想家として名を成した人びとが名を連ね、「アナキズム系」の若い詩人・批評家が寄稿する文芸同人誌（編集人・五十里《いそり》幸太郎《こうたろう》）だったが、その時代のアナキズム文学を代表する人びとが結集している印象であった。そして、矢橋の『單騎』は昭和三年十月に、第三号を出した後で『矛盾』と合併した。『矛盾』第三号（十一月号）の編集後記に〈本誌と「単騎」とを本号から併合することになりました。〉とある。この合併は『單騎』の同人と『矛盾』の常連寄稿者とに同一メンバーが多かったため、自然な成り行きに見えたが、『單騎』がアナキズム文学運動内で一定の評価を得たともいえるだろう。

その『矛盾』の第六号（昭和四年十月発行）に矢橋は「移住民部落の生活――北海道石狩に於ける」という四百字詰め十六枚程のルポルタージュを寄稿している。[5] 彼の育った開拓地での仕事や暮らしの詳細、人びとの意識、そして地域の人間関係などが具体的に語られており、日々の仕事と暮らしを通じて「平等」「無差別」「協同」という生活規範がどのように根付いていたかをよく伝えている。冒頭、矢橋は自分と家族をも含めた、開拓者としてこの地に入植した人びとについて、高い調子で次のように書いた。

……祖先墳墓の地である村を町を、或《あるい》は追はれ或は振り捨てゝ、その背後には絶望と失意と憤恨と冷罵を背負ひ、その前途には僅《わず》かの希望と勇気と忍苦と慰撫と、そして協力――あらゆる場合に於ける新生への闘意――熱と愛を抱いてあの津軽海峡の波濤を乗越えた人々であつたことである。

矢橋の記述に沿って、雨竜村字滑ノ津での地域の自治や日本各地から移り住んだ人びととの人間関係や協同作業の実際を見ていきたいと思う。

はじめに矢橋の実兄からの手紙が引用されている。入植当時、二歳の幼児だった矢橋丈吉には「雨竜村滑ノ津開拓地」への移住時の記憶はなく、このレポートを書くにあたって、その当時のことをわずかに記憶しているはずの五歳上の兄に、入植当時の地域の人びととの関係などを尋ねる手紙を書き、兄がそれに答えたものである。

「……大字《おおあざ》内の住居者は、まるでその全部が親族でゞもあるかのやうに互に親密で、これは日本内地では見られぬ殖民地的な気風として一つの特徴であつたらう。そして若《も》し他からその字内に移住して来ると、字全部の人々を一夕家に招じておつきあひの印の酒宴を催したものだ。若しそれをしない者は、村民同志の一切のつきあひに快く交へられなかつたものである。」

新しい入植者が地域での付き合いを始めるにあたって、その地域の全部の人びとを招いて酒宴を催すというのである。前述したように、雨竜村字滑ノ津には「滑ノ津」と「十三戸」という二つの地区があって、(6) それぞれ五十戸と十七、八戸の戸数だったというから、各戸から主人だけが招かれたとしても、ほぼ七十人が集う大宴会である。開拓地に於いては「その全部が親族であるかのような互いの親密さ」が求められたというべきなのか。あるいはまた、荒涼たる原野や鬱蒼《うっそう》とした山林に立ち向かう開拓者同志で交わされる親愛と協力の儀式なのか……。日本の内地では想像もできない程の広い土地を手に入れ、その開拓に夢を託す移住者たちは、しかし、これもすでに触れたが、大農場所有者のもとで働く小作人なのである。小作人が地主（農場）に支払う年間の小作料については関心のあるところだが、矢橋も具体的に書いている。以下の金額は矢橋の記憶による数字だと思われるが、蜂須賀農場での年間小作料は畑作では一反二円二、三十銭、水田は一反につき米二斗だったという。蜂須賀農場では矢橋がこの地を離れた大正九年以降、畑の水田化を進め、恵岱別川の水を利用する灌漑工事が竣工すると、翌大正十年からは畑地は次々に水田に変えられて、必要な畑地以外ではほとんど米を作るようになったという。

さて地域の自治だが、各地区には、村民互選による三人の役員が決められていたという。

滑ノ津の場合、「滑ノ津」と「十三」の区域に一人ずつ、「伍長」という役員が居り、その上に、字ごとに「組長」という役が決められていた。彼らの任務は矢橋の説明では次のようなものである。

（組長は）公私及び村民自治に関する一切の事務を司つてゐたが、その組長には事件に対する何等の決定権も与へられてゐず、……（組長は）伍長といふ役員と村役場間の伝令にすぎない。そして又伍長なる役員も字民と組長間の聯絡《れんらく》係にすぎない。村の役員と云つてはこの三人きりで、その任務が字義通りの使走り伝令にすぎなかつたため、村民はこの名誉職の選挙に際しても、誰一人名刺も配らなければビラも貼りはしなかつた！

誰も進んで自分がやろうと立候補するものはいなかったというのである。

村の祭礼の寄り合いなどの、酒を呑みながらの話し合いで、「今度は誰々さんに伍長を頼もう」とか、「今度の組長さんは滑ノ津の誰さんにお願いしようじゃないか」とか、村の「顔利き乃至《ないし》は知識階級」の、それなりの人物が指名されるのだが、指名されても誰も引き受ける者は居ないのが常だった。それで、仕方なく選挙ということになって、その場で投票が行われるのだが、先ほど口頭で指名された人物が選任されることになるのが毎回の経緯だったという。

伍長は一年交代、組長の任期は三年と決められていた。「私の家でも一二度この伍長の役を押し付けられた」と矢橋が書いている。三人の役員の主な仕事は地域全体で行う協同作業実施の予定を地域内に周知して、作業を実施することだったようだ。

地域全体の村人総出で行う協同作業には、冬季に行う砂利敷《ばらすひき》（道路改修作業）や薪取り（伐採した森の樹木による薪作りと薪の共同払下げ）、氷橋架設（町へ行くための近道を作る作業で、凍てついた川の流れの上に柳の枝を敷きつめ、その枝に水をかけて凍らせて固め、その上を橋のように歩いて渡るもので、冬期間だけの橋梁作り）などがあるというが、いずれも冬の間の作業である。北海道の農民は雪の降らない期間は誰もが畑や開墾地に出て、忙しく働く。農作業以外の、地域のために協同で行う仕事は冬、雪が積もって農作業のできない季節に実施されることが多いのだ。唯一、真夏に行われる協同作業は全村の道路の草刈作業で、同じ日に一斉に行ったという。また小学校（村立雨竜尋常高等小学校渭ノ津教育所）[7]に関する仕事もすべて字全体が協同して行った。

このうち、砂利敷（道路改修）作業は一番大きな協同作業だったという。まだ雪の降る前の時期に、村の役員ら主要な人びとが村の道路を検分し、路面が傷んでいたり、窪んでしまったりして補修が必要な場所には長い棒を立てて目印とし、補修のために要する砂利の分量を、棒の先に記入しておく。そして、冬、雪が降り積もり人びとが一番暇な折を見計らって、河原の雪の下から砂利を集めて橇《そり》で道路の補修箇所に運び、道路の窪みに砂利を敷き詰めるのである。その際、積もった雪の上に立つ長い棒が場所の目印となり、棒の先に記入された必要な砂利の量が目安となるのだ。この仕事は村人一同の義務的な任務で、どの家からも一人が馬とともに出、馬のいない家なら二人が出なければならなかった。

ただしこの仕事には幾分かの報酬が出ていた。この報酬の財源は村民各戸の作付反別ごとに出し合っている一反幾銭という拠出金で賄ったという。「……従つて自家の支出額だけをでも回収したい気持からも村民はこの仕事に進んで従つた。（砂利は）石油箱一杯五六銭、人足は一日一円位だつた」という矢橋の記憶がある。

わずかであっても労賃を支給するということで「平等」「無差別」「協同」の精神が保たれているのだ。それはある意味での合理的な考え方であり、これらの協同作業が維持されているのは、開拓農民たちの間にみんなが同じように力を出し合うという「平等」の精神が共有されているからだろう。

それは村の共同作業ばかりではなく、冠婚葬祭や兵役に関わる入出営、火災や水害、怪我や病気などの際の助け合いにおいても機能していた。不慮の事故などの際の村人同士の助け合いの実際について、矢橋は次のように書いている。

……働き手の誰かゞ病気その他の不幸で農事に差支へる場合、字内のものはすべて一日でも二日でもその家のために必要なだけそれぐ〳〵手伝つた。それからある時私の家が火災に遭つた時(8)など、とに角《かく》百姓として当分住むに足るべき家をみんなして建てゝくれたものだ。そしてそれに要する材木、縄、釘その他一切の必要品は勿論《もちろん》、鍋、茶碗、衣類、味噌、醤油の類まで、粗品や足らぬがちではあるが彼等はそのすべてを支弁し支給してくれた。（中略）又馬を以つて最大の労働力としてゐる大農式の百姓の特長として、……ある家の馬が斃れたり病んだりした場合、字内の馬を持つてゐる家からは人馬共一日弁当持で手伝ふことになつてゐた。

日常的な助け合いは農民同士だけのものではなかった。農作業が忙しく、よほどのことがなければ滅多に町へは行けない村人は村に通ってくる郵便配達夫にちょっとした貯金の出し入れや役場での納税を頼むことは普通だったし、町と村の間を毎日のように荷馬車を追って通う馬方に、町の商店で塩一俵の購入を依頼したり、重い農機具を修理のために町の鍛冶屋まで運んでもらう事も度々だった。町に用事があって出かける村人はその度に近所の家に「妹背牛い行つてくるが用はないかのう」と声をかけるのだという。

助け合いといえば、先住民アイヌとの関係に関する資料もある。『雨竜町百年史』(9)によれば、この地はもともと先住民の居住地だったといい、大きなコタンがあったという記録はないが、明治末から大正期にも十家族、三十〜四十人程度のアイヌの人びとが伝統的な生活を維持して暮らしていたという。『雨竜町百年史』には蜂須賀農場の灌漑溝建設にアイヌの丸木舟が使われ、農場関係者とともにアイヌの人びとが働いている写真が掲載されている。明治政府はアイヌ民族の同化政策を進めたが、開拓の初期には先住民の知識や技術を頼りにすることもあったのだろうか。

また、北海道女性史研究会の高橋三枝子氏の著書『蜂須賀の女たち(10)』には、明治、大正期に入植した家族のうちの女性たちへのインタビューが集められている。その一人、明治三十六年生まれの西村ヤスヨ（インタビュー時七十一歳）は「学校にもアイヌの子供たちが結構来ていたけれど、当時の子供たちは、アイヌだといって差別など全然しなかったし、何よりも意識していなかった」と語り、「いつ頃からアイヌに対して人種的な偏見を持つようになったのだろう」とも語っている。

明治三十六年生まれといえば、西村ヤスヨと矢橋丈吉とは同い年ということになる。どちらの家族も明治三十年代末に雨竜村に入植し、住まいも雨竜村渭ノ津で近くに住んでいたものと思われる。あるいはヤスヨと矢橋丈吉は小学校で六年間机をならべて勉強した間柄《あいだがら》だったかもしれない(11)。

北海道の開拓地では、雪の降らない期間は、誰もが畑や原野に出て忙しく働く。農作業の休みといえば、村の氏神祭の日と夏の旧盆の時、それに小学校の運動会の日だけだったという。他に村全体で休む日はなかったのかという矢橋の問いに答えた父親が語っている。〈その外に何ぢや、村全体で休んだり何んかするようなこたア、まア、そうぢやなァ……天皇さんのおかくれになつた時位のもんぢやろ……〉。

このレポートは昭和四年六月に書かれた。

矢橋が村を出奔し、東京で暮らし始めてからすでに九年が経ち、年齢も二十六歳になろうかという時である。印刷工場での文選工や植字工、書籍出版の校閲係などの職を得て働き、前衛美術家集団「マヴォ」のメンバーとなって芸術運動に浸り、詩やエッセイなども発表し、「太平洋詩人協会」に参加して、詩人たちとの関係を深め、リノリウムカットの版画作品によって仲間の詩人たちの詩集の装丁や挿絵に力を発揮した。恋愛もし、失恋も経験した。思想的にはアナキズムに傾倒して社会運動の渦中に立ち、アナ・ボル対立の騒動や暴力沙汰で、時に官憲に追われて逮捕拘留されたこともあった。この前年には自ら編集発行人となって文芸誌『單騎』を創刊したのは前述した通りである。詩人仲間やアナキストの友人たちとの親しい付き合いを通じて思想的に鍛えられる日々を過ごしながら、この「移住民部落の生活」を執筆して、故郷・北海道の開拓村の暮らしを振り返っているのである。

文章の終わり近く、矢橋は〈――この中へ盛込みたかつたのは、前述した必要に応じての相互扶助精神と、無差別の精神〉なのだ――と語っている（傍点原文のまま）。

北海道の開拓地における相互扶助とは誰もが平等に役割を担い、難事に際してはお互いに助け合って仕事をするという協同の精神に基づいている。そして、それを可能にしているのは出身地や貧富、民族の違いや身分に関わる差別の意識がないことだった。相互扶助精神と差別意識の無さは矢橋がこの地の暮らしの体験を通じて得た思想的なよりどころとなったはずである。その意味で、「移住民部落の生活」は開拓地での日常体験を通じて矢橋の思想がどのように確立されたかを伝える重要なレポートなのである。

矢橋がクロポトキンの『相互扶助論』[12]をいつ読んだのか、アナキズム思想をどのように学んだのか、その時期や理解の程度は正確にはわからない。しかし、晩年に刊行された矢橋唯一の著書『自伝叙事詩　黒旗のもとに』では、大正九年十二月の上京の記述のすぐ後、東京での生活の始まりの部分でクロポトキンに言及している。その前後の記述からは、師と仰ぐ小川未明を始め、先輩作家や新しい友人たちとの交友の中で自らの思想を高めていたことが窺える。

しかし、学歴といえば尋常小学校卒業だけで、すべてを独学で学んだ矢橋にしてみれば、開拓地特有の自由で因習に囚われない人間関係の中で相互扶助精神に触れ、アナキズムの最初の萌芽のようなものを経験したのは貴重なことだった。

後にクロポトキンを読んだとすれば、その記述のひとつひとつが開拓地の暮らしを通じて思い当たり、思わず膝を打つという感じの理解の仕方だったと思うのである。

＊　＊　＊

昭和三十四（一九五九）年九月、五十六歳の誕生日が過ぎたばかりの矢橋丈吉は脳出血の発作で倒れた。しかし病状はそれほど重篤ではなく、病床で旧稿の整理や新たな原稿の執筆も始めた。『矢橋丈吉自伝叙事詩　黒旗のもとに』の出版に向けた準備に着手したのだった。同書冒頭の三行目に、

かれはいま脳出血にたおれてねながら考えているのだ

という一行がある。脳出血の発作という境遇が自伝執筆を決意させたのだろう。同書のあとがきには「なお本稿は、昭和三十四年秋に起稿し、三十八年三月末に脱稿した」とある。三年半もの時間をかけて主人公を「かれ」と呼ぶ自伝が書かれたということである。

その間、自営する出版社「組合書店」(13)での書籍出版の仕事も続けている。そして昭和三十八年の暮れ、古くからの友人斎藤峻《さいとうたかし》の詩集『夢に見た明日』(14)（昭和三十八年十二月十日、組合書店刊）の刷上り本を九段下の東販《とうはん》（出版物の流通・取次会社）に持ち込んだ際、矢橋はその場で倒れた。脳出血の三度目の発作で、前の時と比べて、軽くはない病状だったようだ。救急車で病院に搬送されてそのまま入院した。

この時点で、「組合書店」で製作途中の矢橋自身の『自伝叙事詩　黒旗のもとに』もすでに印刷に回っていたと思われる。同書の奥付には昭和三十九年一月二十日と発行日が記されている。この本は著者の入院中に出版されたのである。

その後、三月、四月と途中わずかに小康を得た時期もあったようだが病状は快癒せず、矢橋丈吉はその年の五月

二十九日に亡くなった。六十歳十一か月、自伝の出版を見届けた上での死去だった。しばらく後に、親しい友人たちによる「偲ぶ会」が開催されたが、そこに出席した人びとの紹介も含めて、その集まりの模様は本書の一番最後に書くことにしたい。

大正九（一九二〇）年に東京での生活を始めて以来四十数年間、様々な雑誌や新聞に多くの詩や散文を発表してきた矢橋だが、死の直前に自ら出版にこぎつけて、あたかも遺書のように残された『自伝叙事詩　黒旗のもとに』が唯一の著書であった。また、リノリウム版を駆使した版画作家としても、『マヴォ』誌での作品や親しい仲間の詩人たちの詩集の装幀、詩誌の表紙のデザインなどに独特の仕事を残したが、ビジュアルな作品集の一つとてない。

詩人・アナキスト・編集者としての矢橋丈吉について書かれた批評や評伝も極めて少なく、まとまったものとしては本稿冒頭で紹介した寺島珠雄の労作「単騎の人　矢橋丈吉ノート」の他には、滝沢恭司（町田市立国際版画美術館学芸員）による「矢橋丈吉年譜考」（五章注17参照）があるのみだろう。

矢橋丈吉の正体に迫ろうとすれば、「矢橋丈吉ノート」と「矢橋丈吉年譜考」は必読であり、矢橋の四十年以上に亘る文筆活動の細々としたことばや記述を拾い集める作業は欠かせないが、それ以上に『自伝叙事詩　黒旗のもとに』一巻を丹念に読むことが求められるのである。本稿は矢橋丈吉の自伝の〝読書記録〟だということもできる。ところが、この自伝が一筋縄ではいかない曲者《くせもの》なのである。まず、そのことに触れておかなければならない。

実は『自伝叙事詩　黒旗のもとに』を読んでいくと、どう考えても辻褄の合わないところや明らかな間違いと思われる記述が何箇所もある。病に倒れた矢橋が古いメモや昔のノートを頼りに薄れた記憶を甦らせて、病床でまとめたという事情を考慮すれば、記憶違い、思い違いも当然あり得るだろう。しかし、単純な思い違いや誤記の結果ということでは説明が付かない疑問もたくさんあるのだ。ある出来事について、客観的な年表や関わりのある人物の年譜とつき合わせてみると、辻褄の合わないところが露呈したりするのである。

それればかりではない。例えば、ある年代の数年間が空白のままで、矢橋が何をしていたのか、全く何も書かれていないという不可解な時期もある。その時期には雑誌、新聞に発表した詩や散文も見当たらない。そういう場合でも、空白の理由が語られることはなく、その間、矢橋が何をしていたのか、全く分からない……。寺島珠雄は「矢橋丈吉ノート」において、矢橋が何をしていたのか分からず、作品を発表した痕跡さえ見つからない数年間を「消息不明」と評した。読者としても不思議な想いに駆られ、正体不明の疑問を持たざるを得ないのである。

そこには「謎」と呼ぶほかない状況や秘められた事情が見え隠れしていて、文字通り〈一筋縄では行かない〉世界が広がっているようにも思われる。それらと対峙して、著者・矢橋丈吉という人物の背後に何かが隠蔽されている気配が感じられる。その語られざる部分に迫りたいものである。

それは筆者にとっては「矢橋丈吉を探す」行為でもある。

『自伝叙事詩　黒旗のもとに』の冒頭八頁ほど、蜂須賀農場の小作人として雨竜村に移住した矢橋一家の苦難の生活——あくなき苛斂誅求《カレンチュウキュウ》と／そなえなき自然の暴威[15]——が語られた後、五歳年上の兄と二人、故郷の開拓地から遁走した十七歳の丈吉の東京への出奔の経緯が続いている。大正九年十二月九日夜十時、姉の夫である久五郎の駆る馬橇に古布団包と柳行李《やなぎごうり》の手荷物を積み込み、吹雪の夜道をひた走って、妹背牛駅発午前〇時八分の函館行夜行列車の出発まで、家を出た時刻や列車の出発時刻までもが明記されているのを読むと、本人たちの異様な高揚が伝わってくるようだ。

矢橋丈吉のその後の生涯を決定することになった東京への出奔について、矢橋自身が書いたものは、この『自伝叙事詩』冒頭の記述以外に、もう一篇の散文作品がある。それは自伝冒頭の記述の祖型ともいえる記録であり、昭和三年、東京で発行されていた『文藝ビルデング』誌十一月号に掲載された掌編小説「恵岱別川《えたいべつがわ》」[16]である。その一頁目の表題のところに作者矢橋丈吉の若い精悍《せいかん》な表情の写真が掲載されている。そして「恵岱別川」のタイトルに並んで、副題のような体裁で——この一小篇、吾が故郷の人々に——という一行が添えられており、そこには故郷を捨てて以来、八年の歳月を経た作者矢橋の、故郷に対する素直だが、しかし複雑な想いが込められているかのようだ。

実はこの作品は『文藝ビルデング』に掲載される二年程前に、北海道の地方新聞に発表されたものだという。末尾に次のような付記が添えられており、この三行にも故郷雨竜村で過ごした少年、青年時代への矢橋の強いこだわりが表われている。[17]

付記　この小篇、約二年前の作、郷里北海道の小新聞紙上に印刷せしもの。海越えし北国を住とせし十数年、吾が青少年期のデッサン、又なつかしむれば又忘じがたく、敢えて旧塵にまみゆるの愚をゆるせ。(三・八・十三)

村を流れる川の名を題名とした「恵岱別川」は故郷で過ごした自らの少年期・青年期への想いやこだわりが基になっている。といっても、そこに故郷の暮らしへの愛着や憧憬が感じられるという作品ではない。そこには入植した村での厳しい自然の猛威と大農場の小作人としての苛酷な現実の細部が記録されており、開拓農民・矢橋一家の苦悩に満ちた生活の描写は、やがてこの地での農業と暮らしを放棄することになる一家の運命につながるものである。さらに、農場所有者による小作人に向けられた強権的支配への抵抗の姿勢と意識が鮮明に現れている。

まず、移住小作人として働く矢橋家を襲ったのは、恵岱別川の雪溶け時期の大洪水であり、夏秋の収穫期の暴風雨による川の氾濫だった。広大な菜種畑が雪溶けの冷たい濁流に飲み込まれて消え失せ、収穫せんばかりに実った小豆畑が川の決壊で二反、三反と泥の

図１　25歳の矢橋丈吉
『文藝ビルデング』昭和３年11月号所載

海と化した。その度に丈吉の母は無念の思いを募らせて泣いたという。

水害の後は必ず農場から「監督」が視察にやってきたが、「監督」は視察するだけで、水害を蒙った作物に対する小作料を免除するということはついぞなかったという。小作人にとっては二重、三重の苦悩が重くのしかかることになり、丈吉の資本家への反発と権力者への抵抗の意識はこの頃に培われてますます強固になったと思われる(18)。

水害ばかりではない。火事を出し、自宅が全焼するという悲劇もあった（注8参照）。秋の収獲を終えて何百もの小豆俵を納屋に積み上げ、一家がほっとした夜のことだった。火はたちまち燃え広がって家を全焼させ、わずかに燃えさしの蒲団とくすぶった豆の袋が残っただけだった。父母は家族の無事を確認した後に泣き崩れたが、大切にしている馬が無事だったのがせめてもの慰めだった。しかし――その馬、丈吉の愛馬だった黒鹿毛の十勝馬も、後日、突然斃《へい》死《し》したと書かれている。

丈吉が小学校を卒業する頃になると、盆暮れの時期、父は遠くの縁者や村の金持ちを訪ねて借金の依頼を繰り返した。いうまでもなく、期日までに年貢（小作料）を支払うためには現金が必要だった。無筆だった父の代わりに、父の口述の通りに「金子《きんす》借用証書」を書くのが丈吉の仕事だったという。

「恵岱別川」に書かれている矢橋家の状況は行を追うごとに悪くなっていくように思われる。年ごとに借金の額は増え続け、寛容だった債権者も次第に冷酷になっていく気配が語られている。そして――、

父母は歳にもにず、眼に見えて老衰して行った。
陰惨な冬が彼らの仮小屋に訪れた。

という記述が矢橋家の厳しい現実を伝えている。明治三十九年にこの地に移住・入植して以来十五年あまり、一家の雨竜村での開拓暮らしの終焉が近づいたことを感じさせる二行である。「仮小屋」とあるのは、火事を出して

自宅が全焼した時に村人が皆で協力して建ててくれたという仮住まいの小屋のことであろう。

そして大正九年を迎える。蜂須賀農場と小作人たちにとって、大きな出来事のあった年である。前掲書『雨竜町百年史』によれば、蜂須賀農場では大正九年春、小作料の改訂（値上げ）を決め、さらに各農家に対する小作料の取立てをこれまで以上に厳しくする措置を通告した。それまでの小作料については、すでに紹介した「移住民部落の生活」で矢橋が書いている金額をあらためて書くが、畑作では一反当たり二円二、三十銭、水田は一反につき米二斗というものだったという。これらの数字は矢橋の記憶のままに書かれたものだろうが（矢橋家では水田は作っていないと思われる）、正式な資料にある数字よりもかなり低い金額である。矢橋の記憶違いとも見えるのだが、この額はほぼ正確ではないかという前出（注6参照）橋本とおる氏の指摘がある。[19]

大正九年の改訂における農場側の方針は『雨竜町百年史』の「第4章大正時代の雨竜　第4節小作争議」での記載によれば、土地の等級を一等から八等までに区分し、それぞれの等級ごとに小作料の差をつけて徴収するというものである。これまで一律だった水田の小作料は一等級の田では反当り六斗、二等級では五斗五升に改訂された。畑作地の等級区分とその金額も掲載されており、それによれば、改訂後は一等級の畑で反当三円三十銭、四等級では二円となっている。この記事では畑作地の改訂前の反当り小作料は書かれていないので正確には分からないが、いずれにしろ、小作料が値上げされる農家が続出することになった。そして、さらにその年の秋にも農場側は水田小作人に対して春の改訂協定に反する再度の値上げを決定した。これに対して小作人の代表が小作料増額を取り消して従来通りの小作料に戻し、また小作料値上げの実施を一年先に延ばしてほしいなどの嘆願書を提出した。しかし、農場の責任者はこの願いを受け入れず、嘆願書を受理しなかったのである。

この事態が「大正九年蜂須賀農場小作争議」の端緒である。この小作争議については後でもう一度詳しく触れるが、ここで疑問に思うのは矢橋がこの争議について、何も書いていないことである。この年、大正九年十二月に、丈吉と兄利三郎が開拓村での絶望的な貧困から逃げるように東京へと出奔したことの背景には同じ年の秋に端を発した農場に対する小作人たちの不満の発露があり、タイミングを合わせたような小作料改訂に始まる小作争議の端緒と矢橋兄弟の出奔とがどこかで関わりを持っていると考えるのが普通だろう。

しかし、雨竜村での生活を描いた矢橋の二つの作品、「恵岱別川」にも「移住民部落の生活」にも小作争議に触れた記述はない。もちろん『自伝叙事詩』にも小作争議については何も書かれてはいない。何故なのか、不思議なことである。

しかしながら、この時点で、矢橋一家の経済状況が小作料の多寡《たか》を云々するような生易しいものではなかったと考えることも出来るかもしれない。

小作料が値上げされようがどうなろうが、矢橋家では小作料そのものを支払うこと自体、すでに放棄されていたのではないか——。あるいは、何件もの借金をして小作料の支払いは済ませたが、その借金の返済が滞る事態になっていたのでは——。掌編「恵岱別川」のラスト近く、東京へ向かう夜行列車に身を置く丈吉の脳裏に浮かんだイメージはそのまま矢橋家の現実ではないだろうか。そのイメージとは次のようなものである。

……そして汽車は、まるで研《と》ぎすました鉄と氷と妖魔《ようま》の精にでも導かれるように、凍《い》てついた二本の銀線に軋《きし》み軋みながら、ひた走りに走りつづけた。彼はこの四、五日中に迫っている、非公式にではあるが彼の父母に下される再度の破産宣告を考えていた。ドヤドヤと彼の家に押込んだ債権者達が、種々《いろいろ》な品物を引張り出して糶《せり》ながら、二束三文の値をつけては整理して行くであろう彼らの顔が、二重に二重に又二重に、フラッシュのそれよりも早く去来した。そしてどの男もどの男も、どの女もどの女も、彼の顔を見つけ出しては本当の嘲《ちょう》笑《しょう》という笑い方をした。……

丈吉の脳裏に現れたイリュージョンのように描写されているが、矢橋家の実情はすでに破産宣告というところまで来ていたことが分かる。家にドヤドヤとやって来たのは、小作料を徴収する農場の人物ではなく、借金の返済を迫り、家財を競売にかけて借金のカタにしようという債権者達なのだ。すでに、矢橋家と農場との関係は絶たれているものと思われる。

夜汽車の中で丈吉が見た幻想のようなこの場面は『自伝叙事詩』「遁走の東京」に於いては、さらに具体的に描写され、途方に暮れる家族全員の表情が目の前の暗い車窓に映し出された映像《イメージ》として語られている。

収穫物のすべてと農家具のいっさいを
ドライにせめぐ全債権者のまえにささげいだして
その競売のままにゆだねてなすをしらざるちち母のおもかげのみ
あとは　姉ひとり　二十歳《はたち》にして涙にひれふし
弟ふたりなすところを知らずして佇立《ちょりつ》する
わが家のけしきのみ
夜汽車のまどに見ゆるはただこれのみ

この夜の丈吉と兄の出奔は一家全員の村からの遁走のさきがけだったといえるだろう。一家はこの後すぐにでも二人の息子の後を追って、雨竜村渭ノ津を去ることになるのだろう。しかし、「恵岱別川」にも『自伝叙事詩』にも、家族全員の離村については何も書かれていない。(20)

掌編小説「恵岱別川」は列車が上野駅に到着した場面でラストシーンを迎える。

彼の柳行李と信玄袋が、上野のプラットホームへ乱暴に抛《ほう》り出されたのは、それから三日目の朝であった。

雨竜村からの脱出譚の最後の一行であるが、小説作品としては、この後に東京への出奔から八年を経た（この作品が発表された）時点での矢橋自身の境遇を語る短い一節が加えられている。そこには二十五歳を目前にした矢橋自身の感慨が込められている。(21)

それにしても、である。矢橋兄弟の遁走が蜂須賀農場の小作争議の端緒と時機を同じくするという事実について、矢橋が何ひとつ記述していないのは何故かという疑問は残る。ただし、この小作争議はどちらかといえば、入植時期が古く、大規模に米を作っている豊かな小作人が起こした農場側との交渉ごとでもあったから、矢橋家の状況を考えれば、関わりようがなかったといえるのかもしれない。最貧の境遇にある一家にとっては、この争議に加担する力は残されていなかったとも考えられるのだ。

大正九年十月の小作料改訂問題（その後の争議の発端）についてはすでに触れたが、農場が決めた小作料改訂に対して、小作人側が提出した嘆願書が拒否されたことに始まり、翌年一月に提出した再度の嘆願書も農場長によって却下されて事態が紛糾しはじめた。『雨竜町百年史』によれば、大正十年二月二十一日、小作人側が開いた集会に対して農場事務員が解散命令を通告し、怒った小作人たちが農場事務所に押しかけて、事務所のガラスを割るなどの暴行に及んだ。要請によって警察官も出動して、小作人十名が検束されるという事態となった。その年の二月二十三日付の新聞『北海タイムス』は「雨竜の百姓一揆　蜂須賀農場小作人百五十名事務所に殺到す　事態容易ならず」と報じているが、『雨竜町百年史』の記述には「検挙された十名は入植時期も古く、どちらかと言えば、精農といえる人たちであった」とある。

この争議は大正十年三月、幾つかの条件を小作人側と農場の双方が了解して解決し、小作人代表四名が上京して、蜂須賀家に対して騒ぎを起こしたことを陳謝して終わった。しかし、これは大正の末から昭和初期にかけて続発した北海道における小作争議の口火となった事件であった。大正から昭和にかけての何年もの期間、北海道や東北では毎年のように冷害による凶作が続き、農家は深刻な事態に追い込まれていた。この状況のもと、その後の小作争議は大正九年——十年の蜂須賀農場の争議とは違って、いずれも貧しい零細農家が主体となって起こしたものだった。蜂須賀農場でも事情は同じで、零細な農家にとっては冷害による米の凶作に直面すれば、自分たちが食べる食料にさえ事欠く状態となり、小作料として米を納めることなど出来るものではなかったと思われる。

前掲書『蜂須賀の女たち』（注10参照）には、この時期の冷害による凶作の結果、年貢米（小作料）を収められない農家が続出したため、「これに業を煮やした（蜂須賀農場の）農場長は、この小作人を相手どって、動産の差し押さえ処分を強行した」（五十三頁）と記されている。その頁に続いて、農場側によって差し押さえられた各農家の家財道具や食料、家畜などのリストが掲載されているが、そこには驚くような品名が並んでいる。

差し押さえは昭和四年二月六日、七日の二日間行われたという。昭和四年といえば矢橋丈吉も矢橋家の家族もすでに雨竜村を離れて久しいが、家財や生活用品の目録は当時の小作農家の生活の実情を想像する手がかりとして興味深く、矢橋家がここに暮らした大正時代と、それ程大きな違いはないと考えてここに書き写しておく。

「動産差押物件目録　昭和四年二月六日」と見出しの付けられた品目一覧表には各世帯ごとに請求金額も記載されているが、ここでは差押物件の品名と個数をランダムに羅列して書き写す。矢橋丈吉の記述した夜汽車の中でのイリュージョン、矢橋家での債権者たちによる競売の場面を想像して、以下に列挙する家財や道具を矢橋家で競売された品々に当てはめて読んでほしい。

玄米四俵、エンバク二俵、簞笥一、マンドリン一、机一、時計一ケ、戸棚一、戸五枚、菓子箱七、障子七枚、敷島一五ケ、さつき・はぎ二〇ケ、米びつ一個、白木戸一〇枚、目覚まし時計一ケ、籾五俵、よもぎ搗《つき》一台、豚一、マサカリ一丁、馬橇一台、モチ米十一俵、雑木薪五〇〇本、柳行李一、重戸棚一、衣類二一点、大鋸一丁、塗簞笥一、よもぎ打機一台、籾仕上一表、紙襖十六、白木長持一、薪二〇敷、仏壇一、

仏壇付属品二〇点、板戸一二枚、びょうぶ一枚、たたみ八枚、黒塗会席膳二〇人分、
流星鹿毛馬一、

『蜂須賀の女たち』の記事では二十五世帯から差し押さえられた品々がおよそ百項目並んでいるが、差し押さえられた品それぞれにどの程度の価格が付けられたのかは分からない。また、何軒かの家で同じ品物が差し押さえられている場合、重複は避けて一軒分だけを書いた。例えば玄米や薪、簞笥などは多くの家で差し押さえられている。玄米は全部合わせると十一軒から百十九俵が差し押さえられ、簞笥も五、六軒の家で品名として挙げられている。それにしても、どれも日常生活に欠かせない道具や家具である。こんなものまで……という印象は拭えない。仏壇、マンドリン、目覚まし時計……。たたみ八枚、板戸十二枚……。敷島とはタバコだろうか。さつき、はぎというのは植木だろうか、盆栽だろうか。

差し押さえというからには、農場の人物がそれぞれの品物にシールのような封緘《ふうかん》紙を貼り付けて封印し「差し押さえ中」であることを明示して、その間は使用禁止とする。そして、小作料が払われた場合には、その時点で封緘紙をはがし、元の持ち主が使用できる……というものだろう。もちろん、期限が過ぎたら品物は没収されるのだろう。馬や豚も差し押さえられたようだが、家畜にも封緘紙を貼り付けるのだろうか。

差し押さえの対象となった品名を読んでいると、農場側の理不尽な行為という感じは拭えず、小作料徴収の冷酷無比の厳しい仕打ちが家財や食料の品名の羅列によって冷え冷えと伝わってくるようだ。『自伝叙事詩』において、矢橋丈吉は農場側の小作料徴収について古いことばで「あくなき苛斂誅求《カレンチュウキュウ》」と書いた（注15参照）。

また、昭和五（一九三〇）年三月号の『文芸戦線』誌で詩人今野大力《こんのだいりき》は蜂須賀農場の小作争議をテーマに詩「農奴の要求」[22]を発表した。

すでに触れた通り、大正九年十月の小作料改訂について、その年の十二月に村を出た矢橋丈吉は『自伝叙事詩』

において、結局、何も語っていない。知らなかったはずはないと思うのだが、しかし、考えてみれば、矢橋家では多くの借金が嵩んで、一家は夜逃げ寸前の状態に陥っていたのである。その状態で小作料の多寡《たか》を云々するような余裕はなかったと思われるし、また、この時の小作争議が営農規模の大きな農家、豊かな小作人が中心となって始まった農場との交渉ごとであってみれば、貧農矢橋家には関係がなかったかもしれない。このような、これまで述べてきた幾つかの理由が当てはまるのかもしれない。

大正九年から十年の小作争議について縷々《るる》述べてきたが、再び矢橋兄弟の乗った上野行き夜行列車の座席に戻る。夜汽車の窓には、競売を続ける債権者たちの前で呆然自失の状態で立ち尽くす父、母の姿が映し出され、兄弟は映画のスクリーンを見るようにいつまでもその映像を眺め続けた。そして出発から三日目の朝、列車が上野駅に到着した。

　　これ　かれが家の経済自爆の前夜にして
　　すなわち　夜逃げなりし

『自伝叙事詩』における、故郷雨竜村から東京までの長い旅の総括はこの二行に語られている通りであり、これ以上でも以下でもない。ここには故郷を捨てた悲しみも首都東京で暮らすことへの希望も書かれてはない。晩年、昭和三十年代後半の自伝執筆時点での客観性を保ちつつ、東京という場所の人と車の洪水のような氾濫に驚き、タングステンライトの光に溢れた街の輝きに息を呑む自分たちの心情を記憶の深奥から呼び覚ましている。

　　大正九年――四十年近きむかしの東京なれど
　　上野駅頭灯の海なり

人と車――自転車　自動車　人力車　荷馬車の人と車の海なり
石油ランプとローソクとが唯一の夜の光であった滑ノ津屯田の男に
アセチレンガスとタングステン電気灯のおどろきよ
上野　神田《カンダ》　神楽坂《カグラザカ》　たどる道々の灯の驚異よ
古柳こうりと信玄袋といなか風呂敷包を両手にさげたこの兄弟の
よくぞ息絶えざりし

とは、はじめて大都会の光と喧騒《けんそう》を体験する彼らの素朴な実感であったろう。

その夜、兄弟は牛込矢来町《ウシゴメヤライチョウ》の安宿を見つけて仮眠し、翌日、兄は新聞の求人広告で知った牛込郵便局臨時職に採用されたという。さらに改代町《カイタイチョウ》の三畳一間一円五十銭の下宿を得て二人のねぐらも確保された。このあたり、東京到着後一両日の日常のできごとが詳細に、具体的に記述されている。『自伝叙事詩』の中でも特別な日々だったように思われる。

矢橋丈吉の東京での生活がここに始まった。

幸いなり　まさに天はかれをすてざりし
おお　兄弟よ　はらからよ
まさに天はかれらをすてざりし…………と
かれら二人　黙々と感謝し　黙々とちかいぬ
黙々とちかいぬ　みやこにおける捲土重来《けんどちょうらい》を

日常的事実の詳細な記述の後に続くこの五行、東京での今後の生活に向けた「決意表明」のように読めなくはない。しかし、非日常的なことばの繰り返しや全体に満ちているテンションの高い調子に接すると、「決意表明」というよりは、本人の内面にわだかまった不安な気分が外に噴出したものだと思わずにはいられない。十七歳の少年にとって初めての東京での日々がどんなものなのか、想像もつかないことであり、その見えない明日こそ「不安」そのものであったろう。四十年後の自伝執筆時にあってさえ、かつての自らの不安な心情がリアルに甦っていたのではないだろうか。

丈吉と兄の東京への遁走のくだりの最後のところに、突然小川未明の名前が出てくる。

ひそかに私淑し師事なし
「文章倶楽部」誌への投稿を契機として文通を得　激励をたまいたる
小川未明師のすみたまう東京の天をともにあおぎたるを
黙々と感謝し　黙々とちかいぬ

自伝での記述はこれだけだが、矢橋丈吉は小川未明と文通を続け、激励を受けていたというのである。『文章倶楽部』とは大正から昭和にかけて新潮社が発行していた文学好きの青少年を対象にした雑誌（大正五年五月創刊・昭和四年四月終刊）で、若い人に文章の作り方、学び方を伝授するための記事や作品が掲載されていた。毎号、購読者の実作投稿欄「青年文壇」を設けていたほか、著名な作家や文士が執筆する啓蒙的な文章や、自らの若い頃の経験談は地方在住の文学好きの読者を惹きつけ刺激しただろうと想像できる。小川未明はその常連執筆者の一人で、小説やエッセイのほか、読者啓蒙・指導のための記事をほぼ毎号書いている。

例えば創刊号では「文章初学者に与ふる十五名家の箴言」という特集記事で、夏目漱石《なつめそうせき》、鈴木三重吉《すずきみえきち》、堺利彦《さかいとしひこ》、木下杢太郎《きのしたもくたろう》などの著名な文学者と共に、小川未明は「主観の色彩」と題する一文を執筆している。また大正七年五月号では「如何なる文章を模範とすべき乎」について、芥川《あくたがわ》龍《りゅう》之介《のすけ》、生田春月《いくたしゅんげつ》、長田幹彦《ながたみきひこ》らと共に寄稿している。他にも、「自伝の第一頁――どんな家庭から文士が生れたか」、「現代文章の新研究」、「文壇諸家の二十歳前後」、「余の文の始めて活字となりし時」など、文学志向の青年の関心を惹くような特集には、執筆者のひとりとして常に小川未明の名前が登場している。

いつ頃からか、北海道の辺境の村に住む矢橋丈吉も『文章倶楽部』を愛読していたのであろう。[23] その中でも小川未明の思想や考え方に感銘を受け、手紙を出すなどの経緯を経て、〈文通を得　激励をたまいたる〉という師弟関係のようなものが生れたのだろうと考えられる。であれば、『文章倶楽部』のどこかに矢橋の名前が載っているのではないかと期待して、読者の実作投稿欄「青年文壇」「青年文」「青年文叢」の欄を探したが、毎号佳作三作が掲載されるこの頁に、矢橋丈吉の名前はなかった（投稿欄の選者はこの雑誌の編集主任の加藤武雄ほかで、小川未明は選者ではない）。

『文章倶楽部』全巻は一九九五年に日本近代文学館の手で復刻されたが、その際、記事の総目次と執筆者総索引を網羅した別巻一巻が作られた。その分厚い復刻版の執筆者総索引をめくってみたが、「読者の投稿欄」以外でも、残念ながら矢橋丈吉の名前は見つからなかった。投稿の際、ペンネームを使っただろうと想像はつくが、ペンネームの手がかりは何もなく、探しようもない。

名前は見つからなかったが、矢橋丈吉が『文章倶楽部』の購読を通じて小川未明の知己を得たのは間違いないだろう。小川未明はアナキズムの立場にあった作家である。[24] 矢橋のアナキズムへの最初の接近は小川未明を通じて始まったように思われる。

注

注1　矢橋丈吉の自伝的要素の強い掌編小説「恵岱別川」（『文藝ビルデング』昭和三年十一月号所載）には、丈吉が子どもの頃から馬が好きで、一人前に馬の世話もし、ひとり裸馬に跨って村の街道を疾走させた様子など、馬と丈吉との親密な関係が記述されている。

注2　寺島珠雄の「單騎の人　矢橋丈吉ノート」上、中、下は一九八九年の季刊『論争』（大沢正道編集・カタロニア社刊）に三回に亘って連載された。矢橋丈吉についての可能な限りの調査と取材に基づいた長編評伝である。文献探索の詳細それ自体がスリリングで、寺島独特の手法が際立った記述であり、矢橋丈吉の全体像を捉えて論じた唯一のものであろう。

　寺島珠雄は大正十四年生まれだが、自分より二まわりほど年上世代の大正昭和期のアナキスト研究を続けた詩人・批評家。小野十三郎《おのとおざぶろう》、岡本潤《おかもとじゅん》、秋山清《あきやまきよし》らについて、独自の視点で論じた多くの著作と詩集を残した。生前の矢橋との交友もあり、「矢橋丈吉ノート」には矢橋本人が自ら語った多くの事実が記録されており、貴重である。また、遺作となった大著『南天堂　松岡虎王麿《まつおかとらおうまろ》の大正・昭和』（一九九九年、皓星社刊）は寺島珠雄の大正・昭和研究の集大成であろう。一九九九年七月逝去。

注3　矢橋一家が雨竜村に移住した時期について、ルポルタージュ「移住民部落の生活」では〈明治三十九年の春〉とあり、自伝的な掌編小説「恵岱別川」では〈明治三十九年も暮れようとする十二月〉と書かれている。どちらが正確なのかは分からないのだが、いずれも矢橋丈吉本人の作品であり、そのどちらの記述でも丈吉が二歳の乳呑児《ちのみご》だったとしている。ただし、矢橋丈吉の生まれ年を確認することはできる。『自伝叙事詩』の一八〇頁「還暦自祝」に次のことばがあるのだ。〈昭和三十八年七月十五日／ここに還暦／きざむ年輪六十年〉。

　つまり彼は昭和三十八（一九六三）年七月十五日の誕生日に還暦を迎えたのである。すると、彼の生年月日は明治三十六（一九〇三）年七月十五日であると確認できる。移住の時丈吉が二歳の乳呑児だったという矢橋家の記憶を重視すれば、明治三十九年十二月には、丈吉は満年齢で数えても三歳を過ぎているのだから、二歳の乳呑児という記述と整合しないことになる。三十九年春ならば丈吉は「二歳の乳呑子」であった。移住は明治三十九年の春だったと想像できる。ただし、これは明治三十九年という移住の年号が正確だという前提でのことである。矢橋家の家族にとっては、丈吉がその時「二歳の乳呑子」だったという記憶の方が移住の年代の記憶よりも強いと思われるので、移住が明治三十九年ではなく、明治三十八年十二月だったとすれば「二歳の乳呑子」の記憶と合致するのである。年号の記憶違いはあり得ることである。

注4　蜂須賀農場創設以前の歴史には以下のような経緯がある。

明治十九年の「北海道土地払下規則」の公布で、国有地払下げによる大土地所有が可能になった。また、北海道庁では植民地選定調査を実施して雨竜原野の開拓構想が作られた。明治二十二年、公爵三条実美《さんじょうさねとみ》、侯爵蜂須賀茂韶《もちあき》、侯爵菊亭《きくてい》脩季《ゆきすえ》が農場経営のため雨竜郡の五万町歩の土地貸下願いを北海道長官に提出して許可された。三条らはその後に出資した三華族とともに「組合雨竜農場」を創設した。しかし翌年、農場の盟主三条実美が死去し、大きな痛手を受けた上、資金不足で計画とは程遠い経営状態に陥り、明治二十六年、わずか三年で「組合雨竜農場」は解散した。

その後、新たに土地貸下を出願して独自に農場経営を志した蜂須賀茂韶は六千町歩の土地貸下を認められて大農場を発足させた。同時に土地の貸下が認められた子爵戸田《とだ》康泰《やすひろ》が創設した戸田農場と町村農場（「組合雨竜農場」の農場主任だった町村金弥《まちむらきんや》が創設した）も誕生し、雨竜には三つの農場が作られた。中でも蜂須賀農場の規模は大きく、現在の雨竜町や妹背牛町など一市四町にまたがる地域に広がっていたという（この項の説明は『雨竜町百年史続編』（注9参照）の「第一章　概説　明治から昭和まで」による。また橋本とおる氏（注6参照）のエッセイ「小作農生活根掘り葉掘り」〈『日本経済新聞』二〇一〇年六月三日朝刊文化欄〉を参考にした）。

注5　このルポルタージュは「地方の風習と生活実記」という『矛盾』誌の連載シリーズのひとつとして掲載されている。一つ前の『矛盾』第五号では同じ枠組で浅野紀美男の「滅び行く風習を拾う」が載っている。復刻版の総目次で調べると、

『矛盾』には一貫して地方や農村の問題についての記事が多いことが分かる。「地方の風習と生活実感」の連載が毎号掲載されたわけではないが、他にも一号の「農村問題の素描」（新居格）、四号の「一漁村の風習」（局清《つぼねきよし》）、七号の「農村の正義について」（小川未明）などがあり、『矛盾』誌の編集方針には地方の問題や農漁村の現状に向けられた視線がある。

ところで、矢橋丈吉はこのレポートの副題を「北海道石狩における」としているが、雨竜村は正しくは石狩地方ではなくて北空知地方に属する。確かに石狩川中流に接し、南は石狩地方と隣り合わせにつながっている。矢橋としては「石狩」とした方が、読者がその場所を想像しやすいと考えたのかもしれない。

注6　札幌市在住の郷土史研究者橋本とおる氏は筆者の問い合わせに答えて、当時の雨竜村には大字《おおあざ》小字《こあざ》の区分けはなく、雨竜村字滑ノ津が「滑ノ津」と「十三戸」の二つの区域に区分されており、共同作業の実施などに便利なように字内を道路などを境界にして幾つかの班（区域）に分けるのが普通だったという知見を伝えてくれたた。

橋本氏は蜂須賀農場の小作農家だった祖父の残した資料の読み解きを発端として、雨竜原野や蜂須賀農場の歴史研究を続け、大きな成果を挙げている。

本書の執筆に関しても、資料の提供と専門知識や独自の見解の教示を受けて多大なご協力を得た。

注7　矢橋の「移住民部落の生活」でも『自伝叙事詩』でも村の小学校の名前は「雨竜尋常高等小学校滑ノ津分教場」と書かれている。しかし、『雨竜町百年史』の本文、年表とも「滑ノ津教育所」となっており「分教場」の名称は使われていない。雨竜町が編纂した資料での記述が正確だと考え、「教育所」とした。「分教場」は矢橋の思い込みか記憶違いだと思われる。

注8　矢橋家が全焼した火災については、この章の後半で詳しく触れている作品「恵岱別川」に書かれている。大正九年（この年かどうか、やや疑問だが）秋、小豆の収穫を終えた矢橋家で失火、家は全焼した。家族は無事だったが、一家は大きな痛手を負い、丈吉とその兄の東京への出奔や後に家族全員が離村するきっかけにもなった出来事だったと思われる。

注9　『雨竜町百年史』は一九九〇年刊、雨竜町百年史編集委員会編。町が発行した町史である。又、その後、『雨竜町百年史続編』が刊行されている。

注10　高橋三枝子『蜂須賀の女たち』は昭和四十九（一九七四）年、北海道女性史研究会刊。アイヌの児童に関する西村ヤスヨの発言は同書一〇〇頁。

注11　橋本とおる氏（前出・注6参照）から筆者に提供された資料のひとつに「滑ノ津小学校卒業生名簿」があり、大正五年三月の第十一回卒業生名簿に矢橋丈吉の名前がある。大正五年三月、滑ノ津尋常小学校卒業。これが矢橋丈吉の最終学歴である。その年の卒業生は九名で、そのなかに神野ヤスヨという名前がある。同じヤスヨなので、西村ヤスヨは旧姓神野だったのではないかと考え、同じく橋本氏提供の「雨竜村第九区（字滑ノ津）図」のひとつ（明治末〜大正二年頃の手書きの村内地図）を調べたところ、そこに神野兵五郎宅を発見した。さらに、大正五年九月現在とある別の地図で、恵岱別川に近い場所に矢橋家も見つかった。矢橋鉄次郎と書かれており、これは丈吉の父親の名前である。そして『蜂須賀の女たち』の九〇頁に〈……父神野兵五郎、母フクの長女として生まれたヤスヨさん〉との記述があり、神野兵五郎がヤスヨの父であることを突き止めて、西村ヤスヨと矢橋丈吉がクラスメートだったと確信した。

西村ヤスヨは『自伝叙事詩』には、矢橋と首席を競う西キヨ子として登場する。

注12　矢橋がいつ『相互扶助論』を読んだのかは分からないが、大杉栄《おおすぎさかえ》による全訳『相互扶助論』が春陽堂から出版されたのは大正六（一九一七）年十月で、矢橋が十四歳の時である。それ以降であれば、その本を手にすることはできたと思われる。

注13　『自伝叙事詩　黒旗のもとに』には戦後直ちに創設した「組合書店」について次のような宣言が述べられている。〈のちの日　昭和二十一年（一九四六年）／黒旗なびく世界への一つの橋　文教のミゾとしてかれがひさしく念願せししごと　出版／それは先達たり先駆者たりし同志　新居格との熟議のすえのアイデアたり　命名なりしが生活協同組合を中核として／あらゆる中間搾取を排除した新聞　雑誌　図書の出版と配給／その名もクミアイショテン・組合書店！〉。戦後の出版社創設には、アナキズム運動の先輩で生活協同組合運動にも取り組んだ新居格の影響があったものと思われる。「組合書店」という名称がその事情をよく伝えている。矢橋丈吉の戦後は書籍出版を活動の中心に置いて始まったのである。

注14　斎藤峻と矢橋丈吉は大正末頃から交友があり、詩集『夢に見た明日』には大正から戦後までの斎藤の詩が網羅されている。

詩集のオビで小野十三郎が「(斎藤の詩は) その頃のアナ系詩人の詩の中ではもっとも沈痛なおもむきがあった」と書いた。斎藤峻は昭和八年晩秋、友人飯田徳太郎《いいだとくたろう》と共に上越国境谷川岳への登山中に遭難し、斎藤は助かったが、飯田徳太郎は遭難死した。この事故に遭遇して考えるところあったのだろう、斎藤は一時詩作の筆を折ったという。それは詩集の前書きに記述されている。遭難死した飯田徳太郎と矢橋は昭和三年には詩の同人誌『單騎』を一緒に主宰した仲間だったが、矢橋の自伝の「初恋のカルテ」の章に赤裸々に記述されている通り、矢橋の初恋の女性をめぐって確執があり、矢橋の恋人を飯田が奪う形となって、以後二人の関係が途絶した。ずっと後の昭和三十年代になって、斎藤峻の詩集『夢に見た明日』の前書きで谷川岳での飯田の遭難が語られ、その詩集を矢橋の組合書店が出版したという事実には、飯田徳太郎、斎藤峻、矢橋丈吉の間の因縁のようなものが秘められているのではないか。矢橋もまた、人生の終焉間際に出版した自伝の中で「初恋のカルテ」という一章を設け、昭和三年の失恋を語りながら、その五年後の昭和八年の出来事である谷川岳での飯田徳太郎遭難死にも触れている。なお、矢橋の失恋および飯田徳太郎との確執については第四章後半で再度触れることになる。

注15

『自伝叙事詩　黒旗のもとに』は全編、文語体交じりの韻文調で書かれており、正直なところ、その文体には奇異な印象があって、馴染めない感じもある。一方で、浅学の徒である筆者にしてみれば、初めて目にすることばや言い回しが出てきて驚かされるのだ。この「あくなき苛斂誅求《カレンチュウキュウ》」という四文字も未知のことばだった。慌てて辞書を調べると、何と！

　ちゃんと載っているのだ。

「苛斂誅求」とは「租税などをむごくきびしくとりたてること」とあり、驚きつつ納得させられた。旧唐書、新五代史(袁象先伝) 等、漢籍での出典も明示されている。多くを独学で学んだはずの矢橋丈吉の知識に驚く。

注16

『自伝叙事詩　黒旗のもとに』には本文の後に「付録 (I)」として、この「恵岱別川」と「『お前さんと私』の夢」の小説二作品が収載されている。いずれも矢橋本人にとって、ある特別な意味のある作品なのだと考えられる。また「付録(II)」として昭和三年から昭和三十八年までに発表された詩作品の中から二十二編が収載されている。そして、自伝の

注17　「あとがき」には――「付録」には小説的な作品のおおかたと、詩の叙情的な多くのものは収載しなかった、とある。掌編小説「恵岱別川」が最初に掲載されたという新聞名や掲載年月日を調べたが、結局分からなかった。しかし、次のようなことはいえるのではないか。――後で詳しく触れることになるが、矢橋の東京への出奔が蜂須賀農場の小作料改定にまつわる争議の発端と時期を同じくしているにもかかわらず、この「恵岱別川」や『自伝叙事詩』、また前述のレポート「移住民部落の生活」のいずれにも小作争議について何も書かれていないのは何故か、という疑問が残る。しかし、『文藝ビルデング』誌掲載時の「恵岱別川」のタイトルに副題のように添えられた「この小編、吾がふるさとの人々に」という一行と作品の末尾に付けられた短い付記（本文参照）に共通する故郷の人びとへの想いと故郷への複雑なこだわりを知ると、そこに故郷での小作争議が密かに意識されているようにも思われるのだが……。

注18　水害で作物が流されていく度に矢橋の母は無念の涙を流したが、「恵岱別川」ではその描写に続いて、次のような記述がある。

……そうした水害のたびごとに、農場からは不機嫌な農場監督が必ず視察にやって来るには来たが、決して決壊地や水害を蒙った作物に対しては、一分の年貢も免除されなかったからだ。

母の涙の理由を矢橋はこのように記述しているが、前出橋本とおる氏は「普通は何分作かを調査して小作料を減免した」と反論し、矢橋の記述は今日の知識からするとイデオロギー先行の文章のように思われる、としている。

注19　小作料の金額についての矢橋の記述に対する橋本とおる氏の見解は次の通りである。

「丈吉は水田になってからは居住しておらず、大正九年に畑の状態で来年水田になったら、熟田になる迄は当分反当二斗位の小作料になると聞いていたのであろう。この記述は開田当初としているので間違いではない」。

注20　たしかに、家族全体の離村については、矢橋自身は何も書いていない。しかし、次のような証言ともいえる記述がある。矢橋とともに前衛美術運動グループ「マヴォ」のメンバーだった戸田達雄《とだたつお》が書いている。

……（矢橋君は）私とは全然違う性格なのに、私たちは急速に仲よしになった。落合の雑木の丘のかげの陰気くさい彼の家にもよく訪れた。彼はどこかの印刷所に文選工か植字工かで勤めていて私よりやや裕福で、しばしば夕飯を食べさせてくれた。家族は彼の父母、兄夫婦、その子どもの幼女二人、彼の弟二人、彼という大人数で、その夕飯の模様は一種風変わりだった。兄さんにも、あの酒好きの彼にも酒はなく、老父だけが飯茶碗に盛り切り一杯の焼酎を、押しいただいて傾けるという家風だった。

（「矢橋丈吉君のこと」『個』十三号、昭和四十三年九月二十日）

戸田達雄は大正十三（一九二四）年三月に、ライオン歯磨広告部を退職してマヴォに参加した。矢橋丈吉と知り合ったのは大正十三年の春頃のことで、矢橋家を訪ねたのもその時期だろうと思われるが、その時、すでに矢橋の家族は東京で暮らしており、その様子がリアルに書かれている。また、この前年の九月一日に起きた大震災の時、神田《カンダ》三崎《ミサキ》町の印刷工場の二階文選場で地震に遭遇した矢橋の〈微志なくして鉄路つたいに落合村なる寓居にいたる〉という『自伝叙事詩』「十年間（Ⅲ）」の記述を読むと、矢橋が落合村に住んでいたことが分かり、その家が、戸田がしばしば夕食を食べさせてもらったという矢橋家大家族の住む家だったと考えられる。

しかし、関東大震災の後、半年以内に家族全員が、未だ混乱する東京へ移住したとは考えにくい。矢橋家全員の東京への移住は矢橋兄弟の上京後すぐに、後を追うように雨竜村を離れたのだろうと思われる。

注21　「恵岱別川」の最後には上野駅到着の後、「七」として次の文章が加えられている。

いつの間にか二十四の春を迎えた彼は、××署の留置場に寒さにふるえながら顔を両膝の間に埋めていた。一抹《いちまつ》の吹雪のように、暗い過去の幻影が彼の頭をかすめて過ぎた。

「誰が白状するものか！　誰が服罪するものか！　誰が心を入替えるものか！　俺は正しい生活者じゃないか！」

彼は莞爾《かんじ》とほくそえんで顔を上げた。そして静かにコッコッと監房の壁をたたいた。

余り遠くないところから、人間でもない、獣《けだもの》でもない、卑劣な鬼のようなドナリ声が聞えて来た。

「こらッ、なんぜだまっとるウンかッ！」

続いてピシリ、鞭《むち》の音！

二十四の春とは昭和三（一九二八）年の春のことであり、矢橋はその年の誕生日（七月十五日）に二十五歳になる。××署とあるのは、『文藝ビルデング』掲載時の文面で、警察署名が伏字にしてある。『自伝叙事詩』の「付録（Ⅰ）」に再掲した際は「築地署」と明記されている。巻末の「矢橋丈吉略年譜」の昭和二年に記載されているアナ・ボル対立に関わる乱闘での逮捕の際は中野署から市谷刑務所に拘留されたという。ここに書かれている築地署での拘留は昭和三年のことであり、別のケースである。したがって、矢橋丈吉には、少なくとも昭和二年と昭和三年の二度の逮捕・拘留の経験があることになる。

注22　今野大力の詩「農奴の要求」の全文である

農奴の要求——北海道蜂須賀農場の小作人へ

今野大力

雪に埋もれ／吹雪に殴られ／山脈の此方に／俺達の部落がある
俺達は侯爵農場の小作人／俺達は真実の水呑百姓／俺達の生活は農奴だ！

俺達はその日／隊伍を組んで／堅雪《かたゆき》を渡り／氷橋《こおりばし》を蹴つて／農場事務所を取巻いた
俺達はその日の出来事を知つている／その日俺達の歩哨は喇叭《らっぱ》を吹いた／喇叭の合図で／俺達はみんな／自分たちの家につんばりおかつて／家を出た／俺達の申し合せは不在同盟！
俺達は侯爵の秘密を知り／俺達は侯爵の栄華を知り／俺達は現在《いま》の資本《ブルジョア》主義社会の悪を知つてる／俺達を思想悪化と誰がいふ／俺達は飽くまでも年貢不納同盟／そしてその日は執達使に対して不在同盟！
俺達は集合した／炊出しに元気をつけて／隊伍を組み／堅雪を渡り／氷橋を蹴つて／農場事務所に押しかけた
俺達は要求する／強制執行を撤廃しろ！／俺達は何にも差押へられてはならない／俺達は黒ずみうずくまる山脈の麓に要求する／飢えたるものには食料を！／百姓には土地を！

注23　矢橋丈吉が小学校を卒業したのは大正五（一九一六）年三月。六年間を首席で通した優等生だった。校長は高等小学校進学を勧めたが父母が進学を許さず、やむなく開拓農家の働き手として、開墾と農作業の日々を送った。しかし向学心は強く、勉強を続ける夢は大きかったものと思われる。小学校卒業の年の五月に創刊された『文章倶楽部』の存在をすぐに知ったかどうかは分からないが、いつ頃からか『文章倶楽部』購読が実現して小川未明の文章に出会ったと考えるのが自然である。

注24　小川未明は明治十五（一八八二）年生まれ、矢橋が上京した大正九年頃は四十歳前で、すでに名を成した作家であった。大正十五年には小説の執筆をやめて、童話専念を宣言したが、一貫してアナキズムの立場で執筆や発言を続けた。大正十五年十一月に共産党系の「日本プロレタリア芸術連盟」が結成されてボルシェビキ色が強まった際には、秋田雨雀《あきたうじゃく》、新居格、宮嶋資夫らアナキズム寄りの文学者とともに、新しい組織から排除・除名されている。

第二章

牛込区牛込改代町
神田すずらん通り・
早稲田・神楽坂・本郷界隈

矢橋丈吉の名前が大正期の文学・芸術関係の記事や文章に登場し始めるのは大正十二（一九二三）年の夏の始め、村山知義《むらやまともよし》を中心として始まった前衛美術運動集団「マヴォ」の活動に関係してからだったと思われる。ただし、その時期、彼は「矢橋公麿《きみまろ》」と名乗っていた。何故に「公麿」なのか、その理由はすぐに分かる。

上京してからマヴォの運動に出会うまでのおよそ二年半の間、『自伝叙事詩』を読んでも、矢橋が東京で何をしていたのかは、実はよく分からない。印刷工場などで日々の糧を得るための仕事は続けていたはずだが、想像するに、この期間、彼は東京中を徘徊《はいかい》していたような感じがある。

大正九年十二月十一日早朝、矢橋兄弟が上野駅に到着してからの一両日の行動については、『自伝叙事詩』「遁走の東京」の章のラスト近くに、いつ、どこで何をしたのかが詳しく記述されている。その後の二年半ほどの東京での行動についても、次の「叛逆《はんぎゃく》への道」の章に縷々《るる》書かれてはいる。しかしながら、「叛逆への道」においては、出会った人物の名前や東京市内の幾つもの地名、また矢橋本人の行動が書かれているもののその記述は、断片的であり、事実らしい印象が希薄だ。矢橋自身の心情とか気分を想像できないためか、あるいはきちんと日時が書かれていないせいか、具体的なイメージが感じられない。いつ起きた出来事だったのかがはっきりせず、記述は情緒的・抽象的に感じられる。印象としては徘徊とも放浪ともいうべき日々が過ぎていたのではないかと思われる。

「叛逆への道」は次のようなことばで始まる。

これより芽生えし
支配と搾取
虚偽と偽善
権力と束縛への
反抗と闘いと飢えと流浪と

正義を求める心よ
……………

これら威勢のいい反体制的な単語の連なりのあとに〈無権力コンミュンの花園をおしえられし〉ものとして、クロポトキンの著作『青年に訴う』『一革命家の想ひ出』『相互扶助論』の書名が続いている。すでにこの時はクロポトキンを読み始めていたのだろうか。アナキズムへの傾斜がはっきりと語られている。師と仰ぐ小川未明の名が文中に出てこないのが不思議だが、当然、小川に導かれ、あるいはその薫陶《くんとう》を得てさまざまな人物との出会いもあったと想像される。

そして、近衛文麿《このえふみまろ》邸面会での面会強要さわぎである。『自伝叙事詩』では——

その富貴と権力の抹殺を企図し
目白なる近衛（文麿）邸に面会を強要して……

という叙述だが、実際に矢橋が何をしようと企んだのか、具体的なことは分からない。矢橋一人の単独行動だったとは思えず、アナキスト仲間と共謀して乗り込んだのだろう。今、引用した二行に続いて〈入獄の端緒《たんしょ》をなさしめたるはスギ（大杉栄）の一味にして〉という一行があり、これが何を意味しているのか具体的には分からないもののの、わざわざ大杉栄の名前を出しているのをみるとアナキストの集団行動だったように読める。しかし矢橋のこの記述以外に、この「事件」について、筆者は何も知らない。実際にどういうことが行われたのか分からないし、実行された日時も分からない。たぶん大正十年か十一年のことと思われるが、矢橋は日時についても何も書いていない。

明治二十四（一八九一）年生まれの近衛文麿はその頃三十歳か三十一歳だったはずで、すでに公爵・貴族院議員であった。皇室の血筋を引く家柄でもあり、著名な華族・大物政治家であった。そういう人物の屋敷に出向いて、突然面会を強要したというのだから、本人が出て来て直に面会するというような経緯にはなりようもないだろう。会うことは出来なかったし、たちまち警備の網にかかって、追い返されたか逮捕されたか……。まぁ、逮捕されたとしても、一晩警察に留置されたかもしれない程度の微罪だったことだろう。

しかし、矢橋にしてみれば独自の「思想的行為」を実行して、〈これを機に「公麿」なるペンネーム用いてひとり笑う〉（『自伝叙事詩』「叛逆への道」）という充分な成果を勝ち取ったといえるのかもしれない。なにしろ、キミマロである。公爵の公に文麿の麿、思わず笑ってしまいそうになるが、その前に本人がひとりで笑っている……。これ以降、昭和二年頃までの矢橋の作品の署名はマヴォ時代の版画なども含めて、「矢橋公麿」の名前が使われている。

そして、『自伝叙事詩』の記述では「面会強要事件」のすぐ後に続いてビックリするような行動が書かれている。

　のちの日
　洗足池のほとりに秀麿《ひでまろ》（文麿の弟）をたずねてジョニーウォーカを鯨飲《げいいん》せしめ
　ピアノと尺八の合奏もて「荒城の月」「丘をこえて《ママ》」などなどを高唱せしめ

というのである。これは一体何だろう。音楽家・指揮者の近衛秀麿である（この時はまだ二十三か二十四歳でヨーロッパ留学前であり、音楽家の卵というべきか）。さきの「近衛文麿面会強要事件」と何かつながりがあるのだろうか。それとも、アナキストを貶めるための悪口にいう「リャク」[1]の一種なのか。ジョニーウォーカーの鯨飲とは……。

そして、これに続く二行には、具体的な状況は全く分からないながら、辻潤《つじじゅん》という名前が登場するのである。前段に〈ピアノと尺八の合奏〉とあり、尺八というので辻潤のイメージが先行している。

　　新宿　渋谷　武蔵小山あたりの盛り場に
　　同行二人　かれに破帽をささげて喜捨をうけせしめたるは辻潤たりし

〈のちの日〉以降の五行を続けて読むと、矢橋と辻潤の二人が近衛秀麿宅を訪ね、歌を唄ってウイスキーをガブ呑みしたようにも読める。これが、その後生涯に亘って矢橋が秘めた敬意を懐き続けることになる辻潤との最初の出会いなのだろうか。ただし、辻潤の年譜（高木《たかぎ》護《まもる》編）を調べても、辻潤がこの時矢橋と出会ったことは書かれていないし、近衛秀麿宅を訪ねたという記述もない。

辻潤がマックス・スティルネルの『唯一者とその所有』の完訳を改造社などから出版したのが大正十（一九二二）年で、すぐに版を重ねたというから評判にもなり、それまでにも幾つもの翻訳本を出していたから、この頃はすでに辻潤の名は知られていたものと思われる。だとすれば、近衛秀麿の家にも、著名な思想家として招き入れられたということは考えられる。あるいは、それ以前から辻潤が近衛秀麿と知り合いだったのかもしれないが、近衛秀麿について、辻潤が何か書いている文章は見つけられない（辻の著作を詳しく読んでいるわけではないが）。いずれにしろ、矢橋が辻潤の後からくっついて行ったという想像はできる。それならば、あり得る話かもしれないが……。

　それにしても、このふるまいは何事だろう。ウイスキーをガブ呑みしながら、声を張り上げて歌を唄う？――はて、『丘を越えて』という歌は昭和六（一九三一）年に藤山一郎《ふじやまいちろう》によって大ヒットし（作詞・島田芳文、作曲・古賀政男）、古賀メロディの人気が確乎たるものとなり、歌手藤山一郎を一躍クローズアップさせた流行歌だが[2]、大正十年か十一年頃と考えられるこの時期には、この歌はまだ誕生していなかった。で、〈高唱せしめ〉ることは出来なかったはずなのだ。あるいは、このくだりの書き出しにある〈のちの日〉とは昭和六年よりも後の〈のちの日〉であって、ずっと後の時代のことを（近衛つながり？　で）ここに書き込んだということだろうか。それならば、『丘を越えて』を唄うことは可能だけれど。まぁ、四十年後の自伝執筆の際の薄れた記憶がもたらした間違いだとしたいが、すでに述べた通り、『自伝叙事詩』にはこのような、辻褄が合わず、説明のつかない記述は多い。

さて、前述したように、この二年半あまり矢橋が何をしていたのかよく分からない。生活の糧をどうやって得ていたのか、どんな気持ちでどんな仕事をしていたのかなど、『自伝叙事詩』には具体的なことは書かれていない。東京の街を歩き回り、当時文化人が集まって住んでいたという荏原《エバラ》郡馬込《マゴメ》村なども徘徊して多くの作家や思想家(3)と知り合ったというのだが、『自伝叙事詩』の記述では——

その日その日を乞食乞飲しさまよい歩きて師事し批判してブン擲《なぐ》られ　彫刻刀の威嚇《いかく》をもうく

というのだから、作家や文化人に受け入れられたとはいい難く、向こう見ずな感じもあり、うるさがられたり厄介者扱いをされていたような気配もある。彫刻刀の威嚇というのも穏やかではないが、列挙された人物（注3参照）の中には馬込村在住だったという彫刻家の佐藤朝山《さとうちょうざん》の名前もあり、彫刻刀もその辺にころがっていたということだろうか。

それでも、日々乞食乞飲しようが、恫喝《どうかつ》されようがめげることもなく、矢橋の〈千万人といえどもわれ行かん〉という「単騎」の精神は微動だにしない……ようにも見える。もちろん裸馬を駆って一人北の原野を駆け抜けるような颯爽としたものではないけれど。

さて、「叛逆への道」の記述は次のように続いている。韻文調のせいもあって、その記述の意味を解読するのは難しい。その上、この『自伝叙事詩』以外に当時の矢橋の日常について書かれたものなどがないことも、解読をさらに難しくしているように思われる。例えば、この最初の二行は、このままでは何のことだかよく分からない。

かくて芽生えかくてトリコとなりたるパレットと原稿用紙と社会正義への道よ
川端画塾生と落合第三小学校使丁《してぃ》と
搾取にいかり
支配になずまず
奴隷制に叛逆し
転々パンを求めてさすらう職種幾何《いくばく》

東京の街をさまよい徘徊して、さまざまな文学者や思想家に出会ったというのだろうが、パレットと原稿用紙とは何だろう？　美術と文学への意識が芽生えて、そのトリコとなった、というのだろうか。社会正義への道？　思想的に鍛えられたということなのか。さらに、二行目のふたつの名称は何だろう？　意味もつながりも分からず、謎めいている。

その二行目の「川端画塾」である。小石川春日町にあった川端画学校で絵を学んだということだとは思うが、この時期（マヴォに出会う以前）の矢橋に、画塾に通って絵を学ぶような経済的な余裕があったとは思えないのだが、どうだろう。確かに、数年後には『マヴォ』誌に版画作品を発表し、友人たちの詩集の装丁や新たに創刊される雑誌の表紙デザインを依頼されている。その出来上がりは好評で、美術家として活躍しているのも事実である。版画の技術をどこでどのように身につけたものか、あるいは「川端」でデッサンや造形の基礎ぐらいは学んだことがあったのかもしれない。

ほぼ同じ時代に川端画学校に通っていた島崎翁助《しまざきおうすけ》の思い出話(4)では、「川端」には試験も受けず学費も納めないモグリ画学生も居たというから、この時代の矢橋にもそういう奥の手は残されてはいる。まぁ、上京以来、専ら印刷工場で働くことが多かった矢橋が印刷工の仕事を通じて「製版」や「刷り」に関する知識を身につけたということはありうる話ではあるが。

もうひとつの「落合第三小学校使丁」というのも唐突だ。

ここで語られている時代よりもずっと後の昭和三、四年頃に発表された矢橋の身辺雑記風の短編「四月二十九日の六蔵」（『悪い仲間』昭和三（一九二八）年七月号所載）や「『お前さんと私』の夢」（『文藝ビルデング』昭和四年三月号所載）を読むと、「小学校使丁」が矢橋の父親の仕事として出てくる。ただし、どちらにも学校名はなく、詳しい記述ではない。ずっと後の昭和三十九（一九六四）年に出版された、この『自伝叙事詩』では、ここに引用したように「落合第三小学校使丁」と明らかにされている。小学校使丁とは矢橋の父親の職業なのである。それを自伝叙事詩の「叛逆への道」のこの部分に記述しているのだが、「四月二十九日の六蔵」や「『お前さんと私』の夢」を読んでいなければ、「落合第三小学校使丁」とは何のことなのか分からない（ただし、「『お前さんと私』の夢」は自伝出版の際、本編の後に「付録」として他の詩作品などと共に再掲されている）。

年代的にいえば、この章の内容は（年代順の記述にこだわるものではないとしても）矢橋がマヴォに出会うより何年か前のことであり、その段階ですでに父、母、家族が東京に移住して落合村に住み、父は近くの小学校の用務員の職に就いていたということになる。前述した通り、大正十三年春か夏には矢橋家が家族全員で上落合に住んでいたと考えられ、（第一章注20参照、戸田達雄の回想）、また大震災の時、矢橋が線路伝いに徒歩で落合村の寓居に帰るという記述もあるので、大正十二年九月の大震災時よりも前に家族全員が雨竜村を脱出して東京に移住していたのは確かで、父・母・家族の東京移住が大正九年暮れの矢橋利三郎・丈吉兄弟の上京からそれ程後のことではないというのは第一章の注20にある通りだ。

しかしながら、『自伝叙事詩』のこの部分の「落合第三小学校使丁」がその後の四行〈搾取に怒り／支配になずまず……〉以下の文言とどのように関連しているのかはよく分からない。どうやら、近所の小学校の用務員をしているという自分の父親の立場や境遇に触れながら、実は自身の現実や社会との関わりを語っているのだと思われる。〈搾取に怒り／支配になずまず／奴隷性に叛逆し〉は矢橋自身の心情から発せられ、自身の境遇を語るフレーズなのだろう。〈転々パンを求めてさすらう職種幾何《いくばく》〉と続くのを読むと、抽象的・観念的な思考が、たちまち日々の糧を得るという切羽詰まった現実に取って代わられてしまうが可笑しい。

　大正十年から十二年初頭あたりまでのモラトリアムともいうべき時期に、矢橋は多くの友人を得たと、自らいう。神田すずらん通り、早稲田、神楽坂、本郷赤門通りなどなど、若い人びとの集まる学生街にたむろして、雑誌や古書籍を持ち寄っては夜店に並べて売りさばき、いくばくかの金を得るという、遊びのような日々を過ごした仲間たち、壺井《つぼい》繁治《しげじ》、萩原恭《はぎわらきょう》次郎《じろう》、小野十三郎、岡本潤、岡田龍夫《おかだたつお》……いずれも、その後矢橋が親しく付き合い、長く行動を共にする人びとである。林芙美子《はやしふみこ》、平林《ひらばやし》たい子、友谷静江《ともやしずえ》……繁華街のカフェーで働いている「女性詩人」たちを〈歴訪〉する日々のことも語られ、草野心平《くさのしんぺい》、高橋新吉《たかはししんきち》、土方定一《ひじかたていいち》、黄瀛《こうえい》らとの酒宴の様子も「……近衛館に酌《く》む一こんの酒」などと楽しげに語られている。

　その、近衛館とは当時草野心平が住んでいたと思われる戸山ケ原の近衛連隊演習場近くの下宿屋の名前だが、草野の『我が青春の記』の記述によれば、彼が近衛館に下宿したのは大正十四年の夏か秋のことだと思われる。矢橋の記述とは合致しないのだ。ほかにも、時期的に辻褄の合わない事柄もあり、もうすこし後の時代のことが紛れ込んでいるような印象がある。とはいえ、この章の注3に書いた通り、年代的な齟齬《そご》の詮索や訂正はせず、虚構的な意図の結果だと割り切っておく。

　こうした期間を経て、大正十二年を迎えた。いうまでもなく関東大震災発生の年だが、一月には矢橋とは親しい関係にあった詩人たち、壺井繁治、萩原恭次郎、岡本潤、川崎長《かわさきちょう》太郎《たろう》が詩誌『赤と黒』を創刊した。その創刊資金を白樺派の作家有島武《ありしまたけ》郎《お》が出したことが知られているが、創刊号の表紙には「……詩とは爆弾である！　詩人とは牢獄の固き壁と扉とに爆弾を投ずる黒き犯人である！」という宣言が印刷されており、はじめてアナキズム思想のもとに発行された詩誌だったと思われる。二月に高橋新吉の『ダダイスト新吉の詩』も出版され、アヴァンギャルド詩人の活動が際立った時期だった。

矢橋にとってはマヴォとの出会いの年だったが、この年の春は前衛美術家たちの集団「未来派美術協会」が解散するなど、美術界は大きな変化のうねり中で混沌とした状況にあったと思われる。詩も美術も変革の時を迎えていたといえるだろう。

マヴォの運動はその年の初めにベルリンから帰国したばかりの村山知義や解散した未来派美術協会の柳瀬正夢《やなせまさむ》、尾形亀之助《おがたかめのすけ》、大浦周蔵《おおうらしゅうぞう》などの人びとが突如として結集して始まったように見えるが、そのムーヴメントの端緒となったのは五月半ば、ドイツ帰りの村山知義という無名の人物が神田神保町の文房堂のギャラリーで開催した「村山知義の意識的構成主義的小品展覧会」だったのは間違いないだろう。すべてがこの展覧会をきっかけにして動き出したように思われる。展示されていたのは、村山が帰国してからの四か月間で制作した作品だというが、そこには彼がベルリンで身につけた斬新な表現感覚が溢れていた。この展覧会が当時の若い青年美術家たちに与えた衝撃は絶大だったと考えられ、多くのアバンギャルドたちがこの展覧会を見た。後年、村山知義は次のように書いた。[5]

> この展覧会は思いもよらぬ大きなセンセーションを惹き起こした。いろいろな突起物や、柔らかい物や――コンクリート、ガラス、靴など――のくっついた日本で展示された初めての作品だった。
> （中略）……この個展で私は初めて高見沢路直《たかみざわみちなお》（のちの田河水泡《たがわすいほう》）、住谷磐根《すみやいわね》、戸田達雄、ブブノーヴァ、岡田竜夫、尾形亀之助、門脇晋郎《かどわきしんろう》、大浦周蔵、柳瀬正夢、加藤正雄《かとうまさお》、渋谷修《しぶやおさむ》、矢橋公麿等、のちにマヴォの仲間になった人達と出会った。

一年間のドイツ遊学から帰国したばかりで、日本ではまだ無名の存在に過ぎなかった村山知義は日本の若い芸術家達とも交友はなかったが、その若い芸術家の面々はドイツ帰りだという未知の人物が提示した作品群と出会った途端に、それが何なのかは分からないながら、経験したことのない驚きとともに、何か新しい気配を感じ取ったのだった。

当時はまだライオン歯磨広告部画室に所属する画家志望の若者だった戸田達雄もこの文房堂の展覧会を見た。戸田はその時の衝撃を、後年〈胸の奥底を揺すぶられるほどの感激をおぼえた〉(6)と書いている。そして、たちまち村山知義のトリコとなり、大震災の後、勤めていたライオン歯磨を辞めてマヴォの運動に参加したのだった。

住谷磐根はこの展覧会との遭遇を〈先ず神田の文房堂の三階で村山知義「意識的構成主義的小品展覧会」が開かれ、画友矢橋公麿に勧められて行って見て驚いた〉と語り、ガラクタを寄せ集めたような画面を紹介し、その表現力の確かなことに感嘆し、〈これ等の作品は、最近ドイツから帰朝した二十二歳の青年のものとは思われない、不思議な美しさで胸に迫るのであった。おかし難い品格の高い作風に襟を正した〉(7)、と述懐している。

矢橋公麿の受けた衝撃も『自伝叙事詩』の〈形なき形　色なき色に加えて　古新聞紙貼り頭髪はさみ　針金引き張りたるを／「絵画」ととなえ……〉という、驚きを素直に語る記述に現れている。住谷のことば通り、文房堂の展覧会を見るように、友人の住谷に奨めたのは矢橋であった。二人はその頃、同じ印刷工場で働く仲間だった。

村山はこの展覧会に続いて、六月上旬には船便で到着したドイツ滞在中の作品を中心にして第二回展を行った。やはり「意識的構成主義的展覧会」と銘打ち、豊多摩郡落合村上落合一八六番地の村山の自宅アトリエで開催した。村山のアトリエは早稲田通りの新宿区と中野区の境にある小滝橋近くの辺鄙《へんぴ》な場所にあったが、〈可也《かな》りの人が見に来てくれた〉（前出、注6「マヴォの思い出」）という。文房堂での第一回展の反響が大きく、評判になったものと思われる。当時、すでに落合村の村山邸の近くに住んでいた矢橋公麿も住谷磐根も当然見に行ったはずだが、どちらもそれについては何も語っていない。

さらに村山は六月二十一日から音羽の護国寺前の喫茶店「鈴蘭《すずらん》」で第三回の展覧会を開き、ヨーロッパの新しい表現を次々に提示する旺盛な活動を展開する一方で、『中央美術』などの美術専門誌にヨーロッパの最新の美術情報や芸術論を次々に執筆して、理論家としての存在感も発揮していた。前衛美術運動胎動の渦の中で、この人物はたちまち中心的な存在になっていったのである。

前衛美術運動集団マヴォについては、それがどのような経緯で誕生し、結成されたのか、多くの識者が認める信憑性の高い定説はあって、結成のための相談が行われた場所や日取りなども特定されている。しかし、それとは別に、誕生の経緯やマヴォという名前の由来など、さまざまな伝説めいた物語も伝えられている。

『自伝叙事詩』の「マヴォ（I）」の章では、七月末のある日、主だったメンバーが落合村の村山知義の三角屋根のアトリエに集まり、会の名称を決めるのに、集まったメンバーの名前のイニシアルのローマ字を一文字ずつ紙片に書いて、息で吹き飛ばし、遠くに飛んだ順に集めて並べた結果、「MAVO」となった――というエピソードがほぼ二頁、二十二行を費やして語られている。この二十二行、まるで矢橋がそこに同席して、事の顚末を見ていたかのような筆致で語られているが、矢橋がそこに居たわけではない。そして、『自伝叙事詩』の記述から分かるのは集まった主だったメンバーとして〈門脇、尾形、穴明（柳瀬）、大浦、村山の五委員〉(8)ということである。

この、メンバーの名前のイニシアルを書いた紙片を吹き飛ばして云々という逸話はマヴォ誕生にまつわる伝説的な物語として、今日まで多くの人によって語られ、伝えられた「マヴォ命名伝説」として有名になったものである。「MAVO」四文字についてさまざまな解釈・説明を披瀝《ひれき》する人や「M」「V」の意味するところを論じたりする人さえ現れて、漫画的といえばいいすぎだろうが、それが真面目な議論であるだけに、むしろ滑稽なことのように感じられる。矢橋もどこかでこの伝説を聞いたか読んだかして、面白がったのか、真に受けたのか、とにかく自伝に記述したのであろう。

そして、すっかり有名になったこの「命名伝説」のオリジンともいうべきは村山自身が戦後になってから雑誌に掲載した次のような回顧的な記述(9)であろうと思われる。

……尾形、柳瀬、大浦、ブブノヴァ、私の五人が集まって、各自の名前をローマ字で書いて、一字一字に切って、掌にのせて、吹き飛ばして、遠くに落ちたものから拾ったら、MAVOとなったので、このグループをマヴォと称し、雑誌をだしたり、展覧会をやったりした。

というものである。いかにも「前衛的な遊び」の気分が漂っている。村山自身のことばだから事実だろうといいたいところだが、この文章が書かれたのはマヴォ誕生から四半世紀、それも、戦争と混乱に明け暮れた年月を経た、昭和二十五年である。そこには記憶違いもあり、曖昧なところもある。

とはいえ、この一連の経緯にはヨーロッパで起こったダダイスムによくある遊びのような雰囲気もあり、それを面白がって「偶然性」の不思議を貴重だと考えるような態度も感じられる。「命名伝説」はそうした雰囲気の中で生まれ、そして、多くの人にとって、そのイメージこそがマヴォだと感じられたことで、説明不能ともいうべき神話的な要素が加味されて、長く語られることにもなったのだろう。

しかし村山はこのエピソードをこの記事以外には書いていないようである。『演劇的自叙伝2』の「マヴォのはじまり」の章でも触れていないし、前出「マヴォの思い出」（注6参照）でも「MAVO」という名称の由来については書いていない(10)。

ロシアやヨーロッパ及び日本の二十世紀美術史の研究者、五十殿利治《おむかとしはる》は著書『大正期新興美術運動の研究(11)』で一九二〇年代の日本における前衛美術運動についてヨーロッパやロシアの芸術運動を視野に入れた同時代性において捉えて大きな成果を残したが、その中でマヴォの名称由来の伝説にまつわる諸事情を次のように結論付けている。

発案者であったと考えられる柳瀬正夢には含むところがあったのであろうが、結論を先まわりして述べるならば、本来の意味内容は「マヴォ」運動の実践のなかで結局「マヴォ」は「マヴォ」だという無意味な、だがきわめてダダ的なトートロジーに収斂《しゅうれん》していったと考えられる。村山を除いて創設時のメンバーが短期間のうちにほとんど抜けてしまったことも影響しているかもしれない。つまり当初の意味に拘泥する必要がなくなったということである。「マヴォ」ということば自体が当初の限定的な意味からいちはやく遊離し、ひとつの社会現象として突出した結果、元来の意味を封印してしまうほどの時代的な意義を獲得したといえる。

五十殿はここに引用した部分と同じ頁の数行後に続けて、もうひとつ別の事例を挙げている。当時、前衛雑誌の国際的な交換の機会があり、『マヴォ』第四号を外国に送った際、村山が自分たちの雑誌名を「Mabo」と書いてVとBを誤記したというのである。そして、この件について〈見過ごすことのできない間違いではなかろうか。これも「マヴォ」の名称と村山の関係の疎遠さを裏書きしていよう〉と述べている。それはまた、注10で指摘したように村山知義という人物が会の名称「マヴォ」の意味などにはあまり拘泥していなかったのでは、ということでもあろう。

「命名伝説」はともかく、マヴォ結成の経緯はほぼ特定されていると前述したが、その確かな資料は注8で触れたように、マヴォ設立メンバーの一人、柳瀬正夢の残した日記である。萬木康博は「解説・時代に生き、時代を超えた〈マヴォ〉」[12]において柳瀬の日記の文脈を辿ってマヴォ結成の時期と場所を明らかにしている。

大正十二（一九二三）年六月の日記には柳瀬が尾形亀之助や大浦周蔵とともに村山の家に集まって、グループ設立の相談を続けていたこと、またこの頃から護国寺前の喫茶店「鈴蘭」に出入りしていたことが書かれている。そして六月二十日の日記である。

「二十日……十時過ぎから鈴蘭に行く。皆俺の行くのを待ってゐてそれから議事を進めて行った。門脇君を加えて五人　会名は俺の名付けの『マヴォ』と決まる。二時まで話し込む。村山とテクテク中野まで歩んで帰る。四時」

柳瀬の日記は絵入りで、六月二十日のところには喫茶店のテーブルを囲んで相談をする五人のメンバーの姿が描かれており、卓上には酒瓶やグラスも描かれ、戯画的なタッチながら、さすがのリアリティが漂っている。マヴォ設立の経緯はこの柳瀬の日記が正確に伝えているものと思われる。大正十二年六月二十日、護国寺前の喫茶店「鈴蘭」で、これまで続けてきた設立準備の相談がまとまり、グループが結成された。グループの名前は柳瀬が提案した「マヴォ」と決定する。出席者は柳瀬正夢、尾形亀之助、大浦周蔵、村山知義、門脇晋郎の五名であった(13)。

こうしてマヴォは動き始めた。最初の展覧会が大正十二年七月二十八日から浅草の伝法院大広間で開催された。設立メンバーのひとり門脇晋郎が浅草の興行師と関係のある人物で、その縁で伝法院という特異な場所で「マヴォ第一回展覧会」が開催されたらしい。前衛美術と浅草の伝法院という取り合わせも面白いといえば、面白い。

この展覧会の目録が残されていて、日本近代文学館が一九九一年に全七冊を編集・発行した『マヴォ復刻版』にも付録として添付されている。出品したのは設立メンバー五人で、出品総点数は百八十五点。目録に図版のある各人一作品以外は題名だけしか分からないが、村山知義が全体の半数以上の作品を出品しているのが目を引く。また、目録には「マヴォの宣言」が発表されていて、自分たちの芸術的立場と姿勢を表明しようとしている。村山の起草だと思われるが、「宣言」ということばが一九一八年にチューリッヒで発表されたトリスタン・ツァラの「ダダ宣言」を連想させ、マヴォの運動を国際的な同時代性の中に位置付けようとする意図とも見える。

そこには「私達は尖端に立っている。そして永久に尖端に立つであろう……」という風な気負いに満ちた前衛意識が語られる一方で、「(自分達がグループをつくったのは)決して芸術上に於ける主義、信念の同一であるがためではない。それ故私達のグループは積極的に芸術に関する何等かの主張を規定しようとしない」として、自らの気負いを他人事として外から眺めているかのような、高揚感とは逆の覚めた気分も見せている。

このように、マヴォの運動は大震災の直前に始まったが、設立メンバー以外の人びとはどのように関わっていたのだろう。設立準備から第一回マヴォ展が開催されるまでの期間、『演劇的自叙伝』など、村山の文章にも柳瀬の日記にも設立メンバーの五人以外の名前は登場していない。五月の文房堂の村山の展覧会を見て衝撃を受けた何人もの人びとがマヴォのすぐ近くに居たはずだが、その人びとの行動ははっきりしない。しかし、「マヴォ第一回展覧会」を、勇躍見に行ったという戸田達雄の回想記(14)がある。戸田が最晩年の昭和六十二（一九八七）年頃書き残したもので、そこに次のような記述がある。

村山知義氏とは面識が無かったものの、前述の文房堂画廊での「意識的構成主義的」展覧会から非常な感銘を受けた私は、そのころの中央美術誌上に毎号掲載される、ヨーロッパの新しい美術についての論文なども、私の頭では何分の一？位しか理解は出来なかったけれども、愛読して解らないなりに少なからず畏敬の念を抱いていた。そのため、浅草伝法院のマヴォ展には早速足を運んだ。私の勤務していたライオン歯磨は本所厩《うまや》橋《ばし》畔にあって浅草は徒歩で行ける近さであったため、先輩社員の浜田増治氏と同行したのであった。……（中略）。

マヴォ展ではやはり村山知義氏の、文房堂展で感じたような〝鬼気人に迫る〟ような感じの盛られた作品に魅せられた。その会場で私は浜田増治氏から一人の美青年を紹介された。

「これは、高見沢路直君という、戸塚の日本美術学校出身の画家で、こちらはライオン歯磨デザイン室勤務の戸田達雄君だ」

と。その目をみはるほどの美青年が今の田河水泡君で、実にこの初対面から爾後《じご》六十数年間、親友として交際してもらっているわけだ。その後に関東大震災があり、幾ばくもなく私はライオン歯磨を退社し、やがて他の諸君と同様、マヴォへお仲間入りをさせてもらった。

戸田達雄と高見沢路直が伝法院の展覧会を見に行ったことは、これで分かる。五人の出品者以外のマヴォの近くに居た他の人びとも見に行ったのかもしれないが、住谷磐根がこの展覧会を見たという記述をどこかで読んだ記憶はあるものの、それ以外の記録は見当たらないようだ。一方、前年の「三科インデペンデント展」に出品していた岡田龍夫と加藤正雄の二人はこの「マヴォ第一回展」に対抗して、同じ時期に二人展を開いたことが知られている。「村山知義と称する怪童が現れて突如『マヴォ』の創立を宣言したのである」とは岡田の記述だが、彼らとしては、自分らの知らぬ間に「マヴォ」と称する前衛芸術運動グループ誕生の動きが進んだことに、大いに憤慨したのは事実であろう。(15) その岡田と加藤もすぐ後にはマヴォに参加し、有力なメンバーとなったのだが。

第一回マヴォ展に続いて、八月中に神田小川町で、浅草での展示と同じメンバーの出品作による小規模な展覧会が開催されている。このふたつの展覧会は当時の新聞紙上で、かなりの話題となったという。特に朝日新聞と読売新聞紙上では「マヴォ展」をきっかけに激しい論争が起き、展示作品の内容に関わるだけではなく、より根本的な美術の本質を問う議論になっていたという。(16)

ジャーナリズムで活発な反響が起きたのをみると、もの珍しさもあってか、マヴォの活動が世間の関心を惹くものだったのは間違いない。しかし、最初の展覧会の評判以上に人びとがマヴォの名前に強い印象を持ったのは、実は八月二十七日の朝刊に大きく取り上げられたこの年の二科展の入選作に関する新聞報道を通じてであったらしい。

それは、後の美術史において「二科展入選撤回事件」と呼ばれるようになる出来事についての記事であり、もうひとつは「二科落選歓迎移動展覧会」と銘打った前衛芸術家たちの行動についての報道だった。そしてこのふたつの「事件」の経緯を伝える新聞報道を通じて、これまでマヴォのすぐ近くに居たとはいえ、名前の知られていなかった矢橋公麿が突如として前衛美術運動の表舞台に登場し、当時はまだマヴォのメンバーではなく、矢橋の友人に過ぎなかった住谷磐根も、この「事件」の主役の座に躍り出たのだった。

大正十二年八月二十七日の『朝日新聞』朝刊社会面には前日の午後発表された第十回二科展の入選者発表の記事が掲載された。この記事の見出しに「未曾有《みぞう》の厳選」とあり、この年の入選者が非常に少なかったことが分かる。そして、初入選した画家は十三名で、その内の一人にイワノフ・スミヤヴィッチというロシア人らしい名前の作家がいて、その作品「工場《こうば》に於ける愛の日課」が含まれていた。入選者の発表とは別に、この作家と作品についての四段抜きの記事が組まれ、次のような見出しが読者の目を惹いた。

露人の名で入選

新作品から不平の人々

スミヤウィッチ実は住谷磐根

マボー同人の二科展非難

記事本文では新入選画「工場に於ける愛の日課」の作者イヴァノフ・スミヤヴィッチ氏はロシア人らしい名前だが、実は府下下落合に住む住谷磐根という日本人で、〈いま芸術界に新機運を醸成する烽火《ほうか》を揚げているマボーの連中〉とも親しい青年だと報じられている。「工場に於ける愛の日課」との画題は、そのマボー同人の矢橋公麿君(17)がつけたものだが、これを入選としたのは二科会審査員の外国人偏重の思想の故で、画の内容よりロシア人らしい名に脅かされたものだという二科会非難の声が紹介されている。

そして、記事は「矢橋君」の次の談話で締めくくられている。

「スミヤウィッチが住谷君である事は事実で、その画題は確かに私がつけた、二科に当選することが真実に芸術への出途《かどで》であるなら私は友人のために満腔の嘉悦を禁じないが、二科会はいま情実と積弊に寧《むし》ろ芸術を冒瀆《ぼうとく》してゐるやうに思はれる。実際住谷君の画は友人村山知義君の画に感激して作製したもので至純な芸術眼ではこれを容れ得るものではない。友人のためにこんなことをいふのは済まないが芸術のためには黙って居られない。マボー同人の観察では恐らく二科の諸君は住谷君の画よりも露西亜《ロシア》人らしい名に脅《おびやか》されて当選させたものであらう」。

矢橋の談話は「芸術を冒瀆している」とか「至純な芸術眼」「芸術のためには黙って居られない」などなど、青臭くて読んでいて気恥ずかしく感じるような幼稚な言葉遣いが目立ち、芸術上の主義・主張というよりは、友人の初入選を犠牲にしてまでも、既成の権威に反発しようという反権威意識が前面に出ており、ロシア人らしい名前に惑わされたとする二科展の審査批判の意図が強く現れているように思える。また、この年の二科展ではイワノフ・スミヤヴィッチ作品以外のマヴォ周辺の前衛美術家たちの作品がことごとく落選したとも伝えられた。その事態も二科展批判を煽り、もうひとつの連携した計画である「二科会落選画歓迎移動展覧会」の実行を促したようにも思われる。

矢橋の『自伝叙事詩』では当日の新聞紙面の記事全文の写真版も含めて、この「事件」についての記述が七頁に亘って続いている。職場の友住谷磐根（注7参照）をそそのかして、入選撤回を説得したとの記述があり、続いて〈村山とともにマヴォの代表として／ときの朝日新聞学芸部に時岡弁三郎を訪いて〝事実〟を暴露し／〝作品〟の撤回を声明す〉と書かれている。つまり、この記事はマヴォ代表の村山知義と矢橋公麿による朝日新聞社への売り込みネタだった訳だが、計画通りの成果を挙げて、社会面の大きな記事となったのだった。

紙面には、作品写真と満面の笑みを浮かべる住谷の写真が載り、入選の喜びを語る住谷のインタビューも掲載されているほか、二科会の山下新太郎の「立派な作品故入選させた」という当然至極の談話があり、翌八月二十八日に行われる予定の「二科会落選画歓迎移動展覧会」計画の予告記事も出ている。これが大正十二年八月二十七日の朝刊に掲載された新聞記事の概要だが、その後「二科展入選撤回事件」と呼ばれることになって、マヴォの活動が一躍衆目を集めることになる事態の発端であった。

この記事を読んだ戸田達雄の感想がある。ずっと後（昭和四十三年）に書かれた矢橋丈吉を回想する文章から引用する。(18)

……イワノフ・スミヤヴィッチというロシア人が入選したと新聞に出たが、実はロシア人ではなくて、住谷磐根（健在、墨を用いて東洋画と称するものを描く画人）という日本人だ。これは二科会のインチキ性（?）を表わす絶好の例だと騒ぎ立てた。朝日、毎日（当時の東日）なども大きくそれを取り上げ「マヴォ同人矢橋公麿氏は語る。うんぬん」とあった。その時まだマヴォ入りしていなかった私は、矢橋公麿氏とは長身白皙の貴公子然たる美青年だろうと想像し、ひそかな憧れを感じた。（……中略）やがて私もマヴォの仲間になり、矢橋公麿氏とも対面した。これがすなわち矢橋丈吉君で、貴公子然どころか長髪で脚の曲がった小男、いま流行の漫画、ゲゲゲの鬼太郎の目が細く、後年オロチョンと異名をつけられる——といった風貌で、しかも極端な無口だった。〝公麿〟とは彼の精一杯のレジスタンスを含めたペンネームだったのだろう。

その後、生涯に亘って親しい友人として付き合うことになる戸田達雄と矢橋丈吉の最初の出会いである。前述したように、この時はまだライオン歯磨広告部画室に勤務していた戸田はこの記事を読んだ五日後に発生した大震災を体験し、翌年の春先に退職。前々からの希望を自らかなえてマヴォのメンバーとなり、矢橋とも住谷磐根とも仲間になる。

「二科展入選撤回」に関するこの一連の騒動の一方の主人公である住谷磐根も新聞が取り上げた八月二十六日から二十七日のこの出来事について、後に回想文を残している。「事件」から半世紀以上を経た昭和五十一（一九七六）年、東京都美術館が発行する『美術館ニュース』に寄稿した「反二科運動とマヴォ」に当時の住谷の心境が書かれている。(19)

その文章で、住谷は二科会展に入選することが画家を目指す自分の願望だったと述べる一方で、その年の春、村山知義作品と出会った時の衝撃と感動を「気が転倒するばかりに驚いた」と告白し、友人の矢橋公麿に誘われて、上落合の村山宅を訪ね、さまざまな絵やたくさんの本の並ぶ様子に圧倒されたことも告白している。村山の存在が住谷に大きな影響を与えていたことが分かる。住谷の作品「工場に於ける愛の日課」にも（矢橋が語っている通り）村山作品からの影響があるのも間違いないところだ。

そして入選者の新聞発表の前夜、住谷の下宿を訪れた新聞記者から自分の絵の入選を知らされて、「二科会に入選した事は大きな喜びだった」としたあと、次のように書いた。

　その夜（入選を知らせた記者の訪問の翌日の夜）反二科運動の主唱者二人が、私の下宿に訪ねて来て「明日反二科運動で、上野公園で野外展覧会を大々的にやるのだが、君の入選した絵を君が撤回してくれませんか」と、そして反二科運動に加わって、今後新興芸術運動に手を握り合ってくれないか……（中略）と言って新しい芸術運動についての抱負と情熱をこめて私に説くのであった。

住谷は、その夜下宿を訪れた人物を、ここでは「反二科運動の主唱者二人」としている。当夜、住谷に対して入選撤回を要請し説得したのは、本人達がいう通り村山知義と矢橋公麿の二人だが、住谷はここで二人の名前を出していない。この手記が発表された昭和五十一年のこの時点で矢橋はすでに亡くなっていたが、村山は七十五歳で健在（翌昭和五十二年に死去）だった。すでに出版されていた村山の『演劇的自叙伝2』には、住谷を説得して入選撤回を要請したことについて「私は今でもこのことを住谷君に対して、まったくすまなかったと思っている」という住谷に詫びることば[20]があり、矢橋丈吉（公麿）も昭和三十九年一月に出版した『自伝叙事詩　黒旗のもとに』「マヴォ（Ⅱ）」の章の最後の部分に、入選撤回を要請した自分たちの行為について、

これ　かれが　かれらが
青年の日の横顔にして
哀しくもまた人もなき振舞たりし

という反省の気持ちを吐露している。「哀しくもまた人もなき振舞」だったとの自戒であろう。これらの発言を受け留めた住谷にも、二人への怨みつらみだけではない気持ちがあったものと思われる。

それはさておき、翌二十八日、住谷は「一夜じっくり考えて」上野竹の台美術館へ赴き、「落選画歓迎移動展」に参加するべく、美術館前の桜の木の下に集まっている青年画家たちの脇を通って、一人二科展の事務所に入り、二科会幹部に掛け合って、自分の絵の入選撤回を申し入れた。

「私は審査を受けて入選さえすれば、それでよいので、作品は私のものですから持って帰ります」との住谷の主張に、二科会の幹部たちも渋々納得したようだった。そして、住谷は「工場に於ける愛の日課」の絵を引き取って、美術館を取り囲んでいた反二科運動の青年画家たちの前に出た。その時の様子を「反二科運動とマヴォ」（注19参照）の後半に、住谷自身が次のように書いている。

桜の根方に集っていた青年画家達は、私が絵を抱えて出て来たので、その中から村山知義と矢橋公麿の二人が私に近づいて来て、マヴォの三角小旗を私に握らせながら、大声で、「成功！　成功！」と群がる方へ向かって叫んだ、この時私は初めて反二科運動の重要な立場で、陣営に立たされた事を感じたのであった。

その後に、「私は一人で美術館の裏の方へ回って、どう工夫したのか忘れたが、美術館の大屋根に攀《よ》じ登って頂天に、マヴォの三角旗を立てて、降りて来た……」と、住谷の文章は続いている。住谷だけではなく、そこにいた誰もが高揚し、興奮した気分だったと想像できる。住谷の行為に刺激されたのか、同じマヴォのメンバーの高見沢路直が美術館の大屋根のガラスに石を投げてガラスを割ったという逸話も知られている。

そのあと「落選画歓迎移動展」が動き出し、それぞれに「落選画」を手にした前衛画家達が長蛇の列を作って上野の山下まで来たところが、そこで突然数人の警察官が現れて行列を止め、移動展の中止を命令した。村山知義らが交渉したが認められず、「二科落選画歓迎移動展」はあっけなく中止させられたのだった。

注

注1 「リャク」とは、もともとはテロリスト組織などのメンバーが資本家に搾取されるのを潔しとせず、活動資金や生活費、果ては遊興費などを得る手段として資産家や大企業、銀行などを恐喝して金品を得る行為を「リャク」と呼んだらしい。アナキストや芸術家がそれをまねて行った行為も「リャク」といった。略奪・掠奪の意味で、アナキストを貶める意味で使われたのだろう。この近衛秀麿家の場合はそれには当たらないが、村山知義は大正末期の若い芸術家たちの暮らしぶりについて次のように書いたことがある(『演劇的自叙伝』昭和五十一年、東邦出版社刊、第二巻二一九頁)。

あの頃の芸術家には、金があれば、この二人(経済的に余裕のあった吉行《よしゆき》エイスケと尾形亀之助のこと)のようになり、金がなければ、アナーキストと称して、自暴自棄の生活をして、滅んで行くものが少なくなかった。その自称アナーキストたちは「りゃく」(掠奪の略)と称して、少しでも自分より金のある者の家へ押しかけ、金銭を強要するのである。

村山は自分が「リャク」をされる側の人間だという意識からか、アナキスト達のこの行為に対して、一貫して冷淡な態度で接しているように思える。ただし、アナキズムの陣営でも「リャク」という行為に対する批判的な議論が盛んだったという。大正末期からマヴォなど前衛美術運動周辺で活動していた島崎蓊助が自伝の中で語っているのは、昭和二年頃の話で、島崎が仲間と共同でエビス倶楽部の一部屋に住んでいたころ(後で詳しく触れるが、当時、エビス倶楽部には後にマヴォのメンバーとなる戸田達雄たちの広告宣伝会社オリオン社も仕事場を持っていた)、サロンのような雰囲気だったオリオン社に集う「芸術家」やアナキストの面々が果てしもない議論を続け、黒色青年聯盟のメンバーが「リャク」を行うことの是非が、仲間内で常に論争になっていたという。(『島崎蓊助自伝』二〇〇二年、平凡社刊、三八頁)

注2　小茂田信男ほか編『新編・日本流行歌史　上』一九九四年、社会思想社刊、「歌詞編昭和六年」二七八頁。『自伝叙事詩』の記述では、引用部分にある通り、矢橋は歌の題名を「丘をこえて」と、ひらがなで書いているが、「丘を越えて」が正しい題名である。

注3　この間、街を徘徊する中で知り合ったという文士、文化人の名前が列挙されている。そこに名前が挙がっているのは次の人びとである。

佐藤朝山　井伏鱒二《いぶせますじ》　尾崎士郎《おざきしろう》　添田《そえだ》さつき（知道《ともみち》）　徳富蘇峰《とくとみそほう》　武林夢想庵《たけばやしむそうあん》　徳田秋声《とくだしゅうせい》　上司小剣《かみつかさしょうけん》
萩原朔太郎《はぎわらさくたろう》　宮嶋資夫《すけお》　豊島与志雄《とよしまよしお》　石川三四郎　近藤憲二《こんどうけんじ》　田戸正春《たどまさはる》　五十里《いそり》幸太郎　林倭衛《はやししずえ》。

のちに矢橋と親しい関係になった人もいれば、どういう関係があったのかよく分からない人物もいる。そればかりか、この記述の時期が大正十年から十一年あたりのことで、つまり、矢橋がマヴォに出会う以前、大震災より前のことだとすれば、年代的に疑問符のつく人物も混ざっている。例えば、萩原朔太郎は大正十四年二月に上京するまでは前橋に住んでいた。東京に出て、馬込村に転居したのは大正十五年十一月だという。『自伝叙事詩』が必ずしも年代の正確さを重要視してはいないと割り切れば、特に問題にすることもないのだが……。

注4　前掲書（注1参照）『島崎蓊助自伝』「絵日記の伝説」一〇頁～。

注5　村山知義「マヴォの思い出」、『「マヴォ」復刻版別冊解説冊子』一九九一年、日本近代文学館刊。

注6　戸田達雄「幾駒かの青春」『美術手帖』昭和五十五年七月号。

注7　住谷磐根「思い出のマヴォ」前掲『「マヴォ」復刻版別冊解説冊子』（注6参照）。
住谷の記述では、「画友矢橋公麿に勧められて……」という所に注目したい。矢橋と住谷はこの時点ですでに知り合いだった。当時、二人はともに戸塚にある「教育新聞社」で校正係か植字工の仕事をしていたものと思われる。それだけではなく住谷も矢橋も共に豊多摩郡落合村の住人でもあった。又、二人は三か月後の八月末のイワノフ・スミヤヴィッチ（住谷磐根）作品「工場に於ける愛の日課」の二科展入選作品撤回事件の主人公だが、これについては後に詳しく触れる。

注8　ここに名前の挙がっている五人は、この時期の「マヴォ」結成の動きを克明に記録した柳瀬正夢の日記で六月二十日に護国寺前の喫茶店「鈴蘭」にて会結成の相談をしたメンバーと同じ顔ぶれである。矢橋が「鈴蘭」の会合と村山宅で開催された集まりの参加者を混同しているような気がする。あるいは「鈴蘭」の会合とは別に、村山宅で同じメンバーによる集りがあったのかもしれないが。その参加者にはブブノヴァの名前はない。一方、注9で紹介する記事では村山が参加者としてブブノヴァの名前を挙げており、「MAVOのVはブブノヴァのV」が定説のようになっているのだが。『自伝叙事詩』の矢橋の記述ではその点については曖昧である。

注9　村山知義「三科・マヴォ・プロレタリア美術」『美術手帖』三十八号、昭和二十六（一九五一）年一月号。

注10　村山知義はいわゆる「マヴォ命名伝説」について、前掲注9の『美術手帖』三十八号以外、どこにも書いていないと思われるが、昭和五十一（一九七六）年六月二十日に東京都美術館で開催中の「戦前の前衛展」の会場で展示作品解説の講演を行い、〈マヴォ・MAVO〉の名前の由来について語っている。その講演内容は東京都美術館発行の『美術館ニュース』三百八号、三百九号（同年九月、十月発行）に、「私の絵とその時代I・II」という講演記録として掲載され、村山は次のように発言している。

「マヴォ」というのは、そのときに集まった五、六人の人達の名前をローマ字で書きまして、そして一字一字切ってパーッと吹き飛ばした。そして、近くに飛んだところから調べてみたらMAVOという名前になった。Vという字がはいっているのはどういうわけかといいますと、ロシアの版画家でブブノワさんという人が「マヴォ」の二回か三回目に同人にはいってきたんです。しかし最初のときブブノワさんはいなかったんだから、なんでVがはいってきたんだかわからない。おそらく、片方にMがくっついているからVをつけようということになったんだろうと思います。

村山の発言は注9で触れた『美術手帖』での記述とは違って、集まった参加者の名前には触れずに、そこにはブブノワは居なかったとしている。居なかったのにブブノワのVがあることの説明は、なんとも意味不明であるが……。語ったり書いたりする度に村山の説明内容が違うのは、半世紀も昔のことで、記憶もあやふやだという理由によるのだろうが、本書五六頁の記述でも触れた通り、筆者には、村山知義という人物が「マヴォ」の名前の由来などにあまり関心がなかったように見えるのである。

注11　五十殿利治『大正期新興美術運動の研究』一九九五年、スカイドア刊。本書は著者の博士論文（一九九三年十月、筑波大学）をもとに出版されたもの。なお、一九九八年六月には改訂版が出版されたが、ここでの引用部分は同書九五年版の四六七頁。筑波大学名誉教授。

注12　萬木康博「解説・時代に生き、時代を超えた〈マヴォ〉」前掲『「マヴォ」復刻版別冊解説冊子』（注5参照）。

注13　柳瀬正夢の日記によって、「マヴォ」の発足の詳細が判明したが、発足のための会議が六月二十日に喫茶店「鈴蘭」で開かれ、その翌日には同じ「鈴蘭」で村山の「意識的構成主義的展覧会」の三回目が開催されたことになる。一連の村山の展覧会開催は「マヴォ」発足の気運に大きな影響を与えたと考えられ、それは関係者の間で強く意識されていたハズではないだろうか。にもかかわらず、柳瀬の日記には翌日から同じ場所で開催される村山の展覧会のことが書かれていないようであり（筆者は柳瀬の日記自体は未見である）、また後に出版された村山の『演劇的自叙伝』でも、自分の第三回目の展覧会についての記述はあるが、前日の夜、同じ場所で続けられた「マヴォ発足」の会議のことはまったく触れられていない。なぜか不思議な感じであり、腑に落ちないところである。しかも『演劇的自叙伝』一七九頁には〈マヴォが結成されたのは、七月の初めだったに違いない云々〉とあり、当事者の記述だけに、記憶違いでは説明のつかない謎めいたものを感じる。

注14　戸田達雄は昭和六十三（一九八八）年二月四日、八十四歳になる十日前に死去したが、生前、昭和四十七年に上梓した『私の過去帖』（私家版）という回想録を残した。著者自身と関わりのあった人びとについて記録したこの本には、「マヴォ」時代の友人達との交友の記録も含まれており、大正から昭和の時代に至る前衛芸術運動史にとって貴重な資料でも

あった。その『私の過去帖』は出版後四十年以上を経た二〇一六年に復刻出版されることになり、『増補　私の過去帖』として、文生書院から出版された（達雄の息子である戸田桂太の編纂による）。その際「マヴォのこと」と題する五十頁ほどの記述が増補掲載された。達雄が最晩年に書き残して死後発見された原稿で、「マヴォ」時代の自身の活動とともにマヴォイストたちの日常や表現活動、「マヴォ」時代以降の仲間との付き合いなど、生き生きとした記述が多く、「マヴォの歌」が何種類もあったことや、その歌詞、メロディ（譜面）の詳細などの、他には書かれたことのない記述も多くあり、マヴォの記録資料としての価値を高めている。ここでの引用は『増補　私の過去帖』三六六頁〜三六八頁の記述である。

注15　岡田龍夫は昭和十二（一九三七）年十二月号の『みづゑ』三百九十四号に、五頁に亘って「マヴオの想ひ出」を掲載した。岡田としては珍しい解説的、説明的な文章である。マヴォ発足以前の未来派美術協会の活動や「三科インデペンデント」への自身の出品について触れ、突然のマヴォ発足に憤慨・対抗して加藤正雄との二人展を行って評判を呼んだこと、村山知義との論争で言い負かされてマヴォに加盟したこと、その後『マヴォ』誌の編輯に加わって、中心的に活動したことなども書かれており、岡田自身の厳しい暮らしぶりの記述も含めて、岡田龍夫の目で見た当時の前衛美術界の雰囲気を伝えている。また、これが書かれた昭和十二年当時の、つまり十数年後のマヴォイストたちの現況が各人の似顔付きで紹介されているのも貴重である。

注16　前掲書（注11参照）五十殿利治『大正期新興美術運動の研究』　四七六頁〜。

注17　この時期（関東大震災直前の八月末頃）矢橋公麿がすでに「マヴォ」の同人に加わっていたかどうかはわからないが、「二科展入選撤回事件」報道での矢橋の発言や村山知義と共に行動している事実から、新聞記事では、マヴォ同人と書かれている。

注18　前掲書（一の注20参照）戸田達雄「矢橋丈吉君のこと」、『個』十三号

注19　住谷磐根「反二科運動とマヴォ」、『美術館ニュース』三百三号、東京都美術館、昭和五十一年四月発行。

注20　前掲書（注1参照）村山知義『演劇的自叙伝』第二巻、一九一頁。

第三章

豊多摩郡落合村上落合一八六

小石川区白山御殿町

上野の美術館前での若い画家たちの示威行動があった日から四日後の大正十二（一九二三）年九月一日、大きな地震が襲来して東京や横浜の街が壊滅した。マグニチュード七・九といわれる巨大地震、関東大震災である。建物の倒壊と広範な火災が街の風景を一変させ、十万人以上の人を死亡させた。それればかりか、朝鮮人が襲来するという意図的と思われる流言飛語《りゅうげんひご》が飛び交い、軍隊や警察、恐怖に駆られた町や村の人びとの手で多くの朝鮮人、中国人が殺害され、社会主義者など「不穏分子」も標的となった。戒厳令のもとで首都の雰囲気は一変した。

地震が起きた瞬間、神田三崎町《カンダミサキチョウ》の印刷工場二階の文選場にいた矢橋公麿がその後、水道橋から東中野へ線路伝いに歩いて下落合の自宅に帰ったことはすでに述べたが（一章注20参照）、その後、九月三日に、矢橋は兄と共に九段の靖國神社境内に避難したという友人一家を探しに出かけた。しかし友人には出会えず、その帰路、東中野近くの小滝橋で〈銃剣擬《ぎ》したる騎馬兵十数人の包囲威嚇《いかく》をうく〉という事態に遭遇した。軍隊による〈惨虐ムチャクチャの限りをつくせし社会主義者狩り、不逞《ふてい》鮮人狩り〉だったと矢橋は書いている。〈止まれ！止まれ！〉という兵隊の怒号に気がつかなければ、〈まさに号令一下の間一髪〉、掃射寸前という危うい経験だった。そこが運よく村山知義宅のすぐ近くだったおかげで、騎兵一隊を案内して村山宅に立ち寄り〈知義不在たりといえど／謹厳そのものにしてクリスチャンたる母堂　かれらをむかえて／ほど近き町内の住人にして「芸術兄弟」なるを証してあまりあり〉という次第で、騎馬兵の指揮官は刀をおさめて一礼して去ったという。危うく銃殺の危機をのがれた矢橋の震災体験である。しかし、この恐怖の体験が矢橋の内に〝被虐〟の側に立っている自分という意識を芽生えさせたのではないか。

十万人以上の犠牲者を出し、一面の焼野原となった東京の街に、九月二日午後には戒厳令が布告された。その非日常的な雰囲気の中で「朝鮮人の暴動」なる流言飛語が飛び交い、戒厳令下の異様な雰囲気は普通の人びとを狂わせるのか、東京中で「自警団」の名のもとに実行された信じがたい暴力が蔓延《まんえん》した。市井《しせい》の人びとを暴力に駆り立てた契機は何だったのだろう。日頃からの在日朝鮮人労働者への蔑視や植民地朝鮮に対する根源的な差別の意識が負い目となって、「この機に乗じて朝鮮人が襲ってくる」という危機感を募らせたのではないか。その危機感や恐怖が、人びとの非日常的な暴力を生んだ。

その異様な雰囲気の下でのことだが、直後の数日はともかく、何日か経た後には、奇妙な日常的な活気が溢れ始めたこともあったという。往来を歩く人の流れは後を絶たず、道路傍や空き地には食い物屋の屋台が次々に立ち並び、焼け跡の至るところにバラックを建てて人が暮らし始める。そうした不思議な喧騒が被災地東京の街に溢れる中で、一時停滞を余儀なくされていたマヴォも活動を再開した。

十一月には「第二回マヴォ展」として、市内の複数の喫茶店やカフェを会場にしてメンバーによる多発的な作品展を開催した[1]。東京市内でも銀座や浅草など下町の盛り場は壊滅したが、本郷、小石川、牛込、赤坂、新宿、渋谷など山の手や郊外に近い地域は被害が少なかったため、そのあたりの繁華街には人が集まり、かえって活況を呈して、カフェや喫茶店も大いに繁盛していたらしい。山の手各地の複数のカフェを会場にして、同時・分散的な作品展示を行うというところがいかにもマヴォらしい思いつきだが、この展覧会ではマヴォ創立時のメンバーの出品が少ないことが目に付くという『大正期新興美術の研究』での五十殿利治の記述がある。尾形、大浦、門脇らはいずれも二、三点から五点の出品に留まっており、やる気ナシの、腰の引けた印象が目立っている。この後、創立メンバーたちがマヴォを脱会する動きにつながっているように思われる。それに較べると、新たに村山のもとに集った人びと、加藤正雄、高見沢路直、住谷磐根らは十五点、二十点と出品し、顕著な差があったという（村山自身は四十五点出品）。しかし、そこに矢橋公麿の名前はなく、出品していないものと思われる。

また、「マヴォ」の活動など大震災後の美術運動の傾向について、五十殿は次のようにも述べている[2]。

こうして「マヴォ」はいよいよ本格的な活動を開始したが、この時期の美術界の動向は挑発的、暴力的、ダダ的であるというよりも、むしろ対社会的な寄与・貢献に傾いていた。「マヴォ」が展覧会場にレストランやカフェーを選んだのもそのような風潮に呼応したものといえる。バラック装飾社をはじめその貢献は素朴ではあったが、その分だけより直截《ちょくせつ》であった。「マヴォ」もまた動き出さずにはいられなかったのである。

もともと村山知義の提唱したマヴォの理念は美術や詩の分野に限定されたものではなく、舞踏や舞台設計、また「最上の或いは究極の芸術は建築なり」の主張[3]のように建築を芸術の最上位に位置づけるようなところがあり、そのようなジャンルにこだわらない越境性こそがアヴァンギャルドだという主張でもあった。社会や人びとの生活圏で力を発揮する芸術を目指したといえるのかもしれない。大震災で壊滅した東京の街の復興の動きはマヴォにとって絶好のフィールドだったともいえる。

震災後の仮設店舗やバラック建築にペンキを塗ったりして派手な装飾を施す活動[4]はマヴォでは村山知義や加藤正雄らが中心になっていたと思うが、この活動にも矢橋は登場していない。バラック装飾活動について触れた村山の自伝や戸田達雄の回想記[5]にも矢橋の名はない。この時期に、矢橋が何をしていたのかは分からず、『自伝叙事詩』にも何も書かれていない。震災の直前には「二科展入選撤回事件」の主人公の一人として、新聞にも名前が出るような活躍ぶりだったものが、いったいどうしたのだろう。あるいは、矢橋はこの年に二十歳となったはずなので、徴兵検査を受ける時期だったかもしれない。震災後の混乱で、徴兵検査がどのように実施されたのか分からないし、何処で検査を受けるのかも不明だが、その間、東京を離れていた可能性はあるかもしれない。いずれにしろ、大震災直後から十か月近くの間の矢橋公麿は、寺島珠雄に倣っていえば「消息不明」なのである。

矢橋の名前が「二科展入選撤回事件」以来初めて、印刷物などに登場するのは大正十三年七月一日発行の雑誌『マヴォ』創刊号[6]に於いてである。

創刊号には村山知義によるカンディンスキーの詩やオットー・パンコックの評論「パウル・クレーとダダ」の翻訳が掲載され、沢寿郎《さわじゅろう》、岡田龍夫、柳瀬正夢、矢橋公麿、イワノフ・スミヤヴヰツチ、高見沢路直、山里永吉《やまざとえいきち》、渋谷修、大浦周造、澤青鳥《さわせいちょう》、戸田達雄の詩篇、構成作品（写真）・コラージュ（写真）が並んでいる。木下秀《きのしたしゅう》、濱田増治《はまだますじ》の素描も紹介されている。発行所は東京府上落合百八十六マヴォ出版部で、これは村山知義の住所である。

また、諸氏の作品のほかに「マヴォの広告」欄があり、マヴォ版画集の出版・販売の案内と「意識的構成主義的連続展」開催の報告が次のように載っている。

小石川護国寺前カフェ鈴蘭で。
五月十六日――二十五日。戸田達雄
五月二十六日――六月五日。山里永吉
六月六日――十五日。高見沢路直
六月十六日――二十五日。矢橋公麿
六月二十六日――七月五日。澤青鳥
七月六日――七月十五日。岡田龍夫
七月十六日――七月二十五日。イワノフ・スミヤヴヰッチ

このうち戸田達雄はすでに何度か触れているが、この年（大正十三年）の早春、勤めていたライオン歯磨広告部を退社してマヴォのメンバーに加わった人物である。この展覧会よりすこし前の四月には実家のある群馬県前橋市で同郷のイワノフ（住谷磐根）に高見沢路直も交えた三人で「マヴォ展」を開催した。この展覧会が東京以外の場所で開催された初めての「マヴォ展」だというが、カフェ鈴蘭の連続展のラインナップでも初参加の戸田の展示が最初に設定されている。一作家十日間、二か月以上に亘る連続展の内容がどんなものだったのか興味深いが、展示作品の内容を伝える資料などは残されていない。

矢橋公麿展も六月中旬に開催されたことが分かる。そして矢橋は『マヴォ』創刊号では「狂愚の愛——不具者の言葉」という百行ほどの散文詩のようなエッセイのような、どちらともつかない文章を発表している。末尾に擱筆《かくひつ》の日付として「二四、六、七」とあり、大正十三年六月七日に書き上げたものだと思われる。たぶんこれが、現在我々が読むことのできる矢橋の最も古い文章だと考えてもいいのではないか。

しかし、この文章、何度読んでもまとまった意味を読み取ることができない難物である。というよりも、何度試みても全体を読み通すことができない。難解というよりも、観念的な思考の奥底からダイレクトに発せられることばの意味が伝わってこないのだ。どんな文章なのかを示すためにも引用を試みるが、どこを引用すればいいのか、それさえ決めかね、適当と思われる部分が見当たらない。唯一「狂愚の愛——不具者の言葉」という題名からは世界に向けられた作者・矢橋の暗い怨念のような心情がイメージされ、作者の内面を想像することができるように思われる。その心情に触れる部分と思われる数行だが……。

不具者をも愛することを知った吾々は、稍《やや》もすれば異端視さるゝある人々！　あらゆる部門に於てあらゆる技巧に於て、自己をより全きものに近からしめんとするものゝため一言せねばならぬ。そは全きものゝ確立でこそあれ、断じて矛盾や迷妄を蔽ふが如き、自己肯定のための弁疏《べんそ》では勿論あるべきではない……。

ウーム……。題名から想像できる怨念のような心情などといってみたが、ことばの連なりは底無し沼に沈んでいく如く際限もなく、そこに何か鮮明なイメージが生れることはない。ことばは外に向かって何かを提示するのではなく、底無し沼の暗い沼底に淀んでいる。それが不具者の言葉だというのだろうか。

矢橋の意識の内にあるのは、狂愚といい、不具者といい、世界から異端視され差別される者の側に立って、被虐者であることを自ら主張しようとすることなのだろうか。同じ創刊号のイワノフ・スミヤヴヰッチの構成作品（写真版）の題名も「不具者グレーチヘンの享楽」というものであり、「不具者」ということばやイメージの表象には異端であり被虐者であることに加担するマヴォイスト共通の感覚というべきだろうか。被虐者の芸術を提唱する村山知義は後に次のように宣言している。(7)

◇

自らの内に力のある被虐者は被虐されるといふこと、そのことを楽しむ。そして自らに対して残虐を働く。その芸術は非常な効果を及ぼす。何となれば、被虐者の自らに対する残忍性より大きな権力の象徴はあり得ないから。

◇

被虐者は我が被虐者であるといふことを充分に振り舞はす権利がある。何となれば他に何を彼が振り舞はし得るものを持つているか？

◇

もし被虐者にして自分を虐圧するすべてのものをひつぱたき得たならば！しかしながらその為には筋肉が必要である。

◇

虐圧者の芸術は見る人から涙を要求する。被虐者の芸術は見る人をひつぱたかうといきまく。

◇

自らをひつぱたくものとしての、相手を嘲笑するものとしてのダダ。

他人から虐げられることをバネとして、さらに「ひつぱたき得たなら」「ひつぱたかうといきまく」「相手を嘲笑する」などのことばで表現される攻撃性や暴力性を身にまとい、被虐者としての力を発揮させることに向かおうとする。それは村山知義の言によれば、どうやらヨーロッパのダダイスムにつながっている。芸術は「ひっぱたく」とか「嘲笑する」という事態に至って、初めて他者に、あるいは世界にダメージを与え、攻撃的な表現として完結する。それがダダイスム――ダダ由来のものだということなのだろうか。

前述（注7参照）の通り、この村山の「被虐者の芸術」は大正十四年七月発行の『マヴォ』第六号に掲載されたものである。『マヴォ』誌創刊から数えれば、途中の休刊をはさんでちょうど一年後ということになる。村山の芸術論の内に、最初から「被虐者の芸術」のような思想が内在していたのかは不明であり、グループ発足時の「マヴォの宣言」やドイツから帰国した頃の村山の展覧会のテーマである「意識的構成主義」には「被虐者の芸術」が提唱するような攻撃性や暴力性への志向は見当たらない。被虐者という立場からの表現を振りかざすということもなかったように思われる。

しかし、あるいはボロ布やガラクタや針金、毛髪や古靴や新聞紙によって構成した表現物こそが安寧な世界を〈ひっぱたく〉暴力的な契機であるということなのだろうか。村山だけではなく矢橋にしろ、イワノフにしろ、『マヴォ』創刊号から「被虐者の暴力」的な表現を鮮明に打ち出しているように思われる。

八月に発行された『マヴォ』第二号には、突如としてという感じで、リノカット版画が数多く掲載され(8)、多くのメンバーが競ってリノカットの作品を発表している。いずれもリノリウムの面に鋭角的な直線や丸みを帯びた図形を彫り込んで構成され、さまざまな抽象的イメージを表現しようとしている。ノコギリの刃を思わせる鋭い連続的なギザギザの形や櫛の歯のような細い突起物の連なりが『マヴォ』のリノカットの特徴的な表現である。

第二号に掲載されている多くのリノカットの中で、矢橋公麿の「自画像」の印象は特異なものである。図版で見る通り、版面全体にひろがる抽象的な形や線の間に幾つもの文字が彫り込まれているのだ。「殺」「ドク」「バカ」「豚」「死」の文字が確認できるが、それらの文字自体の意味からは否応なく攻撃、破壊、残虐、自虐などのイメージを喚起させられる。「MiNA」と読めるアルファベットの文字も見えるが、何か意味があるのだろうか。それらの文字はまるで塀や壁に殴り書きされた落書きやイタズラ書きのようでもあり、そのイメージはやはり破壊的、攻撃的である。

また、それらの「文字」は版画というビジュアルな表現物においては異物が混在したような効果を発揮している。「自画像」という題名のもとで、異物としての文字が表象する攻撃的なイメージは直ちに被虐者の自らに対する残虐性という「被虐者の芸術」における村山知義のことばを思い起こさせるのである。

滝沢恭司は村山知義の「被虐者の芸術」を視野に入れつつ、矢橋公麿のリノカット「自画像」について、次のように述べている。[9]

図２　矢橋リノカット作品「自画像」
『マヴォ』第２号

すなわちマヴォの版画が攻撃的、破壊的であるのは、そもそもマヴォイストが被虐者であるという意識のもとで制作を行ったからだといえるのだ。なかでも矢橋は自分の日常生活や社会にはびこる陰惨なイメージを躊躇することなくストレートに版画に表現し、被虐者ゆえに蓄積した負のエネルギーを放出して、表現の力へと変換する作業を行った。「マヴォ」二号に載った〈自画像〉——死、殺、ドク、バカ、豚という文字が彫り込まれたリノカットは、まさしく村山がいうような「被虐者の自らに対する残忍性」を表現した、被虐者による「権力の象徴」というものであった。

この時期の矢橋公麿は村山知義の「被虐者の芸術」の提唱を先取りしているかのように見える。『マヴォ』一号の「狂愚の愛――不具者の言葉」にしろ、二号のリノカット版画「自画像」にしろ、明らかに村山の「被虐者の芸術」論が主張する世界に対する攻撃性や暴力性、破壊性というイメージに色濃く染まっている。

大正十二年七月のマヴォ第一回展覧会開催から雑誌『マヴォ』創刊までの一年間、大震災が起きて世の中は大きく変わったが、ひとつ思い当たるのは、震災直後の戒厳令の下、矢橋公麿の身に降りかかった騎馬兵団による厳しい威嚇、誰何《すいか》の体験であろう。兵隊に銃口を突き付けられ、矢橋は〈残虐ムチャクチャの限りを尽くせし社会主義者、不逞鮮人狩り〉だったと書き、危うく掃射寸前の恐怖体験に遭遇して〝被虐〟の側に立っている自身を意識したのだった。その体験が被虐者の立場からの攻撃性、暴力性、破壊性を提示した『マヴォ』における矢橋の表現上の主張につながっていると思うのである。

『マヴォ』三号は大正十三年九月一日の発行当日に発禁処分となった。ひと月後に出た第四号の「マヴォの広告」に〈△第三号は発行当日発売禁止の上、全部押収された。おかげ様でひどく損をしたので、第四号からの大発展の計画はダメになった。〉とある。

何が発禁の理由なのかは分からないが、第三号の表紙を飾っている高見沢路直のコラージュ作品『ラシャメンの像』には人の毛髪とともに、本物のカンシャク玉が貼り付けられて、過激なイメージで煽動的な意図があったと見られたのか。そういう過激さが物騒な印象を与えており、当局に目を付けられる理由だったのかもしれない。

第三号は各頁の台紙に新聞紙を使うという凝った工夫が施され、記事内容や写真や版画作品はその台紙の新聞紙に張り付けてある、そういう体裁をとっている。その一頁に「雑誌MAVO現る」という見出しの記事（いわば自社広告だが）があり、次のようなことばが書かれている。

◆マヴォとは赤き面に真黒なメガネをかけた真蒼な犯人のグループである。

■ＤＡＲＡ・ＤＡＲＡと豚の如く、雑草の如く、性欲の震気楼《ママ》の如く現世を游泳する凡ゆる知能犯人（紳士閥共）にアビセカケル最後の爆弾である。

一読、これは何かに似ていると感じて、たちまち思いつくのは、〈詩とは爆弾である！　詩人とは牢獄の固き壁と扉とに爆弾を投ずる黒き犯人である！〉という詩誌『赤と黒』創刊の時（大正十二年一月）の宣言（五一頁参照）につながるイメージがあることに気付く。

また、「第三号校了の日に」と題する頁もあり、〈■ズドンと爆弾が破裂する。馬鹿野郎と叫ぶ。そして全存在の復讐すべきものゝ横面をビシ〳〵やるのがマヴォだ。世の中の奴等はマヴォをなんと見る。マヴォは革命を叫ぶ……（以下略）〉という風な過激なことばが連ねてある。最後に（Ｋ・Ｙ生）とあり、この欄の筆者は矢橋公麿だろうと思われる。

その一か月後の十月に発行された四号で『マヴォ』は休刊した。何人かのメンバーが退会したともいわれ、新しく入った人もいた。三号の発禁処分も影響しているだろうし、その状況をめぐる内紛のような事態もあったのではないかと思われる。

八か月の休刊をはさんだ大正十四年六月以降に発行された第二期の各号[10]でも矢橋の被虐者的な立ち位置は変らないように見える。第五号（六月刊）に矢橋は「放題」という散文詩風の文章を発表したが、そこに〈豚との混血児として没落した夢遊病者〉というフレーズが登場する。この時期、矢橋はこのような陰惨で醜悪と見えるイメージにこだわっていたように見える。八月に創刊された詩誌『世界詩人』[11]に掲載されている矢橋の詩篇の題名も「豚との混血児に与ふる」というものである。この時期のマヴォにとって「豚」とは何なのか、[12]〈豚との混血児〉とは……。その非現実的で忌まわしいイメージに執着することで「被虐者の自らに対する残虐性」を表現しようというのだろうか。

この傾向は『マヴォ』第六号（七月刊）の矢橋のダイアローグ作品「病」では、さらに極端になっている。第六号といえば、先に抜粋・紹介した村山の「被虐者の芸術」が掲載された号である。「病」で対話をする「登場人物」には発言順に次のような名前が付けられている――乞食、脊髄《せきずい》病、肺病、死人1、2、3、4、狂人、乞食、死人5、6、病、乞食、脊髄病、乞食、骸骨、脱獄囚、毒薬、チブス、コレラ、死人2、自殺者、医師、博士、医師、助手、医師、骸骨、死人1～5、狂人、乞食、（声）、乞食、男女（の掛合）、作者。

これらの「登場人物」が入れ替わり立ち代りに語るセリフには醜悪なことばと陰惨なイメージが塗り込められ、それが脈絡なく続いており、虐げられた世界からの呻きといえば、説明が付くような気もするが、単なる荒唐無稽といった方が分かりやすいようだ。例えば次のようなものだ。

死人6　世界の　世界の　墓場から　墓場から　戦死者　同盟の　白骨隊が　喇叭を　復讐の喇叭を　吹きます

病　何んだ　病だねこの芝居は…………

乞食　強盗　殺人　脱獄　謀殺　強姦　自殺　誘拐　悪疫　悪魔　革命　盗人　火薬　毒薬　あらゆるこれに類する狂人の大会がこれから開かれます　宣言　決議　具体案　モルヒネうまいよ　ばあが　ばあが　おまい　ヒ、、、、ポー　ばあが　革命うまい

先の「豚との混血児……」といい、この戯曲の登場人物といい、忌み嫌われる存在を並べることによって、世

界の陰惨・醜悪なイメージを強調しているかのように思われる。〈自分の日常生活や社会にはびこる陰惨なイメージ〉（滝沢恭司）と「死、殺、ドク、バカ、豚」という矢橋のリノカット「自画像」に彫り込まれた文字から喚起されるイメージを指しているように読み取れるが、実際の矢橋の日常生活がこのような陰惨な事態に満ちていたとは思えない。この時代の矢橋の日常とはどんなものだったのだろう。

『自伝叙事詩』には、マヴォ時代の当人の日常については何も書かれていない。矢橋が日常の暮らしなどを題材にしてエッセイや小説風の文章を幾つも発表するのは、もう少し後、昭和三年頃からである。大正末の、この時代の矢橋の暮らしぶりを知るのは諸氏の残した回想録などに登場する矢橋公麿像を糸口として想像することになるが、矢橋自身が書いた日常描写の文章が一篇だけあるので、まずそれを読んでみたい。

それは『マヴォ』第六号に載っているエッセイである。戯曲「病」が掲載され、村山の「被虐者の芸術」も載っている、その同じ第六号だ。矢橋は「石」というエッセイを発表している。それは自分が以前働いていた印刷工場での日常の中で生れた旧作の詩で始まり、日常の仕事や職場の雰囲気を具体的に語ったもので、その頃の矢橋の内面の葛藤や日常の気分のようなものも伝えている。少し長いが以下に全文を引用する。

石　　　矢橋公麿

―詩に尾をつけたるもの―

何とくだらないものが沢山おつこちてゐることだ
空つぽの茶碗か！のろ〱と歩きやがる新聞紙
俺はどうしようもねぇ
裸電線だ!!

臓物がよぢくれて
印刷機が急速力で空転する
―お前は何を云ふか！―
止してくれ　止してくれ　止してくれ
其血みどろの言葉をな
俺のお腹がへばりつく　風が流れて行く………

私はこの詩が好きだ。考へて見ると余程以前の作である。それは私が早稲田近くのS印刷工場に勤めてゐた頃だ。小さい工場ではあつたが、私は無智な兄弟を煽動――して一つの階級戦を惹起《じゃっき》したことがある。何といつても其の時、私は私の誘発した、そして現実として私の内と外との生活におつかぶさつて来た人類闘争の片鱗に対して焦慮と憤激と悲痛との渦巻の中に、余りにも無自覚な衆生の飢渇を前にして、私の持上げた烽火は弱く且つ小さかつた。第一回の嘆願は峻拒《しゅんきょ》を喰ひ、第二回の堂々と要求した日給三割の増額以下九つの要求案は一顧だに与へられず拒絶されてしまつた。この要求の拒絶されると同時に例によつて持久戦の幕が切つて落されたのであつた。裏切者!!!　この場合この言葉ほど私達にとつて絞首台にも優る憤激と絶望に導くものはあるまい。ギロチンにも優るこの言葉を聞いてからの一と時、私は考へることもなく鉛で囲まれた仕事場の真中に突立つてゐた。其時新聞紙の上に書きなぐつたのが前の詩であつたのだ。

重苦しい灰色の活字に見入つてゐた時、私はあのへと〳〵に疲れて而も憂鬱にも狂暴性を帯びた機械の歯車の音が、何処からか私の鼓膜を錐のやうに刺したやうに思つた。然し私達の工場の機械は決して動きはしなかつた。さうだ、私が真の狂暴性を帯びるのは火花のやうな此の一瞬であつた。そして教へられるともなく社会運動といふことを口端に上せるやうになつたのはこれらの現実に直面して以後なのだ。

その後私は職を失つた、けれど私は働こうとしなかつた。そろ〳〵襲来しかけてゐた不景気と共に働かして呉れる工場もなかつた、私はマヴオイストとして所謂豚的勢力の没落を始めてゐたのだ。そして実際運動へ、行動へ、破壊へ！そうした雰囲気が醸され出した私達のグルツペは、雑誌第三号の発売禁止となり、内訌《ないこう》となり、休止、分裂となつて表れたのであつたらう。さうして今、私は再び重苦しい灰色の活字の中に押込められて、憂鬱な狂暴性をおびたあのへと〳〵な機械の音を聞いてゐるのだ。あの不気味な音と鉛毒とは私の肺に血管に脳髄に悪魔のやうに侵略し、獣のやうな狂暴性を教唆するのではあるまいか。然しこれらの言葉は現実の私自身を何等裏書するものでない。タクテマテイズムか。アナーキズムか。サンヂカリズムか。将又《はたまた》ネオダダイストか。ペシミストか。私は恐らくそれらの何物をも求めてはゐないだらう。（以下六行略）（二五・六・一二）

末尾の日付によれば、この文章は『マヴォ』休刊から八か月後の大正十四年六月に書かれているが、冒頭の詩も含めて、以前印刷工場に勤めていた「私」の意識や気分を伝えている。その「以前」が何時のことなのかは正確には分からないが、冒頭の詩も印刷工場での職場闘争についての記述も、確かな根拠はないものの一年以上前の大震災の後の頃のことではないかと思われる。「石」という題名の意味は不明という他はないが、〈狂暴性を帯びた機械〉に囲まれた工場内で、床に落ちていた新聞紙に詩を書きなぐった過去の日々の描写は日常の中で研ぎ澄まされていく詩人の感性の持続を感じさせる。一方で、印刷機械が発散する〝凶暴性〟が「私」を実際運動へ、行動へと向かわせるという現実世界での活動家としての立ち位置が鮮明に語られている。また『マヴォ』第三号発禁のダメージから四号発行後に休刊に至ったマヴォ内部の紛糾・分裂状況（があったらしい……）も語られていて、『マヴォ』休刊前後の矢橋の揺れ動く心境や内なる葛藤が想像できるのである。

それにしても、第六号の『マヴォ』に関していえば、このような日常性に基づいた文章が、同じ書き手による被虐的で忌わしいイメージに満ちた「病」という戯曲と同じ号に載っていることに驚かされる。何ものでもない日常の暮らしの奥底に密かに用意された「被虐者の自らへの残虐性」がマヴォの表現の核を作っているというべきだろうか。

大正十三（一九二四）年に戻って語れば、この年は、四号までで一時休刊になったとはいえ、七月に『マヴォ』誌が創刊されただけではなく、前衛美術運動体としてのマヴォが活発な活動を展開した年だったといえる。護国寺前のカフェ「鈴蘭」での「意識的構成主義的連続展」などマヴォ展が何度も開催され、国民美術協会が主催する「帝都復興創案展」へのマヴォの参加（村山、高見沢、イワノフ、加藤正雄）[13]や『マヴォ』四号の「マヴォの広告」に〈マヴォイストは日活葵館の内部設計、壁画製作で大いそがし〉とある通り、村山知義を中心に、ジャンル越境的な建築や演劇の舞台設計などの活動も盛んに行われた模様で、マヴォの運動のピークにあたる年だったといえるだろう。

年末にもマヴォ展が開かれた。十二月二十日から三十日まで、画廊九段で開催されて、矢橋、戸田、澤（青鳥）、村山、岡田（脱会中?）、高見沢が出品したが、マヴォ同人以外の人びとも参加した大規模な展覧会だったらしい。この展覧会については翌年早々に発行された『建築新潮』二月号に展覧会評「マヴォ展に付いて」が掲載され、その展示内容を確認できる。評者は同じマヴォ同人の加藤正雄である。

マヴォは歳末の最後の十日間を画廊九段で盛大に展覧会を催してゐた。出品点数八十余点、現在のマヴォイスト六人とその他合わせて十二人、兎に角お出になつた方は多少なりともいゝ意味で何物かを持つて帰られたことと思ふ。

此度のものでは私は第一に矢橋の憂鬱なる夢と名付られた数点が気に入つた。それは材木を無造作に組合して黒と白とで塗り分けたもので、如何にもロシアの構成派の作品みたいだった。（以下略）

「憂鬱なる夢」と題する矢橋の作品が褒められている。口絵の写真を見ると「憂鬱なる夢」は細い材木を組み合わせて構成された立体的な構造物で、黒と白に塗り分けられた板状の面がアクセントになっているように見える。こういう説明をしても作品のイメージは思い浮かばないのだが、『建築新潮』大正十四年二月号の国会図書館所蔵のマイクロフィルム上の口絵写真の画像では全体が黒くつぶれていて細部はわからず、その写真をここに転載したところで、残念ながら、何だかわからない状態なのは変わるまい。

実は、画廊九段でこの展覧会が開催された大正十三年十二月、矢橋は東京を離れて、千葉県の銚子に行っていたらしいのである。

詩人壺井繁治の自伝『激流の魚』(14)には次のような記述がある。壺井が仲間たちと共に発行した詩誌『ダムダム』が大正十三年十一月に一号限りで廃刊に追い込まれた後のことである。

「ダムダム」が廃刊となり、みんなの気持ちが支えどころなくバラバラとなっていた時、彼（『ダムダム』同人の一人、飯田徳太郎――引用者注）の口から故郷の銚子へゆかぬかという話が持ち出された。そのころわたしは下宿代が滞り、食事を止められ、何処かへ逃げ出さねばならない状況に追い詰められていた。そういうわたしにとって飯田の話は渡りに舟だった。彼の話によれば、犬吠《いぬぼう》岬燈台の近くに日昇館という夏向きの貸別荘があり、冬の間は誰も客はなく、非常に安く借りられるから、出来るだけ多勢を誘い、そこで共同生活をしながら原稿を書こうというのだ。

この計画に矢橋公麿も参加した。これを提案した飯田徳太郎なる人物は矢橋とは因縁浅からぬ男で（一章注14参照）、あとでもう一度登場することになるが、その飯田が詩人仲間を募って銚子合宿を提案したのは、銚子の町が彼の出身地で、父親が銚子警察署長だったということもあって諸々顔が利き、銚子の町ならば宿にも安く泊まれるし、米も魚も野菜も、それに酒も簡単に手に入るという触れ込みだった。

壺井が「渡りに舟」だと思ったように、このとき参加した他のメンバーも失業中か下宿を追い出されそうになって、逃げ出したいという状況だったに違いない。たしかに、前掲のエッセイ「石」を読めば、矢橋もまた失業中の時期だったと考えられる。共同生活をしながら原稿を書くなどと恰好をつけてはいるが、東京で食い詰めた若い詩人たちの逃避行といった方が分かりやすい。

この計画に参加したのは飯田徳太郎と壺井繁治、矢橋公麿のほか、矢橋と同じマヴォの同人の岡田龍夫、それにダムダムの詩人集団の周辺にいた肺病病みの文学青年で銀行員の福田寿夫なる人物が参加し、もう一人、唯一の女性が平林たい子であった。平林は当時、満洲から帰ってきたばかりの十九歳か二十歳の作家志望の女性で、岡田龍夫と同棲していた。岡田が誘って銚子行きに同行したのであろう。

平林以外のメンバーは本郷、白山《ハクサン》上の書店兼カフェー「南天堂」をたまり場にしていた詩人たちで、壺井は自伝で、この頃のアナキストや詩人たちの無頼の日々を回想して「南天堂時代」と称している。そして同じ南天堂仲間でも、萩原恭次郎や岡本潤が参加しなかったのは彼らが家族持ちだったから——というのが壺井の見解である。たぶん矢橋もどこにも働き口がない状態だったばかりか、『マヴォ』は休刊を余儀なくされ、マヴォの中での内紛のようなものもあったという想像もできるし、矢橋の気持ちにも何らかの葛藤があったものと思われる。自暴自棄といえばいい過ぎだろうが、どこか遠くに逃げ出したいという気分だったのだろう。

この銚子合宿に出かけたのが何時のことなのか、また、どのくらいの期間銚子に滞在したのか、正確な日取りや滞在日数は分からないが、『別冊小説新潮』に掲載されている壺井のエッセイ（注14参照）には、

大正十三年十二月のある日、わたしたちの一行は生臭い魚の匂いのする銚子の街を通り抜けて、利根川の河口にある目的地日昇館に辿り着いた。

とある。「十二月のある日」とだけ書かれているので、それが初旬なのか中旬なのかは分からないながら、矢橋と岡田が銚子合宿に参加して不在の期間に、画廊九段での「マヴォ展」が開催されたという可能性はある。東京で食い詰めた若者たちにとって、銚子合宿への参加はそれほど魅力的な誘いだったのだろうか。岡田にしろ、矢橋にしろ、自分の作品が出品された展覧会の期間中の銚子行きだと思われるのだが……。しかしながら、この計画は参加者の期待通りには進まなかったようだ。再度、壺井の自伝から引く。(15)

誰も彼もみっちり原稿を書くつもりでここへやってきたのに、最初の意気込みと違って、原稿も書かず、本も読まず、毎日トランプをやる、ハナを引く、歌を歌う。それに飽きるとみんな揃って散歩に出かける。こういう日が一、二週間も続くと、銚子の街も、太平洋の荒波も、波間に浮かぶ白い鷗も、君ケ浜の砂丘も、犬吠岬の燈台もすべて退屈になってしまった。

この銚子合宿の破綻の顚末については寺島珠雄も著書『南天堂　松岡虎王麿の大正・昭和』（一章注2参照）で簡単に触れている。その部分を引用する。(16)

元警察署長の倅《せがれ》飯田徳太郎の顔は前ぶれほど有効ではなく、蒲団《ふとん》も食糧も、無論酒も乏しかった。離脱第一番は矢橋だった。これは矢橋本人から私が聞いた。次に銚子へ来て平林たい子を飯田に奪われた岡田が去った。第三番は飯田と平林の二人が東京で金策してくると出て行った。壺井と福田寿夫が残されて空きっ腹を抱えていた。そこへ香川県小豆島の岩井栄がやって来た。壺井とは同郷の女ともだちである。岩井栄の持ち金に救われて壺井と福田と三人は東京へ帰った。

若者の行き当たりばったりで自堕落な行動といえばそれまでだが、銚子での何日間かの間に、岡田は飯田徳太郎に恋人を奪われ、コキュにされて逃げ出したということになる。若き日の平林たい子の奔放ぶりには呆れるが、その彼女を伴って、さっさと二人で東京に脱出した飯田徳太郎という人物のデタラメぶりにも驚かされる。壺井の女ともだちが遠く香川県からやって来て救われたという顚末にも……。最後まで残らざるを得なかった壺井と岩井栄はこの後結婚し、世田谷の三宿《ミシュク》あたりで所帯を持った。

矢橋公麿が最初に銚子合宿から離脱したというのは寺島珠雄が生前親交のあった矢橋本人から聞いた事実だという。矢橋の性格、一本気で生真面目なところのある態度からみて、他の面々のデタラメな生活が我慢ならなかったのかもしれない。岡田龍夫もいざこざの果てに、即、去ったというから、二人は十二月中に東京に戻っていたのかもしれず、画廊九段の展覧会にも顔を出すことが可能だったとも考えられる。

さて、銚子合宿の顚末が長くなってしまったが、諸氏の書き残した回想録などに登場するこの時代の日常的な矢橋公麿像とはどんなものだったのか。

村山知義は自分の周辺に集まったマヴォイストたちの人物批評をする記述の中で、

矢橋公麿は影のある激しい性格の男だったが、数年前に死んだ。

と書いた[17]。アナキストに対しては常に冷淡な見方をした村山だが、この人物批評は短いことばながら、当時すでにアナキズムに傾斜していたはずの矢橋という人物の内面を捉えており、「影のある」という指摘は矢橋の正体をよく捉えているように思う。昭和四十六年に出版された自叙伝にある文章だが、「キミマロ」と、大正末期のマヴォ時代の名前で呼んでいるのも、矢橋に対する村山の何らかの想いを想像させる。

その頃、マヴォの面々は毎日のように上落合の村山家に集まっていたという。この章の表題になっている上落合一八六の家である。その家は三角屋根のアトリエのある家として有名だった。マヴォイストの多くは村山家の近所に住んでいた。矢橋一家も落合村だったし（一章注20参照）、住谷磐根や高見沢路直も落合村の住人だった。マヴォ発足メンバーの尾形亀之助も落合村で、柳瀬正夢も東中野の近所にいた。遅れてマヴォに参加した戸田達雄も下落合に移り住み、大正十四年春には萩原恭次郎が本郷から家族で下落合に越して来た。東中野駅に近く、どこへ行くのも便利だったこともあるが、村山知義という存在が若いアバンギャルドたちを惹きつける磁場のようなものだったのだろう。

矢橋とはマヴォで出会って以来、生涯に亘って親しい関係を続けた戸田達雄の回想がある。[18]

矢橋君は大の酒好きであったが、酒癖はお世辞にも良いとはいえなかった。平常は異常なほど無口なのだが、酔うと荒びてくるし、けんか早くなるのだった。異常な無口といえばそのころ私たちマヴォイストは村山知義君のアトリエに顔を出すことが日課のようだったが、矢橋君は入ってきて椅子に座り、黙ったままじっとしていて、黙ったまま帰って行くということが、たびたびあったという。

矢橋とはとりわけ親しかった戸田には矢橋の人柄を語る記述が多い。「あの喧嘩早い彼と争ったこともない」とも書いている。次のようなエピソードも紹介しておこう。これも今引用した記述と同様、『増補　私の過去帖』の矢橋丈吉編からの引用である。

私が外出先から落合村の借家へ戻ってくると、部屋の隅に三分の二ほど液体の入ったビール壜があり、紙を丸めた栓がしてあった。何だろうかと薄気味が悪くて、触れて見もせず寝てしまったら、翌朝矢橋君がやって来て「何だ、飲まなかったのか」といいながら、中身をゴクゴクとラッパ飲みした。「君が置いてったのか、何が入ってたんだい」というと「ビールさ、君に飲ませようと思って置いてってたんだよ」というので「紙切れにでもビールだから飲めと書いてあれば飲んだのに、何だかエタイが知れなかったから」と私は言った。すると「もうオレが飲んじゃったからいいさ」とケロリとしていた。

矢橋の人柄だろうか。飲みかけのビールの入った壜を留守の友人のために残しておく。善意がそのままは受入れられないかもしれないとは考えもしない。北海道の開拓地育ちの身についた自由な発想と身の処し方、あるいは精神の純朴さというべきだろうか。自然に発揮される不思議な相互扶助精神のようなものがにじみ出ているのだ。こういう日常生活の感覚と「異常なほどの無口」とか「影のある激しい性格」、あるいは「酔うと荒びて」、「けんか早くなる」癖を自らの内面に秘めた人物、振幅の激しいその性格や人柄を簡単には説明できないところのある人物というべきかもしれない。

そして、今引用した文章のすぐ後に、次のような記述が続いている。どの文章も戸田と親密に付き合っていた当時の矢橋公麿の日常の暮らしの様子を伝えている。

ある日矢橋君が私の家に一人の青年を伴って来た。石のお地蔵さまのような柔和な顔をした青年だった。「これは菊田《きくた》一夫《かずお》という文学青年で、一緒の工場に働いている後輩だ」と紹介した。

これが何年何月頃のことなのか、正確には分からないのだが、大正十四（一九二五）年の夏、『マヴォ』後半の第五号が発行された後のことだとすれば（その可能性は大きい）、「一緒の工場で働いている後輩だ」という菊田を紹介する矢橋のことばは、菊田一夫が後年、劇作家・演出家として名を成したのちに発表した自伝的戯曲『がしんたれ青春篇』[19]第一幕第二場の大正十四年夏と設定された場面と符合するのである。その時矢橋二十二歳、〝石のお地蔵様のような柔和な顔の青年〃菊田一夫は十七歳である。

『がしんたれ』第一幕第二場は「白山御殿町《ゴテンマチ》、抒情詩社印刷部　大正十四年、夏」——とト書きで説明されている。ト書きを読み進むと、「文撰工の矢橋丈吉（オール・バック、エプロンパンツ）が原稿と文撰箱を左手に活字を拾っている」という場面説明がある。

第二場の芝居が始まってしばらく進むと、出先から帰ってきた「和吉」が登場する。文撰工見習いの「和吉」こそ、この芝居の主人公・若き菊田一夫本人であり、芝居の原作者でもある。ここでは、次のような和吉と矢橋のセリフのやり取りがある。

和吉　（工場の中に入ってくる）唯今《ただいま》……岡村先生の詩集の前の半分、紙型全部できましたよ……沖田印刷に持ってっときました。
矢橋　そこにある活字……ケースに返しとけ。
和吉　へえ。
矢橋　字をよく見て返すんだぞ……いい加減な返し方をすると、次の文撰が誤植だらけになるからな。
和吉　へえ。（解版ズミの活字をケースに返していく）

矢橋と菊田一夫が一緒に働いているという印刷工場は、『がしんたれ』では白山御殿町の抒情詩社の印刷部だが、実際に当時の抒情詩社は印刷設備を持っていて、大正十四年三月号の『抒情詩』誌には「抒情詩社印刷部」の自社広告が載っている。社主の内藤鋠策《ないとうしんさく》（劇中では内海銀作となっている）は発行している詩誌『抒情詩』の編輯・発行人であり、印刷人でもあった。

この芝居は自伝的要素が強いとはいえ、菊田一夫の創作したフィクションである。いうまでもないが、状況設定や話の展開が事実の通りだとは限らない。しかし、矢橋丈吉をはじめ実名で登場する人物は多く、林芙美子《ふみこ》やサトウ・ハチローなど、実在の作家や詩人の名前が並んでいる。のちに詩誌『太平洋詩人』の編集人となる渡邊渡《わたなべわたる》も抒情詩社々員として登場して、萩原朔太郎に私淑している様子も描かれている。「草野心平」や「小野十三郎《とおざぶろう》」がちょっとしたセリフを喋《しゃべ》る場面もある。印刷部門を持っているのも、当時の抒情詩社そのままである。小石川、白山のあたりを舞台に、人物のセリフや動きが時代の雰囲気をよく伝えているように思われる。

第一幕二場の冒頭の場面に戻ると、抒情詩社横の路地裏の共同水道で長屋の住人やお内儀さんたちが洗濯の合間に喋っているシーンである。

長屋の男　ストライキの方はどうだい。
内儀一　何しろ相手も日本一の博文館だからね。職工共の言うことをそう易々とはきけないって言うんだとさ。
長屋の男　旗色はあまりよくなさそうだね。
内儀一　昨日も十人ばかり検束されたってよ。

冒頭からいきなりストライキの噂話《うわさばなし》である。この芝居の背景に「博文館」の労働争議が想定されているらしいと分かる。[20]

大正十四年夏という芝居に設定された時期に即していえば、この時実際の矢橋本人は銚子での怠惰な合宿暮らしから一人脱出し、東京に戻って半年後、復刊した『マヴォ』誌にエッセイや詩を書き、リノカットの版画を掲載する創作活動を続けながら、「抒情詩社印刷部」で文撰工として働き、後輩菊田一夫と出会ったというわけである。芝居の上では、労働争議に参加して、官憲の検束から危うく逃れるという場面もある。

しかし、注20で詳説したように、実際の博文館闘争のピークは大正十三年五月頃だったと思われる。それを考えれば、舞台の設定とのタイムラグが大きく、これが演出上の虚構だと割り切ることはできるが、博文館の労働争議に矢橋自身が関わったかどうかは分からない。また、矢橋もこれに関しては何も書いていない。

その頃、マヴォも運動体として大きな変化を余儀なくされていたように思われる。同じ大正十四年八月末に出た『マヴォ』第七号が最後の機関誌発行となったが、前述したように（注10参照）、大正十四年に発行された『マヴォ』五、六、七号は内容的に大きな変化があった。メンバー以外の文学者、詩人の参加・寄稿が増えたのは五号から編集人に加わった萩原恭次郎の交友関係の影響と思われるし、雑誌全体のデザイン、また表紙や広告でのビジュアル面の変化は岡田龍夫の仕事だろう。特に第七号では「ネオ・ダダイズム」「ネオ・マヴォイズム」というスローガンを掲げた都市動力建設同盟なる組織の結成が誌面で大きく報じられているが、これが何なのか、正体不明というべきだろうか。[21]

誌面では、もちろん矢橋も戸田も高見沢もこれまで通りにリノカット作品を掲載しているし、村山知義の版画作品や芸術論の翻訳もあるのは変わりない。なかでも矢橋のリノカット作品として「ドラマ『惨虐者の建築』舞台装置」のイメージが、大きく二頁を使って掲載されており、題名の下に〈本誌八号発表〉と予告してあるところをみると、『惨虐者の建築』の脚本は次の号に掲載するつもりだったのだろう。この七号が最後の発行になるとは誰も考えてはいなかったようだ。しかし全体の印象をいえば、新たな要素が闖入《ちんにゅう》してきて、リーダー村山の存在感が少し薄らいでいると見えるのも間違いないところである。マヴォ創立時からのメンバーだった柳瀬正夢も大正十四年に発行された五、六、七号には何も発表していない。

前衛美術運動に大きな動きや変化があった時期でもあった。前衛美術各派が集合して結成され、前衛の大同団結を意図した「三科造形美術協会」がこの年の九月に大規模な「公募展」を開催し、マヴォのメンバーも〝先端的な〟作品を出品した。昭和四十四（一九六九）年発行の『みずゑ』七百六十九号にはその展覧会を回顧する特集が組まれて、次のような解説が掲載されている。[22]

前衛の大デレゲーション三科公募展の開催は、大正期前衛の頂点を示すものである。（中略）話題は入口に作られた「三科展門塔」で、マヴォとＮＮＫ（都市建設《ママ》者同盟）の村山、岡田龍夫、高見沢路直、戸田達雄等の集団制作であった。個人主義芸術の範疇《はんちゅう》をこえた生産的構成が生んだ傑作である。また「門塔兼移動切符売場」も同類で……（以下略）。

『みずゑ』に掲載された写真で見ても、これらの「作品」が傑作かどうかはよく分からないが、マヴォの集団制作のオブジェがかなりの話題になったことは、文面から想像できる。同じ展覧会について北園克衛《きたぞのかつえ》も〈当時の日本のアヴァンギャルドの最も強烈な頂点を示した展覧会であったが（…中略）ゴミ捨て場から集めてきたような空缶や針金や枯木などで組み立て、ペンキを塗りたくった造形物は現代のポップアートの先駆的なるものである[23]〉と述べている。しかし、実はマヴォのメンバーは「三科」への加盟を要求して、以前から「三科」とは対立していた。「三科」にしてみればマヴォのダダ的で過激な表現思想や野放図な行動が他の穏健な団体の体質に馴染まず、マヴォは〝鼻つまみ〟的存在だったのかもしれない。村山知義が書いている[24]。

三科にはマヴォから代表として柳瀬、大浦、私の三人がはいっていたが、他のマヴォイスト十六人が三科に入れてくれといい出した。しかし三科ではそう一度にマヴォの連中がはいると、その勢力が圧倒的となるので反対である。だが、この展覧会にも率先して働いた岡田、高見沢、住谷、戸田ら十六人はどうしても全員入会を要求して揉めていたが、とうとう十五日になって、マヴォの連中は会場に押しかけて、なぐり合いとなろうとしたので……（中略）、私は間に挟まって大いに苦慮したが、結局、（三科という団体自体が――引用者注）解散ということになり、盛況の展覧会も中止した。（中略）

こうして折角の大同団結は忽《たちま》ちにして雲散霧消してしまった。この時期から、まだアナーキズムとコムミュニズムの区別もわからないながら、漠然と社会主義芸術の方向へ向かう者と芸術至上主義的な者とがハッキリと分かれて来た。

こうした動きの中で、最も鮮明な態度を示したのは柳瀬正夢だった。この年の十二月にアナ・ボル連合の形で結成された「日本プロレタリア文芸連盟」の美術部に参加し、翌大正十五年十一月、その組織が「日本プロレタリア芸術連盟」と名称を改め、アナキズム系の作家を排除してボルシェビキ色を強めた際にも[25]、組織の中心メンバーである中央委員として残り、やがて日本共産党の合法紙『無産者新聞』に諷刺のきいた政治漫画を描き続けた。また、マヴォの運動の終盤には演劇や舞踏に専念したかに見える村山知義も大正十四年十二月六日に開催された「日本プロレタリア文芸連盟」の創立大会に参加して、柳瀬の後を追うように美術部に加わるとともに、演劇活動を通じてプロレタリア芸術運動に傾斜していった。村山自身も〈……芸術上の日本虚無党をつくろうというマヴォの連中からは、私はいつの間にか離れて、演劇の方へ熱中して行った。〉と自ら語っている[26]。

マヴォの運動が潰《つい》えたかに思われる（後述するが、実はそうともいえなかった）この年の秋、もう一つ特筆すべき「事件」が起きた。マヴォの運動の画期的な成果であり、大正期前衛芸術の記念碑ともいうべき作品、萩原恭次郎の詩集『死刑宣告』が出版されたのである。この詩集の装幀や挿画、レイアウトも含めたブックデザインは岡田龍夫の手になるもので、版元が長隆社書店だといえば、著者の萩原恭次郎も含めて、後期（第二期）のマヴォのムーヴメントとの密接な関連に思い至り、この詩集はマヴォの運動の中から生まれたものだといえるだろう。マヴォイストたちを総動員してリノカットの挿絵を多用し（矢橋公麿作のリノカット版画も二点入っている）、活字の配列や印刷上の工夫を凝らすなど、書籍としての斬新なスタイルを実現させたのも岡田龍夫の力であり、『死刑宣告』は萩原、岡田の共同制作によるビジュアルな作品だということもできる。

当然、この詩集の出版は詩や前衛芸術に関わる人びとの間で大きな反響を呼んだ。大正十四年十一月六日に画廊九段で開催されたという出版記念会の、〈フランス革命、ロシア革命勃発前に於ける反貴族派の会合場を想起せしめた〉（南江二郎「死刑宣告の出版記念会に就いて」『日本詩人』大正十四年一月号の記述）というような過激な雰囲気もさまざまに伝えられている。

壺井繁治も自伝『激流の魚』（前掲書、注14参照）の二〇四頁に次のように書いた。

……普通の出版記念会によく見られるように、詩集そのものにたいする賞讃やお世辞から会は始まらずに、この詩集の作者の詩精神がここに集まったひとびとの胸に火をつけたような形で、爆発的な言葉で開始された風変わりの出版記念会だった。

……恭次郎の作品に感動してそこに集まった多くのひとびとの口から、テーブル・スピーチにせよ、通り一遍の賞讃やお世辞が出てくるのとは、およそ違った雰囲気が会場全体をはじめから支配していた。最もふさわしいのは、『死刑宣告』のどの作品の中からでもよい。ある詩句を強いアクセントをこめて叫べばよかったのだ。

『死刑宣告』が人びとに与えたインパクトの大きさが想像できるが、ここでは大正十四年十月十五日前後の数日間の出来事に関わる、ある「仮想の物語」について書いておきたい。『死刑宣告』の発行日である十月十八日の三日前、十月十五日に市谷刑務所で古《ふる》田《た》大《だい》次《じ》郎《ろう》の死刑が執行された。処刑の日の朝書かれたという別れのことばが知られている。

同志諸君

それではこれから参ります
健康と活動を祈ります
大正十四年十月十五日
午前八時二十五分
古田大次郎

ギロチン社メンバー。大正十二年十月十六日、大阪十五銀行小坂支店を襲撃し、誤って銀行員を刺殺、逃走。大正十三年九月、福田雅太郎陸軍大将暗殺未遂事件に関わって、逮捕。

大正十四年六月二十七日、東京地裁で死刑求刑。

九月十日、死刑判決。古田大次郎は上訴申し立てをせず、死刑が確定した。

十月十五日午前八時半死刑執行。二十五歳だった。

その日の夕方、古田の遺体は弁護士・布施《ふせ》辰治《たつじ》、江口渙《えぐちかん》、近藤憲二らに引き取られて、布施辰治宅に安置された。同志が集って通夜。翌日、落合火葬場で荼毘《だび》にふされた。その日の一連の経緯を近藤憲二が著書『一無政府主義者の回想[27]』に記述している。


寺島珠雄は近藤憲二の著書の記述と近藤がその年の十一月発行の『労働運動』誌第十三号に寄稿した報告を読み込んで、古田大次郎が処刑された当日の、周囲の人びとの行動と心情を想像しながら、ひとつの「仮想の物語」を思い描いた[28]。それはきわめて個人的な寺島自身の心情に根ざしたものだが、萩原恭次郎詩集『死刑宣告』の出版と古田大次郎の処刑をひとつの歴史として捉え、その同時代性の中に関連付けて論じようとする意図があったのだと思われる。

寺島は近藤憲二の『労働運動』第十三号での報告によって、古田大次郎の遺体を出迎え、引き取ったのが〈古田君の兄さん及び同志十名〉、また布施家での通夜には〈数十名〉が弔問し、翌十六日には（警察の厳重な警戒の囲みを破って）〈二十数名〉が訪れて別れの挨拶をし、落合火葬場への途中、道のあちこちで同志たちが帽子を振って霊柩車を送った、という事実をまず報告し、そのあとに次のような寺島独自の見解を述べている。

　私は近藤憲二の報告から、古田の「出迎え」「弔問」「別れ」に駆けつけた人数を拾ったが、この人々の口から〈古田処刑〉が一斉に伝播されたのは当然だろう。それと同様に、しかし一斉にではなく誰か一人、二人、三人程度から『死刑宣告』という詩集が出たぞ！　と古田処刑にからめた因縁ばなしふうに噂が飛び交い、増幅されて行ったのもまた当然と私は考えるのだ。


〝因縁ばなしふう〟などと俗な言い方をしているが、寺島は近藤の報告を読み、布施家に弔問に駆け付けた人びとやアナキスト結社のなかに「自然児連盟」の名前を見つけたことから独自の仮想を組み立てている。〈自然児連盟というのは山田作松、前田淳一、椋本運雄《むくもとうんゆう》などが知られたメンバーだが、深沼火魯胤《ふかぬまひろたね》もまたその連盟員だった〉（寺島珠雄『南天堂・松岡虎王麿の大正・昭和』三〇五頁）。

寺島はここで「自然児連盟」の一員として深沼火魯胤なる人物が古田大次郎の弔問に駆け付けたのではないかと想像したのである。それは無理のないものだと思われる。以下がその根拠である――深沼なる人物はかつて『赤と黒』第二号に過激な詩を投稿・掲載したことのある群馬県人で、深沼と萩原恭次郎とは同県人同士の知った仲だという。深沼に関するこれらの知見は伊藤信吉の記述[29]によるものだと、寺島は書いている。

同郷旧知のアナキストが『死刑宣告』の出版を事前に知っていたとしても不思議はない。

寺島珠雄の想像は〈誰か一人、二人、三人程度〉に該当する人物として深沼火魯胤にたどり着いたのである。

『死刑宣告』をすでに読んでいたかもしれない深沼火魯胤こそ、『死刑宣告』出版をこの日の弔問者に広めた最初の人物ではないか――と。

しかし、この想像は実際にはあり得ないことだったらしい。この時、当の深沼火魯胤は豊多摩刑務所に服役中で、葬儀に駆け付けることはできなかったことがはっきりしているという(30)。

とはいえ、この「仮想の物語」を荒唐無稽な空想譚だと斥けることはできない。古田大次郎の死刑執行と詩集『死刑宣告』の発行の日にちがほぼ同じだったのは偶然だとしても、出版の慣例からいって、十八日を発行日とする書籍が例えば十五日より前に書店に並ぶことは普通にありうるし、八月二十日発行の『マヴォ』第七号には『死刑宣告』の出版予告広告も掲載されているのだ。事前にその出版を知ることは難しくはなかったと思われる。深沼のように萩原恭次郎を知る人物でなくとも、アナキストや詩人たちのうち何人かの弔問客が現実の古田大次郎処刑と詩的表現物としての『死刑宣告』との間に通底している「時代の雰囲気や気分」を感じとり、誰もが驚愕《きょうがく》の思いを共有したのではないか。連鎖のように感想がささやかれ、"因縁ばなしのように"噂が飛び交ったのではないか。

もうひと言付け加えれば、これを寺島の個人的な想像による架空の物語だと切り捨てることも出来ない。十月十五日朝の死刑執行から翌日の葬儀までの経緯を調べ、人びとの思いを仮想しつつ記述した著書の数頁手前（二九九頁）に、自身の「仮想の物語」の背景に漂っている時代の気分に触れて、寺島は次のように書いている。

アナ系を自任する東京の若い詩人たちの間に、村山知義の訳したエルンスト・トルラーの詩集『燕の書』（25年4月長隆舎書店）が切実に読まれたのには、そんな潜在事情もある。

寺島のいう「そんな潜在事情」とは何か。それは大正十四年六月二十七日の東京地裁での古田大次郎への死刑求刑に先立って、五月五日に大阪地裁から伝えられた中浜哲《なかはまてつ》（富岡誓）ら六人に対する死刑の求刑という事実を聞いて誰もが驚きと恐怖を懐いたということに関わるものと思われる。〈六人に対して死刑という苛酷さは静かな深い反響を呼んだ〉と寺島は書く。[31] そこには施行されたばかりの治安維持法への人びとの恐怖が現実のものとして加味されていたようにも思われる。都合のいい口実によって幾らでも逮捕される恐れのある治安維持法の前で、誰もが自虐的な気分を自覚せざるを得なかったのではないか。寺島はさらに続けて、詩人の岡本潤がのちに自伝に書いたエルンスト・トルラーの詩についての次のようなことばを紹介・引用している。

——当時、萩原恭次郎やぼくなどを刺激していた未来派のダイナミズムとちがって、むしろ沈潜した革命的情熱をコスミックに表現した長詩『燕の書』から、ぼくは魂をゆさぶられるような深い感銘をうけた……

（岡本潤『詩人の運命』）

この三行は岡本潤の自伝からの引用だが、岡本とは親密な交友のあった寺島珠雄が岡本から直接聞いたことばだったかもしれない。

そして、岡本潤が深い感銘をうけたと語るエルンスト・トルラー『燕の書』の詩句とは、次のような一節で、これが詩集冒頭の六行である。[32]

——友達が夜死んだ。
たつた一人で。
鉄格子が屍体の番をした。

間もなく秋が来る。

深い悲しみが燃える、燃える。
孤独。

この詩に魂を揺さぶられるような深い感銘をうけたという岡本潤のことばはこの時代のアナキスト詩人たちの「詩」に向かう感性を示しているだけではなく、時代に対する深い憂いをもよく伝えている。それは、岡本自身が書いている通り、未来派のダイナミズムではなく、ダダ的な過激さでもない、精神の深いところに感じる寂寥感のようなものではないだろうか。『死刑宣告』でいうならば、大小の活字や記号が乱舞することばの斬新さや過激さの奥に潜む静かな抒情との出会いであり、大都会東京の喧騒の描写を超えて、読む者が向き合う詩的体験に共通する感情だったのではないか。

寺島珠雄が試みたのは、古田大次郎の死刑執行という事実をその時代の詩人たちの詩的な感受性に重ね合わせてみせることだったたと思うのである。

さて、矢橋公麿はどうしていたのだろう。彼が古田大次郎の通夜や葬儀に参列したという記録は見当たらないし、「三科」解散騒動以来、マヴォは活動停止状態だったとしても、この時期における矢橋の社会運動や労働組合活動での具体的な行動は『自伝叙事詩　黒旗のもとに』には何も書かれてはいない。『がしんたれ』の状況設定が事実に即したものならば、この時期も抒情詩社印刷部で文選工の仕事を続けながら、印刷労働者の組合闘争に加担していたことはあり得る。

もちろん、古田大次郎処刑に衝撃を受け、心の内に怒りと悲しみを秘めていたのも間違いないだろう。ほぼ四十年を経て発行された『自伝叙事詩　黒旗のもとに』の三一頁、「十年間（1）」の章には、

Fは絞首台にくびられ（原本では〈Fは絞首台にくらびれ〉だが誤植と思われる）

の一行がある。いうまでもなく古田のFであろう。さらに三三頁には、その古田大次郎の死刑執行当日の別れのことばが書かれた色紙が図版で掲載されている。

また、戦後すぐに矢橋は「組合書店」を創設して多くの書籍を出版したが、昭和五年に田戸正春《たどまさはる》によって大森書店から出版され、即発禁処分となった古田大次郎の手記『死刑囚の思ひ出』をいち早く復活刊行した。昭和二十三年十月のことである。(33) 古田大次郎に対する矢橋の意識は当時から戦後まで、一貫して変わることはなかったと思うのである。

古田が処刑されたという「事件」については、当時、アナキストたちの同志的な視線とは別に、世間一般からの世俗的な話題にもなり、注目も集まったという。

『死刑囚の思ひ出』とは別に、古田大次郎の獄中手記『死の懺悔』(大正十五年、春秋社刊)も出版され、版を重ねるベストセラーになったという。無政府主義者でテロリスト、恐ろしい強盗殺人犯の死刑囚の手記が心を洗われるような純粋な感動をもって読者の胸を打つ。版元の広告文には——涙光る心、清く優しく深く悲しい恋、そして死、などと通俗の極致ともいうべき文言がちりばめられていて、ふーん、そうか、そこまでいうのかと思いたくなるような文章である。こんな具合だ。

涙光る。死で詩を綴った人は若かった。その人の恋は清く優しく深く悲しかった。その人は涙光る心の持主だった。………あの風貌を以て、あの心境を以て、愁然死んでいった古田大次郎君。ああ涙光る。(以下略)

ここにほんの一部を書き写した広告文は秋山清の著書『ニヒルとテロル』(平凡社ライブラリー、二〇一四年三月刊)に所収されている「テロリストと文学/老人の話」という評論の中で紹介されている(同書一七五頁、初出は『新日本文学』一九五八年十二月号)。その「老人の話」は次のような書き出しで語られている。

一九三四年に出版された小野十三郎の第二詩集『古き世界の上に』のなかに「老人の話」という詩がある。大正のテロリストのことを思うとき、すぐ私の回想はその詩のことにたちかえってゆく。

この小野十三郎の詩「老人の話」は昭和五（一九三〇）年のことと思われる冬の夜、霧の立ち込める東京郊外の一軒の家に、小野と秋山が連れ立って、ある老人を訪ねた時のことを書いた散文詩のような一編である。筆者はこの詩を『小野十三郎著作集第一巻』（一九九〇年、筑摩書房刊）で初めて読んだ。

ここで「老人」というのは小野や秋山よりもたぶん二回りほども年上のアナキストの先輩、岩佐作太郎《いわささくたろう》である。

秋山の文章の中でそれが明らかにされている。

小野の詩「老人の話」では、その夜の岩佐との対話が小坂事件でやられた仲間のことに及んだ時、〝俺には忘られない言葉〟（小野）を聞いたという。それは岩佐作太郎が微笑を浮かべながら語った次のひと言だった。

「――ね。F君も結局死ぬまで古い道徳から解放されなかった人だね。いや、これがあの人を死に追いやったようなもんだ――」

F君とは古田大次郎のことだ。古田の本に感動していた自分を顧みて、小野は老人のこのことばに目を見張り、自らの詩の最後を次の数行で締めくくっている。

「道徳、やつらの――」俺は眼をあげて「老人」の若々しい顔を見た。力の籠った表情にぶつかった。この人がこんな考えを持っている。それはなんの不思議なことではないが、そう思うと自分の眼がしらが熱くなるのをおぼえた。

岩佐作太郎のことばは清純でプラトニックな恋愛感情や厳格な日常の生活態度など、息苦しいような生真面目さを〝古い道徳〟として切って捨てて、そのことに感動したり賞賛したりする人びとの理解の浅薄さを批判しているように読める。

それは世間一般に蔓延する俗っぽい高揚感や出版界の空騒ぎだけに向けられた批判ではなく、その騒ぎに煽られた結果なのか、古田大次郎の生と死を世の中の常識の中で美化しているかの如きアナキズムサイドの風潮にも向けられているように思える。

このアナキストの先輩が語ったのは、古田大次郎という人が精一杯に生きて自由を求め、思い通りに、やりたいことをやっていたらなぁ……ということで、この世の欲望を満たす野放図な行動こそがアナキズムを現実のものにする、アナキズムとは生きることの意味を豊かにする思想なのだ――ということだったように思える。

秋山清は「テロリストと文学／老人の話」で、この夜のことを小野十三郎の詩に沿って書いているのだが、詩の中で小野が老人のことばをかみしめながら、自分の眼から、うろこが一枚はぎとられるような思いがしたのだろうと推測し、小野自身がその夜経験した小さな感動を伝えている。

秋山清にはこの夜のことを書いた文章がもうひとつある。日本アナキスト連盟機関誌『クロハタ』第七十八号（昭和三十七年八月一日号）に掲載された「ふかい霧」という短いエッセイで、これは「たかやま・けいたろう」という（秋山の）ペンネームで発表されている。同じ夜の岩佐作太郎訪問記だが、こちらの方がやや具体的で、〈西武電車野方駅下車、初冬の灯が森の木かげや畑のなかのまばらな家々からまたたいている道を、小さな丘にあるその家の部屋に行くと、床の間の目さまし時計が七時を指していた〉という書き出しで、その夜の訪問の雰囲気が、あるイメージとともに受け取れる。そこでは、訪問した人物がOとTと紹介されていて、小野十三郎と局清（秋山清）がふたりで一緒に老人・岩佐作太郎を訪ねたのだと想像できる。

ふたりが部屋に入った時、老人は読んでいた本を畳の上に置いて、目を上げ、眼鏡を外して「やア」と会釈し、その口許に、ふと愛嬌があったという。続いて〈老人が眼鏡を外した時、畳の上に置いたのは古田大次郎の『死の懺悔』だった〉と秋山が書いている。

＊　＊　＊

大正十五（一九二六）年を迎えた。この年の暮れに大正天皇が没して、昭和と改元された年だが、矢橋公麿の周囲でも幾つかの変化が起き、新たな事態が動き出していた。

前年の大正十四年秋には、三科解散の騒動や柳瀬正夢のグループからの離脱、それに追随したかに見える村山知義の行動などもあり、グループとしての活動が潰えたかに思われたマヴォだが、翌年の五月に画家・横井《よこい》弘三《ひろぞう》の呼びかけで開催された「理想大展覧会」なる公募展には多数のマヴォイストが参加して作品を出品した。その「出品作品」はマヴォの最盛期にメンバーの共同制作で造られた立体的な構造物を再現したようなモノで、マヴォ的な過激な雰囲気の作品だったと想像できる。

一方では五月に発行された複数の雑誌に、この展覧会の開催・出品と連動するかのように「マヴォ大聯盟再建に就て」というアピールが掲載されて、マヴォイストたちの運動再建への意欲と姿勢が示された。

さて、その横井弘三の「理想大展覧会」だが、主催者の横井弘三という人物について、また展覧会そのものについて、筆者の知識は乏しく、ここで詳しく論じることができないのだが、滝沢恭司の研究論文「横井弘三の理想大展覧会について」[34]を読む機会があり、理想大展覧会という聞き慣れない美術展についての知識を得たばかりか、この研究から大正末期の美術界の動向について多くを学んだ。本稿での理想大展覧会関連の記述はその論文に依拠していることをお断りしておく。

「理想大展覧会」に参加（出品）したマヴォイストや大正期の新興美術運動に関り深い作家として、滝沢論文には、展覧会の出品目録や諸氏の著作、雑誌等の記事などを網羅して確認した名前が列挙されているが、それは次のような作家たちであるという。

阿部貞夫、有泉譲《ありいずみゆずる》、萩原恭次郎、溝口稠《みぞぐちしげる》、原弘《はらひろむ》、橋本錦永《はしもときんえい》、川崎恒夫、菊池武一《きくちたけかず》、松山文雄《まつやまふみお》、望月桂《もちづきかつら》、岡田龍夫、高見沢路直、戸田達雄、横井弘三、村山知義、矢橋公麿、柳川槐人《やながわかいと》。

多くは前年の秋、騒動の末に頓挫した三科公募展に参加した芸術家であり、マヴォのメンバーかその運動に深く関わった人びとだと思われる。また、これらの人びとのほかにも棟方志功《むなかたしこう》、片柳忠男《かたやなぎただお》の名前が出品者として確認できたと記述されている。東京に出てきたばかりの棟方志功だろうか。もう一人の片柳忠男はライオン歯磨広告部で戸田達雄の後輩であり、大震災の後、戸田に続いてライオン歯磨を退社した。画家を志してマヴォ周辺で活動した後、戸田とともに、広告宣伝図案社オリオン社を創設した人で、矢橋公麿とも、その後半生で深い関りを持つことになる人物である。

「理想大展覧会」は注34で述べたように、横井弘三の理想主義的な思想を実現するべく開催されたもので、無鑑査・自由出品の展覧会（アンデパンダン展）だった。出品目録で確認できる出品者は百六人、出品点数三百三十三点（そのほか児童画も展示されたという）。著名な芸術家や造形作家以外にも、誰でも参加できる開かれた展覧会であり、さまざまな立場や職業の人びとが「作品」を出品したようだ。滝沢論文に挙げられている造形作家や美術家以外の出品者の肩書を見ると、これが美術展覧会の枠には収まらない催物だったことが分かる。

〈高等遊民、かんばんや、会社員、農業、著述業、石版工、労働者、小学生、旧船乗り、コック、小学校教員、塗師、茶商店員、浮浪人……〉。滝沢が〈一部を挙げてみる〉と断って出品者の肩書を列挙した、その書き出しの部分である。論文ではこの三倍程の数の多種雑多な肩書が挙げられている。株屋の手代、乞食、遊稼人などというのもある。

普通ならば美術展覧会に出品することなどには縁のない人びとが大挙して作品を展示したということだが、一体どんな「作品」が並んだのだろうか。興味深いところだが、滝沢論文によれば、〈同定できる現存作品は一点も確認できていない〉という。しかし、出品作品全体に関する横井弘三自身の次のような記述が紹介されている。

「日本画、洋画、古典から、印象派から、ダダから、構成派、デタラメ派から、奇怪派、二元派彫刻も出てれば、玩具もあり、児童の創作模様まであった。又、手工品の日用品から、発明品も参加した」（横井弘三「怪奇な●理想展●の活躍」『アトリエ』第三巻第六号、大正十五年六月、一四九―一五〇頁）。

また、もう一つ、『やまと新聞』が「象徴派構成派なんどの不思議千万なものから、真面目にコツコツ描いた油絵、日本画、彫塑《ちょうそ》がごたごたと並べて度肝《どぎも》を抜くその名に背かぬ日本始まって以来の珍奇展」（大正十五年五月二日付）と伝えた記事もあるという。

これらの記述を読めば「理想大展覧会」を取り巻く祝祭的な雰囲気が想像できるが、そこにマヴォのメンバーが多数参加したことも、展覧会を盛り上げる効果があった。マヴォイストたちの出品作品の多くは、それまでの「マヴォ展」や「三科公募展」で過激な表現が注目され、話題になってきたような「構成物」だったという。

横井弘三の別の報告（横井弘三「理想郷の理想展祭り」『美之國』第二巻第六号、大正十五年六月）をもとに、マヴォのメンバーの出品作品についての、滝沢の整理を紹介しておく。

岡田龍夫の《畸形児《きけいじ》の群》はマヴォのメンバーによる合作で、「ボール紙で空中にヴラ下がるそこへ、キャタツ、ナワ、梯子、雨戸の如きものが附属してる」という作品だった。有泉譲の作品は「ゴザに書いた長さ十間もあらうとする構成品」、そして高見沢路直の作品は「何処から集めて来たかと思わせる構成品」だった。

さらに矢橋公麿も「構成品」を出品したらしい。ほかに出品目録から、萩原恭次郎と溝口稠の合作三点や橋本錦永の《我が理想郷展標也》が構成物だったことが確認できる。

これらの「構成物」はどんなものだったのか。横井弘三の報告「理想郷の理想展祭り」（前掲）の記事には岡田龍夫とマヴォイストたちの合作だという「《畸形児の群》らしき構成物」の写真が掲載されており、滝沢論文にもその写真が引用されている。しかし、不鮮明な画面からは、部屋中にロープ状のものが張り巡らされ、そこに脚立や板切れや戸板らしきものがぶら下がっているという、いかにもマヴォの構成作品らしい感じのものだとは想像できるが、一見しただけでは、雑然とした雰囲気が伝わってくるばかりである。

結局、「理想大展覧会」にグループ全体として参加した格好のマヴォの行動は、出品作品についての評価や表現上の成果を問うよりも、前年の九月以降停滞していたマヴォの運動復活のきっかけを作ろうとする思惑があったものだったと思われる。それは横井弘三という特異な美術家の「理想大展覧会」開催への思惑とも通じ合うものだったはずである。もともと無監査・自由参加の美術展覧会を主張する横井の姿勢には画壇の権威主義に反発する平等主義、あるいは大正期らしい理想主義的な思想があったものと思われるが、彼はその思想のもとに、震災以降の新興美術運動としてのマヴォの活動に熱い視線を注いでいたのではないだろうか。「理想大展覧会」へのマヴォの参加が実現したのは主宰者横井弘三の呼びかけがあっての事だろうと思うのである。[35]

理想大展覧会の内容を知ると（想像すると、というべきだが）その展覧会自体がアナーキーで野放図な雰囲気に満ちたものであり、〝お祭り騒ぎ〟の自由な気分が日常的な現実に対する強いインパクトとなって「非日常」を生み出したといえるかもしれない。それは芸術表現におけるアナキズムといってもいいし、〝マヴォ的〟なものに通じる気分だったともいえそうである。

このように、マヴォ再建・復活の目論見は「理想大展覧会」の場で話題にもなり、ある程度の成果を得たといえるのかもしれない。そして、展覧会開催と同じ時期に複数の雑誌に発表された「マヴォ大聯盟再建に就て」、あるいは「マヴォ大聯盟建設趣意書」というアピール[36]もまた、展覧会参加と連動して同じ意図のもとに挙げられたマヴォ復活のノロシだと見えた。

しかし、それらの表現活動や集団としての運動の継続を意図したアピールが現実的な運動再建につながることはなかったといわざるを得ないだろう。「マヴォ大聯盟建設趣意書」に建設委員代表者として名前を連ねているのは萩原恭次郎、村山知義、牧壽雄《まきひさお》、柳川槐人、矢橋公麿、岡田龍夫、高見沢路直、戸田達雄の八人である。いずれも雑誌『マヴォ』第七号（大正十四年八月刊の最後の号）まで、常連の執筆者として活動してきたマヴォイスト（牧壽雄と柳川槐人は第二期の五号以降活発に参加したメンバー）だが、現実には大正十五年五月のマヴォ再建アピール発表以降、理想大展覧会をきっかけにして意図された再建の動きは鈍く、皆それぞれに新しい仕事や立場に進んでいったようである。

村山知義のようにこの時点で、「日本プロレタリア文芸連盟美術部」に加わってマヴォの活動から距離を置いた人もいる。早い段階でマルクス主義の立場を明らかにした柳瀬正夢に追随したように思われるが、村山はこの時期のことを回想して〈……芸術上の日本虚無党をつくろうというマヴォの連中からは、私はいつの間にか離れて、演劇の方へ熱中して行った〉（注26参照）、と語っている。それでも、マヴォ再建の動きに名前を連ねているのは、マヴォ運動の創設者なりの自覚があってのことだろうか、それともお付き合いのつもりでそこに加わっているのだろうか。「マヴォ大聯盟建設假事務所」の所在地が本郷区西片町の文黨社《ぶんとうしゃ》内となっている。『文黨』は作家の今東光《こんとうこう》主宰の文芸雑誌で、村山知義はその雑誌の表紙絵を描いているという。この縁故を通じて文黨社の事務所の所番地を借りたのだろうか。その辺がマヴォを離れたと自らいう村山の役割だったのかもしれない。

岡田龍夫とともに趣意書やアピールの文責に名を連ねて「マヴォ再建運動」の中心的立場だったと思われる矢橋公麿だが、その矢橋、同じ五月創刊の『太平洋詩人』に萩原恭次郎、岡本潤、小野十三郎らとともにエッセイを掲

図３　岡田龍夫によるマヴォイストの似顔絵。『みずゑ』昭和 12 年 12 月号所載

載している。創刊号掲載の自社広告を見ると、「太平洋詩人協会印刷部」に所属して、書籍印刷の仕事をしていたことが分かっている。矢橋にとっては、マヴォの運動の消滅が大きな転機だったという印象がある。

　マヴォの終焉は矢橋以外のマヴォイストにとっても転機となった。萩原恭次郎も『死刑宣告』を上梓した後、多くの詩誌に作品を発表しているが、昭和三（一九二八）年十月、妻子とともに郷里の群馬県前橋市郊外の石倉に帰郷して農村に住み、そこで新たな文学活動を始めた。戸田達雄は「ライオン歯磨」勤務時代の同僚だった片柳忠男とともに、広告図案社「オリオン社」を創設して、ショーウインドーの飾りつけを請け負う仕事を始め、やがてそれが広告デザイン全般を扱う事業に発展していった。高見沢路直は独自にマヴォ継承の活動を続けたようだが、やがて、田河水泡として『のらくろ』漫画で著名になる。牧壽雄も関西で独自に活動を続けたというが、筆者には牧壽雄について詳しい知識が欠けている。柳川槐人は元々工芸の人でその分野でのマヴォイズムを広めたというが、後述する昭和二年の『文藝解放』創刊にも参加して、アナキスト美術家として存在感を示した。

結局、最後までマヴォに固執して活動したのは岡田龍夫だったといえるだろう。リーダーだった村山を始め、矢橋も含めた多くのマヴォイストがマヴォを〝通過していった〟のに対して、岡田は自らの内部にマヴォを抱え込んで、そこに留まり続けたのではないだろうか。「マヴォ大聯盟の再建に就て」のアピールから二年半も経った昭和三年十月、岡田は新作のリノカット版画を掲載した雑誌『形成画報』を創刊し、その雑誌を「マヴォ改題」と称したという。マヴォを継承しようという意思がはっきりと示されているように見える。

一方で岡田は自分を「街の似顔絵師」と称している。[37]〈……十有余年の間、帝都を初め、各地の市民――善男善女の似顔を描き続けて来た〉（前掲「マヴオの想ひ出」二章注15参照）とも語っている。

いうまでもないが、大正から昭和に進むこの時代の芸術活動は政治的な運動の波の中にあった。昭和二年一月に文藝解放社による『文藝解放』誌が創刊されたのも、政治思想的な対立に関わっている。二か月前の大正十五年十一月に「日本プロレタリア文芸連盟」が「日本プロレタリア芸術連盟」と名称を変えたのを機に、アナキズム系の作家・芸術家を除名して、ボルシェビキ色を鮮明にしたという政治的な状況に対抗して、アナキズム側の人びとが結集したのが『文藝解放』創刊の動きだった。[38]

注

注1　震災後のマヴォの活動や展覧会の詳細、人名や出品数等については前掲書（二章注11参照）『大正期新興美術運動の研究』第九章「『マヴォ』の運動」に拠っている。四八六頁〜。

注2　前掲書（二章注11参照）『大正期新興美術運動の研究』四九〇頁。

注3　雑誌『マヴォ』第二号（大正十三年八月刊）の「マヴォの広告」欄にあることば。

注4　震災後、直ちにこの活動を始めたのは今和次郎らの「バラック装飾社」だった。焼跡に建てられたバラックや仮設の建物に派手な色彩で装飾を施すという行為が画家や美術家たちの創作意欲を刺激したのはもちろんだろうが、物情騒然とし、不安に満ちた世間の状況を眼のあたりにした美術家たちが社会に貢献しようという意識を持って行動したのも事実であろう。マヴォは「バラック装飾社」の活動に刺激されたのだろうか、すこし遅れて同じような活動を始めたといわれる。

注5　村山の自伝――前掲書（二章注1参照）『演劇的自叙伝』一九四頁。
戸田達雄の回想記――前掲書（二章注15参照）『増補　私の過去帖』三八四頁。

注6　（二章注5、7、12参照）雑誌『マヴォ』一号〜七号は一九九一年、日本近代文学館から復刻された。大正十三年、十四年に発行された巻号の全てと思われる。復刻に際して、「別冊解説」冊子と「マヴォ第一回展」目録が付録として付けられた。このうち、一号〜四号は大正十三年の七月〜十月に、五号〜七号は大正十四年六月〜八月に発行されたものである。前半を第一期『マヴォ』、後半を第二期『マヴォ』と呼ぶ場合もある。

注7　大正十四年七月刊『マヴォ』第六号掲載の村山知義「被虐者の芸術」より抜粋。

注8　第二号でリノカット版画の作品が突如として増加した理由について、次のような見解はある。『本の手帖』昭和三十七年十一月号に掲載された「『マヴォ』の版画」という記事で、著者は木村茂雄（詩人遠地《おんち》輝武《てるたけ》の美術評論でのペンネーム）。

第二号になると、急激に版画作品の収載がふえた。だいたいはリノリューム版画らしい。そこで、うがっていえば、たまたまこの号で、リノ版をぢかに印刷機にかける方法を発見したことが、同時に銅版製作の費用を軽減する所以となり、このように急激な版画作品の多量収載という結果を導いたことかも知れない。

『マヴォ』第二号以降のリノカット版画の多用は、まさしく木村の言うように、リノ版を直接印刷機にかけることができるという技術的な理由で、印刷経費の節約というところが大きな利点になったようだが、作者が彫ったリノリウム版を紙型や凸版に変換することなくダイレクトに印刷できるという軽便でアマチュア的な方法がマヴォの作家たちに好まれたのではないだろうか。

また、リノカットの多用は版画の表現上の刷新でもあったと思われる。版画作家たちにとっては、リノカットの持つスピード感が歓迎されたのではないだろうか。スピード感とは、柔らかなリノリウムの面を彫るスピードであり、彫刻刀の動きのスピードである。それは明らかに表現の質に関わっている。マヴォイストたちは彫刻刀のすばやい操作によって、鋭く鋭角的で連続的な直線や動きのある柔らかな曲線を描き出し、新しい版画表現を獲得したのであろう。

大正十四（一九二五）年十月に発行された萩原恭次郎の『死刑宣告』の出版で、マヴォイストたちのリノカット版画を多用して、それまでの詩集とは全く違う画期的なブックデザインを生み出した岡田龍夫の仕事はリノカットをめぐって、版画表現と印刷技術の新たな関わりに踏み込んだものだったが、岡田に限らず、矢橋公麿も印刷工場で働いた経験が豊富で、その仕事で得た知識や技術が版画表現の刷新に役立っていたのではないかと考えられる。

注9　滝沢恭司「マヴォの版画について」『町田市立国際版画美術館・紀要』第八号、二〇〇四年三月刊、二〇頁。

注10　第二期「マヴォ」の各号の雑誌そのものの内容や体裁は四号までとは大きく変化している。まず、編集・発行人が「村山知義」から「村山知義・岡田龍夫・萩原恭次郎」の三人体制になり、発行所も長隆舎書店という出版社に変った。長隆舎

書店はこの年の秋に発行された萩原恭次郎の『死刑宣告』の版元でもある。

復刊後の各号を見ると、内容的な変化は著しい。リノカットやオブジェの写真版も前期と同様にあって、戸田達雄、矢橋公麿、岡田龍夫、高見沢路直らが作品を寄せているが、寄稿者に詩人や文学者が増えたことも大きな変化である。遠地輝武、萩原恭次郎、岡本潤、陀田勘助《だだかんすけ》、小野十三郎、壺井繁治など、『赤と黒』『ダムダム』の詩人やその仲間たち、また中野秀人、林芙美子、小牧近江《こまきおうみ》、仲田定之助《なかださだのすけ》などの人びとも寄稿している。他にも中河与一《なかがわよいち》、吉行エイスケ、辻潤、中西《なかにし》悟堂《ごどう》らの名前も見える。前期の休刊の際、脱退したとされた岡田龍夫も復帰？した模様で、編集人として名前を連ね、中心的メンバーとして作品も発表しているのが可笑しい。

注11　『世界詩人』は大正十四（一九二五）年八月にダダイズムの詩人ドン・ザッキー（都崎友雄）が創刊した詩誌。創刊号に矢橋は「十万マーク」と「豚との混血児に与ふる」の詩篇二つを寄稿している。詩の内容には触れないが、いずれもダダ的な攻撃的字句が連なった詩である。

注12　矢橋の文章や詩篇に現れる「豚」のイメージは〈豚との混血児〉というフレーズが示すように、陰惨で非現実的な状況を構築して、そこに被虐者的な現実を表現しようとする契機のように思える。これは矢橋だけではなく、マヴォ全体に共通するイメージのようでもあり、『マヴォ』第五号では〈豚との混血児として没落した夢遊病者〉なるフレーズが使われた矢橋の「放題」と同じ頁に岡田龍夫によるエピグラムで〈社会学と経済学の影に潜んだ豚的勢力め！〉との一行がある。矢橋の六号のエッセイにも「私はマヴォイストとして所謂豚的勢力の没落を始めてゐたのだ」とあり、「豚との混血児」も「豚的勢力」も具体的な意味は不明ながら、「豚」が何か特別なイメージとして使われているのは確かであろう。

ところで、この第五号は復刊して長隆舎発行となった最初の号だが、新たに広告の頁が複数設けられている。長隆舎書店の出版物の自社広告もあり、『新シキ豚ノ飼方』『利殖の早みち　実地豚の飼方』など養豚の専門書が並んでいるのである。「被虐者的な表現の契機としての豚」などという芸術家紛《まが》いの高踏的なことば遣いは版元の側から笑い飛ばされているような感じではないか。長隆舎書店とはいったいどういう出版社なのだろう。

注13　前掲書（二章注11参照）『大正期新興美術運動の研究』第九章の五「芸術の究局としての建築──帝都復興創案展」の五〇九頁。

注14　壺井繁治の自伝『激流の魚』は最初昭和四十一年に光和社から出版され、昭和四十九年、立風書房から増補・改訂して再刊された。ここでの引用は筆者の手元にある立風書房版によるが、引用部分は一九二頁。ここで取り上げている詩人たちの銚子での合宿については、昭和四十七年七月に発行された『別冊小説新潮』に、同じ壺井繁治が発表したエッセイ「若き日の平林たい子　ひとり生きる」があり、一部はその記事からの引用もある。

注15　前掲書（注14『激流の魚』参照）一九四頁。

注16　前掲書（一章注2参照）『南天堂　松岡虎王麿の大正・昭和』二六〇頁。

注17　前掲書（二章注1参照）『演劇的　自叙伝』第二巻、一八九頁。

注18　前掲書（二章注15参照）『増補　私の過去帖』一三七頁、一三六頁。

注19　『菊田一夫戯曲選集』第二巻、昭和四十一（一九六六）年、演劇出版社刊。

公演時のパンフレットによれば『がしんたれ　青春篇』は昭和三十三年に『週刊朝日』に連載された自伝小説の劇化で、昭和三十五年十月から翌年三月まで芸術座で上演されて大ヒットした。配役には菊田本人の役である竹村和吉の少年時代を中山千夏が演じ、青年時代は久保明。矢橋丈吉の役は東宝現代劇の児玉利和が演じた。

中でも林芙美子役の森光子の好演が評判となり、翌年『放浪記』のヒロインに抜擢されて話題を呼んだ。『がしんたれ青春篇』における矢橋丈吉は経験豊富な印刷工として登場する。また、後輩の和吉（菊田一夫）が矢橋に連れられて「労働運動社」に出入りしている話などもチラッと出てきて、矢橋が当時すでにアナキズム運動に関わっていたことも描かれている。当時の東京の印刷労働組合間ではアナキズムが主流だったといわれ、注20で紹介しているエッセイ（『闘いのあと　文化運動外史』一六九頁）で徳永直《とくながすなお》も〈……当時のアナーキズムは素朴な労働者の間には抵抗を受けず流れこんだ。ことに印刷工の労働運動には主流をなしていて、そのほかの産業の労働組合にも、大きな影響をあたえていた〉と述べている。

注20　この芝居の第一幕第二場の時代設定は「大正十四年夏」となっており、徳永直の著名な小説『太陽のない街』で知られる共同印刷闘争がこの場面の設定より半年ほど後の大正十五（一九二六）年一月に始まったことを考えれば、ここで登場人物たちが噂をしているストライキとは共同印刷闘争より前の博文館印刷所時代の組合闘争を想定したものと思われる。共同印刷という会社自体が大正十四年十二月末に（経営の合理化と労働組合活動の封じ込みの狙いで）博文館印刷所と系列の精美堂印刷を合併させて発足したものであり、合併以前の博文館での組合運動については、『闘いのあと　文化運動外史』（中野《なかの》重治《しげはる》、江口渙、壺井繁治、窪川《くぼかわ》鶴次郎《つるじろう》、徳永直共著、昭和二十三年、民主評論社刊）に徳永直が寄稿したエッセイ「一つの時期」に詳しい。

それによれば、労働組合運動の機運や意識が高まっていた大正十三年五月一日の早暁、博文館印刷所の第二工場から原因不明の出火があり、第二工場一棟を全焼する火事が起きた。会社は早暁の不審火を「不穏事件」と捉え、臨時休業を決めて、工場を封鎖したが、その日がメーデー当日だったため、何も知らずに出勤してきたが工場内に入れない千八百名の労働者は関東印刷労働組合の指導（アジテーション？）もあって、そのままメーデーの集会に参加したという。そして、それを機に労働者たちの会社側への闘争意識は一気に高まり、大規模なストライキが実現したのである。徳永の高揚した記述（『闘いのあと』二〇九頁）を引用すれば、

　この大正十三年博文館印刷所争議が偉大な勝利で終わつたことは、日本労働運動の歴史が記録している通りである。三割の賃金値上、徹夜業のてつぱい、延長作業三割増、（その他……）。

という結果となった。

また、平成九年に出版された社史『共同印刷百年史』でも合併以前の労働争議について、この大正十三年五月のストラ

イキ以降、十四年秋に至る博文館と精美堂の労働組合運動の高揚と印刷労働組合の組織化・先鋭化の動きについて述べられている。しかし、本文にもある通り、実際のストライキ闘争の時期と芝居の想定時期にはズレがあり、社史の記述からも大正十四年夏以降の具体的な闘争やストライキの事実は窺えない。とはいえ、印刷労働者組合の先鋭化や組合意識の高まりが続いていたのは確かであろう。

想像するに、会社合併による共同印刷の発足は博文館印刷所当時の労働運動の組織化・先鋭化を危惧した経営者側の合理化への意図のもとに計画されたものと思われる。合併後、日本共産党中央の指導の下に六十日間に及ぶ共同印刷闘争が闘われたが、ストライキに対してロックアウトで対抗する経営側の思惑の通りに進み、多くの馘首者を出して、労働組合側の敗北で終わった。

注21　「都市動力建設同盟」という名称は『マヴォ』第七号に突如として登場し、朱色のインクで刷ったリノカット（岡田龍夫作と思われる）の一頁広告「都市動力建設同盟成る」と、別に半頁分の「運動とその事業」と題した解説が掲載されている。

「都市動力建設同盟」は略称N・N・Kとも呼ぶらしい。「ネオ・マヴォイズム」、「ネオ・ダダイズム」「実態派」「産業派」「構成派」などの字句がちりばめられているが、意味は不明。この団体について、木村重夫（遠地輝武）は〈電気、瓦斯、水道、鉛板、鉄材、木材、コンクリート……の製作から、舞台装置、ポスター、雑誌単行本の装幀挿画、印刷、製版……までの広告が見えているが、いろいろの出鱈目《でたらめ》もふくむけれども、とも角もこうしてマヴォの運動が生活の芸術化を目標とする点で極めて積極的建設的であるのはたいへん意義ぶかい〉（「『マヴォ』の版画」『本の手帖』昭和三十七年十一月号）などと述べていることも紹介しておく。創立事務所は「画廊九段」内というが、実態のある運動体なのか「遊び」なのか分からない。マヴォの別称に過ぎないのかもしれない。

注22　本間正義「三科・その栄光と挫折」『みづゑ』七百六十九号、昭和四十四年二月刊。

注23　北園克衛「大正末期から昭和初期の前衛運動」『日本デザイン小史』昭和四十五年、ダヴィット社刊、三五頁。北園は三

科公募展出品のマヴォの「作品」をこのように高く評価し、〈その頂点をつくりあげたのは戸田達雄たちであった〉と絶賛したが、当の戸田達雄は昭和四十年代の末、古希を迎えた頃か、大正末期の自分たちの「形成芸術作品」について、〈まぁ、いまの草月流のオブジェを思い切り汚らしくしたようなもので、今考えると顔が赤くなるような、穴があったら隠れたいというような……〉と苦笑しつつ語ったことがある。

注24　前掲書（二章注1参照）『演劇的自叙伝』第二巻、三〇八頁。

注25　この時「日本プロレタリア芸術連盟」から除名・排除されたのは秋田雨雀《うじゃく》、江口渙、小川未明、加藤一夫《かとうかずお》、内藤辰雄《ないとうたつお》、中《なか》西伊《にしい》之助《のすけ》、新居格、宮嶋資夫、村松正俊《むらまつまさとし》などの人びと。アナキストを排除したプロ芸側の役員は山田清三郎委員長、小堀《こぼり》甚二《じんじ》書記長、中央委員の佐々木孝丸《ささきたかまる》、中野重治、久板栄二郎《ひさいたえいじろう》、柳瀬正夢。

注26　村山知義のプロレタリア文芸連盟への動きについては前掲書（二章注11参照）『大正期新興美術運動の研究』第九章「マヴォの運動」五四四頁。また、村山自身の記述は前掲書（二章注1参照）『演劇的自叙伝』第二巻、三〇九頁。

注27　近藤憲二『一無政府主義者の回想』一九六五年、平凡社刊、二六七頁〜二六八頁。

注28　前掲書（注16参照）『南天堂　松岡虎王麿の大正・昭和』三〇一頁〜三〇七頁。引用した寺島の独自の見解五行は三〇六〜三〇七頁。

注29　伊藤信吉『監獄裏の詩人たち』一九九六年十月、新潮社刊。寺島が参考にしたと思われる深沼火魯胤に関する記述は「監獄のほとりで」篇、一九五頁〜二〇七頁。

注30　寺島珠雄の「仮想の物語」について考える途中で、筆者は偶然、あるウェブ・サイトに遭遇してそれを読み、寺島の仮想・推理は興味深いが、現実的には無理があると考えるに至った。それは黒川洋氏の「骨紙記――かろいんさんとアゴーニ」というサイト（www.libro-koseisha.co.jp/tuiho/nantendou-seigo.html）であり、そこには、深沼火魯胤の経歴や人物紹介の欄があり、次のような記載をみつけた。

〈(深沼火魯胤は)（19）25年7月自然児聯盟の臼井源一、椋本運雄、山田録郎と公務執行妨害と傷害罪で豊多摩刑務所に服役。（懲役3か月・10月29日出獄）〉というのである。

　つまり、深沼はその年の七月から豊多摩刑務所に服役中であり、十月二十九日に出獄したという。その深沼が十月十五日であれ十六日であれ、古田大次郎の葬儀に参列するのは不可能だということになる。深沼が服役中だったという黒川氏の指摘通りであれば、寺島仮想は成り立たないのだ。しかし、急いで付け加えるが、黒川氏の論旨も筆致も寺島の仮想の意味を貶めるものではない。

注31

寺島のことばは前掲書『南天堂　松岡虎王麿の大正・昭和』の二九九頁。六月二十七日の東京地裁での古田大次郎に対する死刑求刑の少し前の五月五日、幾つかの罪名で起訴された中浜哲とギロチン社の面々六人に対して、大阪地裁で死刑が求刑された。六人一度に死刑を求刑するという検察側の異常な姿勢に人びとは驚いたが、地裁判決は無期懲役など有期刑だった。

　裁判は検事控訴となり、大阪控訴院で出された判決で中浜哲ひとりに死刑判決が出された（死刑執行は大正十五年三月六日）。この時の中浜哲の法廷陳述は長年秘密にされ、不明のままだったというが、後に明らかになったところによれば、彼は古田大次郎の死刑執行（十月十五日）を知り、自分の死刑と引き換えにほかの仲間の減刑を訴えたという。また、中浜は古田と自分の大逆の意思を陳述し、拳銃をもって沼津御用邸に皇太子裕仁を襲うという未遂の計画をも語ったといわれる。

　これらの中浜の法廷陳述の内容等は廣畑研二編・著の『大正アナキスト覚え帖』（二〇一三年十月、アナキズム文献センター刊）のⅢ「ギロチン社事件」（三九頁〜五一頁）の記述によって知った。

　ギロチン社の「犯罪」とは古田大次郎が誤って銀行員を刺殺した小坂事件と呼ばれる銀行襲撃や恐喝行為（リャク）であり、甘粕正彦《あまかすまさひこ》の実弟襲撃未遂事件以外は政治犯罪といえるものではない。しかし、国家権力側にとっては、罪名は問題ではなく、「テロリスト」を死刑にすることが重要だったのだろう。

　二人の死刑執行の後、治安維持法が改定され、最高刑が死刑と定められた（昭和三年六月公布）。大逆罪を適用しなくとも、政治犯を死刑にすることが出来るようになった、ということだろう。

注32

岡本潤のことばは岡本潤自伝『詩人の運命』一九七四年、立風書房刊、一五八頁。

エルンスト・トルラーの詩集『燕の書』は村山知義訳、大正十四年四月、長隆舎書店刊。そこには岡田龍夫のリノカットの挿画が十五点挿入されている。

雑誌『マヴォ』第五号（大正十四年六月刊）に『燕の書』の出版を伝える広告が掲載されており、そこに詩のこの一節が使われている。

詩集には緒言として訳者・村山知義のことばが掲載されている。岡本潤の語った感想と相俟《あいま》って、村山のことばは時代に鋭く対峙する鮮明な姿勢が感じられて印象深い。全文を引用する。

エルンスト・トルラーの詩はまことに我等の詩である。

その素朴なる形はブルジョア的粉飾に対する小気味よき反蹠《マ》地《マ》である。

我等はトルラーと共にこちら側である。そしてあちら側なるものにとつてはこの小さき一書は皆無であらう。それこそ我等の望むところである。

親友岡田龍夫君のリノリウム・シュニット十五葉を得たことを心から喜ぶ。トルラーの詩にかくの如く協《かな》ふ絵は又と世にないであらう。特に原刻判から直接に印刷した。

一九二五・四　訳者

大正十四年四月、年代記においては治安維持法が公布された時期として記憶されるが、この村山のことばが詩人たちの内面の真実を顕《あら》わにし、人びとを取り巻く時代の気分を伝えていると思うのである。

注33　昭和五年二月に古田の『死刑囚の思ひ出』は矢橋とは同志的というべき関係だった田戸正春の手によって大森書店から出版されたが、直ちに発禁処分を受けてほとんどが没収された。昭和二十三年十月に組合書店から復刊された『死刑囚の思ひ出』の冒頭には、初版に掲載されていた田戸正春の「覚え書き」と共に矢橋の「追補」が掲載されており、この本の来歴と再版できたことの喜びと共に、昭和十二年に亡くなった田戸正春への追悼のことばが記されている。

注34　滝沢恭司「横井弘三の理想大展覧会について」、東京文化財研究所編『大正期美術展覧会の研究』二〇〇五年、中央公論美術出版刊、三三三頁〜三五五頁。本文でもふれたが、「理想大美術展」と、その主宰者横井弘三に関しては、この滝沢論文の研究に負うところが大きい。

「理想大美術展」を計画し実現させた横井弘三という特異な画家は大正期の前衛美術運動において、独特の足跡を残した。長野県出身の横井は早稲田大学商科を中退後、独学で絵画を学び、大正四年ごろから二科展に出品して受賞歴もあり、大正十一年二科会々友に推挙された。関東大震災の後、東京や横浜の小学校に、慰問・見舞として自分の油彩画を送る活動を始め、「贈り絵」と称した。その〈我が生涯の傑作〉と自ら語る「贈り絵」を二科展に出品したところ、二科会の審査で落選した。それがもとで二科会と対立し、前衛美術の大同団結といわれた「三科造形美術協会」の結成に加わった。画壇の権威主義を批判し、美術展の無審査・自由出品を早くから主張した横井弘三の発想は白樺派の人道主義への共感を伴なって大正デモクラシーの理想主義的な思想につながるものであろう。

大正十四年春、翌年五月に落成する東京府美術館の開館記念に総合美術展「第一回聖徳太子奉賛美術展覧会」の開催計画が発表された。日本画、西洋画、彫刻、工芸の四部門があり、そのうち西洋画については一般公募をせず、画壇の長老や権威ある画家たちが顧問や代表委員として名前を連ね、出品は帝国美術院会員、帝展委員など美術団体の役員や特選作家たちに限られると決められていた。横井弘三がこれに猛反発したのはいうまでもない。画壇の旧態依然たる長老支配に反発、対抗して横井が企画したのは、大正十五年五月一日の聖徳太子奉賛美術展初日と同時に開催する無鑑査自由出品の美術展であった。それが「理想大美術展」として実現したのである。

注35　大震災直前からのマヴォの活動の経緯にも、雑誌『マヴォ』の記事にも横井弘三の名前は見当たらない。マヴォの運動に熱い視線を注ぎながら、三科のメンバーとしてマヴォとは一線を画していたようにも思われる。しかし、大正十四年七月発行の『マヴォ』第六号に、突如横井弘三の「大花火を打ち上げろ」と題する檄文のようなエッセイが掲載された。折しも、聖徳太子奉賛美術展の計画が発表されて、洋画界の長老支配や権威主義が明らかになった直後である。まだ、自身の企画する展覧会への言及はないものの、無鑑査・自由出品を主張する三科会員の立場から、画壇の長老や「お大家様」「顧問委員の皆様」への皮肉に満ちた異議申立てが繰り広げられている。翌年開催する理想大展覧会にマヴォのメンバーが参加するという流れの中で、『マヴォ』誌へのこの檄文の掲載が実現したのではないか。この時期の三科とマヴォの微妙な関係を考えれば、村山知義の仲介があったかもしれない。

注36　「マヴォ再建」のアピールは大正十五年の五月号として発行された複数の文芸誌や美術誌の一頁を使って一斉に掲載された。『文党』、『文芸市場』、『太平洋詩人』、『建築新潮』、『みずゑ』、『虚無思想』などの各誌だ。いずれも大正十五年五月号である。筆者も『文党』掲載の記事以外は確認したが、『文芸市場』掲載のものは、たぶんアピール全文で、再建資金募集のための「マヴォ肖像画会規定」も載っており、〈文責　岡田、矢橋〉となっている。『建築新潮』『みずゑ』にも、ほぼ同文のアピールが載っているが「肖像画会規定」は省略されており、アピールのクレジットが「マヴォ大聯盟建設委員一同」となっている。

『太平洋詩人』には短縮・省略した短いバージョンが載っていて、「文責矢橋」となっている。アピールの趣旨はどれも同じである。建設委員代表者として萩原恭次郎、村山知義、牧寿雄、柳川槐人、矢橋公麿、岡田龍夫、高見沢路直、戸田達雄の名前が並んでいる。『太平洋詩人』掲載のアピールにある「マヴォ肖像画会規定」には、肖像画を描いてもらう希望者に対して、絵のサイズや油彩、水彩立体像などのその人の要望に応じた料金が提示されており、「望ましい画風」として、写実派、印象派、立体派、未来派、構成派、ダダイズム等が紹介され、いずれの画風もご希望次第などと書かれている。続いて次のような但《ただ》し書きもある。

〈但し立体派、未来派御希望の方は現在及び未来に対する生活態度を、構成派、ダダイズム御希望の方は過去の職業統計及び思想体系をお知らせください。その如何に依って材料及形式を選定して科学的に組み立てます（以下略）〉

全体としてフザケているのか真面目なのか、それともユーモアのつもりなのか。その奇想天外とも思える「規定」はマヴォの面目躍如というべきか、マヴォらしいアピールではあったが、時代の空気から考えると、党派的な結束を求めるボルシェビキ側からは否定される、というか、そもそも相手にされないものだったろう。それは芸術におけるアナキズム的な自由な思考を認めない風潮でもあり、大正十五年秋の時点でのアナ・ボル対立の状況（注25参照）がそれを如実に示している。このように考えると、芸術活動を取り巻く政治闘争の波の中でマヴォの運動は潰えたといえるのだろう。

注37

岡田のエッセイ「マヴオの想ひ出」の文末には、岡田龍夫の描いた旧マヴォイストの面々の「似顔」が並んでいる。リノカットによる版画作品以外に、画家岡田の描いた「絵」を、ここで初めて見たことになり、その意味でも大変貴重である。

その一部を三章の末尾に転載したのだが、「街の似顔絵師」と自称する岡田の描いた仲間たちの似顔は、果たして描かれた本人によく似ているのだろうか。その評価は簡単ではない。岡田の描く似顔絵には〝似ている似ていない〟という評価自体を拒否しているような難解なところがあるように思う。

確かに、それぞれの人物の表情や特徴はよく捉えられているように思われ、カリカチュアとしては面白い。ただし、その特徴を強調するあまり、デフォルメが強すぎて、描かれた本人が納得するかどうか、そこは微妙である。

注38

『文藝解放』創刊以降については次章で述べることになるが、アナキズム文芸の拠点となったこの団体に参加したマヴォイストは四人いた。岡田龍夫、萩原恭次郎、柳川槐人、それに矢橋公麿である。

第四章

小石川区小石川表町・西江戸川町
牛込区牛込西五軒町

大正十五（一九二六）年五月、「理想大展覧会」の開催と同じ時期に「太平洋詩人協会」が創設されて、詩誌『太平洋詩人』が創刊された。矢橋公麿も、ここに時々詩やエッセイを掲載したほか、太平洋詩人協会の印刷部門にも所属して雑誌印刷の仕事も受け持っていた。その大正十五年五月の『太平洋詩人』創刊号の編集後記に、編集人の渡邊渡《わたなべわたる》の次のようなことばがある。

□去年の五月僕が「近代詩歌」を創刊した当時は、身辺の知己を歴訪してやうやく雑誌の形をこしらへたのであつたが、今度「近代詩歌」を止《よ》して「太平洋詩人」を創《はじ》めることに決まると、熱矢のやうな奮激の手紙が、全国の若い詩人から毎日数十通も飛び込んで来るので少し驚いた。（以下略）

大正十四年に『近代詩歌』という詩誌を創刊したという渡邊渡はその頃、内藤鋠策《しんさく》が主宰していた抒情詩社の社員だったと思われるが、菊田一夫の戯曲『がしんたれ　青春篇』「第一幕第二場　白山御殿町・抒情詩社」の一シーンに次のようなセリフのやり取りがある。芝居上では渡辺一郎と内海銀作の会話である。

銀作　渡辺君、君のやっている校正、そりゃなんだ。
渡辺　「近代詩歌」です。
銀作　原稿集めが遅くて駄目だねえ。「日本詩人」の発売日は毎月二十日だよ、それよりも低いところを狙っている近代詩歌が、二十四、五日というんじゃ、商売にも何もなりゃしないじゃないか。
渡辺　相手は新潮社ですからね、それに……（以下略）

渡邊渡の書いた編集後記と菊田一夫の戯曲のセリフを並べて判断すると、渡邊渡は抒情詩社の社員のままで『近代詩歌』という詩誌を発行して、当時新潮社が出していた著名詩誌『日本詩人』に対抗する姿勢を見せていた様子だが、その翌年の五月に、今度は抒情詩社から離れて『近代詩歌』を廃刊し、太平洋詩人協会を創設して『太平洋詩人』を発行したものと思われる。

　はじめに引用した文章は創刊号の編集後記だから、景気のいい話が強調されているところもあるだろうが、『太平洋詩人』は野口米次郎《のぐちよねじろう》、萩原朔太郎、白鳥省吾《しらとりしょうご》、野口雨情《のぐちうじょう》、加藤介春《かとうかいしゅん》、千家元麿《せんげもとまろ》という著名な詩人に「委員」として参加してもらってハクを付け、全国の詩愛好者を読者とし、毎月の購読代金を集めて大々的な雑誌ビジネスを目指していた感がある。その目論見《もくろみ》が創刊号編集後記によく表れている。

　また、これも前述したが、太平洋詩人協会には、抒情詩社と同じように印刷部門があり、『太平洋詩人』創刊号の目次の次の頁に印刷部の自社広告が載っている。自社の出版物だけではなく、他社の図書や雑誌、自費出版の印刷・出版を請け負う仕事もしていたようだ。広告によれば、印刷第一部の担当は山口義孝《やまぐちよしたか》と菊田一夫、第二部の担当が竹内俊一《たけうちしゅんいち》、渡邊渡と矢橋公麿となっている。抒情詩社印刷部での経験が生かされていたものと思われる。印刷担当者のうち、山口義孝は「太平洋詩人協会」のメンバーで、協会の経営担当だという。竹内俊一は『太平洋詩人』の表紙の絵やデザインを担当している人物、渡邊渡は『太平洋詩人』誌の編集長である。

　菊田一夫の随想集『落穂の籠』[1]によれば、「太平洋詩人協会」は小石川表町《オモテチョウ》に一軒家を借りて本拠地としていたという。その家に渡邊渡、山口義孝、菊田一夫の三人が住み込み、若い詩人たちが毎日のように集まっては酒を飲み、議論と喧嘩にあけくれたという。当時の詩壇に君臨していた「詩話会」や雑誌『日本詩人』何するものぞ、と気勢をあげる若い詩人たちの活気あふれる雰囲気が想像できる。

　その、『太平洋詩人』創刊号に矢橋公麿のエッセイが載っている。「断片」と題する一文、例によって固い調子の言葉遣いが連なって、「マヴォ」時代の矢橋の文体と同様、難解にして観念的なものである。これを短いことばで要約することなど出来ないと思われるが、無理やり要約して説明すれば――無産者であり、虐げられた同胞をもつ立場として「今の若い芸術家の意気地のない態度」に向けて檄を飛ばしているということだろうか。次のようなものである。

無産知識階級の真摯な積極的な創造力がなくして、我等解放の日がいつくるものか。

……この限りなく迫りくる恐ろしい闇に打ちかつべく、もがく心と、復讐の願ひこそ我等無産者の生きることを許してくれる唯一の保護色ではないか。

……敵は後方にありとか、正に唾棄すべきは彼等無能児の存在だ。行ふ事なくして語る勿れ！。かく言ふ矢橋、自身を叱咤《しった》し鞭撻《べんたつ》せよ。

こんな具合で、理解できそうな部分を切り張りして繋げてみたが、それぞれのことばがうまく嚙み合っていない印象は全く変わらない。まぁ、「かく言ふ矢橋、自身を叱咤し鞭撻せよ」というところだけは意味明瞭ではあるが。そして、その文章の末尾に六行ほどの矢橋の付記がある。これは全文を引用しよう。

お詫び　「低氣壓《ていきあつ》」第二号は組版も終つて紙型にまでなつてゐましたが避け難い事情の為め廃刊することに成りました。幸ひ多くの親友によつて「太平洋詩人」が創刊されましたので低氣壓のために書いて下さつた萩原村山　岡本諸氏の原稿はそのまま太平洋詩人の方へ載せました。私のは低氣壓の後記の一部分です。併せてお詫びまで。

（矢橋）

『太平洋詩人』創刊号掲載の矢橋のエッセイの文章を無理やり紹介したのは、実は、この「お詫び」の付記を引用したかったからである。これを読むと、この時期、矢橋が中心になって『低氣壓』という詩の同人雑誌が発行されていた。第二号が紙型まで出来ていたというから、少なくとも一号は発行されていたのだろう。弱冠二十三歳の無産知識階級を自認する文学青年の経済的能力を考えれば、矢橋に同人雑誌を発行する力があったとは考えられないのだが……。

しかし、『低氣壓』は実在していたらしい。著名な出版人である梅原北明《うめはらほくめい》が編集発行していた文芸雑誌『文芸市場』の大正十五年四月号に「全国同人雑誌関係者一覧表」という記事が掲載されており、その「一覧表」の百十六頁に『低氣壓』が紹介されているのである。東京巣鴨上駒込六七五の渡辺方を発行所とし、同人として矢橋公麿、渡邊渡、村山知義、萩原恭次郎、岡本潤、大村主計《おおむらかずえ》、菊田一夫など十人ほどの名前が連なっている。これらの人びとは「マヴォ」の同人と、そのあとすぐに『太平洋詩人』に集うことになるメンバーだから、『低氣壓』同人の具体的なイメージが思い浮かぶ。(2)

矢橋の「お詫び」にある「萩原、村山、岡本諸氏の原稿を『太平洋詩人』に転載した」という言い訳にも、お互いの仲間内気分が想像されて可笑しい。気楽なものだったらしいが、渡邊渡が新たに商業雑誌的な目論見《もくろみ》を持って『太平洋詩人』を発行したのを機に、そこに一同合流したということだろう。

その「全国同人雑誌関係者一覧」が掲載されている『文芸市場』大正十五年四月号には矢橋公麿の「硫酸と毒蜘蛛」という戯曲が掲載されている。十頁、百六十行ほどの短い舞台劇だが、マヴォ末期以降のこの時期、大正十四年、十五年頃の矢橋の文学的創作意欲は詩よりも戯曲に傾斜していたという印象がある。(3)

まず、大正十四年七月発行の『マヴォ』六号に「病」という題の会話劇を発表した。これは照明や音響などの舞台効果や空間的な舞台装置についての説明が一切なく、登場人物たちの荒唐無稽とも思われるダイアローグが延々と連なる台本だった。「登場人物」というのも、乞食、死人、狂人、肺病者、脊髄病者、自殺者、骸骨、脱獄囚……など、世界から異端視され、差別され、忌み嫌われる者たちで、被虐的な暗いイメージで覆われた世界が展開するものだった。被虐者故の陰惨な負のエネルギーを表現の契機にしようとする意図は、矢橋の『マヴォ』での創作を貫くモチーフだと思われる。

続いて『マヴォ』第七号（同年八月発行）には〝次号発表予定〟と銘打った芝居の舞台装置イメージ（大判のリノカット版画二頁全面）を発表した。芝居の題名は「残虐者の建築」というものだが、『マヴォ』の次号（八号）は発行されず、「残虐者の建築」は日の目を見ないまま終わった。芝居の内容は分からないが、タイトルに「残虐者」とあり、これもまた世界の虐げられた者たちの物語だと想像がつく。

その次に書いたと思われるのが『文芸市場』に発表した「硫酸と毒蜘蛛」である。この作品は「病」の台本と比較して、舞台装置や照明、音響などの効果について詳しい記述があって芝居の脚本らしいものになっている。巨大な赤い毒蜘蛛が舞台正面から観客席を睨み、赤青の照明が点滅して、夜の大都会らしい雰囲気を作り、群集劇のような芝居が繰り広げられる。しかし、セリフを通じて語られている世界は『病』のイメージを踏襲している。舞台で動き回るのも「骸骨」や「傴僂《うろう》[4]」であり、非日常の雰囲気と被虐者のイメージで貫かれているように思われる。とはいえ、内容を理解したり、共感したりという気分とは程遠い感じではある。例えば、あるシーンでの傴僂男のセリフと動きは次のように書かれている。

「馬鹿な、ばァがナ。空っぽだ。何があるものか！　死人の肉が腐る。大根が成長する。芋虫奴が蠢《うごめ》く。春だ。憂鬱な風景だ」と呟きながら十字架を抱いたままよろよろ歩き回り、時々不気味に笑う。

また、あるシーンでは、三体の骸骨が交互に叫ぶ。

「野獣、クロロホルム、呪咀」

「爆発の一時間！　陰険な夢がよろめく」

「見よ！世紀の、人間の、幾何学の先端に、すでに群衆はない」

「野獣とクロロホルムと呪咀の暴虐なる侵略だけだ！」

……セリフを書き写してみたところで、その意味や意図を理解するのは難しい。舞台全体としてのおどろおどろしい雰囲気を想像し、戯曲に散りばめられた被虐的なことばや攻撃的、破壊的なイメージが感じられるばかりである。こういう芝居が実際に劇場で上演されたとは思えないが、しかし、この時期の矢橋公麿作の戯曲が上演された記録がひとつだけある。

「太平洋詩人協会」が大正十五年十一月三日に「詩・舞踊・演劇の夕」と銘打った催事を開催した。会場が有楽町の讀賣講堂だというから、かなり大きな催しだったようで、『太平洋詩人』を主宰する編集人の渡邊渡のプロデュースだったと想像できる。『太平洋詩人』十二月号には、その渡邊が「詩・舞踊・演劇の夕」実施報告の記事を書いている。そこに「会記」として渡邊の記述がある。

> 会衆五百人を超えて、おそらく従来の如何なる詩の会よりも、はるか盛会であったことは、自他共に認めるところである。
>
> 聴衆と舞台との間に自由な共歓の空気が流れていて、聴衆（観客）も元気で、適当に不謹慎で、従って、舞台も、適当に放従で、殺伐で、生地で行けて、思いを後に残す事がなくて、サッパリした気持である。（以下略）

実施報告に掲載されている当日のプログラム(5)によれば、以下のような出し物が計画され、舞台で演じられたようである。

○開会宣言（渡邊渡）、
○自作詩朗読（中西悟堂、尾形亀之助、草野心平、林芙美子、英《はなぶさ》美子《よしこ》、楠田《くすだ》重子《しげこ》ほか）、

○舞踊（萩原恭次郎、金　熙明、有泉《ありいずみ》　譲《ゆずる》）

○それらの出し物に続いて——

「太平洋詩人協会演劇部・第一回試演」として

矢橋公麿作『二人の廃疾者』

演出　饒平名紀芳《よへなのりよし》

配役　貧しき傴僂男（菊田一夫）

その友・隻脚《せききゃく》の男（饒平名紀芳）

富める男（渡邊渡）

あや子（山路芳子《やまじよしこ》）

——とある。矢橋の戯曲が舞台で演じられているのである。芝居の内容は想像する以外にないが、芝居の題名や登場人物のイメージから考えて、この時期の矢橋の他の戯曲と同様、傴僂者（うろう者・背中の曲がった人）や片足の男など、障害者や被虐者が登場するもので、「病」や「硫酸と毒蜘蛛」と同様、舞台に被虐者の負のエネルギーが充満し、虐げられた存在が発散する陰惨なイメージに満ちたものだったと思われる。これらの傾向はマヴォ発足時には想像できなかったとしても、マヴォの表現運動に内在したイメージにつながるもので、そこにはジャンル横断的な表現思想や越境的な思考がもたらす軽さや明るさの一方で、このような被虐的な存在への傾斜や人が忌み嫌うミミズやヘビやトカゲへの嗜好があったようにも思われる。

ところで、「詩・舞踊・演劇の夕」で上演された芝居の台本執筆とは別に、矢橋はこの催物の宣伝用のポスターを制作している。(6)

『自伝叙事詩　黒旗のもとに』には当日の出し物（プログラム）が詳しく紹介され、矢橋の手になるリノカットのポスターの図版も掲載されている。昭和三十年代半ばの自伝執筆時まで、ポスターの実物が保存されていたものと思われる。戦前から戦中、戦後亡くなるまでずっと住んでいた馬込の家は戦争中の空襲は免れたというから、戦争をはさんだ三十年以上、このポスターは失われることなく矢橋本人の手もとにあったのだろう。

催物のポスターだからかなり大きなサイズの刷り物だったと思うが、著書の一頁に掲載された図版からは、その大きさは分からない。また、図の下に書かれたキャプションを読むと、自作・自刻・自刷の二色刷りとあるが、どんな色だったのかも分からない。自筆のキャプションの末尾に〈用紙はワンプ〉とある。ワンプとは印刷用紙を運搬する際や保管時に用紙を包む大きな専用の包紙（クラフト紙）のことで、このポスターが印刷機の周りにいくらでもあるクラフト紙に刷られたものだと分かる。さすがに東京に出てきて以来、ずっと印刷工場で仕事をしてきた人物ならでは、と思わせる。

自作・自刻・自刷の２色のリノ版ポスター（用紙はワンプ）

図４「詩・舞踊・演劇の夕」宣伝用のポスター

戯曲に傾斜していたかに見えるこの頃の矢橋の文学的志向だが、同じ時期に美術の分野でもかなりの仕事をしている。「詩・舞踊・演劇の夕」の開催と同じ大正十五年十一月には、催物のポスターの制作だけではなく、親しい友人の小野十三郎《とおさぶろう》が初めて出版した詩集の装幀も担当した。

詩集の装幀や挿絵、雑誌の表紙デザインは小説やエッセイの執筆と共に、これ以降の、昭和初期の数年間に於ける矢橋の仕事を特徴付けるものといえるが、その端緒を開いたのが小野十三郎の第一詩集『半分開いた窓』であったと思われる。詩集の大扉の右頁には「装幀　矢橋公麿」とあり、表紙の絵とデザインのほかに、矢橋は文中に四頁の挿絵を描いている。岡田龍夫の挿絵も一頁ある。

奥付によれば、大正十五年十一月三日発行、著作者・小野十三郎、発行所・東京市小石川区表町一〇九番地「太平洋詩人協会」、印刷者・菊田一夫となっている。当時、菊田一夫は太平洋詩人協会印刷部の若き責任者だったと思われる。

この『半分開いた窓』の装幀について、尾形亀之助が「詩集『半分開いた窓』私評」という文章を『太平洋詩人』第二巻第二号（昭和二年二月号）に寄稿している。不思議な面白味のある文章なので、少し長いが一部分を引用する。

この詩集の表紙の装幀が素敵によかつた。

渡邊君はこの詩集を小野君からキタナラシクつくつて呉れとたのまれたと私に話して聞かした。そして、出来上がりがキタナ過ぎたと小野君が言つた……と。

私は小野君の心持がわかるやうな気がする。私はこんなに紙のわるい詩集はめつたにないと思ふ。私は小野君に君の詩集は素敵です。――と言ひたい。詩集出版の際に、その装幀をどうしようかと思案しない詩人はゐないだらうと思ふ。立派に気のきいたものをと望むであらう。しかし、立派すぎることはちよつとをかしいし、気のきいたといふことは詩集の装幀にはあまりうれしくない。だが、著者が詩集を出版する際に立派でなく、気がきかないやうにとは中々さう思へないことにきまつてゐる。

きのきいた装幀は、けつきよくアクのぬけきらぬことを思はせるだらう。あまり綺麗すぎ立派すぎるのは、詩を飾り菓子のやうなものにしてしまふきらひがある。私は、詩集の装幀はどつちかと言ふと間のぬけたものをうれしく思ふ。（そして又、特別の場合以外は著者自身で装幀する方がよいと思ふ）――こんな意味ばかりではないが、

詩集「半分開いた窓」の表紙装幀は私は非常に好ましく思つた。（以下略）

尾形亀之助は『半分開いた窓』の表紙の装幀について〈素敵によかつた〉〈非常に好ましく思つた〉と繰り返して絶賛している。詩集自体に対しても〈小野君に君の詩集は素敵です。——と言ひたい〉と語りかけて褒めている。ところが、この文章には装幀者である矢橋公麿の名前が何故か一度も出てこない。本の装幀を話題にしているというのに、装幀者の名前を出さないのは奇妙なことである。誰の仕事か分からないのであればともかく、『半分開いた窓』には「装幀・矢橋公麿」と表記されている。尾形と矢橋はマヴォの同人仲間で、尾形が活動の早い段階でマヴォから離れたとはいえ、お互いに知らない間柄ではない。この後、何度か触れることになるが、二人の交友は昭和になってからも続いている。なにか特別の意図があって矢橋の名前が書かれていないのだろうかと勘ぐってみたくもなるが、尾形の文章はそれなりにきちんと読めるし、面白味も漂っている。それだけに奇妙な読後感が残るのだ。不思議なことである。

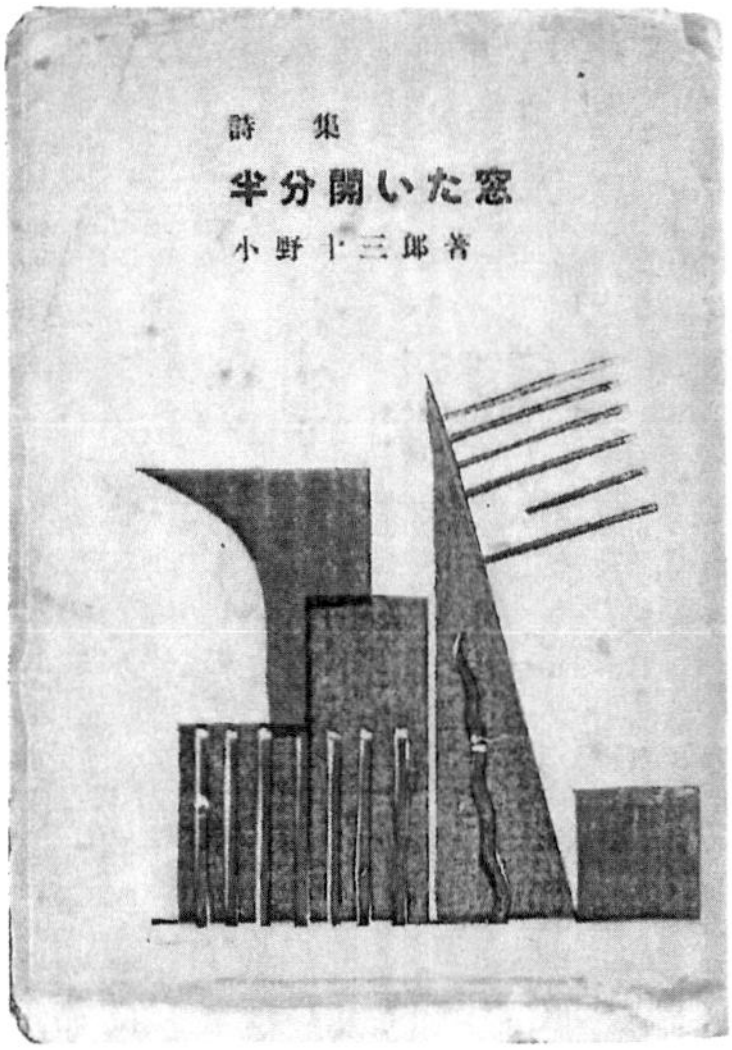

図５　小野十三郎詩集『半分開いた窓』の装幀（太平洋詩人協会、大正15年）

図６『黒色文藝』表紙

その後、昭和二（一九二七）年九月創刊の『バリケード』の表紙デザイン(7)、また、翌昭和三年十月に創刊された星《ほし》野《の》準《じゅん》二《じ》編集発行の『黒色文藝』の表紙デザインも矢橋の仕事である。『バリケード』創刊号の表紙には「全プロレタリア詩人作品號」の文字が斜めに大きく入っており（一六五頁図9参照）、矢橋の装幀にインパクトを与えている。また、矢橋とは同志的なつながりがあったと思われる星野準二(8)によれば、「無政府主義文藝雑誌」の文字が右から横書きで入っている『黒色文藝』の表紙の、とりわけリノカットで彫られた「黒色文藝」という題字の文字デザインの評価が高かったという。アナキストたちの間で評判になり、それ以降のアナキズム系文芸雑誌の題字スタイルのモデルとなったものという。

また、『黒色文藝』の創刊より半年ほど前の昭和三年初頭には岡本潤詩集『夜から朝へ』が出版され(9)、その表紙のデザインも矢橋が制作した。小野十三郎詩集『半分開いた窓』と岡本潤詩集『夜から朝へ』の二つの詩集の装幀と挿絵、『黒色文藝』誌の表紙デザインは美術・デザインの分野での矢橋の代表的な作品だといえるだろう。『夜から朝へ』では、表紙のデザイン・装幀と四頁分の挿絵、それにペン描きと思われる扉絵を矢橋が描き、岡田龍夫の挿絵も五頁分掲載されている。『半分開いた窓』と同様、矢橋・岡田共同の仕事である。そして、著者岡本潤の序文に〈装幀や挿絵の方を引き受けてくれた矢橋丈吉、岡田龍夫の二君にも心からなる感謝をおくる〉とあ

図7　岡本潤詩集『夜から朝へ』の装幀
（素人社書屋、1928 年）
上：表表紙、下：裏表紙

る。装幀・挿絵の制作者として「矢橋公麿」ではなく、本名の「矢橋丈吉」の名前が使われている。

矢橋が「公麿」の名前を使うきっかけとなったという近衛文麿《このえふみまろ》邸面会強要事件に思い至るが、「マヴォ」の初期以来ずっと使い続けてきた「矢橋公麿」を廃して「矢橋丈吉」を名乗るに際しては、何かしら心境の変化があったのではないだろうか。どの時点で「丈吉」を名乗ることにしたのか興味深いところだ。矢橋の内面で起きたかもしれない変化について、あれこれ考えたり調べたりしているうちに、『夜から朝へ』が丈吉名を使った最初の例ではないことに気が付いた[10]。

寺島珠雄の「單騎の人　矢橋丈吉ノート」（前出、一章注1参照）に次の記述がある。


矢橋の思想がアナキズムに確定したのはいつだったか。内的過程は捉えられないが、外的現象には『文藝解放』の同人参加がある。


寺島は昭和二年一月一日に創刊された『文藝解放』誌の同人に矢橋が参加したという事実をもって、矢橋丈吉がアナキストとしての自らの思想を確かなものにしたと見ているのである。

前章最後の部分の数行と重複するが、「文藝解放社」の結成と『文藝解放』誌の創刊は、前年の十一月に「日本プロレタリア文芸連盟」が「日本プロレタリア芸術連盟」と名称を改めると同時に、アナキズム系の作家・芸術家を除名したことへの反発だったといわれる。ボルシェビキ色を鮮明にしたこの動きに対抗して、アナキズム系の人びとが結集したのが『文藝解放』の創刊だった。矢橋もそこに参加してアナキストとしての立ち位置を定めたといえるだろう。

創刊号に掲載されている同人名簿[11]を見ると、萩原恭次郎や岡田龍夫、柳川槐人ら旧マヴォのメンバー、壺井繁治や小野十三郎、岡本潤ら『赤と黒』や『ダムダム』の詩人たち、飯田豊二《いいだとよじ》、川合仁《かわいやすし》、麻生義《あそうぎ》など作家、評論家の中に矢橋丈吉の名前がある。創刊号の発行は昭和二年一月一日である。『夜から朝へ』の発行日、昭和三年一月一日よりも、ちょうど一年前ということになる。時系列でいえば、『文藝解放』創刊号の同人名簿が「矢橋丈吉」の一番早い登場だと思われるのだ。

まさに大正から昭和に改元された時代の変わり目であり、年号が昭和となった機会をとらえて筆名を本名の丈吉に戻したという説明が的を得ているかもしれない。あるいは、自らの思想的立場をアナキズムに定めたことを筆名変更の理由にしたと考えることもできそうである。しかし、注10で触れたように、矢橋本人がそれほど深く思いつめて変更した訳でもないようにも見える。いずれにしても、昭和二年から、段階的に矢橋丈吉という表現者が頭角を現したといえるのではないか。

だが、この時期の矢橋丈吉が『文藝解放』に作品を発表する機会は少なかった。全く無いわけではないが、昭和二年の一年間に十一回発行された『文藝解放』に、筆者として矢橋丈吉の名前が掲載されたのは二回だけである。[12] 第四号の「無産派作品短評」と第五号の「菓子を盗んだ子供」のみだ。後者は「小品」と説明されているばかりで、内容は詩なのかエッセイなのか短編小説のようなものか分からない。いずれにしても、この二度だけというのはあまりに少ないように思うのだが。

『文藝解放』は反ボルシェビキの姿勢を前面に出して始まった運動である。文芸と名乗っているものの、誌面では政治的な発言や思想的な主張が際立っている。もちろん岡本潤や小野十三郎、萩原恭次郎らの詩もあれば、小説などの文学作品も載っている。しかし、アナキズムの立場に立った評論や檄文、反ボルシェビキの立場からの政治的な文章や運動論などが毎号掲載されているところに、この雑誌の特徴がある。

講演会も企画されている。第二号には一月二十九日に開催された「文藝解放社主催　文藝講演会」の案内が掲載されている。それによると、数寄屋橋《スキヤバシ》に近い讀賣新聞社講堂で開催された講演会では、同人による詩の朗読や講演はもとより、同人以外のゲストが多数参加しているのが目を引く。石川三四郎、新居格、望月百合子《もちづきゆりこ》、林芙美子、宮嶋資夫らの名前が登壇者として並んでいる。登壇者の多くはこの雑誌の同人たちよりも年長の、すでに実績のある人びとである。

文藝講演会は四月十六日にも第二回が開催された。たぶん、本人が保存してあったものだろう、矢橋の『自伝叙事詩』四一頁には、第二回文藝講演会のプログラムが掲載されている。その冒頭に「ボルシェビズム精神の仮面を剝げ」という威勢のいいスローガンが掲げられている。文藝講演会と銘打っているが、むしろ政治運動を目指した講演会のようにも思われる。第一回の時は参加していなかったらしい矢橋丈吉もこの時は参加したようで、「詩の朗読」のところに矢橋の名前も見える。この時も、第一回と同様に同人以外の著名な評論家や作家が登壇した模様で、この時期のアナキズム系の文学者が一堂に会したという感じである。

地方都市での連続的な講演会も開催されて、これには他のメンバーとともに矢橋も参加している。秋山清『アナキズム文学史』（前掲、注11参照）の記述によれば、関東、東海の幾つもの都市で開催されたものらしい。四月から五月まで長期間の地方講演が続いたという。

本当にこんな大きなプロジェクトが実施出来たのだろうか、と思わせるような大企画である。これを実現させるための各地方都市の受け入れの組織や体制がきちんと整っていたとすれば、文藝解放社の組織力は想像以上の規模だったのかと感心させられるが、しかし、『アナキズム文学史』での秋山清の記述は次のように続いている。


……これだけの外部への働きかけは、当時の文芸解放社同人の意欲を示したものと見えるが、それの事後報告は意外に尻つぼみで、同誌（『文芸解放』）第六号では、水戸（四・二四）、平《タイラ》（四・二六）、山都《ヤマト》（会津若松在―四・二六）、静岡（五・一七）の四回だけに終わっており、水戸、静岡にいくらかの成功を見た程度だったようである。

この経緯を秋山清は次のように結論付けている。〈（この事実は）アナキズムの思想的また活動的凝集力の不十分を物語っている。組織における共同戦線的性格とその弱さがここに暴露していたことが反省されよう〉。秋山の批判的な評価は時代を経た後に考察された客観的な判断をもとにしたものだが、「文藝解放」の組織としての弱点を突いている。この後、この団体が文学運動の集団として強化されることはなかった。

それどころか、この組織と雑誌は発足から一年の後に解体・消滅したのである。解体に至る経緯には、弾圧とか外的な圧力や批判で潰されたという事情は見当たらず、内部対立が激化して、分裂・自己破壊へと向かう力が組織の内側から噴き出したという感じが強い。解体・消滅の主たる要因が組織内部にあったように思われる。

『文藝解放』第十号（昭和二年十一月発行）に発表された壺井繁治の論文「観念的理想主義者の革命理論を駁《ばく》す」が問題の発端だった。この論文で壺井は〈資本主義社会に於て、ブルジョア階級とプロレタリア階級とが、互いに対立し闘争するのは、これは歴史的過程に於ける必然的な社会現象である……かかる歴史的過程に於て社会変革の決定的要因となるものは前にも述べた階級闘争である〉と論じて、階級闘争による権力奪取を否定して〈人間の自由なる人格と自由意志〉による変革を求める「観念的理想主義者」なるものを激しく批判した。論文の言わんとするところはマルクス主義的であり、ボルシェビキ派の主張であろう。このような論旨の記事がアナキズム系の機関誌に掲載されること自体に驚かされるが、以下の一節に壺井の真意がはっきりと現れている。

かかる観念的理想主義者を我々はアナーキストと称する革命家或いは革命理論家の間に見出さないであろうか？

壺井のいう「観念的理想主義者」とはアナキストのことなのだ。アナキストが結集して組織を作り、機関誌たる『文藝解放』の発行も第十号を数えたその誌面に、アナキスト否定の主張が掲載されたということなのだ。壺井の主張はどう読んでも、マルクス主義そのものであり、明らかにボルシェビキ思想へ傾斜している。

壺井はこの機関誌の編集・発行人であり、発行所として壺井の家の住所が記載されている。いわば代表者だ。普通ならばこのような場合、会から脱退するなり退会するなりしたうえで、自らの思想転換を別の場所で表明するべきだろう。代表者の立場のまま、その組織の思想を否定するというのはあまりに非常識だし、どうにも腑に落ちない話だが、壺井は自伝『激流の魚』（前掲書、三章注14参照）の「暴力のわかれ」の章に当時の心境の変化を書いている（二〇七頁〜二一四頁）。

そこには、アナキズムが敵対すべき封建的・抑圧的な権力と、もう一方の革命達成過程におけるプロレタリアート自身の権力奪取とを、アナキスト達は区別できずに混同して、そのどちらをも否定して人間の自由とか正義とかを主張することに大きな疑問を持ったことが語られており、自分自身が無政府主義やアナキズムへの否定的な考えを強く持った経緯が吐露されている。さらに『文藝解放』創刊号に掲載された「宣言」の〈我等は過去一切の歴史と絶縁し、新しき我々の歴史を創造する〉という条項はそれ自体が観念的で非歴史的に思えて納得できなかったという。これを読むと、壺井繁治は文藝解放社発足の時からすでにアナキズムに不信感や疑問を懐き、マルクス主義に傾いていたように思われる。

アナキズムに対する思想的な不信感とは別に、自伝において壺井は「あるアナキスト」に誘われて実際に経験したという「リャク」（二章注1参照）がどんなものだったかをかなり詳しく語っている。それはある大銀行が盆暮れの二回、店の前に並んだアナキストや右翼の連中に、次々に二、三十円の金を渡して受領証を書かせているというもので、銀行の前の行列の人数が二、三百名にものぼっていたと書かれている。壺井は〈資本家に搾取されるのを潔よしとせず、彼らを威しつけて金品を「略取」する〉どころか、資本家に手なずけられ、飼いならされている〈乞食同然の惨めな風景〉だとして、次のように述べている。〈自分がこのような群の中に捲き込まれたことに、いいようのない惨めさをかんじ、この運動にいっそうの嫌気がさしてきた〉。

その壺井繁治が発表したアナキズム否定の論文は組織内で大きな問題になったと想像されるが、さらに、壺井は翌月の第十一号でも論陣を張り、「我等は如何に彼等と対立するか」という文章を発表して、火に油を注ぐような事態となったらしい。

その年の十二月某日（どの資料にもそう書かれている、あるいは暮れに近いある日とか）、この問題の解決のための同人会議が持たれたという。壺井の自伝から引用する。

……（淀橋柏木の飯田豊二宅での）この会合は同人以外秘密であったが、それは警察にたいする防衛のためでなく、わたしの思想的立場の変化に憤激し、わたしをアナキズムの運動の裏切り者としてテロを加えようとする黒色青年聯盟の暴力行為にたいする予防手段としてとられたものであった。ところが後でわかったのだが、同人中でわたしと理論的に最も鋭く対立していた麻生義が、この秘密の申し合わせを破って、この日の会合をひそかに黒聯へ通報していたのだ。

秘密の会議は、アナキスト集団の中で当時最も過激な行動派だと思われていた黒色青年聯盟のメンバーに乱入された。狙い撃ちになった感のある壺井はステッキやこん棒で殴られて大けがをしたのだった。騒ぎが治まった後、瀕死の状態の壺井を萩原恭次郎が抱きかかえるようにして介助し、どうにか世田谷の自宅に辿りついたという。

この出来事を、壺井は「暴力のわかれ」と題して自伝に記述したが、自分を襲ったのが黒色青年聯盟だったとは書いたが、襲ってきたメンバーが誰々だと特定するような個人名は書かなかった[13]。

文藝解放社はこの事件をきっかけに解散・消滅したと思われる。ただし、第十一号（昭和二年十二月発行）の編集後記には「文藝解放新年倍大号予告！」が載っている。その予告記事には、昭和三年一月号の内容として、▲評論―萩原恭次郎、飯田豊二、壺井繁治、矢橋丈吉、麻生義、ほか。▲詩―岡本潤、金井新作《かないしんさく》、小野十三郎、山名剛ほか。▲翻訳・小説―川合仁、飯田豊二、上脇進《うえわきすすむ》。▲挿絵―野川隆《のがわたかし》、柳川槐人、岡田龍夫……。新年号特価二十銭など、具体的な予告が書かれている。しかし「文藝解放一月号」が発行されることはなかった。

この事件を機に、襲われた壺井繁治ほか数人のメンバーがマルクス主義陣営に転じた。その後の彼らのプロレタリア文学者としての活動については、ここでは触れない。

飯田豊二宅での秘密の会合に矢橋丈吉が参加していたかどうか、はっきり書いてある資料は見つからない。もちろん参加しなかったという記録もないから、それならば、同人である矢橋は当然参加していただろうと考えるのが普通だが、矢橋の自伝にもこの会合については何も書かれていない。

この会合があったのは、前述したように昭和二年十二月だが、『自伝叙事詩』には同じ昭和二年の出来事として、矢橋の境遇に変化があったことが記述されている。二八頁の「頭脳労働と肉体労働」冒頭に次の三行が並んでいる。

友あり　絵画青年宮地彪　文学青年坂田俊夫《さかたとしお》
時の大作家泉鏡花《いずみきょうか》の実弟　斜汀《しゃてい》と交誼ありてかれ紹介さる
時に昭和二年（一九二七年）春なり

昭和二年春といえば、『文藝解放』第四号が出た頃だろうか。第二回目の文芸講演会に参加し、地方講演旅行も計画されて、アナキスト矢橋丈吉が活動を加速させていた時期だともいえるだろう。友人二人から紹介された斜汀なる人物は出版社春陽堂書店が刊行を予定している円本『明治大正文学全集』の編集校訂責任者だという。その編輯助手に欠員があって、矢橋は〈履歴書一通、試問の一語なくして〉準社員として採用された。

〈これひとえに　かれが有せし文芸・思想への熱意のしからしむるところ〉とはこの幸運なる就職についての、自伝での矢橋の感想である。

このような経緯で、矢橋丈吉は昭和二年の春からは著名な出版社、春陽堂の「明治大正文学全集」の校訂助手・

準社員として月給を貰う身分となった。自伝にいう「頭脳労働」である。

春陽堂に採用されてから一年後、雑誌『悪い仲間』昭和三年七月号に矢橋丈吉の身辺雑記風の掌編「四月二十九日の六蔵」が掲載された。春陽堂（文中では「春牛堂」）で校閲の仕事をする主人公・六蔵の日々の暮らしぶりや心境が描かれている。いうまでもないが、六蔵と名乗る主人公が矢橋丈吉本人。末尾の擱筆《かくひつ》日が（三・四・二九）とあるから、文字通り昭和三年四月二十九日に書き上げたものだろう。矢橋は、他のどの時代にも日常茶飯のような日々の暮らしぶりを書くことはなかったが、昭和三、四年のこの時期に限っていえば、「四月二十九日の六蔵」や「「お前さんと私」の夢」（昭和四年『文藝ビルデング』三月号）など、日常の生活を題材にした身辺雑記風の作品が幾つかあって、そこから矢橋丈吉という人物の日々の暮らしを想像することができる。

二畳の下宿の部屋で昼前に目を覚まし、万年床に身体を横たえたまま、ぼんやりしている主人公六蔵の耳にポン、ポポン、ポンと花火か砲火のような音が聞こえる。それでやっと我に返って気が付いた。「四月二十九日、日曜日、招魂祭でおまけに天長節か」。六蔵の独り言だ。この下宿は靖國神社からそれ程遠くないところにあるらしい。少し後で矢橋が編集発行人となって仲間と創刊する同人誌『單騎』の発行所が牛込区西五軒町三六だから、それが六蔵の下宿の場所だと考えていいだろう。

万年床の上で、彼は「春牛堂」から支給されている自分の月給について、あれこれ想いを巡らし、給料をもらった時の心境を思い返している。主人公の毎月の経済状況がどのようなものなのかを想像するに、この作品をちょっと先まで読めば判るのだが、四月二十九日のこの時点で、次の給料日まで一週間近くあるが、六蔵の所持金は十銭銀貨二枚。かなり逼迫しているというべきだろう。「四月二十九日の六蔵」から、主人公の六蔵が自分の給料についていろいろと想いを巡らしている部分を引用する。

六蔵はある大きな本屋の編集部——と云へばひどく体裁のいゝブックメーカーのやうだが、「春牛堂編輯」といふのは名刺の上だけで、実は彼の父が小学校の小使をして得てゐる金よりも少ない月給の下ッぱ校正なのである。そして六蔵には、自分の給料が何を標準として十円札四枚半と決められたのか解らない。彼は最初の月の給料を、翌月の五日頃銀行から受取つて来た時、その十円札四枚半をビール箱の机の上に並べてぢつと見つめていた。彼は唾をゴクリと呑んだ。涙がこぼれさうになつたからである。彼はその夜二十六日ぶりで日記のやうなものを書いた。それがまた馬鹿にいぢらしい。まづ「月変りて六日、吾が一ケ月の働きに値すなるべき金四十五円のサラリー、そを今日吾は……」と云ふ書出しで次のやうなことが書いてある。

この後に続く次のような記述には驚かざるを得ない。すなわち、丈吉はその四十五円の月給のうち、〈毎月二十円ずつ父母の家計の足しに入れることにした〉というのだ。小学校の小使さんとして働いている彼の父親(14)の月収が幾らだったのかは分からないが、六蔵が書いた通りなら、四十五円より多かったわけで、すでに親元で一緒に暮らしてはいない丈吉が毎月二十円を、その両親の家計の足しに入れるというのである。一家が丈吉の甥や姪、弟たちが一緒に暮らす大所帯で、日々の暮らしが大変だったとは想像がつくが、六蔵＝丈吉の親孝行ぶり、家族思いの心情は並々ならぬものがある。(15)これは北海道の開拓農家時代の一家の困窮の記憶につながるものだとも想像できる。

「四月二十九日の六蔵」はそのあと、その日の六蔵の行動や気分についての身辺雑記的な記述があり、友人たちとの会話や行動の細部に続いていくが、物語が小説のように展開するというものではない。学校が休みで外で遊んでいる近所の子どもたちの歓声が聞こえて、子どもたちの中でも、尋常四年と一年生の姉妹への常軌を逸したとも思える溺愛ぶりが語られたりする。〈二人だけをこつそり自分の部屋へ連れて来て遊びたいと思つた〉などという記述もあって、危うい感じさえ漂う。性的な欲望が蠢《うごめ》いているのは明らかだ。何行か後に、街を歩いている六蔵の気分が描写されている。

……行逢ふどの女もが美しく見える。お三どんと炭屋の小僧のやうな二人連に逢つても羨ましくなる。どの女も〳〵六蔵の恋人にはなつてくれさうにない。「そんならよござんすよ」といふ気になる。酒が飲みたくなる。もう一年も行かない悪処《あくしょ》へ行きたくなる。行くなら玉ノ井がいゝナと思ふ。……

昼頃になって、やっと仕事場の編集部に顔を出したが、予定していた校正刷りが出ていないのを幸い、六蔵は街に出て何人かの友人たちと会い、神田駿河台の喫茶店の二階で、コーヒー一杯で長居をして、カラの珈琲茶碗を舐めながら他愛のない雑談を続ける。チャップリンやダグラス・フェアバンクスや机龍《つくえりゅう》之介《のすけ》の話が弾み、時にはバクーニンやクロポトキンが話題になったりもする、そういう時間を過ごした後、夜になれば靖國神社境内にて、見世物小屋のテントの隙間から、蛇娘の舞台をタダで覗き見たりして終日を過ごす。その日常的な会話や生活描写の中に、〈今度、六蔵達で出す「單騎」という雑誌のことなどを話した〉というくだりもある。

実際にもその通りで、矢橋が中心になって計画された雑誌『單騎』がこの年の六月一日に創刊されたのである。創刊号には矢橋丈吉の他、飯田徳太郎、飯田豊二、局清《つぼねきよし》（秋山清）、川合仁、土方定一《ひじかたていいち》、畠山清行《はやけやませいこう》、古田徳次郎《ふるたとくじろう》が執筆した。このメンバーが最初の同人だと思われる。十月の第三号まで発行されたが、十一月からは、同じアナキズム系の人びとが集まって作られていた雑誌『矛盾』に合併して、『單騎』としては三号で廃刊となった。文字通りの三号雑誌というべきだが、『單騎』の発行資金の一部には、矢橋が春陽堂から支給される毎月の給料が使われていたのだろうとは想像がつく。

創刊号の奥付には編集発行人として矢橋丈吉の名があり、東京市牛込区西五軒町三六の矢橋の下宿の住所が書かれている。また、発行所として東京市外阿佐ケ谷二二四の川合書店とあり、これは川合仁の住まいかもしれない。東京の西の郊外にあたる現在の杉並区、当時は市外豊多摩郡杉並村高円寺、馬橋《マバシ》、阿佐ケ谷あたりには、大震災の後、次々に新しく住宅地が作られ、東京市内からこのあたりの借家や下宿に移り住む人が多かったと想像される。

柳瀬正夢も新婚の住まいは馬橋だったし、小野十三郎も高円寺あたりに住んだ時期があった。矢橋も少し後の昭和五年頃、杉並村阿佐ケ谷六一一に住んでいたことが分かっている。

創刊号では、矢橋は表紙のデザイン、扉頁の挿絵と巻頭詩、「二十一の春」という文語調の文章、「二畳の住人より」と題した編集後記兼創刊の辞を載せている。このうち、「二畳の住人より」という創刊のことばにはこの時期の矢橋の心境というべきか、気持ちの上での苦悩やある種の決意のようなものが読み取れる。以下に部分的な引用をするが、行間の其処此処《そこここ》には、この時期の矢橋自身の内的な葛藤が見え隠れしており、それがかえって当人の立ち位置を明らかにしているように思われる。

■去年の何月かに文藝解放が廃刊されて以来、僕は現在の検閲制度のもとに於ての雑誌、殊に自然と文芸が主となるやうな雑誌の発行には、元々微力な自分の力の幾分をでも捧げる気がなくなつてゐた。そして今日までの間、余りに幻滅的なルンペン・インテリゲンチャに対する悲哀と、自分自身の無為無能、怠惰に対する自虐の鞭に苦しんで来た。だが僕のさうした精神的な苦悩は、勿論アナキズムへの疑惑からでもなく、又アナキズム革命に対する不信からでもない。（中略）……僕は、将来為さなければならないところの無産大衆の解放精神を、如何なる意味、如何なる理論にも拘わらず、断じて万人の安楽、一切の賃金奴隷と強権の鉄鎖なき自由連合社会でなければならぬと信じてゐる。（中略）……然らば吾々の今為さなければならぬことは何か？　又僕の為し得ることは何か？　僕がこの最近一年間、自省し鞭打ち思考し来つたものは実にこれのみであったのだ。そして僕は所謂《いわゆる》文芸的な雑誌類の発行などを、僕の為し得ることの中の、そして解放運動上に於て為さなければならない最善の仕事とは考へられなかつたのだ。今でもこの考は変らない。（中略）

■ひよいと雑誌を出す気運が纏《まつわ》り、かうして雑誌を出す以上はどんなに微力なものであらうとも、解放戦上に於て雑誌としての有ち得る最善の務を完ふすることに本誌の意義を見出したい。そして僕は、さうでないものゝ為に吾々同志の少からぬ努力と貴い金銭を仮令《たとえ》一銭だつて使ひたくない気がする。乞ふ、吾々の微力からして成る本誌をしてその任務を完ふからしめよ！（以下略）

昭和三年の春。「四月二十九日の六蔵」に描かれているような、遊び惚けた日々を過ごしているかに見える矢橋の日常だが、矢橋がこの時期の社会全般に蔓延していたはずの閉塞感の渦の中でもがいていたのは間違いあるまい。それは肥大した資本主義社会における貧困と格差の顕在化という先進国すべてを覆う社会状況に関わるものでもあった。この年の二月には日本共産党の機関紙「赤旗」が非合法のもとに創刊され、三月、共産党員の一斉検挙があった。これは「三・一五事件」といわれて、弾圧の強化として後々まで語り継がれる昭和史の一項目でもある。ほぼ同じ時期に、はじめての普通選挙が実施され、反体制勢力への弾圧の徹底の一方で、普通選挙の実施という民主的と見える姿勢を顕在化させる国家の手口が見え透いている。

五月、共産党系の文学者集団「全日本無産者芸術連盟（ナップ）」が結成され、アナキズムから脱退していった壺井繁治や江森盛弥《えもりもりや》もナップに参加した。六月には「改正治安維持法」が公布されて、この法律に追加された死刑や無期懲役が人びとの弾圧への恐怖をいや増す事態となったのは間違いないと思われる。

矢橋の書いた「二畳の住人より」は雑誌創刊の辞だが、そのような社会全体の不穏な雰囲気に否応なく感応しているのである。

表紙のデザインと巻頭詩を含めた扉頁の図版を掲載したが、扉頁の詩と共に頁を飾っているリノカットの版画と思われる抽象的なイメージに注目せざるを得ない。波除けのテトラポッドにも似たこのコンクリートの塊のような形はいったい何だろう。この図柄を他でも見たことがあって、『自伝叙事詩　黒旗のもとに』はこの時代からほぼ四十年を経た戦後の昭和三十九（一九六四）年に上梓された本だが、黒の表紙カバーを外すと隠れていた内側の茶色の和紙の表紙に、これと全く同じイメージが使われている。

『マヴォ』掲載のリノカットにしろ、萩原恭次郎『死刑宣告』の頁を飾るマヴォイストたちのリノカットにしろ、柔らかな曲線や円が鋭利な直線と交錯するような細部の表現に特徴があったが、このような単純で力強いフォルムは見当たらなかったと思う。マヴォ以降のこの時代に、矢橋が獲得した独特なイメージだといえるのかもしれない。また、扉ページの巻頭詩には題名がついていないが、この詩は昭和四年五月に発行された『アナキスト詩集』(16)という小さなアンソロジーに再掲されており、そこでは「火夫」という題名が付けられている。

八月に二号が発行された。創刊号から継続して寄稿している執筆者に加えて、西川勉《にしかわつとむ》、畠山清身《はたけやまきよみ》、中村登三《なかむらとうぞう》、上脇進、それにマルセル・マルチネの詩を翻訳した尾崎喜八《おざききはち》の五人が新しく二号から加わったメンバーである。尾崎喜八とアナキズムの関係が意外な感じを受けるが、寺島珠雄によれば、その当時、先輩詩人では高村光太郎と尾崎喜八がアナキズムに同調的だったという。

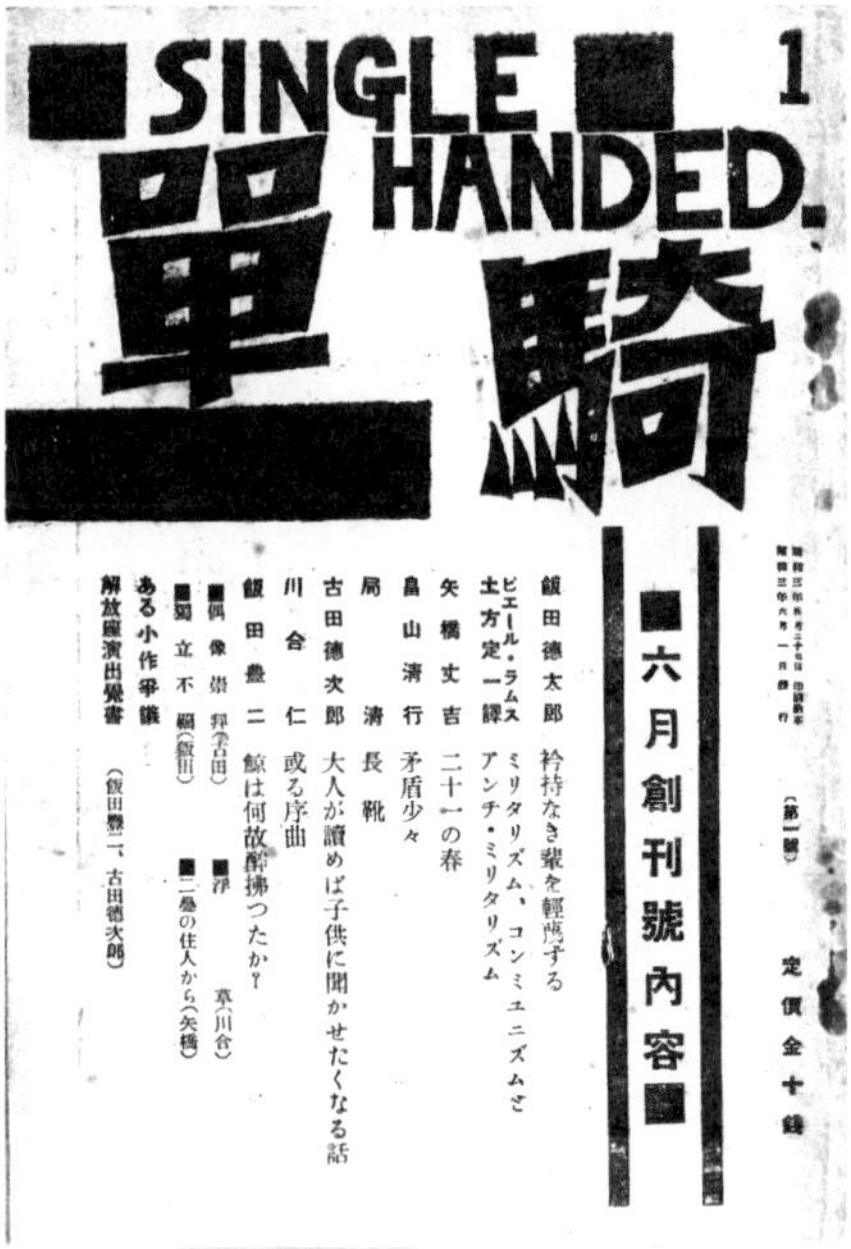

SINGLE HANDED. 1

單騎

（第一號）　定價金十錢

■六月創刊號内容■

飯田徳太郎　衿持なき輩を輕蔑する
ピエール・ラムス　土方定一譯　ミリタリズム、コンミュニズムさアンチ・ミリタリズム
矢橋丈吉　二十一の春
畠山清行　矛盾少々
局清　長靴
古田徳次郎　大人が讀めば子供に聞かせたくなる話
川合仁　或る序曲
飯田豊二　鯨は何故酔拂つたか？
■偶像崇拜（古田）　■浮草（川合）
■獨立不羈（飯田）　■二疊の住人から（矢橋）
ある小作爭議
解放座演出覺書（飯田豊二、古田徳次郎）

■
暗い寒い夜だ
どんなに眠らうとしても眠られない夜だ
だのに、あいつらは何をしてゐるのだ
あいつらは眠つてゐるのか
あいつらは寒くないといふのか
あいつらは我慢してゐるといふのか
あいつらは何を待つてゐるのだ
あいつらは「時」を待つてゐるといふのか
それなら、俺達はあいつらを敵にしろ！
豚やサーベルや赤い坊主共と一緒にだ！

おい、兄弟！
暗い寒い夜だ
どんなに眠らうとしても眠られない夜だ
こんな夜は――姉妹！
もつと寄り合へ！
抱き合へ！
肉と肉とをぴつたりつけて一塊りになるんだ
黒い鋼鐵のやうな力の塊りに！
さあ、火夫よ！
火をつけろ！
油に！　ガスに！
あいつとあいつとあいつらに！
（矢橋）

図8『單騎』創刊号表紙（上）と同扉ページ

矢橋は「痴情点描録」という題の文語調のエッセイ二頁を載せているが、二号では矢橋の書いた編集後記に注目したい。オヤ？　と思わせるものがあるのだ。少なくとも二か月前の創刊号の「二畳の住人から」（これは編集後記兼創刊の辞だったが）とはかなり違った響きが感じられる文章である。

□編輯雑記□

又雨だ。そして薄暮、眼に見るすべてが灰色と黒だ。その中から豆腐屋のラッパがトーホーとひびく。編輯雑記なんて書くことは何もありやしない。單騎という雑誌は御らんの通りのものだ。別に恥かしい所もない。別に威張るほどの所もない。吾々にはそんなものゝ必要がなんにもないのだ。必要なのはやっぱり金だ。だが敢えて潔癖を云ふわけぢやないが、飲みたいコーヒー、惜しくてならない十銭白銅を投げ出してくれとは云はん。俺だつて飲みたいコーヒーは飲む。惜しいものは出さない。たゞ僕達がこの雑誌をやることは、僕達のやりたいことであるが故に、少々の無理も押し通して行くことが出来るのだ。だから諸君は諸君のやりたいこと、信じ疑はざることを無遠慮に、直截《ちょくさい》に、ぶち撒け、行つてくれさえすればいゝのだ。（中略）僕はさうした人達のやることに対しては、それが何であらうと十二分の尊敬を以て接することが出来る。と、筆者は今南京豆を齧《かじ》り乍《なが》ら考へた。が、こんなことは編輯上に関係があるかどうか。――後は悪友飯田徳太郎にまかす。何かしやべつておけよ。（矢橋）

『單騎』第二号の編輯雑記の矢橋の部分のほぼ全文である（途中二行ほど省略したが）。創刊号の「二畳の住人から」にあるような自分自身の無為無能と怠惰に苦悶して、精神的苦悩を隠そうともしない自虐的な筆致とは違って、〈編輯雑記なんて書くことは何もありやしない〉とか〈筆者は今南京豆を齧り乍ら考へた〉とかのフレーズに見られるように、自分自身への嘲笑のような乾いた雰囲気が漂っている。それは決して明るい気分に満ちた状態ではないが、社会の至る所に見え隠れする不穏な雰囲気に対抗して「みんな自由にやりたいことをやろうぜ！」と開き直った態度のようにも見える。

そして、矢橋のこの記述のあとに飯田徳太郎が次のように書いている。

矢橋がのんびりしちまつたので、僕が多少事務的な報告をすべく余儀なくされた。かねてから喧伝《けんでん》されてゐた仲間の雑誌ラ・ミノリテが「矛盾」と改題されて創刊した。本誌読者の購読をおすゝめしたい。（中略）本号は原稿意外に嵩《かさ》み、岡本潤訳クロの「反逆の精神」、吉田の小説、畠山の随筆等多数を次號に廻さねばならなかった。

A系の匕首を持つて任ずる本誌は今後とも内容を厳選して永続さす方針だ。同志諸君の絶大なる援助を待つことや切。（徳）

飯田徳太郎にいわせれば、編輯雑記に現れている矢橋の様子は〈のんびりしちまつた〉ということになる。飯田にはそういう風に見えたのだろうか。飯田の方は〈アナ系の匕首を持つて任ずる本誌〉などと確かに威勢はいい。二人の人柄や生き方には、ずいぶん違いがあるように見える。とはいえ、文面や言葉遣いから窺える二人の関係は親密な感じであり、この雑誌を共同で主宰している立場も保たれているように見える。

ところが、その二か月後、昭和三年十月発行の第三号には飯田徳太郎の名前がない。目次にも名前がなく、何も執筆していないことが分かる。もちろん編輯雑記なども書いていない。飯田は突然、『單騎』から姿を消したのである。

前述した通り（一章注14など参照）、『單騎』という雑誌はこの三号までで、同じような傾向で、兄貴分に近い立場の雑誌『矛盾』と合併した。第三号の最後の頁に「矛盾・單騎の合併その他」という矢橋の文章があり、〈両誌関係者の気持ちや傾向が殆ど同じであり、一つに合併してしまつて内容の充実や誌面印刷部数などの増大を計つた方がいゝだらうと考えた〉。と書かれていて、その通りになったと見える。

矢橋はその三号に「死んだNの価値」、「三畳雑筆」などを寄稿している。「死んだNの価値」は大正十五（一九二六）年四月十五日に死刑になったギロチン社の中浜哲について書いた「小説」である。「單騎の人　矢橋丈吉ノート」で寺島珠雄は、この小説について〈……「死んだNの価値」は死刑になった中浜哲を描いて、矢橋は小説のつもりらしいがいま内容に立ち入らない。〉と突き放している。寺島が「死んだNの価値」という作品をどう見ていたのか、この〈いま内容に立ち入らない。〉という一言から想像する以外はない。文中で作者矢橋は〈吾が莫逆《ばくげき》の友N〉と呼びかけているのだが、筆者は矢橋丈吉と中浜哲の現実世界での交友の深さや親密な関係についてほとんど知らない。矢橋のいう〈莫逆の友〉とは、意気投合してきわめて親密な間柄のことだが、二人の関係がそれ程のものだったのかどうか、矢橋も中浜も、それについて書いたり語ったりしたものはないのではないか。書き残すことの憚られる秘密裏の関係だったということだろうか……。

ところで、第三号の奥付には次のような文言が並んでいる。

直接購読、紹介、その他本誌に関する事務通信
一切は左記小生宛に願ひます。
東京市小石川区西江戸川町十三高橋方　　矢橋丈吉

雑誌の発行所、つまり矢橋の下宿はこれまでの号では牛込区西五軒町三六だったが、三号では小石川区西江戸川町十三となっている。創刊号の矢橋の編集後記兼創刊の辞は「二畳の住人より」というものだったが、第三号では「三畳雑筆」と名付けられている。下宿の部屋が少しだけ広くなったようである。新しい住所は元の下宿の牛込区

西五軒町からすぐ近くで、当時の地図では、早稲田から来た市電の通りと、それに並行して流れる神田川をはさんだ対岸にあたる。停留所でいえば江戸川橋と大曲《オオマガリ》の中間あたり、歩いてもすぐの距離だろう。

雑誌『矛盾』についてもすでに触れたが（一章注5など参照）、この雑誌は昭和三（一九二八）年七月に創刊されて、昭和五年二月の第八号まで発行されたアナキズム文芸思想誌である。宮嶋資夫を中心に、石川三四郎、新居格、小川未明ら著名なアナキズム系の既成作家や思想家が寄稿し、岡本潤、局清、小野十三郎、それに矢橋丈吉などの若い詩人たちも参加した。矢橋は第六号（昭和四年十月刊）に北海道の開拓地での自身の少年時代の生活を回想したレポート「移住民部落の生活」を発表したのを始め、第三号には「不眠雑想」、第四号にも「舌足らずの弁――生活その日〳〵」というエッセイや随想を寄稿している。

しかし、飯田徳太郎の名前は合併後の『矛盾』にも登場することはなかった[17]。そして、矢橋丈吉と飯田徳太郎の突然の決別の気配は『自伝叙事詩』の「初恋のカルテ」の記述から想像することが出来る。二人の間に恋愛問題でのトラブルがあったことが窺えるのだ（一章注14参照）。

四頁に亘る「初恋のカルテ」には矢橋が恋人とめぐり逢う場面、恋人同士となった二人の逢瀬、そして恋人を友人に奪われて失恋した経緯が赤裸々というべき筆致で語られている。「初恋のカルテ」は次のように始まる。

某年某月某日昼さがり
葉山一色海岸における喜代子とのめぐりあい
槙《まき》の垣根多かりしかの山の端の小道での
神様のメモにも記されていなかった友の妹とのめぐりあいよ

三浦半島葉山の海岸の槇の生垣の続く山の端の小道で喜代子なる女性とめぐり逢ったのが矢橋の恋の始まりだと

いうことである。喜代子は友人の妹だという。葉山の海に遊びに行った折に、友人の妹を紹介されて知り合ったのだろうか。冒頭、〈某年某月某日……〉と書かれているが、実際に、この出会いがいつのことだったのかは正確には分からない。しかし、矢橋にはこの出会いとそっくり同じ状況を題材にした小品がある。(18)
『自伝叙事詩』では、この後、東京での日常の暮らしにおける二人の逢瀬が語られるのだが、その一言一句は熱情と情欲の高まりを隠し切れない気配で連なっている。

すべてがゆるされすべてが求められしが
ただ一線こゆべからざりし一線のそは物質にあらずして
おかすべからざるして神聖なりし初恋の肉体よ
物にあらざりし　肉体よ
小石川区西江戸川町と牛込矢来下町なる直線距離半里
光速にもにてかよう男ごころと女ごころの
ひしといだきあいむすばれくみあいて二十四時
げに　愛の魂昇華すうるわしき小天地　ただ三畳
愛しあい信じあいていくとせ
信じ愛していく万時
語り綴りてそのことばいく万語

小石川区西江戸川町とあるから、矢橋が牛込区西五軒町から引っ越した、新しい下宿の三畳の部屋が二人の逢瀬の場所だったものと思われる。そこは『單騎』第三号の発行所となった部屋であり、この逢引が繰り返されたのは、第二号発行の後、第三号発行よりも少し前のあたりであろうと特定できる。喜代子の住まいも牛込矢来下町だと思われ、徒歩で行き来できる距離だ。三畳一間の恋はさぞ濃密なものだっただろうと想像できる。

ところが、二人の関係は突然の破局に直面する。ある夜の逢瀬の時、喜代子が「別れてほしい」と求めたというのだ。『自伝叙事詩』での記述では、

小石川白山なる小室におとないきたりて　ただ一語
「母のため」といえるただ一語に　別離を求められしむなしさよ

と、だけ語られている。この二行の記述だけで、それ以外の説明はなく、どんな事情なのかは分からない。いったい「母のため」とはどういう意味なのだろう。喜代子の母が矢橋を受け入れなかったということなのだろうが、矢橋としてはその理由を細かく説明する気がなかったようにも思える。

そして、その後の記述には意外な展開が続いている。

のちの一日
唯一と誓いたる友　同志のかいなにいだかれ歩くかのおんなかいま見て
どぶどろんこのぞうきんもて顔ぬぐわれしそのここちよ
女心への幻滅　喜代子なるうつつ身へののろわしさ
悲愁　呪詛　最劣等感！
しこうして愛恋の情のなおもたぎりて
プラトニックの敗北　肉体の勝利を現実にみとめながらも……

「初恋のカルテ」の文面からは、二人の関係がプラトニックな恋愛だったとは、ちょっと考えにくいが〈プラトニックの敗北　肉体の勝利〉と本人がいうのである。唯一と思い、同志と信頼していた友人に肩を抱かれて歩く喜代子を見てしまったその日、〈どぶどろんこのぞうきんもて顔ぬぐわれしそのここちよ〉とは偽らざる心の内を正直に語ったのだろうが、ことばの響きから感じられるのは絶望の淵に立たされたとしても、本人の気分にはどことなく喜劇っぽい気配が漂っていて、失恋話の語り口ではないような感じである。

この四十数行に及ぶ自伝的失恋物語に続くラスト近くの数行に、突如として晩秋の谷川岳での矢橋の詩友斎藤峻《たかし》とその友人の遭難を語る数行が続いている。この遭難事件は実際に昭和八年に起きたのだが（失恋の時点より五年も後のことだ）、第一章の注14に記述したように、遭難した二人のうち、斎藤峻自身は救助され、同行の友人は遭難死したという。「初恋のカルテ」では、その同行の友人は「かれ」となっている。矢橋が書いたのは〈かれのみ凍てて果つ／そののちや知れども語らず〉という二行である。

しかし、斎藤峻が矢橋の『自伝叙事詩　黒旗のもとに』よりひと月ほど早く、昭和三十八年の暮れに同じ組合書店から出版した詩集『夢に見た明日』の前書きで、この遭難について触れ、同行していた友人飯田徳太郎が遭難死したことを記述している。

この記述によって、矢橋の失恋の顚末はどうやら明らかになった。矢橋自身はついに明記しなかったが、「初恋のカルテ」と斎藤峻の詩集の前書きを並べて読むことで、矢橋丈吉の初恋と失恋をめぐる謎のようなものは氷解する。そして、恋人を奪っていった友人について、矢橋は次のような三行を書いた。

ああ　ただすこし狡智にたけたる頭脳と
ブルドーザのごとき肉体をほこりたる友の魅惑よ

その鉄のかいなに身わななかす喜代子……。

これは矢橋が飯田徳太郎について書いた唯一の人物批評だといえるかもしれない。これを読んで、たちまち思い起こすのは、大正十三（一九二四）年暮れの銚子での詩人たちの合宿生活の顛末であろう。その合宿については本書第三章八七頁以下で触れているが、銚子合宿における飯田徳太郎の奇矯な行動は〈すこし狡智にたけたる頭脳〉や〈ブルドーザのごとき肉体をほこりたる〉魅力のなせる行為という説明だけではとても理解できないものだとしても、三、四年を隔てた彼の二つの振る舞いにはどこか共通の強引さが感じられる。

＊　＊　＊

昭和三（一九二八）年から四年のこの時期、矢橋丈吉は多彩な仕事に関わっていた。これまでに、本文や注で触れたものや詳しく紹介したものも含めて、昭和三、四年頃の矢橋の仕事を見渡しておこう。

○昭和三年一月、『文藝解放』の解散の直後に発行された岡本潤の詩集『夜から朝へ』の装幀と挿絵を担当した（挿絵の一部は岡田龍夫も参加した）。六月から、同人誌『單騎』を主宰して三号まで発行。毎号、創刊の辞や編集後記の他、詩篇、エッセイ、創作「死んだNの価値」などを発表。

○七月、『悪い仲間』第二巻七号に創作「四月二十九日の六蔵」を発表。

○九月、『自由聯合新聞』二十七号に創作「円に龍の字」を発表。

○十月、星野準二主宰の同人誌『黒色文藝』の表紙デザインを担当する。

○十一月、『單騎』は宮嶋資夫を中心にして多くのアナキスト詩人が集う『矛盾』と合併する。矢橋も『矛盾』の同人となり、十一月号にエッセイ「不眠雑想」を発表。同じ十一月、雑誌『悪い仲間』改題の『文藝ビルデング』に自伝的創作「恵岱別川《えたいべつがわ》」（前述、一章注16、17参照）を発表。

○昭和四年三月、『文藝ビルデング』第三巻三号に創作「「お前さんと私」の夢」を発表。
○四月、『矛盾』第四号にエッセイ「舌足らずの弁」を発表。
○五月、『文藝ビルデング』第五号に創作「きれぎれな物語」発表。アンソロジー『アナキスト詩集』に詩「火夫」掲載される。
○六月、（八日）有楽町「モンパリ」で尾形亀之介詩集『雨になる朝』の出版記念会が開催され、詩人中心に六十四人が集まり、矢橋丈吉も出席した。(19)
○八月、勤務していた春陽堂で会社の経営方針に反対する態度を表明し、組合運動を主導して会社側と対立し、馘首《かくしゅ》される（これについては後述する）。
○十月、『矛盾』第六号にルポルタージュ「移住民部落の生活～北海道石狩に於ける～」（前述、一章注5参照）を発表する。十五日の開催された「黒色戦線社」主催の講演会に参加して詩の朗読。
○十一月、『自由聯合新聞』四十一号に創作「源親父の話」を発表。

身辺雑記的な創作「四月二十九日の六蔵」で触れられている春陽堂書店（作中では「春牛堂」）の「明治大正文学全集」出版に関わる編集校閲助手の仕事は、この時期の矢橋に月々の決まった収入をもたらした。安定した暮らしという程ではないにしても、毎月両親の家計を援助した上で、日雇いの日銭稼ぎもすることなく、創作に本腰を入れた日常が保障されていたといえるのではないだろうか。収入面ばかりではなく、矢橋は編集業務を通じて明治、大正期の作家たちについての文学的な知識や文学理解の教養を身に付け、さらに書籍編集のノウハウを習得することができた。それがこの後、昭和中期から戦争中、さらに戦後、出版事業を始める矢橋丈吉の仕事につながったといえるだろう。

しかし、春陽堂での月給取り生活は平穏には終わらなかった。昭和二年春から始めた矢橋の春陽堂勤務だったが、昭和四年夏、会社の金儲け主義とも思える不当な経営実態を知るに及んで経営批判の旗を振り、春陽堂経営陣と厳しく対立する闘争を起こしたのだった。先に結論をいえば、会社側は組合側の動きを知るや、先手を打って矢橋らに解雇通告をしたため、闘争は労働者側が馘首されることであっさりと終った。この闘争について、当時の『自由聯合新聞』が次のように報じている。(20)

ボルの裏切で
争議惨敗す
東文、春陽堂の従業員

……これに対し敢然として反対して起った編輯、校正、営業の一部の従業員は、当時やはり春陽堂の緊縮政策の影響を受けて賃金の支払いを延期した神田区松下町の東文堂印刷所労働者と共に争議を計画し要求書を作成し従業員大会によって戦ふ筈であったが同社内出版労働組合員の幹部気取りから出た裏切的行為のために資本家に先手を打たれて八月五日解雇を宣告された。（以下略、原文は総ルビ）

見出しや記事中にある「ボルの裏切り」とか「労組の幹部気取りから出た裏切り的行為」などのことばが示すように、労働組合内部の政治的立場の違い（アナ・ボル対立）を会社側がマンマと利用した感じがある。アナキズム系の『自由聯合新聞』では〝ボルの裏切り〟や〝同社内出版労働組合の幹部気取り〟という共産党系の組合幹部への揶揄的な筆致が目立つ文面になっている。いずれにしろ、会社側に要求を突きつける前に解雇されたことになり、『自伝叙事詩』の記述でも矢橋本人が〈馘首に反対して馘首されたり……〉と自嘲的に語るのであった。(21)

しかし、『自由聯合新聞』記事の後段を読むと、解雇宣告の後にも十数日間の交渉が継続した模様で、組合側は、春陽堂が刊行する『クロポトキン全集』の不買同盟を組織するなどの戦術を掲げて会社と折衝を続けた結果、「馘首手当二か月分」「八月の月給支給」「前借金棒引き」という条件で妥結した、とある。会社側が甘い判断で妥協したかに見えるが、会社としては相当の犠牲を払っても、この機会に強硬な組合首謀者たちを辞めさせたかったのだとも考えられる。

こうした経緯で、八月末か九月初めに矢橋丈吉は春陽堂書店を解雇され、毎月の給料四十五円を失うこととなった。折しも昭和四年十月の末、ニューヨーク株式市場での株の大暴落に端を発した世界恐慌の影響が日本にも及び、深刻な経済不況が庶民の暮らしに襲いかかってくる時期であった。春陽堂を解雇された矢橋も決まった職に就くことが出来ず、たちまち路頭に迷った。

しかし矢橋の周囲で新たな事態が展開する。『自伝叙事詩』二八頁からの「頭脳労働と肉体労働」の章にいう頭脳労働に当たるものが春陽堂の「明治大正文学全集」の編集・校閲の仕事だったとすれば、解雇され失業した後に矢橋の得た下水道掘削・下水管敷設の土木工事の仕事は、まぎれもなく「肉体労働」。この下水管敷設工事には、何故か多くのアナキスト詩人や活動家が日雇労働者として参加し、この稀有な肉体労働経験についてエッセイや詩編を残している。

注

注1　菊田一夫『落穂の籠』は昭和四十八（一九七三）年、読売新聞社刊。演劇誌『東宝』に連載（昭和四十一年十月～四十八年一月）されたエッセイをまとめたものだが、大正から昭和にかけての菊田自身の生活や行動の記録「わが人生――思い出の記」が含まれている。連載の途中で、菊田が急逝したので、「わが人生――思い出の記」は絶筆となったが、「太平洋詩人協会」時代の詩人たちとの交友の日々や小石川表町に借りて「太平洋詩人協会」の拠点としていた一軒家での共同生活の様子が生き生きとした筆致で語られている。

注2　本文にもある通り『低氣壓』が矢橋公麿を中心にして発行されていたことは、ほぼ間違いない。矢橋の『自伝叙事詩　黒旗のもとに』三四頁、「十年間（Ⅱ）」の冒頭には矢橋が執筆したり、関係を持ったりしたと思われる雑誌名が網羅されているが、そこにも『低氣壓』は載っている。『文芸市場』の「全国同人雑誌関係者一覧」と合わせて、詩誌『低氣壓』の実在は疑う余地がない。

注3　大正十四（一九二五）年六月に復刊した『マヴォ』第五号には「放題」という散文詩のようなエピグラムのような文章を発表した矢橋だが、次の第六号では「石」と題するエッセイ（自身の旧作の詩が使われているが）のほか、本文で述べる通り「病」なる戯曲を載せている。続く第七号が『マヴォ』の最終号だが、これも本文にある通り、次号掲載予定の芝居の舞台装置をイメージしたリノカットを二頁発表している。これ自体はビジュアルな作品だが、芝居や戯曲に意識を向けたこの時期の傾向が窺える。『太平洋詩人』の同人となってからも、第二号に「木馬集」という短編詩を掲載した他は、創刊号の「断片」というエッセイ、第四号の「雑感一束」、五号の「詩人十三人による合評会」、六号の「散文　断章」と、エッセイや座談会参加が多く、詩作品の発表はほとんどない。また、第四号の「雑感一束」は著名が「矢橋公馬」となっている。意図的に「公麿」とは違う筆名を使ったとも考えられる（後述するが、矢橋公馬は他の著作にも使われている）。いずれにせよ、この時期、美術分野での仕事の一方で文芸的な分野での矢橋の志向が詩よりも散文や戯曲に傾いていたこ

とは確かであろう。

注4　傴《う》僂《ろう》者とは背中が前傾して曲がった障害のある人の意。昔は背中に虫がいて曲がったと誤って信じられ、「せむし」と呼ばれていた。『マヴォ』六号の「病」での「脊髄病」に始まり、『文芸市場』大正十五年四月号の戯曲「硫酸と毒蜘蛛」、そして大正十五年十一月の「太平洋詩人協会」主催の催物で公開された『二人の廃疾者』のどれにも、この傴僂者が登場する。廃疾者、被虐者への矢橋のこだわり、あるいはその被虐的な立場への共感——同志的といえば大げさだが、そうした想いがあったようにも見える。

注5　『太平洋詩人』十二月号（第四号）に掲載された当夜の催物についての渡邊渡の報告と矢橋の『自伝叙事詩　黒旗のもとに』に掲載されたプログラムとでは、登壇した人物など、内容が大きく違っている。考えるまでもなく、渡邊の記事は開催直後に書かれた報告だから、こちらの方が正確であろう。『自伝叙事詩』の記載は矢橋が自伝執筆時まで保存していた「詩・舞踊・演劇の夕」の予告パンフレットのようなものを書き写したと考えられるが、予告パンフと実際の出演者が違うことはよくある。また、『自伝叙事詩』には第二日のプログラムも載っているが、渡邊の報告には「第二回は一月頃やる予定です」と書かれている。しかし、第二回は行われなかったのではないかと思われる。

　それにしても、五百人もの観衆が集まったというので驚かされる。「詩」に関していえば、当時の方が現在よりも「詩」が人びとを惹きつける力があったように見える。「詩」をめぐって、渡邊渡の計画した壮大な雑誌ビジネスや野心のようなものが見え隠れしている。

注6　矢橋の制作したポスターでは「詩・舞踊・演劇の会」となっているが、他の印刷物では、すべて「会」ではなく「夕」となっている。ポスター制作の際の矢橋の間違いだと思われる。

注7　『バリケード』の創刊に関して寺島珠雄は「矢橋丈吉ノート」で「……『バリケード』の最大使命とする処はプロレタリア詩人の全詩壇的進出展開への第一機関たるにありその一貫する大動脈はアナーキスチックな詩的精神である。」という、編集後記（河本正男執筆）の記述を紹介しつつ、「『バリケード』はアナキスト詩人が相当な規模で連合した趣を呈した」

と述べている。矢橋は表紙のデザインを担当したほか、創刊号に散文詩「詩人と淫売」、二号にエッセイ「浴槽漫語」を発表した。いずれも筆名は「公麿」である。

注8　寺島珠雄は「單騎の人　矢橋丈吉ノート」を書く際、八十歳を超えてなお元気だった星野準二に会って、矢橋丈吉との交友について直接話を聞いたという。『黒色文藝』の表紙が好評だったという話は星野準二の記憶を聴いた寺島が「矢橋丈吉ノート」に紹介したものである。

また、星野は昭和二（一九二七）年の某月、アナ・ボル対立のさ中に矢橋と一緒に某喫茶店でボルシェビキ派の連中と乱闘になり、相手を負傷させて中野署に逮捕された。拘留二十九日を喰らって、二人共に市谷刑務所に移監、期限一杯までを同じ雑居房で過ごしたという事実も寺島に語っている。これが矢橋の『自伝叙事詩』四二頁の「十年間（Ⅲ）」に書かれている〈かれを市ケ谷未決監におくる〉の一行に照応する事実だろうと、寺島は書いている。

注9　岡本潤の詩集『夜から朝へ』は昭和三年一月一日発行。発行所・東京市小石川区白山前町二十四　素人社書屋。発行者・金兒農夫雄。

注10　本文にある通り、「矢橋丈吉」という本名を筆名として最初に使ったのは『文藝解放』の同人名簿に名前を連ねた時だっ

図9『バリケード』創刊号表紙

たのはほぼ間違いないと思われる。それは昭和二年一月一日のことで、まさに大正から昭和への改元のタイミングであり、寺島珠雄の見解に従えば、矢橋が自らの思想的拠り所をアナキズムと定めた時でもある。それを考えれば、矢橋の筆名変更が深い思慮のもとに行われた思想的な意図を持つものだったと思いたくもなるのだが、そうとばかりもいえないようだ。同じ昭和二年に執筆して発表された矢橋の作品を調べると、「公麿」と「丈吉」が混在して使われている場合もある。例えば、注7で触れたが、昭和二年九月に創刊された『バリケード』で矢橋は表紙のデザインを担当し「詩人と淫売」なる散文詩を発表したが、その筆名はいずれも「公麿」である。十月発行の第二号でもエッセイ「浴槽漫語」の筆名は、やはり「公麿」だった。この時期の筆名の混在は『文藝解放』の誌面にもある。本文で後述するが、矢橋は『文藝解放』にほんの少ししか執筆していないのだが、そのうち一つが第四号（昭和二年四月刊）の「無産派作品短評」で、筆名は矢橋丈吉。もう一つは昭和二年五月刊の第五号に発表した「菓子を盗んだ子供」という小品で、これは筆名が矢橋公麿となっている。（『文藝解放』の記事や掲載作品については小田切進編著『現代日本文芸総覧　上』昭和五十四年、「明治文献」刊による）。

また、それより少し前、昭和二年三月号の『若草』という雑誌に発表した「濤に語る」という小説風の小品（後述）では、「公馬」なる筆名が使われている。「矢橋公馬」である。末尾に記載されたこの作品の擱筆日が大正十五年九月だというから、『文藝解放』創刊時点よりも数か月前だが。この「公馬」なる筆名は『太平洋詩人』大正十五年十二月号でも使われており、十二月号の二十頁から始まる「雑感一束」というエッセイの著者名が矢橋公馬となっているのだ。筆者は当初、これは編集時のミスで、誤植ではないかと考えた。というのも、その『太平洋詩人』十二月号の目次では「雑感一束」の著者名が矢橋公麿になっているのだ。目次と本文の著者名が違ってしまうというミスは雑誌編集では時に起こり得る間違いなのだ……、そう考えたのだが、しかしながら他の雑誌『若草』にも「公馬」が使われているのを考えると、ミスによる誤植とも考えにくいのである。

筆名の違いについてあれこれ書いてきたが、矢橋本人の気分としては、それほど厳密に意識されてはいなかったのかも

注11

しれない――というのが筆者の結論である。

『文藝解放』創刊号に名前が載っている同人は全部で二十六名、いずれも反ボルシェビキのアナキストとして活動してきたと思われる詩人や作家・評論家・思想家ということだが、秋山清の『アナキズム文学史』（昭和五十年、筑摩書房刊）の記述によれば、創刊号の名簿にある二十六人がすべてアナキズムの立場で活動してきた人びとだったとは限らないという。創刊当初は反マルクス主義ということで幅広く人が集まり、アナキズムとはいえない立場の者も混在していたという。秋山は〈文藝解放社の同人としてはっきりしている名は次の二十名である〉（『アナキズム文学史』一五八頁）として、『文藝解放』第四号に新たに発表された人びとの名前を挙げている。創刊号と四号の名簿を比較して調べると、創刊号の名簿から八人が抜け、四号の名簿で新たに二人の名前が追加されたものと思われる。

文藝解放社の同人メンバーを調べていると、資料によってメンバーの名前や人数がまちまちであることに気が付く。どうやら、設立当初から確定していたのではなく、途中で辞めたり除名されたりした場合もあり、メンバーの出入りが激しかった事情もあったと思われる。また、当時の政治的な状況が複雑だったことを反映しているのかもしれない。

もっとも、大正末から昭和初年のこと故、戦後だいぶ経ってから発表された諸氏の回想録の記述などには記憶違いもあろう。例えば、『文藝解放』誌の編集・発行人で、文藝解放社の中心人物だったと思われる壺井繁治の記述を読むと、『文藝解放』創刊という一大事件が壺井の記憶の彼方に消えかけているようにも思われるのだ。

壺井は『本の手帖』昭和四十三年八・九月号の「特集・アナキズム文学」に「文芸解放の出発と解散」という回想を寄稿し、文藝解放の創刊に参加した二十人のメンバーの名前を挙げている。そしてこれは『文藝解放』第四号の名簿と合致していると思われる。ところが、この『本の手帖』より後に発行された壺井繁治自伝『激流の魚』（筆者の手元にあるのは昭和四十九年刊の立風書房版で、再版に当たっては増補改訂した旨が書かれている）では同人は十九人とあり、同人メンバーも「文藝解放の出発と解散」に書かれている名前とは違う名前もある。参加して活動していたのに名前の書かれていない人がいるかと思えば、参加しなかったとされる人物の名前も混ざっており、正確ではない。壺井の記憶が薄れていたとしても、それ自体が不思議なことである。

注12　『文藝解放』の一号、二号、三号、および十号、十一号について、筆者は埼玉県富士見市立図書館の「渋谷定輔文庫」に所蔵されている原典を閲覧し、コピーも所持している。それ以外の号の掲載記事については、原典の閲覧はできず、記事内容について、小田切進編著『現代日本文芸総覧　上』の『文藝解放』総目次の記事一覧を参照した。

注13　壺井繁治は襲撃者の名前を書かなかったが、同じ集会に参加していた『文藝解放』のメンバー江森盛弥も、後にその夜の模様を回想している（江森盛弥『詩人の生と死について』昭和三十四年九月、新読書社刊）。それによれば、襲撃者たちは壺井繁治と工藤信とわたし（江森）を名ざして外へ出ろといったという。襲撃者の中には、鷹樹寿之介《たかぎじゅのすけ》（菊岡久利《きくおかひさとし》）も居て、かれらの親分格が前田淳一だったという。江森も壺井と同様、アナキズムに疑問を感じて、その後共産党に入るのだが、この夜のことを回想する文章で、自分自身もアナキズム文学組織のメンバーでありながら、襲撃してきたメンバーを「アナキストたち」と敵対するように呼んでいるところが喜劇的な感じで、笑わされる。

注14　本稿五〇頁の記述を参照。「四月二十九日の六蔵」では父親の仕事を「小学校の小使」として、学校名を明記していないが、後年（昭和三十九年）出版した『自伝叙事詩』では「落合第三小学校」と学校名を書いている。当時、矢橋一家が住んでいた豊多摩郡落合村の小学校、現在の「落合第三小学校」の所在地は新宿区西落合一丁目である。

注15　『文藝ビルデング』昭和三（一九二八）年十一月号に「本誌執筆者身許個性調査書」なる欄が設けられていて、その号に登場した書き手の人物紹介が並んでいる。その号に創作「恵岱別川」を発表している矢橋丈吉についても〝人物調査書〟が載っている。ゴシップ的なものではあるが、当人ならではの「真実」を捉えていて、なかなか面白い。矢橋丈吉の項は次のように書かれている。

「矢橋丈吉25歳　風貌――怪異温順の相　妻――なし　子――なし　恋人――苦き経験もあり今は忠実なる友ひとり　住居――小石川区西江戸川町十三高橋方　経歴――よくも二十五年生きたり　特殊才能――校正、親孝行　趣味嗜好――求めて与へられざれば無きに等し」

とある。

風貌――怪異温順の相、経歴――よくも二十五年生きたり、などは図星であり、特殊才能の欄に「校正」「親孝行」とあり、正確だ。校正はすでにその力量を認められていたと見え、親孝行については仲間内でも有名だったようである。住居は「四月二十九日の六蔵」執筆の後、下宿を変えた模様で、新しい下宿の住所になっている。後に触れるが、『單騎』の奥付での矢橋の住まいが六月刊の創刊号と十月の第三号では変わっている。その間に下宿を変わったものと思われる。

注16　『アナキスト詩集』は昭和四年に出版されたわずか五十頁あまりの小冊子。『アナキスト詩集』出版部発行、編集発行・鈴木柳介。詩が掲載されているのは畠山清身、萩原恭次郎、星野準二、小野十三郎、関本潤、金井新作、竹内てるよ、局清、草野心平、矢橋丈吉の十人の詩人たち。矢橋の掲載作品「火夫」は『單騎』創刊号の無題の巻頭詩である。

注17　飯田徳太郎は『單騎』を去った後、（小田切進『現代日本文芸総覧』によれば）昭和四年二月『黒戦』という雑誌を創刊している。『黒戦』創刊号には局清、飯田豊二、畠山清行らが執筆し、飯田徳太郎は「画像」という小説と編集後記を書いている。しかし、この雑誌は一号限りで消え、その後は飯田徳太郎の名を見ない。翌年『第二次黒戦』が創刊されたが、違うメンバーによる発行である。

注18　この小品とは、文芸誌『若草』の昭和二年三月号に掲載された「濤に語る」という作品である。原稿用紙六枚半程の短いものだ。「なみにかたる」と読むのだろうか、冒頭に「レエヌ・汝の名は苦患なりき。」などというエピグラフを掲げたキザっぽい雰囲気が異様である。「私」と友人の男が、白い八月の太陽が滲むように強く照りつける海でボートを漕ぎだして沖に出る。〈ボートはもう長者ケ崎が遠く見えるほど沖へ出ている〉とか、〈左手に森戸神社の境内の……〉などの描写があるので、どうやらそこは三浦半島の葉山の海だろうと想像できる。真夏の海水浴場のボート遊びである。波に揺られながら、二人の共通の知り合いであるらしい姉と妹の噂話が続き、男女関係や恋愛についての会話が繰り返される。話題

の女性を「レエヌ」などと称し、山の樹々の深い緑の輝きや真夏の太陽の下での海の深い青緑色をビリディアンなどと色彩の専門用語で形容している。

どことなく高踏的な響きに違和感がある。矢橋丈吉のそれまでの文章に特有の観念的で難解な言葉遣いとは似ても似つかぬブルジョアっぽい雰囲気さえ漂っている。

末尾の擱筆の日付に「十五・九」とあるから、大正十五年九月に書きあげたのだろう。この夏の日の葉山海岸でのボート遊びが自伝叙事詩の「初恋のカルテ」の喜代子との出会いの記述に結び付く事実なのだろうか。「初恋のカルテ」に書かれている恋愛模様が昭和三年夏のことだとすれば、「濤に語る」の葉山での体験は、それより一年半か二年程も前ということになる。「初恋のカルテ」の冒頭何行かに満ち満ちている熱い恋情と情欲の高揚を読むと、そんなに時間が経ってからのこととは思えないのだが、現実の日時はあまり関係がないのかもしれない。

また、この『若草』に掲載された掌編では「矢橋公馬」というペンネームが使われている。これについては注10で触れた通りであり、どうやら、この時期には一時的に「公馬」という筆名も使っていたように考えられるが、その意味や理由は分からない。矢橋もこれについて何も語っていない。

注19 『尾形龜之介全集』（草野心平・秋元潔編、昭和四十五年九月、思潮社刊）の「尾形龜之助年譜」昭和四年六月八日の欄に、この出版記念会開催の記録がある。また、出席者については同じ年譜に『詩神』昭和四年八月号で紹介されていた会の参加者六十四人の氏名が引用されている（全集四三九頁）。

注20 『自由聯合新聞』第三十九号、昭和四年九月一日発行。

注21 『自伝叙事詩　黒旗のもとに』の「頭脳労働と肉体労働」の章、二九頁には、この闘争での組合側の要求として、〈馘首絶対反対／賃金三割値上げ／病中の給料全額支給／外十四カ条〉とある。

第五章

赤坂区赤坂新町付近
豊多摩郡杉並村阿佐ケ谷六二一

馘首《かくしゅ》手当二か月分と八月分の給料を手にしたとはいえ、矢橋は昭和四（一九二九）年夏、春陽堂を解雇された。彼が春陽堂の円本「明治大正文学全集」校閲助手の仕事に携わったのは昭和二年春からの二年半ほどに過ぎなかったが、矢橋にとってはそこで得たもの、身に付けたものは大きかったというべきだろう。当時の業界を代表する出版社で明治大正期の文学作品にどっぷりと浸る経験を重ねて、多くの作家や文学者についての知識を得た。それらの知識や経験が後々の矢橋の仕事の上で大きな力になったのはいうまでもない。

その上で、矢橋にとって貴重な経験となったのは、出版という事業の実態に触れて、出版労働者の仕事と経営者の意図の拮抗を目の当りにした事だった。その経験を通じて資本家の経済活動としての書籍出版とは何かという認識を得たのである。以下に引用するのは昭和四年春、雑誌に発表した矢橋のエッセイの一部である。(1)

現に千頁一円の安い本を出してゐる書肆では、そのために従来の営業方法より利益が減少してゐるのだろうか。否、彼等はそれによつてより以上の利益を得てゐる。そしてその安い本は、ただ活版製本その他関係労働者の賃金低下待遇改悪によつて生れ出ているのだ！　これを思ふ時、私は瀕死の病人から一片のパンを奪ふ様な恐ろしさを感ずる。

「千頁一円の安い本」とは明らかに春陽堂が出版し、矢橋が校閲助手として仕事をした円本「明治大正文学全集」のことだ。これはその仕事の経験から発せられたことばである。このエッセイの雑誌掲載の時期から考えて、春陽堂経営陣との闘争が始まった頃の文章だと思われる。春陽堂で働いたことで、矢橋は明治大正文学の知識を身に付けただけではなく、出版業界の旧弊な環境で働く出版・印刷労働者の置かれた劣悪な労働状況に問題意識を傾け、自らの反資本の意識を研ぎ澄ませていたのである。

現実の動きにおいても、東文堂印刷労組との共闘や関東出版労組のバックアップのもとに始まった闘争を通じて、志や考えを同じくする友人・仲間に出会い、失業後に就いた新たな仕事も、その新しい仲間たちとの関係の中で実現したように思われる。『自伝叙事詩』の二九頁、「頭脳労働と肉体労働」の中ほどに次のような記述がある。

馘首に反対して馘首されたりとはいえ
多くのよき社会運動の友を得
とぼしきを頒《わか》ちて生命の最低線をまもる喜びに生きたるもこのころからなり
すなわち　失業後いくばくもなくして
知識階級失業救済土木事業（赤坂山王下――新町間大下水管敷設工事）なるに参加す
おおかたの被救済者
労働組合　思想団体　社会運動の先兵にして
岡本　潤　鷹樹寿之介（菊岡久利）　東井《あずまい》　信《しん》　沢田《さわだ》鉄三郎《てつさぶろう》（小山内竜《おさないりゅう》）　北浦《きたうら》　馨《かおる》
上田光慶《うえだこうけい》　工藤秀剣　等々スコップを採りトロッコを押す

矢橋丈吉が失業後に参加したこの下水管敷設工事は長引く不況の下で失業者が増え続ける社会状況に対して、国の方針のもとに東京市が計画・実行した失業救済事業のひとつだったと思われる。そこにアナキズム系の詩人や活動家がずらりと並んでいるのが特異な印象である。彼らがいつ頃からこの工事に参加したのか、正確には分からないが、〈失業後いくばくもなくして〉という矢橋の記述もあるので、春陽堂解雇後の数か月か半年以内、昭和五年の二月か三月頃から五、六月頃まではないかと想像できる。彼らが下水道工事に就労した時期が想定できるような矢橋自身の記述もある。[2]

また、矢橋が列記した「被救済者」たちのひとりである岡本潤は日雇労働者としてこの工事に参加した時のこと

を回想して、後に次のように書いている。(3)

……東京の街には落葉のように失業者がたまっていた。食ってゆくために何か仕事をしなければならなかったが、ぼくの就職口などはどこにもなかった。当てにして書いた子ども向けの原稿が『少年倶楽部』から返されてきたとき、ぼくは思いきって、日雇労働者にでもなったほうがいいと考えた。それには手がかりがあった。当時、アナーキズム運動は衰退していたが、それでもまだ朝鮮人や日雇労働者のなかには共鳴者があり、拠点的な地盤があって、戦闘的な自由労働者組合が存続していた。黒色青年聯盟の北浦馨などが組合の仕事をしていたので、その関係で登録をとり、にわかづくりの土方になって、赤坂山王下から乃木坂の方へぬける道路の下水道工事現場へ出かけて行くことにきまった。

赤坂山王下から乃木坂の方へ抜ける道路というから、現在の東京メトロ千代田線が下を走っている都道四一三号線の赤坂駅――乃木坂駅間のあたり、そこが工事現場だと思われる。都道四一三号は赤坂山王下から乃木坂、青山墓地を経て、表参道から原宿駅前、明治神宮や代々木公園の前を通る井の頭通りにつながる道路である。また、矢橋の『自伝叙事詩』の記述にある〈赤坂山王下――新町間〉の「新町」とは現在の赤坂小学校付近か、道路が市電通り（現在の外苑東通り）と交差する少し手前の、乃木坂に近いあたりの当時の町名で、大正末期に発行された東京市街地図を丹念に見ると、そこに「新町」の文字が読める。

この失業救済事業にアナキストが沢山参加しているのは不思議なことのように思えるが、岡本潤も書いているように、参加メンバーのひとり北浦馨がアナキスト純正派の労組組織である全国労働組合自由連合会(4)で仕事をしていたというから、東京市と自由連合会の間で交渉が進み、まとまったものと想像できる。北浦馨といえば、「黒色青年聯盟」に加盟して、大正十五（一九二六）年一月の銀座事件(5)では、銀座の街頭で大暴れして逮捕されたメンバーのひとりではなかったか。その過激な行動派が労働組合の連合組織で仕事をし、東京市の役人と折衝して失業救済事業に何人ものアナキストの仲間を送り込む働きをしたということになるが、貧しいアナキストたちの「世界的な大不況」への処し方として、どことなく愉快でもある。

鷹樹《たかぎ》寿之助（菊岡久利）も「黒色青年聯盟」の一員で、昭和二（一九二七）年十二月、「文藝解放社」の同人集会の会場に乗り込み、ボルシェビキ思想に傾いてアナキズムを捨てる態度を見せた壺井繁治らを襲って糾弾し、暴行を加えた側の人物であり（四章注13参照）、過激なアナキストだった。岡本潤も、たぶん矢橋も「黒色青年聯盟」に襲われたこの同人集会に参加していたはずだが、糾弾されるようなことはなく、他のメンバー同様、その後も一貫してアナキズムの立場で活動を続けていた。

先に引用した岡本潤の自伝には、この失業救済事業に参加した経験を詠んだ自作の詩編の一部が掲載されているが、その上で岡本は菊岡久利について次のように書き、菊岡の詩「下水道」の最後の部分を引用した。(6)

菊岡久利――戦争を契機として、かれとぼくとは決定的に行く道がちがってしまったが、当時のかれは、ぼくの信頼する若き同志であった。ぼくらがいっしょに泥んこになって働いたときのことを書いた菊岡の詩『下水道』を、ぼくはいまも忘れることができない。

……………
工事が終ると
仲間たちは再び四散し
或る者は積取船に乗り込み
又、仕事を追つて地方の出稼ぎへと
行つてしまつたのだ

会ひたい会ひたい
わたしは会ひたいのだ
朝、薄つ暗いうちにどこからとなく
それぞれの巣から
押し寄せ集まつたあの日の仲間たちに
互ひに臍から上は真つ裸の
胸から腕から比べて働いた仲間に
ぼやぼやしてゐて
くだらんものにくだらなく
擦り減らされ
亡ぼされてしまつたんじやあるまいな
…………
だがいまは
この道路の下に何が仕掛けられてあるか
誰も何もしつちやあゐない
奴等はただ通つている
だがわたしたちは知つてゐる
下水は流れている
下水道は都会の腸《はらわた》であり
都会の排泄ははけ口を探し

広い自由な海にまで続き
流れている

この下水管敷設工事に参加した「失業アナキスト」たちが日給幾らを得ていたのか、正確に伝える資料はない。ただ、今ここに再掲した菊岡久利の詩「下水道」には賃金について触れた部分がある。

出面《でずら》の金は二円三円となり
夜業へ居残れば四両五両とまつた

日給二円三円は悪くない額だろう。夜まで残業すれば四円五円ということだろうか。これはどうか、ちょっと高すぎやしないか。勢い余って、つい大きく書いたのか……。岡本潤は賃金について書いていないが、矢橋の『自伝叙事詩』の記述に賃金の額が想像できるような次の二行がある。

このときかれ　一週間余の労賃をたくわえて
時の高級万年筆オノート（十六円五十銭）を購いて長く愛用せしぞ佳話なりし

どうやら、この二つの記述から判断するに、下水道敷設工事の賃金は一日二円より少し高い程度だったと考えられる。残業手当や夜間の手当もあったのかもしれない。一週間余の労賃を貯めれば十六円超になるというわけだから、この事業の「被救済者」たる失業アナキストたちにとってはかなりの収入だったと思われる。一時的なものとはいえ、参加者と家族の暮らしが救済されたのは間違いないだろう。

それにしても、矢橋丈吉の場合、独身だったとはいえ親兄弟の生活を援助する立場にあったはずだが、失業救済事業に従事して得た賃金でオノトの万年筆を買ったという事実に驚かされる。さすが知識階級というべきなのか。あるいは、矢橋に十六円以上もする高級万年筆を買う気にさせたのは、二年半に亘る春陽堂書店編集部での頭脳労働の経験だったのではないかとも思う。

ツルハシやスコップを振り、泥砂を積んだトロッコを押して、泥まみれ汗まみれの肉体労働に取り組んだ素人土工の面々にとって、この労働は地面の下に潜り込み、泥んこになって働いて、まとまった賃金を得たというだけのものではなかった。長年各地の工事現場を渡り歩いて仕事をしてきた本職の肉体労働者と付き合う日々は失業アナキストにとっては特別なものだったと思われる。初めて付き合う本職の土工たちの身のこなしはもとより、その直截な気っ風やぞんざいだが心優しいことばの響き、また堂々たる立ち居振る舞いを目の当りにしたことは、どうやら特別な経験だったと思われる。岡本潤の自伝にも菊岡久利の詩にも、年季の入った本職たちへの共感と敬意が込められ、自らの内に生じた親密な感情を正直に吐露した記述がある。

……かれらの言動は荒っぽいなりに、クロポトキンのいう「相互扶助」の精神を体得していた。一日の仕事をすましてから、めし屋で一杯ひっかけるときのアケスケな話のなかにも、かれらの体験による独得の社会諷刺や諧謔があった。

これは岡本潤の自伝（注3参照）にある一節だが、こういう話であっても、クロポトキンの名前が出てきてしまうところがアナキスト詩人の自負なのか習性なのか、思わず苦笑してしまうような、いかにもという感じが面白い。また菊岡久利は先に引用した長い詩編「下水道」（注6参照）の真ん中あたりで次のように詠んでいる。本職の肉体労働者の仕事ぶりや振舞を目の当りにすることは菊岡にとって、新しい世界が開けてきたような体験だったのだと思われる。

下水道に吸ひ寄せられたわたしたちは
下水道で教育された
そいつは無法にきびしい教育だつた
要するに
わたしたちの組合は腹いつぱいだつた
組合の利益の見本だつた
もうこれ以上は
下水管よりも太い注射の一本を
世間と人間の
土手つ腹と精神へぶつすり打つことであつた
わたしたちは《社会生活》に就いて学び
組合以上の労働者運動が
必ずあることを学んだ

下水管工事が終了して、地下の現場で働いていた仲間たちが〈或る者は積取船に乗り込み／又、仕事を追つて地方の出稼ぎへと〉去った後も、菊岡は地下十五尺の現場で体験した濃密な人間関係を想い、充実した日々を共有した仲間たちを懐かしみ、去ってしまった彼等との再会を待ち望んで、ここに引用した詩編の数行後に、〈会ひたい会ひたい／わたしは会ひたいのだ……〉と呟くのである。

また、『自伝叙事詩』にこの失業救済事業について、ほぼ二頁を費やした矢橋丈吉も、工事の現場で働いた時期より以前から、自らの肉体を駆使して社会の底辺で仕事をしている自由労働者たちへの親密な共感の気分の反映された文章を発表している。いずれも『自由聯合新聞』(全国労働組合自由連合会機関誌)に掲載された短編で、次の三篇がある。一応、傾向の似通った三部作と考えてもいいと思う。

○「円に龍の字」(昭和三年九月発行、二十九号)

○「源親父の話」(昭和四年十一月発行、四十一号)

○「体で生きる男達」(昭和五年十月発行、五十二号)

どの作品も、背中に漢字一文字を染め抜いた紺木綿の印半纏《しるしばんてん》を羽織った職人や社会の底辺で仕事をする労働者が主人公で、その人物の行為や仲間との会話が語られている。

「円に龍の字」は、工場での作業中に事故に遭い、右腕を失う大怪我をした労働者に対する会社側の冷酷な処遇に抗議をする仲間たちの集会の場で、そこに現れて自家用車に乗ろうとした会社の支配人の男に、〝円に龍の字〟の印半纏の男が「へへへ、旦那、左の腕一本しかねえ男は飯が食へましねえ」と呟きながら、その支配人を(短刀で一突きして)殺《や》ってしまう。その円に龍の字の男、よく近所で見かけるが、誰も名前も知らない人物だった……こういう話を、とある呑屋で、客の男が上機嫌でウォッカまがいの焼酎を呷《あお》りながら話している。

三番目の「体で生きる男達」も場末の一杯呑屋が舞台で、常連たちが呑みながら交わす会話が続いている。酒の勢いも加わって、誰かが仕事先の会社の社長と思われる人物について「癪《しゃく》に障《さわ》る」といい、機会があったら殺っちまう、と勢い込む。「おいらのやることに理由なんかいらねえ」と男が開き直る。周りの他の男たちも「理由は大いにあらぁ、癪に障る!ッていう理由があらぁ」などと声を上げ、会話は盛り上がる。そして、最後の数行で、何日か後のこと、ある海運会社の社長が殺害されたことを新聞が報じたことが語られている。呑屋の会話で、「機会があつたら殺つちまう」と息巻いた人物、六ちゃんと呼ばれていた男がその海運会社で人夫として働いていたことも書かれていて、この作品は終わる。

すぐに気が付くことだが、この二作を読むと、矢橋が一人一殺的なテロを容認しているかのように思える。容認どころか、奨励しているような感じさえある。

この二作品の末尾に書かれている執筆完了の日付け（擱筆日）は「円に龍の字」は昭和三年八月二十三日、「体で生きる男達」は昭和四年四月八日である。昭和三年の夏、矢橋は身辺雑記的な創作「四月二十九日の六蔵」を雑誌『悪い仲間』に発表し、同人誌『單騎』を創刊している。四年夏には勤務先の春陽堂書店での労働争議の渦中にあった。主宰していた『單騎』を『矛盾』と合併させて、その同人となり、『文藝ビルデング』に自伝的な作品「恵岱別川」や「「お前さんと私」の夢」を発表したのもこの時期だ。岡本潤詩集『夜から朝へ』の装丁や『黒色文藝』誌の表紙のデザインの仕事もしており、矢橋の活発な創作活動が続いていた時期である。このような創作活動を続けながら、『自由聯合新聞』に「円に龍の字」や「体で生きる男達」を書いていたのだ。

それらは失業救済事業の下水管敷設工事に参加して、本職の肉体労働者と親しく付き合うより少し前のことだが、ここには確かに岡本潤や菊岡久利と同じように、世間の片隅や底辺の現場で仕事をする職人や自由労働者への共感の気分が込められている（後で述べる「源親父の話」には、それがさらに強く出ている）。同時にこの二作には、資本家や権力者への嫌悪や反発が登場人物のことばとして顕《あら》わになり、テロの実行さえ語られている。テロを容認するが如き気分は矢橋の本心からのものなのだろうか。

自然発生的な反逆をバネに、反権力、反組織を標榜《ひょうぼう》するアナキズムの立場から考えれば、若いアナキストの内に反権力のテロリズムを容認するような気分が生まれることがあり得るかもしれない。しかし、それについて矢橋は具体的なことを書いたり語ったりしたことはなく、彼の本心に迫る文章や記録は見当たらない(7)。

「源親父の話」は掲載の順では「体で生きる男達」より前だが、執筆完了が昭和四年十月となっており、三部作の中で一番最後に書かれた作品だと思われる。掲載した『自由聯合新聞』紙面の挿絵に、背中に丸で囲った山の一文字を白く染め抜いた印半纏を羽織った男が大きく描かれている。「彼が何者であるか私は知らない」という一行もあるが、この人物が源親父に違いない。一杯呑み屋「丸三バー」のテーブルで、電気ブランのコップを持った右手を振り上げて熱弁を振るっている源親父の姿である。その親父が、小説家だと思われるもう一人の人物「私」に向かって喋《しゃべ》るのは次のようなセリフだ。

> ところでウィー、小説屋の大将、てめえ社会主義も好きじやそうなの！　いい傾向だ、が何しろおめえ社会主義なんてものは、理屈ぢやァないからのう！　ましてはやりすたりなんかのあるもんぢやねえ。その人のくせだ。その人の体の中の、奥の奥の方に社会主義のくせがあるかないかによつて、生きもし死にもするんじやからのう！

「源親父の話」の文章の端々に、一日の仕事を終えて場末の呑み屋で一杯やっている男達への親しみの気分が満ちている。源親父への作者の視線がそれを感じさせる。岡本潤や菊岡久利が自伝や詩編で語ったような、肉体労働の現場で長く仕事をしてきた人物の持つ人間的な魅力に、矢橋もまた共感と敬意を感じているのだ。源親父の語ることばには、岡本潤の〈……一日の仕事をすましてから、めし屋で一杯ひっかけるときのアケスケな話のなかにも、かれらの体験による独得の社会諷刺や諧謔があった〉（前掲、一七八頁）という観察に通じるものがある。

素人土工である失業アナキストが多数参加した下水管工事が順調に進んで、無事に終了したのかどうか、『自伝叙事詩』にはそこまで書かれてはいない。それはともかく、矢橋丈吉はこの工事を「知識階級失業救済土木事業」と呼んでいる。だが、この「知識階級失業救済土木事業」なる名称を『自伝叙事詩』以外の書物や資料で眼にしたことがない。少なくとも筆者は見たことがないのだ。これは正式な呼び名なのだろうか。

すでに触れた通り、同じ事業に参加した岡本潤の回想や菊岡久利の詩編にもこの名称は使われていない。矢橋は、何故わざわざ「知識階級……」などといったのだろうか――。

もともと、この下水管敷設工事は東京市が計画した失業救済事業だから、役所の書類を調べれば正式な名称も分かるのではないかと考え、東京市役所が発行した「東京市昭和五年事務報告書[8]」という書類を見つけて読んでみた。すると、東京市土木局の昭和五年度の事業報告の中に「失業救済下水道工事」という項目があり、そこに次のような記載があった。

四年度失業救済工事トシテ計画セラレタルモノノ内本期ニ於テ施行シタルモノハ二十件ニシテ左ノ通何レモ竣工シタリ

その記載に続いて、工事名（実施場所）、着手時期、竣工時期、路線延長（下水道の距離）、工費などの一覧表があって、昭和四年に着工したが年度内には終わらずに昭和五年にずれ込んで、工事が継続した場所が記載されているのだった。そして、表に記載された細かい文字を追っていくうちに「赤坂区新町付近　下水道改良工事」と書かれた一行を発見したのである。竣工は昭和五年六月十五日。まさしくコレだ！　と納得した。

矢橋の『自伝叙事詩』の記述にも符合している。『自伝叙事詩』には〈赤坂山王下→新町間大下水管敷設工事〉と書かれているのだ。竣工の日時から想像して、彼等の工事参加の時期とも一致する。新町とは、前述したが、乃木坂に近い現在の赤坂七丁目、八丁目辺りの当時の町名だ。岡本潤の自伝にある〈にわかづくりの土方になって、赤坂山王下から乃木坂の方へぬける道路の下水道工事現場へ出かけて行くことにきまった。〉（前掲、一七四頁）という記述にも合致している。これに間違いない。何人ものアナキストが日雇で参加した失業救済事業が東京市の公の書類でも確認されたというわけだ。

しかしながら、事務報告書の文面では単に「失業救済下水道工事」となっており、矢橋の『自伝叙事詩』にある

「知識階級」という呼称は付いていない。他の頁も調べてみたが、土木局関係の事業の報告には「知識階級」という文字は見当たらないのだった。これは正式な事業名ではないということになる。

「東京市事務報告書」とは別に「東京市社会局年報」という書類もあり、これも毎年度発行されている。失業救済などの事業は社会局が中心になって実施されていたものと想像して、これにも目を通す。すると、昭和四年度版「東京市社会局年報」の八五頁に「第三節　少額給料生活者失業救済事業」という見出しがあり、次のような記述が見つかった。

……前述の如く昭和四年度に於いて初めて失業救済事業の一部として少額給料生活者失業救済事業が企てられたり。

（計画概要、予算、延人員の項は省略）

期間　　自昭和四年十一月　至昭和五年三月。

資格条件　1　生活困窮なる知識階級失業者。（傍点は引用者）

2　申込の月迄引続き三ケ月以上東京市内に居住する者若しくは隣接町村居住者にして失業の日迄引続き三ケ月以上市内に勤務したる者。

救済事業の内容は臨時調査事業と受託事業の二種なり。

前者は市が必要なる各種の社会調査を行ひ登録者を之に使用してこれに日給を支給するものなり、後者は外部より筆耕その他の労務受託して登録者に之を行はしめ依つて賃金を支給するものなり。（事業計画の詳細は省略）

二種の救済事業の内容は次のようなものだと書かれている。

一、臨時調査事業――市内同居世帯調査、空家調査、市内死亡者調査……など

二、受託事業――筆耕、事務員派出、文案、翻訳、製図、設計、その他

〝昭和恐慌〟とも呼ばれるこの当時、「生活困窮なる知識階級失業者」が増え続けて、事態が切迫していたのは間違いない。そうした事態に向けての緊急の対策だったのだろう。昭和四年に初めて少額給料生活者に対する失業対策が企画されたと書かれている。そして、社会局の書類上には「知識階級失業者」ということばが使われているのだ。しかし、業務内容を見れば、これらはいずれも一般的なサラリーマンや勤め人の仕事である。ネクタイをして会社や役所に通勤する人の仕事というイメージだ。「東京市社会局年報」の記述を細かく読むと臨時調査事業にしろ、受託事業にしろ、ここで計画・実施された失業救済事業は社会局、教育局、保健局、文書課、統計課等の所管する業務であると明記されている。つまり、それが「知識階級」という呼び名が使われる領域だということなのである。

　業務の内容から考えて、それらは土木局が所管する肉体労働そのものの土木工事とは、明らかに違う。「知識階級」という呼び名は社会局等の事業分野にふさわしいものであり、土木工事などの領域では使われることがなかったのが分かる。それが「知識階級」ということばに対する東京市の役人たちの感覚であり姿勢でもあったようだ。

　そういう役所の側の事情を知ったうえで、自分たちの参加した下水管敷設工事を「知識階級失業救済土木事業」と呼んだのだろう。もちろん、矢橋自身が『自伝叙事詩』執筆の際に思い付いた名称だとは思えないし、役所の書類上でも、役人たちの感覚からいっても、下水道工事の元々の名称がそうなっていたはずはないだろう。事務報告や年報の記述を見るまでもなく、それは明らかである。

　むしろ、当時参加したメンバーの誰かがいいだして、わざと、あるいは敢えて「知識階級」ということばを付けたのだと考えるのが自然ではないか。誰の思い付きだったかは分からないとしても、〝誰云うとなく〟という雰囲気は想像できる。たぶんそれは誰もが共有している感覚だったのだろう。いずれにしろ、下水管敷設工事に参加して、本職の土工たちと一緒に肉体労働に明け暮れた経験の中で、面白がって使いだした名称であり、流行《はや》りことばのように馴染んでいた冗談の如きものだったに違いない。東京市社会局所管の失業救済事業に「知識階級」なる一語が付けられているのを知って以来、その冗談のような名称は失業アナキストの面々にとって、日常的に馴染んだ呼称になっていったのだろう。

岡本潤に「知識階級失業救済風景」という詩がある。(9) 以下に、そのほぼ全文を引用するが、この詩の一言一句に、役所の書類で使われた「知識階級」なるコトバに失業アナキスト仲間が懐いた共通の感想——気分のようなものをはっきりと読み取ることができる。

知識階級失業救済風景

岡本　潤

コンクリートの壁に封じこめられた洋服のけもの達
歯を抜かれては咬みつく力もない
ぶつぶつ泡をふくより能のないみじめなけもの達
窓からくる光線だってここでは薄よごれる
だからどの顔も黄色く萎《しな》びているんだ
どれもこれも青空を忘れた顔じゃないか
濁った擦りガラスの眼玉じゃないか
頭と靴とを光らしているのがせめて「紳士」の儀容じゃないか
そこが労動者じゃない知識階級の誇りじゃないか
世にも哀れな宙ぶらりんの誇りじゃないか

「誇り」は駱駝のように背中をくねらし
ぱちぱちぱちぱちソロバンをはじく
監督の姿が見えないと顔をよせてぼそぼそ日給の話をする
——何しろ一円五十銭じゃなア
——せめて二円くれりゃいいんだが
——救済してもらってるんだから贅沢は言えん
——ヘン　おこぼれ日給で何が救済ですかい
——そんなこと言うもんじゃないこの不景気にたとえ一円五十銭でも貰えるだけ有難いと思わなくちゃいかん
——いやはやまったく有難い話さ
…………（この後の会話六行省略。最後の部分を引用する）

ぼそぼそした会話は果てしなく循環する
ドアががたっと鳴るとビクリとして話は中断する
のっぽの監督がいかめしい顔で這入ってくる
「誇り」は駱駝のように背中をくねらし
ぱちぱちぱちぱちソロバンをはじく

最初の十行で「知識階級」は思い切り愚弄されている。小気味よいほどの明快さで、彼等のうす汚れた生態が笑いものにされている。給料についてのケチ臭い会話やパチパチ鳴らすソロバンの音のイメージが〈世にも哀れな宙ぶらりんの誇り〉にしがみつく知識階級の姿をあからさまにしている。そこに岡本潤の優越的な視線が鋭く突き刺さっているのだ。それこそが百戦錬磨の本職の土工たちと共に肉体労働に従事した経験から生まれた感覚に違いないだろうし、プライドといってもいいのかもしれない。

岡本潤ばかりではなく、下水管敷設工事に参加した失業アナキストの誰もがこの感覚を共有していたはずである。誰もが、地下十五尺の暗い湿った現場で本職の土工の面々と共に働くことに、優越的な気分を懐いたのであろう。本職たちの堂々たる身のこなしや直截な気っ風の良さに共感と敬意を懐き、彼等との親密な付き合いが生まれたことも深く関わっていたといえるだろう。

しかし、本職の肉体労働者、プロの土工たちからいわせれば、岡本であれ、菊岡であれ、矢橋であれ他の誰々であれ、失業アナキストの面々は、最初こそ「なんだこの連中は、土方仕事も出来ねえくせに」と思ったが、慣れてくれば、よく仕事もする〝いい奴等〟で、酒を飲めば話も弾む。仲間になっても充分やっていける。だが、聞けば誰もが組合活動家だとか、詩人だとか文学者だとか、思想運動家だというじゃないか。そりゃ、どう考えてもインテリの知識階級じゃないか。

そういう会話が仕事の合間の休憩時や飯屋や呑屋で交わされたかどうかはともかく、プロの土工の面々にそういわれてしまえば、知識階級であって、しかもにわか仕込みの素人土工である自らの立ち位置を、苦笑しつつも自覚せざるを得ない。

「失業救済土木事業」という役所の決めた呼び名のアタマに、わざと「知識階級」をくっつけて「知識階級失業救済土木事業」！「知識階級」と「土木事業」が役所の制度にも感覚にも馴染まないのだと察知すれば、自らそう名乗ることで、岡本潤が愚弄した惨めな知識階級たちを笑い飛ばし、硬直した役所の施策をからかっている。そこには、自分たちの身の処し方自体をも揶揄するような気配が漂っていて、ユトリみたいなものさえ感じさせる。この態度は、日々一緒に汗を流して仕事をしている本職の肉体労働者たちへの共感や敬意の思いと表裏のものだったと思われるのだ。

昭和五年六月までに、この失業救済土木事業は終了した。役所の文書でも、赤坂区新町付近の工事の竣工は五年六月十五日とあり、菊岡久利の詩には、本職の土工たちが一斉に現場から去って行った日のことが詠まれている。本職たちは竣工の予定を見極めて、次の現場に向かったに違いない。にわか土工が板についてきたアナキストたちも、また元の失業アナキストや失業詩人に戻ったのだろう。

＊　＊　＊

『自伝叙事詩　黒旗のもとに』を読み進むと、〈昭和五（一九三〇）年八月某日〉という一行を含む「ニヒルのさそい」と題の付いた一章に出会う。そこではマヴォ以来の友人である尾形亀之助《かめのすけ》との交友が語られているのだが、時期からいえば下水道工事が終了した後の夏のことだと思われる。亀之助の方は『障子のある家』（私家版）[10]が出来上がった直後だろう。「ニヒルのさそい」は次のように始まる。

食と性との飢餓《きが》にたえかねて
灼熱《しゃくねつ》炎天の磊々《らいらい》五里　木靴《サボ》を引いて遠しともせずたずね行けば
いつもいつも門をとじ　雨戸をしめたるまま
豪奢《ごうしゃ》なる絹布団の万年床の中に
愛人優子とともに腹ばい
酒のみ飲みくらいて
よえるともなくよわざるともなく
泣けるとも泣かざるともなき瞳をこらしつ迎えてくれた

詩画人　尾形亀之助よ
死と対決してアルコールだけをあおり
虚無と同居して性欲にのみむち打ち
「障子のある家」（副題――あるひは「つまづく石でもあれば私はそこでころびたい」）
　（限定七十部の詩集の遺書）を枕に寝棺の中で生きていた男
画人にして詩人の尾形亀之助よ
宮城一の多額納税議員尾形家御曹子亀之助よ

小川未明　┐　クロポトキン　┌　岩佐作太郎
　　　　　│　大杉　栄　　　│　石川三四郎
有島武郎　│　　　　　　　　│　宮嶋　資夫
　　　　　┘　トルストイ　　└　辻　　潤

この縦と横の土壌にはぐくまれしかれの思想と生活の底辺に
そのとき――
うたがうことを知らざりしかれから喜代子去り
妥協をがえんぜざるかれから職と食とがうばわれつつあったとき(11)
そこに　ニヒルの魔薬がしのびこむのは容易であった

「ニヒルのさそい」の前半二十数行である。「マヴォ以来の友人」と前述したが、尾形亀之助と矢橋丈吉が「マヴォ」の後、どれほど親しい交友関係を続けていたのか、実はよく分からない。「マヴォ」時代も含めて、お互いのことに触れた文章は極めて少ない。矢橋には「ニヒルのさそい」のこの部分と仙台に逼塞《ひっそく》した亀之助を訪ねる徒歩旅行記（後述）があるが、いずれも、ずっと後の昭和三十九（一九六四）年一月に出版された『自伝叙事詩』に掲載された文章である。一方、マヴォ時代からこの頃までの亀之助には矢橋について触れた文章はひとつもないのではないか。

感覚的にいえば、二人の関係は浅い、あるいは遠いものだったような気がする。人生に対する態度とか世の中の諸々への処し方、生き方がずいぶんかけ離れているように思われるのだ。東北地方屈指の旧家の御曹司と北海道の大農場の小作人で開拓農家の倅《せがれ》という出自の違いだけではなく、亀之助が潤沢な仕送りを湯水のように浪費して放蕩に浸る日々を過ごして来たのに対して、矢橋は仕事を得て月額四十五円の収入があれば、そのうちの二十円を離れて住む親兄弟の家計の足しに援助するような暮らしを続けてきたのである。お互いに通じ合う感覚がそこに生まれるだろうか。亀之助の身辺に漂う「虚無」的な空気がアナキスト純正派である矢橋の周囲からはあまり感じられないという印象もある。矢橋にも虚無的な雰囲気を感じることはあるが、表現物であれ、生活態度であれ、「虚無」についていえば、両者の隔たりは大きいと感じる。生活のために働いたことのない亀之助のような人物と日々の糧を得るための労働が身についた者との違いも、当然ある。

大正十五（一九二六）年四月に亀之助が創刊した雑誌『月曜』にも、矢橋はたぶん一度も執筆していないのではないか。矢橋とは終生の親友だった戸田達雄が『月曜』には毎号エッセイなどを執筆していたのとは大いに違う。

その矢橋丈吉が〈死と対決してアルコールだけをあおり／虚無と同居して性欲にのみむち打〉つ如き状態の亀之助の日常を心配したのか、その棲家を訪ねたというのである。

「ニヒルのさそい」のことばの連なりから、この時の矢橋の心境を想像するのは難しいが、アナキズムの系譜に自身の立ち位置を定め、すべて妥協はせず、意に副わない仕事はしないと決めて職を失い、収入も途絶えた。その上、恋人喜代子の去った失恋の痛手も尾を引いている気配もある。本人にいわせれば、そこに〈ニヒルの魔薬〉が忍び込んできたというのである。その、先に引用した二十行あまり、矢橋のことばは珍しく分かりやすい。しかし、筆者にはその語彙の平易の故か、却ってその場の状況にそぐわない感じが残るのである。

そして、後半部分の冒頭に次の三行がある。

昭和五年（一九三〇年）八月某日
亀之助と優子とかれの三人
銭湯にゆくがごとく家をいでて諏訪湖畔にいたる

『自伝叙事詩』における「かれ」は矢橋本人のことだ。つまり、亀之助と愛人の芳本優と矢橋の三人で諏訪湖に向かったというのである。諏訪湖畔とは亀之助の定宿である湖畔の布半旅館だが、〈銭湯にゆくがごとく家をいでて〉というひと言がその時の雰囲気にふさわしい的確な表現だと思われ、亀之助の唐突で異常な行動をよく伝えている。

この時の亀之助の諏訪湖行きについて、秋元潔は著書『評伝　尾形亀之助』で次のように説明している。[12]

……『障子のある家』が印刷納本された直後のある夜、九時過ぎ、古道具屋をよび、簞笥、茶たんす、机、下駄箱、蒲団など、家財道具一切を二十五円で売り払った。亀之助と優さん、居合わせた小森盛《こもりせい》氏の三人は、上馬からタクシーで飯田橋駅に乗りつけ、夜行列車で上諏訪に向った。夜明けに上諏訪に着いた三人は、湖畔の布半別館に入った。亀之助の定宿である。布半には電報でしらせてあった。突発的な、異常な行動、この上諏訪行きはなんだったのか。尾形優さんは言う。

「八月のある日、彼は家の中のものを全部売り払ひ、私を伴つて諏訪へ行きました。死ぬことが目的でした[*]」。

ウーム……。『自伝叙事詩』では亀之助と優に矢橋自身が同行して上諏訪に向かったように書かれている。しかし、秋元潔の評伝では、亀之助と優に同行したのは詩人仲間の小森盛であり、三人が唐突に上諏訪へ出かけることになる夜のことが細部に亘って具体的に書かれている。この精緻な記述の元になったのは、秋元が発行していた尾形亀之助についての研究誌[13]に掲載された小森盛自身の「追想　上諏訪行前後」というエッセイである。そこで小森は、家具を売り払うために亀之助に命じられて、小森自身が道具屋を呼んだことや、上諏訪に向かう夜汽車での呑み続けの時間のこと、上諏訪に着いてからの自堕落な日々を過ごす亀之助の行状について語っている。その記述は具体的で細部の描写が生き生きとしたリアリティに満ちている。そして、自らを亀之助の「自殺介添人」と自認したものの、亀之助が一向に死ぬ気配も見せず、呑み続け、遊び惚けているばかりの数日間が語られている。

こうして四日ほどが過ぎ、その小森が亀之助に金策か何かの用事を頼まれて、夜汽車で東京に帰る日、小森と入れ違いに矢橋丈吉が布半旅館を訪ねてきたと書かれている。小森の追想は事の細部も具体的で正確な記述だと考えられ、この突然の上諏訪行きの顛末をほぼ正確に伝えているものと思われる。矢橋の布半旅館訪問も小森の記述の通りだろう。

すると、『自伝叙事詩』に書かれている諏訪湖行きに同行したという三行は何なのだ、という疑問が浮上する。この顛末は矢橋自身の記憶違いや勘違いがあったとは思えない場面である。だとすれば、難しく考えることもない、たぶんこれは矢橋の意図したフィクションであろう。亀之助と優と自分の三人で〈銭湯にゆくがごとく家をいでて諏訪湖畔にいたる〉という記述が欲しかったのか。この〈銭湯にゆくがごとく〉の一言がフィクションらしさを誇っているようにも思われる。「ニヒル」に誘われた矢橋丈吉、フィクションの磁場に足を踏み入れたのだ……と、これを書きながら、ふと思い至ったが、実は、諏訪湖行きの三行だけがフィクションだということではなく、この時、矢橋が亀之助宅を訪問したこと自体が丸ごとフィクションだったとしても不自然ではない。そう、「ニヒルのさそい」全体が虚構的な構造になっているとも考えられるのだ。

とはいえ、矢橋が亀之助の「虚無の果て」に不安を懐いたのは確かで、実際に後日、彼が諏訪湖畔の布半旅館を訪ねたのも亀之助の心情を案じてのことではある。

「ニヒルのさそい」の記述は矢橋の来訪後の布半での日々に続いている。

旅宿布半の日々、ただこれ黙々と酒をくむのみ
日々ただこれ　芸者をはんべらすのみ
日々ただこれ
死をおもうのみ

小森盛が滞在していた何日間かの様子となんら変わらぬ日々が続いているのだ。

その後、亀之助の窮状を高村光太郎《たかむらこうたろう》に相談した草野心平が高村の意向を携えて布半旅館を訪ねてきた。高村の意向とは仙台の実家から資金を出させて、亀之助をパリに送り出して再起させようとするものだったというが、亀之助はその話を草野心平から聞いて、あっさり断ったという(14)。

ところで、亀之助の布半旅館滞在の同伴者である芳本優は上諏訪行きについて「死ぬことが目的でした」と書いたが、亀之助は死ななかった。秋元潔も次のような判断を述べている(15)。


亀之助が上諏訪へ行ったのは死ぬことが目的だったと、私は思わない。亀之助の自殺未遂騒ぎは優さんと一緒になる前にも何度かあった。（中略）『障子のある家』のような世界を書いた人間が、自ら死ぬことがあろうか。「死に行く前に死んだ人の言葉が、残されるということは稀有のことだ」（辻まこと「尾形亀之助」）上諏訪行

は、『障子のある家』をまとめあげた「孤独な遊戯の情熱」のフィナーレを飾るにふさわしい、儀式だったのだ。

そしてこの後、九月になって上諏訪布半旅館を引き払って東京に戻った亀之助と芳本優のその後について、秋元の記述は次のように続いている。

亀之助と優さんが上諏訪から生還、東京に舞い戻ったのは九月十七日のことだった。それは高村光太郎のつぎの葉書からわかる。市外阿佐ケ谷六一一　矢橋丈吉宛。昭和五年九月二十三日、后三～四時、駒込局消印。住所氏名無記載。九月二十三日光。

おはがき拝見、
尾形さん　六日程前に上京、
只今は神田錦町の東岳館
といふ宿屋に居らるる筈です、
私も用事多くて、まだ訪ねません、
(以下略)

上諏訪から東京に帰った矢橋が、亀之助と優はその後どうしたかと、高村光太郎宛に問い合わせのはがきを出したものと想像される。そのはがきへの高村光太郎の返事である。住所や氏名の記載がないが、「光」の一文字が光太郎を示しているのだろう。

宛先である矢橋の住所が市外阿佐ケ谷六一一となっている。正確には豊多摩郡杉並村阿佐ケ谷六一一だろう。いつの間にか、矢橋は小石川区西江戸川町十三高橋方の下宿から、この住所に引っ越していたのである。

阿佐ケ谷といえば、昭和三（一九二八）年六月に矢橋が中心になって創刊した『單騎』の奥付を見ると、発行所として市外阿佐ヶ谷二四四川合書店となっている。同人の川合仁《やすし》の住まいを発行所としたものと想像できる。その川合仁の縁で矢橋の阿佐ケ谷住まいが始まったのかも知れない。前にも触れたが、この時代、現在の杉並区高円寺（馬橋）、阿佐ケ谷、荻窪などの中央線沿線は新興の住宅地として次々に新しい家が建てられて、家賃も東京市の中心部よりも安かったのだろう。

何故この時期に阿佐ケ谷に越したのか、引っ越しの正確な時期や理由ははっきり分からない。失恋の痛手が絡んでいたのかもしれないが、家賃が安いというのも大きな理由だろう。昭和四年の夏、勤めていた春陽堂を解雇されて以降、矢橋が生活のための稼ぎを得る仕事をした気配がない。失業状態の昭和五年春、三か月ほど失業救済土木工事に従事して日当を得たのは、この章で詳しく触れた通りだが、それも六月ごろには終わった。矢橋が経済的に逼迫していたことは十分考えられるのだ。

それにしても、矢橋は印刷・出版関係の仕事の経験は豊富だし、イラストや装幀、あるいは舞台美術の経験もある。詩や散文の原稿料をアテにはできないとしても、絵やデザインの分野で何らかの収入を得ることも出来たはずだと思うが、この年、目に付く作品は少なく、わずかに『自由聯合新聞』五十二号（十月十日発行）に掌編「体で生きる男達」を発表し、『詩神』第十号（十月一日発行）の「詩人素描コーナー」に、友人の岡本潤についての人物論「彼につけて《ママ》の断章」を掲載したのみである。ただし「体で生きる男達」は掲載時より一年以上前の昭和四年四月に執筆した旧作である。原稿末尾の擱筆日の記載でそれが分かる。イラストや装幀などの美術関係の仕事は見当たらない。

生活のための稼ぎもせず、執筆や美術関係の仕事も、数年前と比べれば極端に少ない。世の中全体を不況が襲っていたというが、不景気の時ほど臨時の日給仕事のようなものは多いのではないだろうか。しかし、自伝にはなにも書かれていない。それにもかかわらず、「ニヒルのさそい」にある通り、亀之助を案じて上諏訪まで出かけて、何日間も滞在している。時間的にも経済的にも、そんな余裕があったものかとも思う。

このような状況を考えると、この昭和五年のあたりから、矢橋丈吉の姿が見えにくくなっているように感じられるのだ。

昭和五年といえば、満州事変勃発の前年であり、日本が軍国主義一辺倒の危険な曲がり角を急旋回でカーヴを切った時期でもある。

昭和五年に至る数年間の歴史年表を読めば、言論や思想への国家の介入が厳しさを増しており、世の中全体を覆う不穏な雰囲気も想像できるし、軍国主義へ傾斜していく国家的な意図も見えてくる。昭和三年六月の改定治安維持法の公布、二度に亘る共産党員の大検挙、大陸の日本軍による張作霖《ちょうさくりん》爆殺事件、世界恐慌と国内の不況拡大や農村の疲弊、浜口首相へのテロ事件、労働組合に対する国家的な介入や弾圧の頻発、そして昭和六年九月、関東軍参謀らの陰謀を契機に満州事変が起き、日本は「十五年戦争」の時代へ進んでいったのである。

『自伝叙事詩』は内容全体が第一部、第二部、付録（Ⅰ）、（Ⅱ）に分けられている（付録には二編の掌編小説と各時代の詩作品が並んでいる）。そして、この第四章で取り上げた「ニヒルのさそい」は第一部の最後の項目である。つまり、『自伝叙事詩』の第一部は昭和五年の夏で終っているのだ。

これまでにも何度か述べた通り『自伝叙事詩』は編年的に、時代の順に沿って記述されたものではない。従って、昭和五年の出来事の記述で第一部が終了しても、そのことに特別な意味はない。

しかしながら、前述した通り、昭和五年あたりから矢橋の姿が見えにくくなってきたのは事実で、その後の二年間ほど、矢橋が何をしていたのかよく分からない期間が続くのである。寺島珠雄もその事実に注目して、熟慮の後に次のように述べている。(16)

……私に可能な限り一九三一〜三二年の諸資料に当たってみたが矢橋丈吉の名に遭遇出来ないのである。従っていまのところ右の両年の矢橋は私にとって消息不明だ。

確かに、寺島が述べている通り昭和六年、七年の二年間、矢橋丈吉が「作品」と呼べるようなもの、詩であれ散文であれ、美術分野の本の装幀や挿絵の類も含めて、雑誌などに発表した作品はほとんど見当たらない。作品が見当たらないというだけではなく、どこで何をしていたのか、矢橋の様子を伝える情報や資料もなく、寺島が消息不明というのも尤《もっと》もではある。

しかし、滝沢恭司「矢橋丈吉年譜考(17)」によれば、この時期に雑誌に掲載された矢橋の作品がひとつだけあるという。『年譜考』の昭和六年の記載に次の一項目があるのだ。

4月『近代思潮』創刊・4月号（1日発行、編輯兼印刷発行者　富山喜蔵、発行所　近代思潮社）に、短編小説「泡盛バー物語」を掲載する。筆名は矢橋丈吉。

『年譜考』における昭和六年の記載はこれ一項目のみである。そして昭和七年の欄は空白である。つまり、矢橋丈吉は一編の小説を雑誌に掲載したとはいえ、この二年間、何をしていたのかよく分からないという意味では、「年譜考」の内容も又、寺島珠雄が語った「消息不明」に通じるものである。さらに言えば、「泡盛バー物語」という小説が実際に『近代思潮』誌に掲載されているのを、筆者自身は確認できないままである。

昭和六年、七年の矢橋の〈消息不明〉に筆者が特別なこだわりを持つのは、昭和の歴史において、その時期、特別な事件が次々に起き、日本が後に「十五年戦争」といわれるような大戦争に向かって舵を切った時期だったからでもある。歴史の年表では、昭和六年九月に関東軍が謀略的に起こした柳条湖事件をきっかけに満州事変が起き、国内は戦時体制ともいうべき非日常的な気分に覆われていたといわれる。昭和史の記述には新聞やラジオの熱狂的な報道によって増幅された一般の国民の高揚した気分が語られている。そのような世間の状況に対して、矢橋のような人物が何もできずに苦悩し、沈黙せざるを得なかったのだと想像するのである。

「血盟団」による財界要人殺害事件や海軍青年将校の一団が時の首相を暗殺した五・一五事件が続発して、テロや暴力が横行したと見える昭和七年にも、矢橋は作品を発表していないし、何をしていたのか、矢橋本人は何も語っていない。寺島珠雄のいわゆる消息不明の期間である。戦争に突き進もうとする国家や報道機関に対抗して地下に潜って秘密の活動を始めたかと、この時代のアナキズム運動史を読み返しても当然ながら矢橋丈吉の名は見当たらない（尤《もっと》も、本当に秘密の活動ならば、どこにも書かれていないのは当り前だが……）。それにしても、何か『自伝叙事詩』には書けない事情や事実があったのではないか、と想像を巡らしてしまうのである。

ここに、昭和六年五月十四日と消印のある一枚のはがきがある。[18] 辻潤から矢橋丈吉に宛てたこのはがきには、すんなりとは読めない癖のある達筆で次のように書かれている。

　返事がおくれて相すまぬ　菊岡は国にいる　ばあさんが死んでかえったが　それからとんと音さたなし　大森の番地は不入斗《イリヤマゼ》六六七でなんでも海岸に近い方ださうだがまだ一度も行っては見ず　地図を書いてくれたがそれが一寸見つからん　なにか至急に用事でもあるんですか　「詩神」から亀さん論たのまれたがロハ原稿らしい――書きたいと思っているが　かけるかどうかわからん　いずれまた　辻潤

一読、矢橋が菊岡久利の住所か所在を辻潤に問い合わせたことへの返信だと分かる。所在不明の菊岡の居所を辻ならば知っているのでは、という期待があったのか。矢橋も菊岡も、敬愛する辻潤と親しい関係にあるのは当然として、矢橋と菊岡は「知識階級失業救済土木工事」への参加を通じて親しくなったのかと思われる。辻は菊岡が郷里の青森に帰省している旨をあっさりと伝えているが、いったい矢橋は菊岡にどんな用事があったのだろう、「何か至急の用事でもあるんですか……」と辻も問いただしている。昭和六年五月という時期の菊岡久利は、たぶんアナキズム急進派の「黒色青年聯盟」のメンバーとして活動していたものと思われる。そういう時期に、矢橋がその菊岡久利に連絡を取ろうとしていたとすれば、その行為自体に昭和六年、七年の矢橋の空白を埋める手がかりがあるのではないか。何か特別の気配を感じるのは筆者だけではあるまい。

また、このはがきの宛先が「市外　落合町　落合第三小学校内　矢橋丈吉様」となっているのだが、それも腑に落ちない。これは矢橋の父親が用務員として勤務していた小学校の所在地で（二章五〇頁など参照）、時には風邪で寝込んだ父に代わって、矢橋自身も務めたこともあったという。辻への問い合わせのはがきに自分の住まいの代わりに、そういう所番地を書いたのである。当然辻からの返事は落合第三小学校宛となる。矢橋は何故、自分の住まいの所番地を書かなかったのだろう。住所を世間に知られては都合が悪い事情があったのではないか。

また、本章（一八〇頁～）で詳しく述べたように、矢橋は昭和三年から五年にかけて、アナキズム純正派の機関紙『自由聯合新聞』に資本家や国家権力に対するテロを容認するようにも読める過激な掌編小説を連続して発表して、権力側からの弾圧に報復するような文学的な姿勢を見せているのも事実だ。

その矢橋が、昭和四年に創刊された『黒色戦線』には何も書かず、雑誌のメンバーにも加わってはいない。主宰者の星野準二とは親しく、この雑誌の前身である『黒色文藝』の表紙デザインを受け持って、アナキズム文芸運動内から、その表紙のイメージが高い評価を得たにもかかわらず、である。矢橋丈吉とアナキズム運動との距離感が常に何かしら揺れ動いているようにも見えるのだ。

いずれにしても、矢橋は昭和五年夏の諏訪湖畔布引旅館への尾形亀之助夫妻訪問と滞在を記述した「ニヒルのさそい」を以て、自身の自伝第一部を終了させ、ひとつの区切りをつけたのだと見える。

注

注1　『矛盾』第四号（昭和四〔一九二九〕年四月発行）掲載の矢橋丈吉のエッセイ「舌足らずの弁――生活その日く」。

注2　『詩神』昭和五年十月号の「詩人素描　岡本潤」という特集に矢橋丈吉は「彼につけ《ママ》ての断想」という岡本潤についてのエッセイを書いた。その中で矢橋は〈今春二月から三か月間ほどの土工生活中の挿話など……〉と書き、自分も岡本も共に参加した、下水管敷設工事の時期を明記している。つい数か月前のことでもあり、記憶も明瞭だと思われるので、〈今春二月から三か月間ほどの土工生活〉という記載はこの工事への参加期間や時期についての、ほぼ正確な記述であろう。

注3　岡本潤は『自伝　詩人の運命』（昭和四十九年四月、立風書房刊）で、下水管敷設工事に参加して、にわか土工として働いたことを回想している。引用したのは、その一九五～一九六頁の部分だが、その章に付けられているタイトルが「下水は海に流れている」というもので、これは岡本が「いまも忘れることができない」と書いた菊岡久利の詩「下水道」の最後の部分のイメージにつながるものであり、菊岡の詩へのオマージュでもあると思われる。

注4　寺島珠雄は「單騎の人　矢橋丈吉ノート」の中において、昭和初期のアナキズム運動の純正派とサンジカ派（アナルコ・サンジカリズム派）の拮抗《きっこう》を語る中で次のように述べている。

> 労働組合では純正派が全国労働組合自由連合会（自連）で『自由連合新聞』が系列にあった。サンジカ派の日本労働組合自由連合協議会（自協）結成は一九三一年だが現実の活動は既におこなわれ『黒色労農新聞＝労働者新聞』があった。（中略）そして矢橋は岡本、小野、萩原など詩人たちの大方と同じく純正派の立場をとっており、純正派

の中心である自連の事務局には小川三男《おがわみつお》（光生）がいて『自由連合新聞』を舞台に多くの論文を発表した。

寺島の記述に従って想像すると、終生の友人として付き合いの深かった小川三男と矢橋丈吉は、この時の東京市の失業救済土木事業への参加を通じて、初めて知り合ったのではないかと思われる。小川三男はこの後、この矢橋丈吉の物語に何度か登場することになる。

注5　大正十五（一九二六）年一月三十一日、結成されたばかりの「黒色青年聯盟」は芝公園の協調会館に於いて、第一回演説会を開催した。東京での無政府主義団体の初めての集会であり、参加者七百人という盛り上がりだったが、それだけに官憲の規制も厳しく、集会は紛糾したという。午後九時、混乱の中での解散となったが、解散後、一部の参加者が黒旗を掲げて銀座を目指し、銀座通りの店舗のショーウインドのガラスを割る、警備の警察官に暴行するなどの行為に及び、四十数名が検束されたという。後に「黒旗事件」とも「銀座事件」ともいわれる「黒色青年聯盟」の起こした騒動だったが、この事件で検束されたもののうち、七名が起訴された。北浦馨はその起訴された七名の中のひとりであった。

注6　菊岡久利はこの時代は「黒色青年聯盟」に所属する行動的なアナキスト詩人だったが、戦争中に右翼思想に転向して、それ以降、戦後も右翼的な活動を続けた。岡本潤が彼について〈決定的に行く道がちがってしまったが〉と書いたのは戦争中の右翼転向以降のことである。岡本が自伝の中で「いまも忘れることができない」と語って一部を引用し、本稿にも再掲した菊岡の詩は「下水道」という作品で、失業救済土木事業の下水管敷設工事体験を詠んでいる。昭和十一年一月に第一書房から刊行された菊岡久利詩集『貧時交』に発表されたが、百二十行を超えるかなり長い詩編で、地下十五尺の下水管敷設工事現場の泥まみれの労働を生き生きとしたことばで伝えた。そこで仕事をする労働者たち（本職の肉体労働者たち）への畏敬の気持ちが溢れ、労働者たちとの親密な交友や仲間意識の芽生えが謳われている。

注7　『自由聯合新聞』に掲載された矢橋の短編、とりわけ「円に龍の字」のテロ容認とも見える姿勢について、寺島珠雄は「單騎の人　矢橋丈吉ノート」上で次のような意見を披瀝して、独自の見解を語っている。

（「円に龍の字」の最後の部分、円に龍の字の印半纏の男が工場の支配人をあっさり刺殺した場面を紹介した後、寺島の文章は次のように続いている。）

……これで終わりである。作者矢橋はテロを容認し、讃美的とすら読めるが、引用のすぐあとに「(三、八、一三)」と付記された日付けが私には見落とせない。

『單騎』三号、先に題名をあげた「死んだNの価値」のNは中浜哲で、矢橋は中浜とのつきあいの深かった者として追悼し、「あゝ死んだNの価値、私達は今更それを問ふの必要はない」と結んで「一九二八・九」と付記している。つまり、「円に龍の字」と「死んだNの価値」は八月下旬から九月にかけての、ひと流れの作者の心理の表出でもあったろう。

中浜哲が死刑執行されたのは大正十五年四月十五日だが、それは矢橋の気持の中では、国家によるテロとして記憶されているのだろう。たぶん、寺島珠雄は昭和三（一九二八）年八月〜九月の矢橋の心境を想像して、国家によるテロに対抗する無名のテロリストの存在を容認したいとする態度を必然のものとしたのではないだろうか。国家権力が個人に向けるテロについての矢橋の記憶は大震災のあとの戒厳令のもと、東中野付近の路上で、〈社会主義者狩り・不逞朝鮮人狩り〉の騎馬兵らの標的になった体験につながるのではないか。問答無用で危うく銃撃されかかった危機の体験である。被虐者の立場の自覚と共に、国家権力の暴力への反発と対抗意識は強固なものになったと思われる。

注8　昭和初期の不況下での都市労働者の大量失業の状況に対処する東京市の対策について調べるにあたって、当時東京市が発行した『東京市昭和五年事務報告書』の記述や記録を参考にした。東京市の大正から昭和期の年度ごとの事務報告書はいずれも国会図書館のデジタルライブラリーによって、インターネット上で閲覧できる形になっている。本文の二十行ほど後に出てくる昭和四年版『東京市社会局時報』も同様である。ここで引用し、参考にした事実関係や説明はすべてこのデ

ジタルライブラリーで閲覧・確認したものである。

注9 「知識階級失業救済風景」は昭和八年二月に解放文化連盟から出版された岡本潤詩集『罰当たりは生きてゐる』所載の詩である。そして、この詩集は昭和五十三年十月に秋山清が編纂した『岡本潤全詩集』（本郷出版社刊）に所収されている。本稿ではこの秋山清編の『全詩集』から引用した。『全詩集』は昭和五十三年二月の岡本潤逝去の八か月後に出版された。

注10 『障子のある家』は亀之助の三番目の詩集で、昭和五年夏、私家版として七十部を印刷したという。精緻な尾形亀之助研究で知られる秋元潔は『評伝　尾形龜之助』（注12参照）で『障子のある家』の章の冒頭に〈『障子のある家』は亀之助における、死と復活の書である。自己変革のあかしであり、詩概念の変革の成果だった〉と書き、さらに〈「尾形亀之助の詩ほど、名状し難く、捕捉し難い魅力を持っている詩は少い。彼が落ちついた言葉で、ただごとのやうな詩を書くと、読む者の心は異常な衝撃をうけて時として不思議な胸騒ぎさへおこる。どこにどんな刺激があるのか、読み返してみても分らない」という高村光太郎の言葉に尽きている。〉と書いている（三四一頁）。

昭和五年に私家版としてつくられたこの詩集は戦後、草野心平の手で復刻再版された（昭和二十三年十一月、奈良県八木町の爐書房発行）。この再版発行の経緯については草野心平・秋元潔編『尾形龜之介全集』付録の「尾形亀之助資料」に辻まことの回想記があり、昭和五年発行の初版の一冊が辻潤のもとに送られていて、息子のまことが持っていたその一冊（限定七十部のうちの七番だという）を草野心平に渡したことで再版が実現した経緯が書かれている。

注11 「がえんぜざる」は「がえんずる／肯ずる」の否定形で、「肯定しない　承諾しない」の意味。妥協することを承諾しないあまり、職を失い、その結果食べるのにも事欠くようになった時……というほどの意味か。矢橋自身が日常の暮らしのための収入が途絶えた状態にあった様子である。

注12 秋元潔『評伝　尾形龜之助』昭和五十四年四月二十四日、冬樹社刊。引用は第九章の三四八頁。亀之助と優はその後正式に結婚したので、秋元の記述では尾形優としている。また、『評伝』出版の時点で尾形優は健在だったので、秋元は「優さん」と記述している。（＊）は尾形優「尾形亀之助のこと」（創元社『現代日本詩人全集』十二巻小伝、昭和二十九年四

月刊）で語られている、その時の優の実感であろう。

注13　秋元潔は昭和五十四年四月に尾形亀之助研究の決定版ともいうべき著書『評伝　尾形龜之助』を上梓したが、出版の前の三年間（昭和五十年二月から五十三年六月まで）自費で研究誌『尾形龜之助』を十三冊発行し、亀之助ゆかりの人びとの回想記や詩人・研究者による評論等を網羅して、評伝の内容充実を図った。小森盛の「追想　上諏訪行前後」はその第三号に掲載された。

注14　『評伝　尾形龜之助』で秋元潔はこの時の高村光太郎の意向に関して、戦後、『障子のある家』が再版された際の高村のことばを紹介し（三五〇頁）、次のように書いている。

〈高村は）「この白皙の貴公子は巴里に生れればよかつた。このやうな詩人をあれだけで死なしめた日本の貧しさ、あはれさを思い憮然とする」と書いている。「巴里に生まれればよかった」という光太郎の言葉は、亀之助の才能に愛惜を覚える者の心に滲み入る。光太郎の無念さが感じられ、そしてそれは亀之助の無念さでもあったろう。〉

高村光太郎のこのことばは『河北新報』昭和二十三年十二月五日付掲載の「詩人尾形亀之助を思う――永遠なる可能性」という記事が初出であるという（秋元潔『評伝　尾形龜之助』の文献目録No. 49による）。

亀之助が草野を介して聞かされた高村光太郎の意向をあっさり断ったのは、パリへ行く気がなかったかどうかは分からないものの、生家の経済状態が以前とは違って逼迫していることを知っていたことに由来する。長い不況と東北の農村の疲弊が影響しているのだった。自分と優の二人分の旅費や滞在費を出してくれるはずもないのだ――亀之助の考えはそういうことだった。これは秋元潔の見解だが、筆者も秋元の見方が正確だと考える。

注15　前掲書『評伝　尾形龜之助』第九章、三五〇頁。

注16　前掲書「單騎の人　矢橋丈吉ノート」中、一四六頁。

注17　滝沢恭司「矢橋丈吉年譜考」は『現代芸術研究』五号（二〇〇三年四月、筑波大学芸術学系五十殿研究室編）に掲載された。大正、昭和期の雑誌など浩瀚な資料を読み込んで矢橋丈吉の六十年に及ぶ生涯と仕事を捉え、さらに、ご長男の矢橋耕平氏のもとに残された遺稿や資料も参考に編纂された「決定版」というべき年譜である。本稿の執筆の途中で、「年譜考」の存在を知った筆者も、ここから多くの知見を得たことを記しておきたい。

「年譜考」は寺島珠雄死去の四年後に発表されたもので、「(昭和六年、七年）の矢橋は消息不明」と書いた寺島が「矢橋丈吉年譜考」を読むことはなかった。

注18　筆者の知人が所蔵している辻潤直筆のはがき。以前、ある古書店の目録で見つけたものだという。

第六章

南足立郡千住新橋
香取郡多古町
豊多摩郡下渋谷鎗ケ崎一一八〇

『自伝叙事詩　黒旗のもとに』第二部は友人T君に宛てた矢橋の手紙の文章で始まっている。第一部のような文語・韻文調ではなく、普通の散文調で四頁半ほどの、かなり長い手紙である。そして、この手紙文には「残翰《ざんかん》」という表題が付けられている。

「残翰」という見慣れぬことばに出会って、慌てて辞書を繰ると「一部またはかなりの部分が失われて不完全な形で残っている文書」のこととある。「翰」とは鳥の羽根で作った筆のことをいい、転じて筆で書かれた文書の意味だという。「残翰零墨」ということばもあって、一部分が失なわれたり切れぎれになったが、かろうじて残っている書きもののことをいうらしい。

ここで「残翰」という表題を付けた矢橋の意図を想像してみるが、この手紙の文章はかなりの部分が失われてしまって、これはわずかに残された部分だが……という意味なのか、昭和三十年代半ばの自伝執筆に当たって、三十年も昔の手紙を書き写す際のあやふやな記憶の印象なのか、あるいは遠い昔のことで、自分でも多くの事を忘れてしまったけれど、という意味での「残翰」だろうか。何であれ、やや意味深長な表題だと思わせる。

翌日から東北へ向かって放浪的な徒歩旅行に出かけることを伝える手紙である。旅の日程や道順などの詳細な予定や持ち物、所持金などが細々と書かれ、放浪の旅の企てを記すことで自分自身を鼓舞しているようにも読める。同時に旅の日々への秘めた期待もあったに違いない。

最初の目的地は仙台で、その地に尾形亀之助を訪ねるのだという。東京での暮らしに見切りをつけたのか、仙台の生家の片隅に蟄居している友人亀之助に会うための旅なのである。

まず、その放浪徒歩旅行に出かけるに至った矢橋自身の心境が語られているが、それは複雑で重苦しい感情が作用しているように感じられて明快とはいえないものである。

……ただ漫然とではあるけど、独座面壁的な生活をより好もしく思っている最近の僕にとって、非常時日本の首都東京は、あまりにも煩瑣《はんさ》複雑をきわめすぎ、刺激の強すぎる大東京であったのだ。しかもなお、底知れぬ寂莫《せきばく》と公憤に似た憤懣《ふんまん》とが、ひしひしと身に食い入ってくる大東京であり、そして会えば必ず何かの『話』が持ちだされ、吾からともなくとやこうの口をきかなければならなくなる知己親友の多い東京であったのだ。(最近の僕にとって、この知己親友の存在が如何に大なる心の重荷となり、かつまたどんなにその計り知れない心の慰藉《いしゃ》となったかは、ちょっと第三者の想像外のものがあるにはあったが――。）そうした東京であったればこそ、それを捨て去ろうとする今となって、吾れ知らず盛り上がってくる病的な東京への愛着の念が、こうして僕にこの手紙を書かせているのである……。

北の開拓地の子である矢橋にとって、初めて体験した大都会東京での日々を一語で言い表すのは難しい。印刷工場に日々の糧を得る仕事を得て、新興美術運動に身を投じ、詩人や思想人との交友の中でアナキズムに傾斜し、労働運動に深く関わった気配もある。常に悩み深く、手紙の文中には〈煩瑣複雑〉〈底知れぬ寂莫〉〈公憤に似た憤懣〉などの感慨が錯綜している。その上で深い愛着を感ぜずにはいられぬ東京なのである。友人、同志との関係についても〈大いなる心の重荷〉でありながら〈計り知れない心の慰藉〉でもあるという微妙、複雑なものが渦巻いていたように読める。

そうした想いが矢橋自身を徒歩での旅に駆り立てたのだろうか。これに続く文面で、旅のコースや旅程、持ち物などについて細々と書き連ねる部分は、心情吐露した前半部分とはガラリと変わって、旅への期待がそうさせるのか、妙に明るい響きがある。

まず、〈明九日東京におさらばを告げて、常盤《ママ》線にそった水戸街道から、陸前浜街道を仙台へと向かう……〉とある。仙台までおよそ百二十里、所要日数十五日間を予定しているという。一日に七、八里を歩くつもりだ。所持金が四円六十一銭……。先の下水管工事の日当二円か三円という額にくらべて、心もとない限りだが、友人の姉さんが用意してくれた鰹節二本、飴玉一箱、ミソ醬油、たばこなど食糧類や日用品を背負って（米は必要に応じて途中で買うという）、野営のための天幕、寝袋、毛布などの準備もした。(1) 気が向いた時に路傍に寝転んで読む本やスケッチ用の写生帖もリュックに詰めた。そのほか、〈石けんからはきかえのパンツ、さては応急手当用の二、三の薬品をはじめ、さらに敵手（?）の辱めにたおれんよりは、自ら己れをたおさんがための、毒薬の少量をも秘めたずさえているし！〉というような記述もある。ずいぶん大袈裟な準備のようにも感じるが、そのすぐ後に次のような一行がある。

　僕はこうして今、ようやく自分自身を発見し、人生に与えられた意義を見いだしたような気がしている。

この放浪的な徒歩旅行の計画が矢橋丈吉の人生にとって何かしら重い意味をもたらすという予感のもとに実現されたものであろう。たぶんそうだ、と思わせる一行である。しかし、それにしては矢橋自身に降りかかっているはずの重い意味について、分析したり、思索を巡らせたりした気配がない。まるで他人事のように淡白に記述しており、それはそれで、やや不思議な感じも残るのである。

そして、手紙の末尾近く、〈そう言えば今晩は妙に先輩知友の、それぞれ特徴のある顔や思い出の浮かんでくる晩だ……〉と語って、宮嶋資夫、卜部哲次郎《うらべてつじろう》、生田春月《いくたしゅんげつ》、小川未明、高村光太郎、病身の同志入江や山崎、死んだ小作人社の木下君などの先輩友人の名前を連ね、それぞれに短い紹介や印象が書き添えられている。(2) 思いつくままに書き連ねた名前なのだろうが、何か隠された意味があるのだろうか。

徒歩旅行の日々は「孤独なる流浪」（Ⅰ）（Ⅱ）（後記）として『自伝叙事詩』第二部におよそ二百行、十四頁に亘るかなり長文の記述である。冒頭、次のように始まる。

孤独なる流浪（I）

かくてかれ
昭和六年（一九三一年）六月九日（金・好晴）午前七時半
千住新橋にて最後の乗物をすてて右に水戸街道をとる
亀有　金町　江戸川をこえて松戸着十一時
この日の野営予定地我孫子《アビコ》をさして歩み進め
馬橋《マバシ》　北小金《キタコガネ》　柏《カシワ》とすぎて五時我孫子着

出発の日取りが昭和六年六月九日となっている。そういえば、「残翰」の書き出しにも日付があって〈T君――六月八日（昭和六年）――一九三一年――〉となっていた。

はて、これはどうしたことか。昭和六年といえば、寺島珠雄が〈いまのところ（昭和六年、七年）両年の矢橋は私にとって消息不明〉と述べた時期である（五章一九七〜一九八頁参照）。寺島がいろいろ調べても、何をしていたかよく分からないという。筆者もまた、昭和五年夏以降、失業救済下水管敷設工事に従事した後、矢橋の姿が見え難くなっていると感じたのは、五章後半で縷々《るる》述べた通りだ。翌、昭和六年には『近代思潮』誌に旧作の創作一編を掲載した記録はあるものの、それ以外の仕事の形跡は見えない。そういう時期に「孤独なる流浪」が実行されたというのだが、実は矢橋が旅の目的として仙台に尋ねるとした尾形亀之助は、昭和六年六月のこの時期には東京に住んでいて、仙台には帰っていなかったのである。矢橋が仙台に亀之助を訪ねること自体、ありえないのである。それは秋元潔『評伝　尾形亀之助』の記述によって明らかなのだ[3]。

昭和五（一九三〇）年九月に滞在先の諏訪湖畔から帰京した亀之助と優はそれから一年半ほどの間、東京で暮らした。秋元は精緻で実証的な調査をもとに尾形亀之助の生涯と仕事の全体を捉えたが、事実関係についても綿密な調査と考察が徹底しており、異論をはさむ余地はなく、この間の二人の住まいの変転も正確な調査に基づいていると考えられる。秋元の記述によれば、その時期の二人は東京の谷中、根津、千駄木界隈の幾つかの下宿を転々とし、根津権現裏、団子坂下の一軒家など、現在の文京区と台東区の境のあたりで暮らしていたのである。

そして、評伝末尾の「尾形亀之助略年譜」によれば、〈昭和七（一九三二）年三月、仙台に帰郷。仙台市木町末無十一番地二十六号に妻優、泉らと住む。〉とある。尾形亀之助が仙台の生家に移ったのは昭和七年三月のことなのである。

さらに年譜には〈昭和八（一九三三）年六月、放浪中の矢橋丈吉が来訪。〉という一行がある。矢橋の来訪は略年譜の記載だけではなく、『評伝　尾形龜之助』の本文に、次のように記述されている。[4]

昭和八年六月、放浪中の矢橋丈吉が亀之助を訪ねてきた。（中略）矢橋丈吉は数日間滞在し、放浪の旅に立った。古本や色紙類を売って得た五円たらずの金を亀之助は旧友におくり、はなむけとした。生家では亀之助に現金を持たせなかったので、友人がはるばると訪ねて来ても満足にもてなすことができなかった。

これだけの具体的な事実を知れば、もはや疑問の余地はない。『自伝叙事詩』の記述にもかかわらず、矢橋丈吉の仙台流浪の旅は昭和六年ではなく、昭和八年六月のことであると結論付けざるを得ないのだが、昭和八年だとする根拠は他にもある。『自伝叙事詩』第二部の冒頭、「残翰」のT君宛の手紙文の最後の数行である。

――T君、僕はもうこの手紙をやめる。いずれ旅中から手紙も書くし、雑誌（新居格を中心とした「自由を我等

に」）の原稿も送るつもりでいる……。（以下略）

雑誌『自由を我等に』が創刊されたのは昭和八年六月である。矢橋が旅先からこの雑誌に原稿を送るという以上、この旅は間違いなく昭和八年のことだろう。(5) 最初のT君宛の手紙の日取りも、昭和六年六月九日の出発という最初の記述も間違いなのは明らかだが、いったいどういう事情でこうした間違いが起きたのだろうか。

……案外というか、事実は簡単なことだったのかもしれない。間違いの理由もはっきりしているような気がする。矢橋が昭和三十四（一九五九）年の秋、『自伝叙事詩』の執筆を始めた時、彼自身が三十年近くも前の徒歩旅行中のメモや道中日記などを読んで、原稿用紙に転記したものと考えられるが、その際、具体的な地名や日付、曜日や天候などの細部は正確に書き写したものの、記憶も薄れていただろうし、軽い発作だったとはいえ、脳溢血で倒れた直後の病身ゆえの注意力低下も考えられる。メモの手帖にある昭和八年の行為をまるまる昭和六年のことと勘違いしたまま記述したのではないか。

ふと思いついて、「孤独なる流浪」に記述されている日付の曜日を調べてみる。出発の日、千住新橋から歩き始めたのは昭和六年（一九三一年）六月九日（金・好晴）午前七時半――とあり、その日は金曜日となっている。しかし、暦を調べると、昭和六年六月九日は金曜日ではなく、火曜日なのである。翌日もその次の日も、記載は土曜、日曜だが、昭和六年ならば、水、木でなければならない。最初の三日間に記載されている曜日はどれも昭和八年の曜日なのだ。途中、足が痛くなって歩けなくなった矢橋は常磐線平《たいら》駅から列車を利用して仙台に到着したが、それが六月十七日（土・半晴）とある。暦では昭和六年のこの日は水曜日である。さらに、仙台から東京に戻ったという七月十五日は土曜日となっているが、昭和六年であれば水曜日でなければならない。こうして調べていくと、「孤独なる流浪」に記入されている日々の曜日はすべて、昭和八年の暦に一致するのである。やはりそうなのだ。これは転記の際の間違いなのだ。

……と、ここまで考えて気が付いたのだが、年号は元々のメモ帖には書かれていなかったのではないだろうか。そう、たぶんそうだ。病床でメモを転記する際に、記憶を辿る途中で、この徒歩旅行が昭和六年のことだったと勘違いしたのだろう。冒頭のT君宛ての手紙にも昭和六年の年号は入っている。しかし、この手紙自体が、後の『自伝叙事詩』の原稿執筆時に、かつての時代の自身の気分を思い出しながら、当時の手紙として新たに書いたものかもしれないとも考えた。それ自体、そんなに不自然な行為でもないと思うのだ。

しかし、本当にそうだろうか。病み上がりの矢橋丈吉の、転記の際の記憶違いだったと考えれば一応の説明はつく。だが、前述したように「(昭和六年、七年)の矢橋は私にとって消息不明だ」と寺島珠雄が述べ、筆者自身の調べでも、この時期の矢橋が何をしていたのか全く分からず、空白の二年間といいたくなるような期間なのである。その空白を空白と見えないようにする配慮から、この旅を昭和八年のこととして記述する必要があったのではないか、という疑念が浮かぶのである。つまり、矢橋はこの旅を昭和八年のことと承知しながら、あえて昭和六年の日付で原稿用紙に転記したのではないか。何故そうする必要があったのかは分からないし、いささか謎めいている。だが、この空白の二年間に、そこには書けないような、込み入った出来事か秘密めいた事情があったのではないか——そう考えたくなるような不思議とも見え、不可解とも思われる印象が残るのである。

ここまで、「孤独なる流浪」の徒歩旅行は何時のことだったのか、矢橋丈吉は昭和六年のこととして記述しているが、それが間違い、あるいは故意の変更であり、実は昭和八年だったということの解明にこだわるあまり、徒歩旅行の道中で矢橋がどんな日々を過ごしていたのか、その実情には触れないできた。しかし、「孤独なる流浪」には千住からの水戸街道北上の徒歩旅行について、かなり詳しい日記風の記述が続いている。矢橋の旅日記を読みながら、その流浪の旅の実際に触れておきたい。

一日目は千住新橋を午前七時半に出発し、初日の宿泊地と決めた我孫子に辿りついたのが午後五時。町はずれの松林で露営をした。町で米一升とローソク一本、身欠鰊《みがきにしん》を買い求め、路傍の井戸の水を使って飯を炊き、鰊、鰹節、みそで飯を食う。〈一人黙々と手製の箸をはこびたりしが／父母の老顔のひとりうかびきて悲しく／ささやくが如き遠雷をきく〉と、その日の記述を終えているが、夜半に至って〈大雷風雨の強襲〉に会い、雨中を走って、やっとのことで神社らしき建物を発見して、屋根の下に逃げ込んだという。

第二日は六月十日（土・好晴）と、毎日きちんと日付と曜日、天候を書いており、本人の几帳面な性格が表れているように思われる（ただし、前述した通り曜日はすべて昭和八年の暦に一致している）。その二日目。取手《トリデ》、藤代《フジシロ》、牛久《ウシク》と歩き、土浦《ツチウラ》に至る。早くも〈この頃より右膝関節に疼痛をおぼゆ〉との一行に、不吉な予感が生じる。

右足の痛みをこらえつつ、徒歩旅行を続けて六日目の夕刻、高萩《タカハギ》に至る。〈ここにT君紹介のK氏を／五　三日の休養を頼みの綱に訪れしは甘く〉という次第となり、期待していた数日の滞在・休養はあっさりと断られた。しかしK氏は金一円を包んで矢橋に手渡してくれたという。その時の矢橋の無情な感じが句になっている。

　夕立や宿乞いて受けし包み金

数日の休養を期待したK氏宅での滞在を断られて、K氏の包んでくれた金一円で町の木賃宿松川屋に投宿する。出発以来の露営に次ぐ露営、過労粗食に苛まれた心身を癒す。その心身を〈あの熱加減の浴槽に沈めさせたときの有難さ〉とは実感のこもった記述だろう。ここまでの出費、一円四十四銭（松川屋払一円を除く）との記述がある。

途中、どこかの道筋で、徒歩旅行のプロのような「大工」だと名乗る旅人と出会って、しばらく同行、二時間ほど一緒に歩いて話もしたのだが、四国や山陰、信州や新潟など各地を歩いて旅をしているというその人物と別れたのちに〈不思議――かの大工氏の伴して歩いた時少しも感じなかった足の重さや　何となく熱っぽい身体の変調が感じられたばかりか　さらに旅そのものにわけもなく全く興味を失ってしまったのである〉というくだりがある。自ら思い立った「孤独なる流浪」への懐疑の気分が生まれている。矢橋はこの時、軽い眩暈《めまい》や発熱を自覚して休息を欲し、手に入れた生卵と駄菓子を食べながら、路傍の草むらに寝転んで旅を続けるべきか戻るべきかを思い迷ううちに、眠ってしまったという。

六月十七日午後三時半すぎ、平着。右膝の痛みに加えて、風邪による悪寒発熱頭痛ひどく、所持する衣類を全部着込んで平駅のベンチで茫然と横になる。所持金と汽車賃とを調べ合わせると、所持金二円九十銭で、上野までは二円八十九銭、仙台までが二円二十銭と知る。躊躇なく仙台行きを決めて列車に乗り込んだ。身体も心も疲れ切ってボロボロの状態で仙台に向かった矢橋である。

さらばえて徒歩《かち》行く旅や梅雨《つゆ》しぐれ

こうしてかれはついに仙台へついた……そしてK君夫妻（亀之助・優子）の双手双心を挙げての歓待に感謝しつつ　広瀬川近くうつろな心に閑古鳥の声をなつかしんだのであったが――〉。

秋元潔『評伝　尾形亀之助』に記述されているように（三七二頁）、当時亀之助は実家で現金を持つことを禁じられ、浪費は許されない境遇だった遠くから訪ねてきた友人を歓待する術もなかったようだが、仙台滞在中の日々の様子はここに引用した二行ばかりの記述のみで素っ気ない。およそ二十日間の仙台滞在後、矢橋が七月七日に仙台を離れる際には、亀之助が米や卵、梅干し若干、鰹節二本などの他〈金子六円三銭也〉を矢橋に贈ったという。この金は〈主としてK君所有の古書古画等々を売却して得たもので　当時K君も浪費を許されぬ生計下にあった〉と矢橋も書いている。(6)

こうして矢橋は東京への帰路に就いたが、帰りは福島県山間部を経るコースを辿り、裏磐梯《ウラバンダイ》の温泉地の素泊まり五十銭の宿や無料宿泊所泊りを続けて、猪苗代《イナワシロ》湖から上り列車に乗って帰ってきた。『自伝叙事詩』の記述では、仙台からの帰路は八日間かけているが、往路とは違って、箇条書きのような素っ気ない文体で、宿泊した宿と温泉の名前、〈素泊五十銭〉などという、毎日一行だけのメモ書きが続いている。

ところが、矢橋の残した遺品の資料が新たに見つかり（注6及び七章注14参照）それを読み進めていくと、「孤独なる流浪」のメモ書きの中に、仙台からの帰路の日々について、かなり詳しい日記風の記述が見つかったのである。現地で書いたと思われるメモ書きが、ノートかスケッチブックの何頁にも亘ってびっしりと書き連ねられている。裏磐梯の小さな温泉での宿泊や一人で山中を歩く解放感が、あたりの風景の描写とともに丹念に記述されている。『自伝叙事詩』出版に際して、この部分の日記を割愛したのは何故だろうと不思議な思いに駆られるのだが、帰路の裏磐梯をめぐる行程の記述には往路の厳しい流浪の描写とは全く違う、さわやかな雰囲気が連なっている。旅の途中で詠んだ俳句が幾つも並んでいる。風景も気候も人情も旅人矢橋の気分を和ませるものだったのか、俳句を幾つも並べた朝もある。どの句も素朴で素直なものである。俳句自体の出来はともかくとして、裏磐梯山中での矢橋丈吉作は概ね次のようなものである。

夏山や払ふも惜《あたら》し梅雨の道
雲の海下界は田植か麦秋か
雲の海ふもとの里は朝曇り
山清水先ずお早うは仰ぎ見て
仰ぎ見て登るぞ山よ山清水
山清水酌むまも惜《お》しきに夏の虫

また、途中宿泊したと思われる「川上温泉滝ノ湯」という湯宿の主人磯谷吉三郎氏との親交があった模様で、次のような記述もある。

……甚だ別離を惜しむものあり、即ち
○去りかねし山の湯宿や夏の旅
の一句を得、縁あつて得たる別離の句なればと思料し、紙片に「讃川上温泉」の文字を添へて右句をしたため、主人磯谷氏に呈上のことと決したり……。

これは七月十四日のメモである。帰京は七月十五日。猪苗代湖あたりから夜行列車に飛び乗り、一目散《いちもくさん》に東京に帰ってきた模様である。

この日　かれの第二十九歳生誕日にして　即ち泥棒猫のごとく東京に帰り来る　離京以来満三十七日なり(7)

出発前の「T君への手紙」には〈……仙台から能登、能登から京阪神というふうに、無職丸腰仁義なしという甚だ結構な旅人生活〉などと放浪計画を書いていた矢橋だったが、旅の後半には、そんなことは忘れたように裏磐梯の温泉郷を通過して、脇目もふらずに東京を目指した。心境の変化でもあったのか、あるいはもともと流浪の旅をずっと続けようなどと考えてはいなかったのか、矢橋の心の内は想像しようもないが、たぶん、放浪暮らしにそれほどの魅力は感じなかったものと思われる。

とはいえ、帰路の磐梯山々中を歩く数日間は晴れ晴れとした雰囲気に満ちていて、仙台までの往路とは違う明るさが漂よっているのが不思議である。しかし、そういう経緯を取り立てて語ったり考えたりすることもないのだろう。こうして、仙台往復三十七日間の徒歩旅行「孤独なる流浪」の十四頁に亘る記述は終わった。

旅の終わりは昭和八年七月十五日。昭和史の年表を読めば、その年の二月二十日、築地警察署で作家小林《こばやし》多喜二《たきじ》が拷問の末に虐殺されるという事件があり、三月には日本が国際連盟からの脱退を宣言した。年表の記述からは、国家ファシズムの暴挙が現実のものとなり、日本が世界中を敵とするような国際的な孤立に向かって突き進む国家イメージを鮮明にしたことが伝わってくる。

そういう時期に矢橋は〝孤独なる流浪〟の旅を実行したのである。この旅が単なる思い付きではなく、熟慮の上で計画されたものだったのは、たぶん間違いない。この前の二年間の何か分からない（『自伝叙事詩』には書かれていない）諸々を精算（？）しようと意図したのではないか、との想像が付きまとうが、事態は想像外の展開となるのだった。

次に置かれているのは「かれと家庭」という表題の章であり、それは昭和八年の日付で始まっている。そして、何と——そこでは矢橋丈吉の「結婚」が語られているのだ。いささか唐突、かなり意外な事態である。「結婚した」ということばはどこにも使われていないが、彼のもとに飛び込んできた一人の女性のトリコになり、それまでの〈住所不定・無職の肩書〉を精算したというのである。所帯を持ったのだ。この予想外の展開を聞かされて、直前の二年間の空白期にいったい何があったのか……と、筆者ばかりか、この自伝の読者全員が深く関心を持つところだ。しかし、筆者の印象では、「孤独なる流浪」を終えた直後の結婚話というのは、いかにもダンドリ通りであり、出来過ぎの感じが残る。たぶん、この結婚は徒歩旅行が計画されるよりもだいぶ前に、二人の間で決まっていたことではないかと想像するのだが、そう考える具体的な根拠や確証はない。もちろん、矢橋の日頃を知っている周囲の者には〝予想外〟のことではあった。この事態は次のように語られている。

昭和八年（一九三三年）かれ三十一歳
かつての一度も
妻と子供と家庭とを夢見も考えもしなかったかれ
それらのいっさいを縁なきことと放擲《ほうてき》しつくしていたかれ
それゆえにこそ喜代子の去ったであろうかれに(8)
山室《やまむろ》はな子はとびこんできたのであった
権藤成卿《ごんどうせいきょう》の流れをくむユートピア裁縫塾・同学園に人と成り
塾長に代って数十の女子生徒の母たり姉たりしかの女
関東玄洋社に頭山満《とうやまみつる》　土屋晴義とかれを会見せしめたかの女
かの女のトリコとされて
その生涯とも思われし住所不定・無職の肩書を精算す

矢橋丈吉が結婚して所帯を持つということ自体が思いがけない出来事だが、それ以上にこの冒頭の部分に登場する人物名に驚かされる。結婚相手である山室はな子に関わるものとして列記されている名前はいずれもタダモノではない。権藤成郷？　その流れをくむというユートピア裁縫塾？　関東玄洋社？　頭山満？　土屋晴義……。いったい、山室はな子とは何者なのだろう。二人がいつどこで、どんな具合に知り合ったのか、それについても、矢橋は何も説明をしていない。裁縫の先生であるらしいとは想像できるが、権藤成郷の思想に連なるという「ユートピア裁縫塾」とは何だろう。手を尽くして調べたが、資料も見つからず、その存在さえ摑めない。

権藤成郷といえば『自治民範』や『農村自救論』などで知られる農本主義の思想家だが、萩原恭次郎が前橋郊外の農村に帰郷した後、『自治民範』に影響を受けたという。それは恭次郎の思想的な転向に関わるものだったが、国家主義的な権藤の思想のどこかにアナキズムに通じるものがあるのだろうか。そして、どちらかといえば右翼側の思想家と目される権藤成郷とのつながりなのだろうか、山室はな子が関東玄洋社の頭山満らに矢橋を引き合わせたということにも驚かされる。矢橋丈吉の妻となった女性は、いったい何をしていた人物なのか。

その人となりを知りたいと考えても、手がかりは見つからない。ただ、『自伝叙事詩』には、ここに引用した十行あまりの結婚報告とは別に、自分の妻の人となりを想像させ、どういう人物かを知る手がかりとなりそうな記述が一か所だけある。「かれと家庭」に続いて「戦中戦後」という見出しの章があって、矢橋はそこで太平洋戦争中から戦後に至る数年間の自身の気分や境遇を語っているが、その中に次のような一行がある。

妻子が疎開先　千葉県多《タ》古《コ》町《マチ》なる義父が田野を　ただただウロチョロなす

図10　矢橋丈吉と妻はな。昭和30年代中頃の写真と思われる。写真提供：お孫さんの関口里美氏

注目すべきは、ここに書かれている千葉県多古町という地名である。これは山室はな子の育った実家のある場所で、そこに親や兄弟が住んでいたと想像できる。戦争が激しくなってから、その実家に東京での空襲を逃れた矢橋の妻子が疎開していたというわけである。

その自伝叙事詩の「戦中戦後」の内容については、第八章で詳しく触れることになるが、千葉県の北部に位置する香取郡多古町とは、成田空港から東の方向に向かうバスに乗れば二十五分ほどの距離にある農村である。

そこを訪ねれば山室はな子についての具体的な諸々が分かる

のではないかという想像をめぐらし、千葉県香取郡多古町という未知の土地への関心が高まった。そして、この妻子の疎開先という一行を読んで、山室はな子が多古町の出身であることに注目した人物がもう一人いた。

いうまでもない、その人物とは「單騎の人　矢橋丈吉ノート」上、中、下の著者寺島珠雄である。東京生まれだが、戦中戦後を千葉県で過ごした寺島にとっては、多古町はなじみのある地名だったはずだ。戦後間もない頃、国鉄成田駅前の成田バス本社に小川三男が勤務していて、労働組合委員長だったという。同じ時期に千葉県内の小私鉄労組の仕事をしていた寺島が度々そこを訪ねて、二回りほど年上の小川とは親しい関係だったが、その小川も多古町の生まれなのである。

こうした人的な関係を想像すると、はな子と同じ町出身の小川三男の紹介で矢橋と山室はな子が知り合ったという想像は成り立つのかもしれない。しかし、これも確認できないままだが、そういうことではなかったように思う。矢橋と小川の関係については第五章の注4で触れたが、昭和初期のアナキスト純正派の中心組織だった「自由連合会」事務局に小川が所属していた頃からの付き合いだったと思われる。

そしてこれは終戦直後の話だが、その成田バスの本社事務所に毎月『平民新聞』を届けに来ていたのが矢橋丈吉だった。ある日成田バスの事務所で、寺島は小川から矢橋を紹介された。昭和二十一（一九四六）年の秋のことだったという。その年の五月に結成された日本アナキスト連盟の戦後最初の機関紙が『平民新聞』で、創刊は昭和二十一年六月十五日。連盟結成、機関誌創刊から三か月ほど経った時期である。

矢橋は毎号三十部ぐらいを小川三男のもとに届けに来ていたのである。矢橋丈吉の名前だけは知っていたものの、初対面だった寺島はその時以来、矢橋との親しい交友を始めたという。

これらの経緯を寺島は「單騎の人　矢橋丈吉ノート」の最初の部分に書いている。そして、後半に入って、矢橋の妻となった山室はな子が多古町出身だということに触れたあと、次のように書いている。

……それから矢橋の妻の元の姓の「山室」という家が現在の多古にあるかどうか、これは成田に住む小川未亡人に電話帳を見てもらったところ一軒の記載を教えられた。直接につながるか否かは別としての報告をしておく。（以下略）

寺島のこの文章の末尾にある擱筆日が「89・2・9」となっている。一九八九年だろうから、三十年以上前の記述である。その家は現在もあるだろうか。筆者の関心はその一点に向かったが、千葉県の電話帳をめくればすぐに判明する、多古町に一軒だけの山室家は確かに記載されていたのだった。

多古町のその家には山室三四治氏がお一人で住んでおられた。山室はな子の弟さん（と思われる）愛吉さんの御子息で、年齢は七十歳というところか。はな子の甥にあたる方である。しかし、戦後生まれと思われる三四治氏が昭和八年頃、他所に嫁いだという親戚の叔母さんに当たる人のことをよく知っているはずもなく、矢橋丈吉の仕事や人物についてはある程度の知識はお持ちだったが、二人の結婚の経緯や叔母さんがどういう人物だったかについては断片的な記憶があるばかりで、あまり御存じではなかった。ひとつだけ、『自伝叙事詩』では「山室はな子」となっているが、叔母さんの名は正しくは「山室はな」だということだった。したがって本稿の記述も、これ以降「山室はな」とする。

矢橋丈吉の突然の結婚は『自伝叙事詩』の読者を驚かせたが、それ以上に矢橋の周りの詩人やアナキスト仲間にとってても思いもかけない事件であったらしい。『自伝叙事詩』での結婚報告は――

「Y　世帯をもちぬ！」
たちまち同志友人の間に喧伝し谺《こだま》す

と締めくくられている。いうまでもないが、同志友人たちの驚きは「結婚して所帯を持って、どうやって暮らしていくのだろう……」という不安につながっている。自ら〈住所不定・無職の肩書〉などと息巻いていたこの時代の矢橋の生活ぶりからは「家庭生活」を想像することは難しかったに違いない。

しかし、救いの手を差し伸べたのも同志友人だった。「マヴォ」の時代からの矢橋の親しい友人である戸田達雄がかつてライオン歯磨会社広告部の同僚だった片柳忠男、新本勝と三人で経営していた広告宣伝会社「オリオン社」の嘱託として矢橋を迎え入れたのである。

「かれと家庭」の記述では次のようになる。

　かれまた　その限りもなかりし失意と困憊《こんぱい》を
　友人たりシンパサイザーたりし新本勝　戸田達雄　片柳忠男らの営む広告宣伝
　　業オリオン社の嘱託に託す

昭和八年、こうして矢橋は古くからの友人たちの計らいで広告宣伝会社オリオン社嘱託の職を得たのだった。オリオン社が近く創刊を予定している女性向け教養雑誌『オール女性』の編集長というのが矢橋に託された仕事であった。印刷現場での経験や春陽堂書店での書籍編輯の実績がここで役に立ったといえるだろう。

月給は二十五円だという。この額は春陽堂での給料四十五円よりもだいぶ安いが、矢橋は納得せざるを得ない立場だっただろう。『自伝叙事詩』の記述では、最初の生活ぶりは次のようなものである。

　月給二十五円、家賃十五円
職と家とありて家庭をなすといえども

両人ゼロの出発　否　マイナスの出発にしてミカン箱の茶だんす　リンゴ箱の
　飼台《ちゃぶだい》兼机ありて閑散たり
かの女　ひたすら針をはこびて昼夜　かれのサラリーに倍す
　むべなり

矢橋夫人となった「山室はな」の結婚前の経歴などが詳しくは分からず、ある意味謎に包まれている感じである。しかし裁縫塾の先生だったという経験は本物で、裁縫（和裁であろう）の仕事を請け負って、矢橋のサラリーに倍する収入があったというのである。矢橋はとてもいい伴侶を得たというべきだろう。

ただし、二人はとりあえず夫婦になって所帯を持ったが、正式な結婚の届けは、すぐにはしなかったようである。注6に記載した矢橋耕平氏宅の遺品資料の中に、矢橋丈吉と山室はなの婚姻届の書類が残されており、届け出の日付けが昭和十年二月五日となっている。これは想像だが、昭和十年三月に長女法子が生まれる前に婚姻届けをしたのだと思われる。

本来なら、ここからは矢橋丈吉の『オール女性』編集長としてのオリオン社での仕事の様子や結婚後の家庭生活についての記述を進めるところだが、それは少し後に廻して、その前に矢橋が嘱託として勤務することになったオリオン社という会社の成り立ちと歴史に触れておきたい。何故なら、オリオン社は矢橋の後半生の活動の舞台そのものであり、矢橋の仕事も交友関係も、すべてオリオン社の事業と共にあったといえるからである。

さて、矢橋丈吉の新たな仕事場、オリオン社である。

オリオン社は昭和八年の矢橋丈吉の入社当時、京橋区木挽《コビキ》町の林ビルに本社を構えていた。現在の昭和通りと晴海通りの交差点の南東側、歌舞伎座の斜め前の昭和通りに面した角から二軒目のビルだったと思われる。「昭和通り」は震災からの帝都復興のシンボルとして昭和三年に完成した新しい道路で、当時は二十四間道路と呼ばれたらしい。その広い道に面した銀座の真ん中といえる場所に事務所を構えて、会社の事業の隆盛ぶりが想像できるのだが、元々は戸田達雄、片柳忠男、新本勝というライオン歯磨会社広告部画室に勤めていた若い社員三人が、関東大震災の翌年、騒然とした世間の雰囲気の中で、会社を辞めて起こした小さな広告図案社であった。三人で始める会社だから、社名を三ツ星のオリオン社としたという。

しかし、彼らは初めから自分たちの広告図案社を作ろうと考えていたわけではなかった。そのためにライオン歯磨会社を辞めたのではない。最初にライオン歯磨を飛び出したのは戸田達雄だったが、退職の目的が「絵を描きたい」というのだから、ある意味フザケた理由だが、「絵を描きたい」の真意、つまり退職の本当の目的は、当時ヨーロッパから帰国して新しい美術表現を提唱していた村山知義を中心に結成されたグループ「マヴォ」の仲間に入って新興美術運動に加わりたいということだった。戸田は震災前の春には村山知義の「意識的構成主義的展覧会」を見て深く感動し、前後してマヴォの創設メンバーである柳瀬正夢や尾形亀之助とも知り合いになっていた。(9)

さらに、震災直前の八月、「二科展入選撤回事件」と「落選画歓迎移動展」でのマヴォの活動を詳しく報じた新聞記事を読んで、その大胆な行動や美術への独創的な姿勢に強く引き付けられていた。村山知義と共に記事に大きく取り上げられた矢橋公麿という貴族のような名前の人物に憧れも懐いたという。この一連の経緯と戸田の感想は本稿第二章ですでに触れているが（第二章六二頁）、震災の半年後に、戸田は退職してマヴォのメンバーに加わり、すでに書いた通り、矢橋公麿とも親しくなった。

マヴォでの活動は魅力的で、新しい仲間との日々はエキサイティングだったが、当然ながら会社勤めで得ていた収入は途絶えた。月刊の児童向け雑誌に描かせてもらっていた絵の稿料が唯一の収入源だったが、それだけでは暮らしていけない。ライオン歯磨時代の上司だった人が独立して始めた広告会社(10)の仕事をさせてもらったりして糊口をしのいでいたが、日々の糧にも事欠くような貧乏暮らしをいつまでも続けられるものではない。

戸田の後を追うようにしてライオン歯磨を退社した片柳忠男も画家志望の青年だったが、食っていけないのは戸田と同様だった。食うにも事欠く貧しい若者二人が食うために広告会社を作って、それで収入を得ようと考えたのである。この二人に加えて、すでにライオン歯磨を退社していた新本勝も参加したが、新本が病を得て故郷で療養している間に、戸田と片柳の二人で「オリオン社」をスタートさせ、やがて新本も加わった。画家志望の〝芸術青年〟が会社経営とは笑止千万とも見えるが、しかし片柳忠男という人物には「商才」にたけたところがあったと、戸田が回想録で語っている（本章二三二頁）。この「商才」、言い換えれば経営者的な能力がその後のオリオン社の隆盛に大きく寄与することになるのだった。

オリオン社の発足がいつだったのか、実はそれが正確には分からない。ただし、戸田の回想録『私の過去帖』の「オリオン社時代」の項には次のように書かれている。(11)

オリオン社は、新本勝君が病気療養のため北海道北見市の実家に帰っている間の大正十三年に、現オリオン社の片柳忠男社長と私とが、ささやかな発足をさせた。草創時は小石川水道橋際にあった小さなアパートの一室からはじまり、やがて神田須田町に近い木屋ビルの二階に移った。片柳社長は私と同じく、ライオン歯磨の広告部出身で、やはり二代目小林富次郎社長が引き留めるのを、むりやりねだって、私より後にライオンを退社した。私より四歳ほど年下で、退社の理由は同じく絵を描きたいという希望一途であった。

当事者である戸田達雄の記述だから、間違いはないとも思えるのだが、オリオン社の発足が大正十三（一九二四）年だということには、いささかの疑問もある。というのは、同じ戸田の回想録の「マヴォ時代　萩原恭次郎」に次のような記述(12)があり、両者を読み比べると時期的な辻褄が合わないように思えるのだ。戸田は萩原恭次郎とは前橋中学の同窓で、恭次郎が四、五歳年上だったが、戸田がマヴォに参加したのを機に再会した。同郷の先輩・後輩のよしみで〝恭ちゃん〟と呼んでいたようだ。

私が落合村の畑の中に住んで、ひどい貧乏暮らしをしているころ、恭ちゃんもすぐ近くの小さい貸家に移ってきた。すでに節子《ママ》夫人と結婚して、一人の男の子が生まれていたから萩原恭次郎一家であった。（中略・春の大掃除の日取りの知らせが来た時に、自分の家の掃除をするのが面倒くさいと考えた戸田が「これは引っ越しの方が簡単だ、必要なモノだけ持って出ればいいから」と思いつき、引っ越してきたばかりの恭次郎のことを思い出して）、すぐに恭ちゃんの家へ行って「オレにこの玄関の土間を半分貸してくんないか、ビール箱をならべてベッドにするから……」と申し込むと、「いいとも、そのかわり君は米を買ってくれるんだよ」と、たちどころに談判が成立し、この引っ越しは実行された。

それからどのくらい恭ちゃんの家の玄関で暮らしたか覚えはないが、米は一升五十銭足らずだったので何べんも買ったことだろう。

萩原恭次郎が本郷駒込町から豊多摩郡落合村に引っ越したのは大正十四年四月の事である（『萩原恭次郎全集』第三巻年譜による）。戸田の恭次郎家玄関への引っ越しはそれより後のことだから、文面から読み取れる貧乏暮らしの様子から想像しても、この時はまだ会社を作って仕事を始めていたとは思えないのである。時期的な辻褄が合わないというのはこの点である。また、同じ大正十四年の春、戸田は尾形亀之助に同行して信州上諏訪温泉に遊んだことをエッセイに書いている。この遊びのような上諏訪温泉行に誘われる際に、亀之助に〈アンタ暇か？　暇ならついておいで〉と言われて、そのまま、亀之助に同行して汽車に乗ったという記述もある。先に引用した戸田の回想にある〈オリオン社発足は大正十三年〉というのが記憶違いではないかという所以である。仲間と共に会社を興して仕事を始めた若者が、〈アンタ暇か？　暇ならついておいで〉と親しい先輩詩人に誘われたとしても、のこのこ付いて行くものだろうか。

これらの状況から想像して、オリオン社は大正十四年の春以降にスタートしたと考えられるのだ。いずれにしても、戸田の場合、マヴォ末期の活動と同時進行でオリオン社の仕事を始めたものと思われる。

大正末期の広告宣伝とはどんなものだったのか。初期のオリオン社はどんな仕事をしていたのか。商業美術ということばはすでに使われていたと思うが、その商業美術のうちでも街の商店のショーウインドーを、商品宣伝のために絵や造形物で飾りつけるというのが大正末期、昭和初期の先端的な仕事だったのではないかと思われる。オリオン社の創設者たちもそれが「商売」になると考えたのであろう。

昭和三（一九二八）年の雑誌『改造』の懸賞小説で最優秀に選ばれた龍胆《りゅうたん》寺《じ》雄《ゆう》の作品『放浪時代』はこの時代の雰囲気をよく伝える風俗小説だが、登場する主人公は街のショーウインドーの飾り付けを仕事にしている若い男である。それが画家でもある主人公の生活のための生業であり、その仕事の詳細がかなり詳しく語られている。

オリオン社を始めた二人が思いついた仕事も、「放浪時代」の主人公と同じものだったのだ。元々、二人が働いていたライオン歯磨広告部で片柳忠男が担当していたのは街の化粧品店や薬局のショーウインドーにライオン歯磨を宣伝する装飾物を飾りつけて回る仕事だったという。オリオン社を始めたばかりの頃、仕事を獲得しようと奔走した時代を回想した片柳忠男の回顧録[13]がある。

……私はそのとき、かつてライオン歯磨の広告部時代に命ぜられて、あちら、こちらの小売店のウインドウ装飾をさせられた。たとえば「本郷も兼やすまでが江戸のうち」とその昔うたわれた本郷の小間物化粧品店などに、ライオン歯磨のウインドウを飾り付ける仕事であり、（中略）市内の要所にある化粧品、薬局などを、装飾して回った。

それを思い出すと共に（中略）背に腹はかえられず、ライオン歯磨を訪ねていった。社長には、面接はできなかったが、当時広告部長の任にあった神谷市太郎さんが面会してくれた。

若い貧しい青年二人が新しい仕事を始めようとして頼りにするのは、やはり以前勤めていた会社だったというのも自然なことだろう。片柳の話を聞いた元の上司の計らいで仕事を回して貰えることになったという。

スタート時のオリオン社の業務は厚紙や布を加工して作った装飾物でショーウインドーを飾り付け、広告主であるライオン歯磨の製品を宣伝する仕事だった。材料を積んだ自転車で東京中の化粧品店や薬局を回り、一軒ずつ飾り付けていくのである。この仕事がどれ程の売り上げを生んだものか、戸田と片柳の回想記の記述をもとに想像すると、大体次のような見当だったのではないだろうか。

ひとつの店舗の飾り付け代金は四円か五円、一広告主（注文主）からは、化粧品店や薬局三十店舗程度の飾り付けの注文を受けていたようだ。毎月新しく模様替えをするとして、広告主からは、ひと月に百二十円から百五十円ほどの金額がオリオン社に支払われることになる。そういう広告主を常時五社確保すれば、相手は百五十店舗となり、月に六百円から七百五十円の売り上げとなる。化粧品店や薬局にしてみれば無料で店頭を飾ってもらえるのだから悪い話ではない。飾る材料や制作のための経費がどれほど掛るのか判らないが、売り上げ額から考えて、そこそこの収入になったのではないだろうか。

スタート時にはライオン歯磨だけだった注文主も少しずつ増えていったらしい。その事業拡大に片柳の経営的な手腕が大きな力を発揮したのは間違いないところだろう。少し先輩である戸田も〈片柳君は商才にたけたところがあり、薬局のショウウインドを借りる予約の電話でのかけあいなど巧なものだった〉[14]と、その手腕を称賛している。戸田よりも四歳ばかり年下だというから、片柳忠男という男、オリオン社創業の頃はまだ二十歳にもなっていない若者だったのである。

ライオン歯磨時代の上司が創業した広告会社アポロ社で鍛えられた（注10参照）戸田の商業デザインセンスと片柳に持前の経営的・営業的な手腕が相俟って、オリオン社は徐々に仕事の分野を広げていった。

そればかりか、オリオン社にとっての幸運もあった。その頃、書籍出版で著名なアルスが「アルス薬品部」を設けて薬品販売に進出することになった。これをチャンスと見た片柳は単身アルス本社に乗り込んだ。アルスの北原《きたはら》鉄雄《てつお》社長は突然現れた初対面の片柳からオリオン社の事業内容を聞き、街の薬局のショーウインドーを飾り付けて薬の宣伝をするという計画に感心したという。この時の北原・片柳会談の様子を片柳が書いている(15)。

……北原社長は、私の話をききながら「そう、そう」とうなずいていたが、最後に感心したように「面白いところに目をつけましたネ、いま話をきくと、ライオン歯磨の広告部出身だという話ですが、あそこには私の兄の弟子の様な人で大手拓次《おおてたくじ》という詩人がいるでしょう」そう聞かれた……

二人の話はここから北原社長の兄である北原白秋《はくしゅう》のことや白秋に師事していた詩人の大手拓次の話になるのだが、初対面の大物社長をその気にさせた片柳の交渉能力というのだろうか、人心掌握の巧みさが窺《うかが》える。この会談の後、北原社長がオリオン社に打診したのは毎月百五十軒の薬局の飾り付けの発注だったという。百五十軒と聞いて、片柳は北原社長に返事をする前に作業部屋で飾り物の制作をしている戸田に電話を掛けた。戸田の回想記にはこの時のことが次のように書かれている(16)。

ある日外出先の片柳君から電話があって「今、アルスの北原社長から、街の飾り窓を毎月百五十軒ずつと注文されたが、受けてこなし切れるだろうか」という。今までの仕事が倍になるわけだが、仕事のふえるのは結構だから「何とかこなせるだろう」と答えると、彼は改めて北原社長に受諾の返事をした。

以後、アルス薬品部の業績の伸展にしたがって、ますます仕事はふえ、新聞広告の制作なども一切まかされるようになった。

このように、オリオン社は順調に業績を伸ばし、事業分野も拡大した。そして、年号が大正から昭和に変わる頃、事務所兼作業場も神田須田町から恵比寿駅に近い「恵比寿倶楽部」（以下「エビス倶楽部」と表記）というアパートの一室に移した。この時代から盛んに建てられはじめた木造洋風建築のアパートだった。

もともとは銀座にある「徴兵保険株式会社」が新しい鉄筋の本社ビルを建設する際に、敷地内にあった木造建物を解体して、大正十一年九月、府下豊多摩郡下渋谷に得た土地に移築して、社員の寄宿舎とした。その後一般の人も入居できるアパートとして使われ、エビス倶楽部と命名した。徴兵保険株式会社の社史・解説によれば「同館は新式の洋風三階建で簡易食堂其他の設備もあり、貸室としては頗《すこぶ》る理想的……」という建物だったようだ。(17) 所在地は豊多摩郡下渋谷鎗《ヤリ》ケ崎《サキ》一一八〇だった。

エビス倶楽部は若い芸術家やアナキストたちのたまり場のような空間だったらしい。アパート住まいがモダンなライフスタイルとされていたのか、後に画家や作家として名を成す無名の若者たちがここに集まってきたのだった。関東大震災の年の一月には稲垣足穂《いながきたるほ》がここに入居したと彼の年譜にある。友人の小説家衣巻省三《きぬまきしょうぞう》の部屋に押しかけて、しばらく一緒にエビス倶楽部で暮らしたという。その年の七月に発表された『星を売る店』はここで執筆されたのだろうか。

稲垣足穂はその年の夏に明石へ帰省しており、八月、九月は東京には居なかったが、留守の間に関東大震災が起きた。銀座から移築してエビス倶楽部が開館してからちょうど一年後のことで、徴兵保険会社の銀座の本社は延焼して被害を受けたが、豊多摩郡下渋谷のエビス倶楽部の建物に被害はなかった。それで、銀座の本社に代わって一時的な仮事務所としてエビス倶楽部が使われることになったというから、アパートの住人たちは引っ越しを余儀なくされたのかもしれない。

年末には、銀座の本社も復旧して、エビス倶楽部も元のアパートに戻ったものと思われる。島崎蓊助《おうすけ》が自伝に書いたような〈種々雑多な人物が出没するサロンの如き趣があった〉（二章注1参照）エビス倶楽部が復活したのである。その島崎蓊助がエビス倶楽部の一部屋で仲間と共同生活をして、オリオン社の戸田や片柳と親交を深めていたのは昭和二～三（一九二七～二八）年の、一年に満たない程の短い間のことだったと思われるが、彼の回想文からは当時の日々が強く印象に残っている感じが窺える。

後に画家として活躍し、東京藝術大学教授になった庫田叕《くらたてつ》や美術評論家尾川多計《おかわたけい》らが暮らし、オリオン社が引っ越してきて仕事を始めると、文字通り種々雑多な人びとが出入りして、最新の芸術論や過激な革命思想についての議論が渦巻く雰囲気が一段と活気に満ちたものとなったと想像できる。

もともと、戸田や片柳がエビス倶楽部を知ったのも、ここに住んでいた知人を訪ねたことがきっかけだった。知人というのは婦人之友社の編集者の椎葉富貴子《しいばふきこ》という女性だった。椎葉は自由学園の第一回卒業生で、マヴォの主宰者村山知義夫人となった旧姓岡内籌子《おかうちかずこ》と同級生で親しく、ともに編集者でもあり、同社発行の『子供之友』に詩や童話の執筆もするという才媛《さいえん》だった。[18]

実は、マヴォの時代から戸田は『子供之友』に見開き二頁の絵を描かせてもらっていた。ほぼ毎号のことで、それで暮らしていけるほどの画料ではなかったが、貧乏なマヴォイストにとっては貴重な現金収入だったはずだ。その縁で親しくなった『子供之友』の編集者、椎葉富貴子が夫の山内二郎と二人、エビス倶楽部に住んでいた。オリオン社が須田町の木屋ビルの二階にあった頃、その山内夫妻を訪ねて、はじめてエビス倶楽部を訪れたのである。その時のことを回想した戸田の記述である。[19]

> ある日、私は片柳忠男君と二人で恵比寿倶楽部に山内夫妻を訪問して、そこの室が大層気に入った。折から空室があるというので、早速そこを借りる契約をし、間もなく神田須田町から移転した。それがたしか大正十五年、つまり年末に昭和になったころのことで、その後三、四年に及ぶオリオン社の恵比寿時代のはじまりで

あった。

〈その後三、四年に及ぶオリオン社の恵比寿時代……〉とあるが、この頃になると、オリオン社の経営も順調に発展し、仕事の注文が増えるに従って収入も伸び、戸田も片柳も余裕の暮らしが送れるようになっていたようだ。ほんの数年前の貧乏暮らしがウソのように思われる日々だったろう。〈……昼間は仕事に精を出し、夜はモデルを招いて油絵の習作をする〉という彼らの日常が戸田の回想録の記述にあるが、なるほど、広告会社を経営しながら、画家を目指す彼らにとっての充実した毎日だったことが窺える。故郷に帰っていた新本勝も、この頃元気になって復帰した。そして、まだオリオン社に所属してはいなかった矢橋丈吉もここに集まる芸術家やアナキストの常連の一人だった。

大正末期から昭和二、三年頃といえば、矢橋は岡田龍夫と共に「マヴォ大聯盟再建」の呼びかけをし、「太平洋詩人協会」に加わって、創刊号に随筆「断片」を掲載していた時期である。また、太平洋詩人と女性詩人が主催した「詩・舞踊・演劇の夕」のリノカットによるポスター（一三五頁図4参照）を制作し、自ら脚本を書いた芝居「二人の廃疾者」が会場の讀賣会館で上演されたりした頃である。

昭和二年一月、矢橋は勢いを強めたボルシェビキに対抗する形でアナキストが結集した『文藝解放』創刊に参加して、自身のアナキストとしての意識や立場を鮮明にした時期でもあった。矢橋公麿というペンネームを排し、『文藝解放』同人としての名前を矢橋丈吉（本名）としたのもこの時期である。これ以降の著作は、例外的な少数の作品を除いて、すべて矢橋丈吉の名前で発表されるようになった。

この数年間は矢橋が最も意欲的に創作活動を行った時期だったということができる。発表作品の多くはすでに触れているので、ひとつひとつの名前は挙げないが、詩も小説もエッセイも、さらに詩集の装幀や雑誌の表紙のデザインにも、矢橋の仕事を代表する作品が残されている。昭和三年には雑誌『單騎』を主宰して創刊し、その後に合併した『矛盾』でも作品の発表を続けて、仲間の詩人や先輩との交友を通じて、自身のアナキズムに思想的な磨きをかけていたと思われる。オリオン社のエビス倶楽部時代と矢橋丈吉の表現活動のピークとが重なっていたように思われるのだが、やや贔屓目《ひいきめ》の見方かもしれない。

これもすでに書いたが、恋愛もして失恋の痛手も味わったらしい。難解な言葉遣いや観念的な表現がマヴォ時代と変わったともいえないし、無口で怒りっぽいところも相変わらずであったらしい。この時期のことだと思われる矢橋に関するエピソードがある。

ある時、オリオン社のメンバーに矢橋も加わって酒を飲んでいた。その席上で新本勝が誰か別の人の仕事の進め方について叱責したという。そのことばを聞いた途端に、矢橋が突然怒り出して、台所から出刃包丁を持ち出して振り回した。

図11　エビス倶楽部外観

「オレはそんな言葉の出るオリオン社と思っちゃいなかったぞ、オレはアナーキストとして許せない」と凄み、

「あと三年間足踏みもしない（オリオン社に足を踏み入れない）」

と捨てセリフを残して帰って行った――という。

新本は「多分オレのいったことが資本家側の搾取みたいに聞こえたんだろうね」と苦笑したが、三年間足を踏み入れないと宣言した矢橋は翌日からすぐにまた元通りにやって来て、別に言い訳もしなかったという。いかにも、矢橋丈吉らしいエピソードではある。[20]

オリオン社は昭和四年にエビス倶楽部を引き払って、京橋区釆女《ウネメ》町の歌舞伎座の向かい側の路地の奥にある木造三階建ての製版会社の持ち家を借りて、そこに引っ越しをした。路地裏の貸家とはいえ、銀座である。仕事の規模も広がって取引先も増え、東京の中心部！　に居を構えたということになる。

その釆女町の貸家での二年を経て、昭和六年には大震災後に新しくつくられた昭和通りに面した四階建てのビルに引っ越しをしたのだった。

オリオン社は銀座の表通りに進出したのである。

注

注1 矢橋丈吉とは終生の友人だった戸田達雄は矢橋丈吉について幾つものエッセイや回顧談を書いたが、著書の『増補　私の過去帖』（二〇一六年十一月、文生書院刊）「マヴォ時代、矢橋丈吉」に、この徒歩旅行のことを記述している（一三九頁）。それによれば、徒歩・野宿を続けて仙台に向かうという矢橋の出発に当って「私は餞別にアメリカから大震災見舞に送られたカーキ色の古毛布一枚を野営のたしにと贈った」という。ここに天幕、寝袋、毛布とある「毛布」が戸田達雄の餞別毛布に当たるものと思われる。

注2 矢橋の親しい先輩知友といえば、ここに名の上がった人びと以外にもたくさんいると思われるが、ここで、この人たちの名前が上がっている理由は分からない。が、思い出すままに、ということだろうから、特に理由はないとしたものだろう。宮嶋資夫は雑誌『矛盾』の主宰者で矢橋にとってはアナキスト文学者の先輩である。大酒呑みの論客だったというが、突然出家して京都嵯峨嵐山の天竜寺に籠った人物。卜部哲次郎は辻潤の弟子の三哲のひとりか。生田春月は先輩の詩人。昭和五年五月、別府航路の客船から瀬戸内海の海に身を投げて自殺し、友人たちを驚愕させた。その数日前、矢橋ら詩人仲間が集って生田春月宅を訪れ、酒を呑み交わして盛り上がった直後のことだったので、詩人たちの驚きは尋常ではなかったと思われる。小川未明は東京に出てくるより前から師と仰ぎ、尊敬する人物。高村光太郎も大先輩の詩人で、昭和五年秋、下諏訪から帰京した尾形亀之助の去就に関して、矢橋と高村光太郎の間ではがきのやり取りがあった（五章一九五頁）。

入江一郎はアナキスト仲間で、この頃肺を患っていた。山崎は山崎真道であろう。大正十五（一九二六）年一月の「銀座事件」でアナキストが逮捕された際の一番若いメンバーだった。二人とも急進的なアナキスト集団「黒色青年聯盟」のメンバーである。木下君とは小作人社の論客で、ゲル公とかゲルさんの愛称で多くの仲間に慕われた木下茂《きのしたしげる》。彼は昭和七年十二月に「肺患」で逝ったが、この残翰という手紙の文面に「死んだ小作人社の木下君――」とあり、これが昭和七年十二月以降に書かれたものだと分かる。本文でも後述するが、この点でも昭和六年六月八日という手紙冒頭の日付が間違いであることが明らかだ。

注3 秋元潔は『評伝　尾形龜之助』の三五一～三五二頁にかけて、昭和五年の夏の終わり頃、滞在先の上諏訪から帰京した後の亀之助夫妻の住まいの変遷についてかなり詳しく記述している。神田錦町の宿屋東岳館にしばらく滞在したのち、谷中や根津、千駄木界隈で、何回か引っ越しをしながら、仙台に移る昭和七年の春までの一年半ほどを過ごした。その下宿探しや引っ越しの手配などは、上諏訪行きに同行した小森盛が世話をしたことも書かれている。

そして、小森自身も彼が面倒を見た尾形夫妻の東京下町暮らしの様子を研究誌『尾形龜之介』第三号の「追想　上諏訪行前後」（前掲）に書いている。

注4 前掲書『評伝　尾形龜之介』三七二頁。

注5 『自由を我等に』は昭和八年六月の創刊号を含めて、その年の十一月までに三回発行されたものと思われる。矢橋は六月一日発行の創刊号には半頁分の「題のない埋草」と題する小さな記事を掲載している。日常雑感のような小文だが、文末に「▲悼木下君　ゲル公も寒かろ三途の師走風」とあり、前年の十二月に病死した小作人社の畏友木下茂を悼んでいる。「八・四・二七」と擱筆日があるので、徒歩旅行に出かける前に書いたものだと分かる。第二号は七月十五日発行の七月号だが、ここに矢橋は「文反古」と題するエッセイを掲載している。第二部の冒頭のT君宛の手紙に書かれているように、矢橋が旅の途中で書いた原稿があるとすれば、時期的に考えれば、七月号掲載のこのエッセイだろう。『自由を我等に』七月号の奥付によれば、七月号の印刷は「昭和八年七月十日」となっている。六月九日に出発して、紆余曲折の果てに六月十七日に仙台に（平からは列車で）到着したという旅路の途中、この期間に原稿を執筆して投函したとすれば、時間的には七月号に掲載することは可能だったと思われる。しかし、矢橋の旅日記では、旅の途中で原稿を執筆したことについては何も書かれてはいない。そればかりか「文反古」の文面には北海道の北見で農業を営む矢橋の姉の手紙などが引用さ

れていて、旅の途中で書いた文章という感じではない。もし、途中で原稿を書いて郵送したとすれば、そのことに触れないはずはないと思うのだが、どうだろう。原稿を書く余裕などなかったというのが現実だったのではないか。

そして、『自由を我等に』は、八月に出るはずの第三号を十一月になってから発行したが、そこには矢橋丈吉の署名記事は載っていない。

注6　七月七日に矢橋は仙台から帰路につくのだが、二一六～七頁のこの部分を記述した後で、矢橋の「孤独なる流浪」の下書きと思われる手書きのメモが見つかった。丈吉のご長男の耕平氏（前出、二〇二二年四月二十七日逝去）の自宅に丈吉の遺品として保存されていたものの一部分である。そこには『自伝叙事詩』には掲載されていない仙台からの帰路の記述や俳句が並んでいて、これらは出版に際して割愛されたものだと想像できる。作者矢橋丈吉が割愛した部分をここに引用するのは、いささか気が引けるが、仙台滞在中の作と思われる俳句の部分だけを書き写しておきたい。仙台には半月以上滞在したことになるから、暇はあったのだろう。四句並べてあり、尾形とあるのは亀之助の句であろう。矢橋の句とともに、俳句と名前のみで何の説明もなく、どんな状況で句作が行われたのかは解らない。

○初夏の旅行く先々の暑さかな　尾形
○徒歩行くや蝉鳴く浜の並木通　矢橋
○街道の浜に添いたる真昼かな　尾形
○空梅雨や浜街道の暑さかな　矢橋

注7　たまたまそうなったのか意図したのか、流浪の旅から東京に帰還した七月十五日は自身の誕生日だったという。明治三十六（一九〇三）年生まれの矢橋丈吉、〈この日、かれの第二十九歳生誕日にして……〉というのだから、ここでもこの流浪の旅は昭和六年のことになっている。そして、二十九歳というのは「数え年」の年齢である。現在の「満年齢」でいえ

ば、この年の誕生日で矢橋は二十八歳になったということになる。実際には、この流浪の旅自体が昭和八（一九三三）年のことであり、正しくは矢橋丈吉、三十歳の誕生日に流浪の旅から東京に帰還した、ということになる。文中の〈即ち泥棒猫のごとく……〉は自虐的に語ったものだろうが、その意味はよく分からない。

注8　すでに触れた通り、矢橋は昭和三年、同人誌『單騎』を主宰した時期に喜代子なる女性と恋愛関係にあった。それが突然、喜代子に「別れたい」といわれて失恋し、〈唯一と誓いたる友〉飯田徳太郎に彼女を奪われたこともすでに述べた。喜代子が去っていく際に矢橋にいったことばは〈ただ一語「母のため」〉というもので、これが何を意味するのかよく解らなかったが、喜代子の母は、普通の母親が考えるように妻や子どもや家庭というものを〈いっさい縁なきことと放擲しつくしていた〉矢橋のような人物を娘の相手として許さなかったのだろう。喜代子がその母の気持ちを汲んだ結果が「母のため」のひと言だった。そういう男のところに山室はなはとびこんできた——ということである。

注9　ライオン歯磨は大正十二年二月に竣工した「丸ビル」の一階に「ライオン歯磨ショールーム」を開設して製品の展示やPRを展開していたが、その一角にギャラリーも設けて、美術展などを開催していた。戸田達雄はそのショールームの担当者として本社から丸ビルに出向していた。四月にギャラリーで「未来派美術協会習作展」が開催され、未来派美術協会に所属していた尾形亀之助や柳瀬正夢が参加し、ショールーム側の担当者である戸田は、その機会に彼らと親しくなった。

注10　戸田達雄がライオン歯磨に勤めていた時の広告部長だった遠藤六一が関東大震災の後、ライオンを辞めて独立し、広告会社アポロ社を創設した。戸田は一時アポロ社で広告制作の仕事をさせてもらって収入を得ていただけではなく、広告制作の実践の場で商業美術、デザインの腕を磨いたと思われる。

注11　前掲書『私の過去帖』一六九頁。

注12　前掲書『私の過去帖』一五九～一六〇頁。また、『萩原恭次郎全集』第三巻の年譜では大正十三年一月に恭次郎は「植田ちよ」という女性と結婚し、十月に男の子が生まれた。『私の過去帖』で戸田は恭次郎の妻を「節子夫人」と呼んでいるが、萩原恭次郎の年譜や評伝などの資料で「節」はちよ夫人の愛称だったという記述を読んだ記憶はある。

注13　片柳忠男『雨と風と雲と虹』昭和五十二年九月十五日、印刷・発行光文社。引用した部分は三一頁。

注14　前掲書『私の過去帖』八九頁。

注15　前掲書『雨と風と雲と虹』六〇頁。

注16　前掲書『私の過去帖』一七二頁。

注17　「エビス倶楽部」の所在地は昭和二年十月発行の「東京電話番號簿」（東京中央電話局）によれば豊多摩郡下渋谷鎗ケ崎一一八〇だが、昭和四年の版では豊多摩郡渋谷原一七となっている。この間に町名の変更があったものと思われる。その場所は現在の渋谷区恵比寿南三丁目八番地付近で、JR恵比寿駅から駒沢通りを中目黒方向に進んで、鎗ヶ崎交差点の少し手前の路地を左に入ってしばらく行ったあたりである。当時の市街地図「大日本職業別明細図　渋谷町」の大正十四年版、昭和三年版のいずれにも、大通りから少し入ったところに「エビス倶楽部」と記入された地点があり、その場所を確認できる。また、二つの電話番号簿には電話の所有者の名称が「エビス倶楽部　第一徴兵保険株式会社」と表記されている。二三二頁に前述した社名と違うので調べると、「徴兵保険株式会社」は大正十三年十二月に社名を変更して「第一徴兵保険株式会社」となったことが判った。

徴兵保険という保険は現在では聞き慣れない名称である。これも調べると、徴兵制度のできた明治以降、働き手の成年男子が出征して、残された家族が日々の暮らしに窮することのないようにとの配慮から、出征した者の家族に対して保険金が支払われるという保険であった。幼少の時からこの保険に入って、長年積み立てる形で料金を払い込んでおき、徴兵された時に保険金が入る仕組みである。日清戦争後（明治二十八年に終戦）にこの制度ができたといわれ、「第一徴兵保険株式会社」は明治三十一（一八九八）年創業で、最初の徴兵保険会社であるという。その「第一徴兵保険株式会社」は後に「東邦生命保険相互会社」という社名となって戦後も続いていたが、一九九九年に経営破綻し、外資系のジブラルタ生命保険会社に引き継がれた。

なお、この欄にある第一徴兵保険株式会社の大正、昭和初期の動向についての記述は昭和二十八（一九五八）年に発行された『東邦生命保険相互会社五十年史』及び、付録の年表によるものである。
また、本文にある「徴兵保険株式会社」の新しい鉄筋の本社ビル（大正十四年に落成）は京橋区銀座三丁目十番地の八階建て銀座ビルディングである。落成後は八階に第一徴兵保険会社の本社を置き、ビルの一階から七階には松屋呉服店が入居したという。現在の銀座松屋デパートの建物である。

注18　村山知義夫人の籌子は文才豊かな人だったようで、『子供之友』にほぼ毎号童謡のような詩のような魅力的な文章を載せ、夫の知義の絵と相俟ってシャレたページを作っていた。椎葉富貴子もファンタジー溢れる童話を執筆して『子供之友』の誌面を飾ったことがある。筆者の知る限りだが、大正十五年二月号に山内ふき子の名前で掲載された『マッチ箱のパンヤさん』はわずか六百字程の短編童話だが、ファンタスティックな雰囲気を漂わせた作品で、見開き二頁に広がる武井《たけい》武雄《たけお》の絵の魅力と共に、印象に残っている。

注19　前掲書『私の過去帖』三一四頁。

注20　前掲書『私の過去帖』一三七〜一三八頁。

第七章

京橋区木挽町五ノ一

オリオン社が社業を伸ばして、規模を拡大したのは片柳忠男の力に負うところが大きかった。彼は独自の交渉力を発揮し、営業努力を積み重ねた。

最初に実行したのは婦人雑誌に掲載されている通信販売の化粧品や薬品の広告を調べることだったという。そして、その製品の製造元や販売元の会社を訪ねて、小売店での店頭販売を勧める一方、化粧品店や薬局など街の小売店に対しては、さまざまな特典を付けて、製品の販売を斡旋し、ショーウインドーの飾り付けの契約を取り付ける。こうした努力の成果でオリオン社の営業規模はだんだんに大きくなっていった。(1)

この章の表題になっている京橋区木挽町五丁目一番地の林ビル(2)の全フロアーを使うようになった頃には、仕事の規模も分野も広がり、創業メンバー以外の社員もふえていたと思われる。その頃新しく加わった社員の名前を見ると、普通の会社とは少し違う人脈のようなものが感じられ、オリオン社独特の気配があった。矢橋が入社するよりも少し前から、戸田や片柳の年上の知人の子弟が次々にオリオン社に入社しているのだ。いずれも著名な芸術家や文人・作家の子弟・息子たちだった。

昭和七年の秋頃だろうか、竹久不二彦《たけひさふじひこ》が入社した。竹久夢二《ゆめじ》の次男である。夢二がヨーロッパ旅行に出かける際に、留守の間の次男不二彦の働き口を親交のあった戸田に依頼したのだという。また、矢橋が入社するより少し前、昭和八年の春か初夏の時期には、辻潤と伊藤野枝《いとうのえ》の息子の辻まこともオリオン社の仕事をするようになった。戸田も片柳も、その頃、住んでいた場所が辻潤の住まいに近く、プライベートな付き合いもあったらしい。その縁で、通っていた工業学校を中退して父親と共にぶらぶら遊んでいた様子のまことがオリオン社々員となったようである。

島崎藤村《しまざきとうそん》の三男の島崎蓊助はエビス倶楽部時代のオリオン社の印象を自伝に書いているが、マヴォの頃から戸田や片柳の近くに居て、エビス倶楽部時代もその開放的な雰囲気に触れていた人物である。昭和八年二月に遊学先のドイツから帰国して、夏頃にはオリオン社に入社したという。(3)ベルリンでの新しい美術運動の空気に触れてきた島崎蓊助はもとより、竹久不二彦も辻まことも絵が描けるし、デザインやレタリングのセンスもあったというから、商業美術や広告を扱うオリオン社の仕事にはピッタリだったが、当時のオリオン社は少ない社員で仕事を切り盛りする日常だったので、彼らもデザインや美術制作だけではなく、宣伝物の配布や市内各所を自転車で回って薬局のショーウインドの飾り付けをする仕事など、何でもこなさなければならなかったらしい。

矢橋丈吉が新しく創刊される『オール女性』の編集長として入社したのはたぶん昭和八年の夏の終わりか秋口だと思われるが、オリオン社には矢橋を迎え入れた旧知の戸田や片柳のほかにも、このような著名人の子弟が集まって仕事をしており、ある種独特の雰囲気が漂っていた。

辻まこと（潤長男）、竹久不二彦（夢二次男）、島崎蓊助（藤村三男）ら二世の友どち
　を得て今日《こんにち》におよびしオリオン社よ

というのが、入社当時を振り返った矢橋の印象だが、この『自伝叙事詩』の記述には、入社したばかりのオリオン社の雰囲気に、少しばかり驚かされている矢橋自身の気分も見え隠れしている。

そして、矢橋編集長のもと、昭和九（一九三四）年一月、『オール女性』の創刊号が発行された。月刊の女性向け教養雑誌である。(4) 創刊号には広津和郎《ひろつかずお》が『薄明の女』という連載小説の第一回を開始し、生田花世《いくたはなよ》、岡本かの子、新居格《にいいたる》ら著名な執筆者の評論やエッセイが掲載されているほか、黒田初子《くろだはつこ》「女性スキーヤー第一課」や「寺田博士夫人に家庭料理の仕方を聞く」のような女性誌らしい記事も目に付く。創刊号の表紙は竹久不二彦の絵である……と紹介しているが、実は筆者は残念ながらこの創刊号の実物を手に取って見たわけではない。ここに記述した創刊号の記事や表紙絵の紹介は昭和十六年十月に終刊したこの雑誌の最終号に掲載されている「『オール女性』既刊號分類要目」に記載されている全九十二号分の記事・著作者目録からピックアップしたものである。

『オール女性』のバックナンバーは主要な図書館や資料館にもほとんど所蔵されていないので、その実物に触

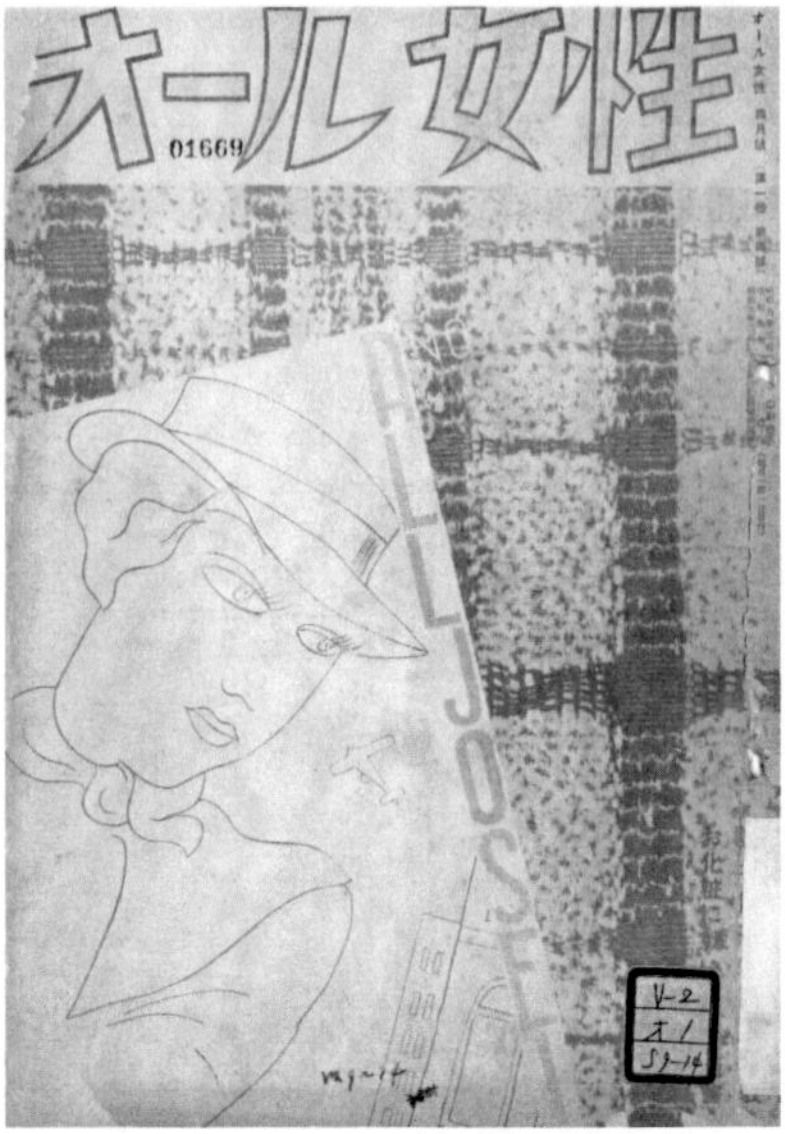

図12『オール女性』4号表紙絵
市川房枝記念会女性と政治センター所蔵

れるのはなかなか難しい[5]。現在閲覧することのできる『オール女性』は注5に記述した通りで、創刊号を所蔵している図書館はないものと思われる。筆者が直接手にして閲覧したもののうちで、一番若い号は通巻四号、昭和九（一九三四）年の四月号である。この号の表紙を島崎蓊助が描いている。明るい黄色の面に濃い赤茶色の太い線が描かれ、同色の細い線の人物の特徴的な表情が交差している。いかにもヨーロッパの新しい美術運動の中に身を置いてきた経験を感じさせる斬新なイメージである。

一月に創刊した雑誌が無事に四号発行にこぎつけた春たけなわの時期の発行である。ここに、矢橋編集長の「編集余語」を引用するが、一読、これが矢橋丈吉の文章なのか！　と驚かずにはいられないような文体である。大正から昭和初期の頃の矢橋の書いた文章を読んできた者にとっては、文章の内容もことば遣いもすっかり変わっていて別人の書いたものの如き印象である。

編輯余語

▼世はまさに陽春四月、花咲き鳥うたふ一年中を通じての一番いき〳〵した、楽しく明るい季節となりました。遠く雪深い北国の空に、夢見るやうな山桜やこぶしの花がぽつかり浮び出るのも、もう間もないことでございませう。ほんとに春は、人の心を、楽隊のやうに訪れてまゐります。

（中略）

図 13　オリオン社社員集合写真、昭和 9 年 12 月撮影。
中列中央：片柳忠男（口髭）、戸田達雄（縞のセーター）、右 1 人置いて矢橋丈吉

▼さて、愛読者皆様の温い情の春に恵まれて、号一号根を張り芽を吹いて来た本誌は、層一層の充実振りを見せて、こゝに栄《はえ》ある花の四月号をお贈りすることが出来るやうになりました。

▼中でも『花に競ふ春のお化粧座談会』は、文字通り花よりお美しい方々ばつかりの、決定的なお化粧秘訣の公開で、特に本誌への御好意からお集り下さつた方々ばかりです。記して篤く篤く御礼申上げます。

（中略）

▼最後に、本誌は次号に於て又々増頁断行と共に、珍無類の特別座談会を計画中です。どうか来るべき新緑特輯号に於ける本誌の飛躍を御期待下さい。（矢橋）

（原文は総ルビ）

考えるまでもなく、雑誌がようやく軌道に乗ったかという安堵の気分がよく分かるし、ばかに丁寧な言葉遣いが目立ちはするものの編集後記としてごく当たり前の文章ではある。ただ、かつての矢橋丈吉を知る者にとっては、へぇー……という感じは残る。

ここに一枚の写真がある。オリオン社々員一同と思われ

る面々の集合写真だ。昭和九年十二月に撮影されたと考えられる(6)。矢橋の入社から一年ほど後だが、一年前とメンバーも雰囲気もそれほどの違いはないだろう。ここには十九人の人物が写っている。たまたま写真に写らなかった人もいるかもしれないが、当時の社員はこのくらいの人数だったのではないだろうか。前列に女性三人と男性一人が椅子に腰かけているが、あるいはこの四人は新しく入社した社員のような気がするが、どうだろう。この四人以外の人は全員立っている。写真の感じから、四人の入社の機会に撮られた写真ではないかとも思われる。

真ん中の列の中央に戸田達雄と片柳忠男が並んでいる。縞のセーターが戸田で口髭があるのが片柳だ。戸田の右側の一人置いて、ちょっと小柄な人物が矢橋丈吉編集長だ。

昭和九年十二月撮影ということならば、竹久不二彦、辻まこと、島崎蓊助らもこの写真に写っているはずだが、どれが誰なのか実は正確には分からない。一番後ろの列の左端に立つ蝶ネクタイの人物が辻まことで、これはたぶん間違いない。片柳の左隣の人物が島崎蓊助で、左端から二人目、横向きに写っているのが竹久不二彦ではないかと想像しているが、これは間違いで、別人かも知れない。

この写真が撮られたのが昭和九年十二月だとすれば、ほぼ同じ時期に編集されていたのが『オール女性』通巻十三号（昭和十年一月号、一月一日発行）、創刊一周年の新年号である。そして（掲載の図版ではよく分からないが）、元の写真で見ると写真の右二人目の白い上着の女性が持っているのが、図14に提示した『オール女性』十三号だと思われる。わずかに確認できる表紙の絵から十三号のように見える。刷り上がったばかりで発売前の雑誌を持っているのだろう。

この号の表紙絵は辻まことが描いている。図版で見る通り、二人の若い女性の顔が大きく描かれている。こちらを見つめる眼の表情が蠱惑的だ。図版では分からないが表紙全体に広がる濃いピンクの地色がモダンで、これもどこかヨーロッパ風の雰囲気を感じさせる。同じ色に塗られた二人の女性の唇も印象的である。辻まことはこの昭和十年、ほぼ毎号の表紙を担当している。

図 14『オール女性』13 号表紙絵
市川房枝記念会女性と政治センター所蔵

　創刊一年、矢橋編集長の文芸の世界での広い交友のおかげか、毎号著名な執筆者が誌面を飾っている。この年、高《たか》田《た》保《たもつ》や尾崎士郎が連載小説を掲載し、この一月号の記事でも神近市子《かみちかいちこ》、望月百合子など著名な女性評論家の評論やエッセイが目を引く。

　創刊一周年の矢橋編集長の「編輯余語」の一節を紹介する。

▼さて、昨年の一月、波瀾曲折の幾翻転を経験致しましたのち、漸くにして孤々《ママ》の声を挙げ得た本誌でしたが、第二年の新春壁頭《ママ》世にお送りする本誌は、御覧の通り内容体裁共に豪華充実を誇り得るに至りました。只管《ひたすら》に感慨無量、自《おのづか》ら頭の下るを禁じ得ない者は、私一人ではありません。篤く〳〵御礼申し上げます。（矢橋）

　また、同じ頁には「編輯余語」とは別に片柳忠男の「発行者の言葉」も掲載されている。部分的に引用するが、大意は次のようなものだ。

　オール女性も一年、苦労に苦労を重ねたこの一年であつた。それだけ私の喜びは大きい。編輯を受持つ矢橋君の努力もずいぶんと大変であつたらう。（中略）それよりももつと〳〵感謝していいのは、（中略）各有力商店が商売をはなれて大きな力を寄せて下さつた事であつた。「もう一ふんばりだ、しつかりやれ」と云ふ声が四方から常に私の耳に心に喰込む様に這入りこんで来る。（以下略）

片柳の「発行者の言葉」にはこの雑誌の陰のスポンサー（注4で詳説）である薬品問屋の玉置合名会社や広告を掲載してくれている各社への感謝のことばを述べつつ、『オール女性』が女性向けの教養誌として読者に受け入れられているという自負も感じさせる。

そして、昭和十（一九三五）年はオリオン社の社業が大きく飛躍した年でもあった。この年の八月に会社は株式会社となった。片柳の回想によれば、株式会社オリオン社は資本金十四万五千円。代表取締役社長に片柳忠男、専務取締役戸田達雄。設立の日付は昭和十年八月十五日ということである。事務所と制作室は前述の通り京橋区木挽町五ノ一の林ビル。株式会社設立を祝う社員だけの祝賀会について片柳が書いている。(7)

……誰れかが、どなるようにいった。
「社長、どうですオリオン社も株式会社になったのだし、仕事も順調に進んでいるんですから、今夜あたり、一杯のみませんか……」
こういったのはおそらく中条さんだったろう。こういうことに不賛成をとなえるものは、誰一人だっているはずはない。誰かがまた大きな声を出して次のようにいった。「今夜は社長のおごりだから魚金じゃなく、松竹梅にしようか……」この提案にも不賛成をするわけがない。

このあと片柳はその夜の祝賀会参加者の名前を、薄れかけた記憶を辿って列挙するのだが、その前に次のような戸田達雄の回想を引用している。どうやら「松竹梅」蔵元は行きつけの「魚金」や「白鶴」蔵元など他の酒屋と比べてちょっと格上だったのか。当時の銀座裏の酒屋の雰囲気と共にそこに集う酒呑みたちの気分が伝わってくる。(8)

オリオン社の前の「白鶴」の蔵元では茶碗一杯三十銭、毎金曜日の金紋白鶴の日は一杯三十五銭だった。そのころ新しく開いた三原橋畔の「松竹梅」の蔵元で出す茶碗は一杯四十五銭で、さすがに濃厚で、酔いのまわりぐあいも上々だった。

酒呑みの思い出話は他愛もないが、酒一杯の値段の比較が細かく書かれているところが面白く、庶民の昭和史として価値のある数行である。その後に次のような片柳の文章が続いている。

……（「ライオン歯磨」から発注された大量の仕事が順調に進んだ経緯が説明された後）、それと併せて、会社組織の発足を祝ってこの夜は、一杯四十五銭の松竹梅で乾杯することになった。

この夜共に集い、共に祝杯をあげた人々を思い出すままに書きならべてみると、次のようになる。片柳忠男、戸田達雄、戸田進、笹原茂、島崎蓊助、辻まこと、竹久不二彦、竹久虹之助《こうのすけ》、中条登志雄、それに現在瀬戸内海テレビの常務になっている磯田洋君の面々であった。あるいは、外にもいたのかも知れないが記憶力の悪い私には前記の人々を思い出すのがやっとのことであり、記憶違いがあったらおゆるしを願いたい。

片柳は自ら「記憶力の悪い……」というが、ここに矢橋丈吉の名前がないのが不思議である。もし参加していたならば、片柳が失念するとは思えないので、たぶん何かの事情で参加していなかったのだろう。

並んでいる氏名のうち、戸田進というのは戸田達雄専務の実兄で、前橋の印刷会社で営業の仕事をしていたのを、オリオン社が株式会社となって新たに生じる業務に備えて、乞われて入社した人物である。竹久虹之助は不二彦の兄。つまり竹久夢二の長男だが、この人もオリオン社の業務が繁忙する時期に迎え入れられ、しばらくの間オリオン社で働いていたようである。中条登志雄はオリオン社創立の数年後に入社した幹部社員、笹原茂、磯田洋の両氏のことは知らず、よく分からないが当時のオリオン社の主だった社員であるのは間違いないだろう。

株式会社発足の時期と同じころ、オリオン社では『換気筒』という「社内報」が発行された(9)。編集後記の頁を見ると、奥付に昭和十年八月廿六日発行とあるので、株式会社発足に合わせて発行されたものだろう。片柳社長の発案だったと思われるが、八頁ほどの薄いパンフレットで、社員の書いた詩やエッセイ、掌編小説風の文章が掲載されている。社員の自画像が並んでいるのが、さすが宣伝美術を専門とする会社だという感じで、社員一同絵心はあると見える(図16参照)。

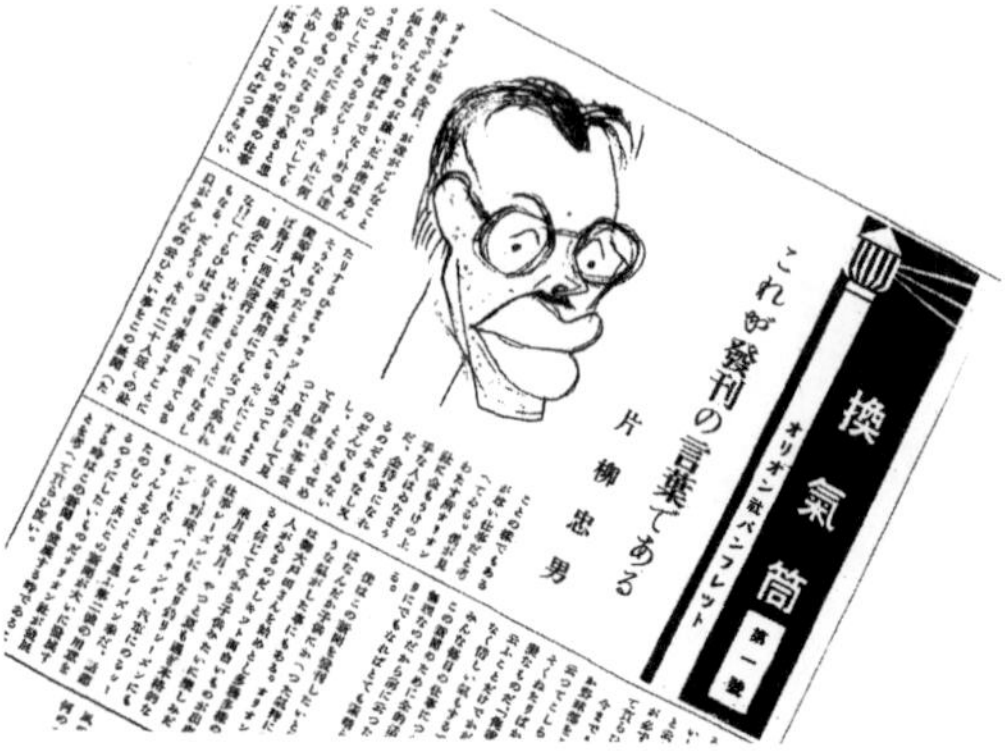
換氣筒
オリオン社パンフレット
第一號
これが發刊の言葉である
片柳忠男

図15『換気筒』第1号の誌面

「図15」がその第一号の最初の頁で、片柳社長の発刊のことばが載っている。記事の内容はともかく、目に飛び込んで来るのは片柳社長自身の自画像と思われる似顔絵だろう。後の社員一同の自画像の頁とは別に、ここにも社長の顔が描かれている。似ているのかどうかはともかく、戯画化された雰囲気が面白い。

「換気筒」という表題のところに、縦長のデザインで煙突のようなものの絵が描かれているが、これが換気筒であるらしい。てっぺんの部分を見ると、昔、汲み取り式の便所に取り付けられていた臭気抜きの煙突風の装置に似ている。てっぺんに縦に並んだ回転式の羽根のような装置があり、その隙間から入ってくる風が縦に並んだ羽根を回転させて、臭気を外に出す仕組みだった。社内の風通しを良くしようという社長の思い付きだろうか。

その「換気筒」第一号には、すでに触れたように社員たちの小説、エッセイ、詩などが掲載されているが、何といっても各人が自画像を描いて、それが並んでいる頁が面白い。図16がその見開き頁の写しだが、頁の下段にそれぞれの人物についての、片柳社長による人物評が載っている。これがなかなか読ませるのだ。全員を紹介する紙幅

図 16『換気筒』第 1 号掲載の社員自画像

はないが、その幾つかを――。右頁右上の七本手のある人物が戸田達雄専務の自画像で、下段の人物月旦には〈戸田達雄一人にしてよく七芸に通ずと言へども、どれを取りましても夜店の品物、キズなき玉はあらず……云々〉とある。

鳥や動植物についての知識が豊かな戸田はこの冊子に「東京の街路樹」というエッセイを掲載して、都心の街路樹や並木の詳細を書き、植物についての博学ぶりを披露している。左頁左上の後ろ向きの人物の絵は辻まことの自画像。下段の人物評に〈まあ後すがたなら耳が大き過ぎるだけしか人には見えないさ。これはシサイあつて前向きになれないカワイさうな辻まこと君の自像だそうです〉とある。辻は對島琴なるペンネームで「顔」という題の短編小説を掲載している。「対島琴」を普通に読めば「つしまこと・辻まこと」だ。竹久不二彦や島崎蓊助も在籍していた時期だが、何故かここには参加していない。

左頁下段真ん中にデカデカ、黒々と書かれているのが片柳社長で、本人の説明〈スゴイ眼しとるネ、これが片柳サンかいな、何で上の方切つたンネ、ハゲとるさかいな〉だという。

そしてもう一人。右頁下段左の顔が矢橋丈吉の自画像。

片柳による人物評は次のようなものだ。〈矢橋丈吉、ペンネーム一二あり、オクサンあり、ムスメあり、夜は馬込の奥に住み、ヒルはオリオン社の四階にタムロする怪人物、何をしてゐるか判らぬが、趣味は写真でバカに下手なり〉だという。そして、矢橋丈吉がこの『換気筒』に掲載したのが以下に引用する「手紙」という文章である。

手紙

私は今年になつてから、写真で御覧になるやうな犬と赤ン坊を儲けました。尤も目下のところでは、まだ「儲」けるといふ字が当てはまるまでには参りませんが、行く〳〵は彼等が私を楽隠居さんでくらせる身分にしてくれるだらうと、今から楽しみにしてゐます……。

ところで、犬は友人丁から貰つたチャウチャウ種でクマといふ名、中々の名犬ですが、もう二ケ月余りもテンパー後の経過が悪くてブラ〳〵してゐます。一時は全く危篤に陥つて、やれカンフルだ葡萄糖だといふ騒ぎをやりましたが、おかげ様でどうやら全快の見込みもついて、この頃では面会も許されるやうになりました。

次に赤ン坊の方は、今年の二月末女房から直接生まれたもので、この方はどうやら犬とは異つて純粋種のやうです。法子と命名いたしましたのは、ほんの親父の老爺心からですが、当人なかなかのモダンガールで、今からその「法」を無視しがちで手をやいてゐます。尤も、目下のところではまだ泣くことゝ笑ふことだけが、意思表示の全部であるだけに弾圧もしやすいやうですが、

(……この後の二十七行省略)

とに角《かく》私は今年になつてから、写真で御覧になるやうな犬と赤ン坊を儲けました。そして人生の第二歩にふみ込んだことをなま〳〵しく意識させられますが、しかし私は今も昔と同じやうに、無口で陰鬱で、相変らずぼんやりといろんなものを眺めてゐるばかりです。不一(一〇・八・一)(犬と赤ん坊の写真は省略)

すでに『オール女性』第四号の編輯余語の文体に触れているので、この変貌ぶりに驚きはないものの、かつての矢橋丈吉が……という感慨は消えない。これはまた見事なマイホームオヤジぶりではないか。本人もそれを実感しているのか、最後の二行で言い訳めいたことばを連ねているが、はたから見ればいかにも子煩悩な父親である。

また、マヴォ時代の仲間だった岡田龍夫が昭和十二年十二月号の『みずゑ』に寄稿した「マヴオの想ひ出」（二章注15、三章注37参照）の記事の最後に、岡田自身が描いたメンバーの似顔絵とともに書き連ねた昭和十二年当時のマヴォイスト十一人の消息が載っている（似顔絵の一部は第三章の最後に紹介した）。以下、岡田龍夫によるこの時期の矢橋丈吉の日常の描写だが、片柳社長の人物評とも通じるところもあり、岡田の観察は的確である。

矢橋公麿

本名丈吉といふ。マヴオ時代は凡そインサン・シンコクのサンプルみたいな男だつたが、最近は或る婦人雑誌の編輯長で、青い背広にライカなぞ携へて銀座辺りを颯爽と濶歩してゐる。世の中は確かに変りました。

岡田龍夫は戸田達雄や矢橋丈吉の居るオリオン社をちょくちょく訪れて、矢橋の変貌の様子をよく観察していたものと見える。〈青い背広にライカなぞ携へて銀座辺りを颯爽と闊歩〉という矢橋の姿は想像し難いが、どうもその通りだったようだ。

さて、再度『オール女性』である。各号の執筆者には文壇、詩壇の名だたる小説家や詩人、また論壇、思想界の著名人たちが寄稿して好評を博していた。昭和十六（一九四一）年十月の最終号に掲載された『『オール女性』既刊號分類要目』の執筆者名を見ると、女性の文筆家が多いのは当然として、著名な作家や思想家の名前がずらりと並んでいる。

また、昭和七年に近藤日出造《こんどうひでぞう》、杉浦幸雄《すぎうらゆきお》、横山隆一《よこやまりゅういち》らによって結成されたばかりの「新漫画派集団」の若い漫画家たちを起用したのも矢橋編集長の好企画だった。なかでも新進マンガ家小山内龍《おさないりゅう》の連載読み物「昆虫放談」の斬新な面白さは多くの読者の共感を得て、長期間の連載が続いた。小山内龍は昭和五年に矢橋も参加した赤坂山王下から新町への下水管敷設工事、通称「知識階級失業救済土木事業」で共にスコップを握ったアナキスト仲間である。

当時、思想家として著名だった辻潤も何度か執筆している。辻潤といえば大正から昭和初期に青春時代を過ごした者にとって、大きな影響力を持った思想的存在だったと思われる。矢橋丈吉もまた、思想家辻潤に影響を受けていたし、心の内に尊敬の念も秘めていたはずである。

その辻潤が、彼のペンネームの一つである水島流吉の名前で『オール女性』に寄稿した記事に「ある徒歩旅行者の手記」というものがある。辻が仙台へ徒歩旅行をした記録であるらしい。「『オール女性』既刊號分類要目」によれば、確かに「『ある徒歩旅行者の手記』水島流吉」は第二十九号、三十号の二回連載であることが記載されている。昭和十一年六月、七月号だ。

しかし、辻潤がこの「徒歩旅行」を本当に実行したかどうかは疑わしい。菅野青顔《かんのせいがん》と高木護が編輯した『辻潤年譜』[10]にも『オール女性』第二十九号に水島流吉名で「ある徒歩旅行者の手記」を掲載したとは書かれているが（三十号については触れていない）、辻が仙台への徒歩旅行をしたという記述はない。

それぱかりではなく、水島流吉の手記は矢橋丈吉の仙台への「孤独なる流浪」とそっくり同じだというのである。年譜が掲載された辻潤著作集別巻が出た後に二年後に刊行された高木護の著書に、次のような記述がある。[11]

> ここで、不思議なことがある。『辻潤年譜』作成のために、彼（矢橋丈吉—引用者注）が編集したという「オール女性」をひっくり返して見たことがあったが、その二九号に水島流吉の「ある徒歩旅行者の手記」が載っ

ていた。徒歩旅の記録の日記文で、それでそれをおどん（高木自身―引用者注）は辻潤の年譜にひろった。ところがこれが彼（矢橋）の小浮浪の記録である「孤独なる流浪」とそっくりであることを、『辻潤年譜』が出てしまってから気づいた。辻潤は「オール女性」には他の文章も寄稿しているから、年若い友人の彼（矢橋のこと―引用者注）のところに、稿料の前借とかで、金の無心にもあらわれたことだろう。そこらへんから「ある徒歩旅行者の手記」となったのだろうか。

ここで高木は暗に矢橋編集長の辻潤に対する金銭的な配慮に言及している。金の無心に来た辻[12]に、原稿を書く材料（自分の流浪の旅の記録のメモのようなものだろうか）を提供して記事を書かせ、辻が手にする原稿料を捻出したということになる。そして、たぶんその通りだったのではないだろうか。

この頃、矢橋と辻潤は日常的に会う機会が多く、親密な関係にあったようだ。この時代の矢橋の日記が残されていて[13]、小さな手帖に走り書きされた鉛筆の文字を追っていくと、昭和十一（一九三六）年三月末から四月初旬の時期、辻潤が頻繁にオリオン社や『オール女性』編集部に顔を出していることが分かる。その時期、矢橋の手帖には〈辻氏来社〉とか〈夜、辻氏と呑む〉というメモ書きが連日のように書かれている。丁度六月号の記事内容を決める時期と思われる三月二十五日には〈六月号プラン直す〉という一行も読み取れる。

この時代、オリオン社には辻まことも勤務していたはずだが、矢橋の日記の記載では、辻まことは「辻君」、辻潤は「辻氏」と書いて区別しているように読める。

高木護編の『辻潤年譜』昭和十一年の項（五月）の「徒歩旅行者の手記」のクダリは次のような記述である。それは先ほど引用した高木本人の言い訳めいた記述と符合するものである。

同月、「オール女性」二十九号に、水島流吉で「ある徒歩旅行者の手記」を書く。（これは、四円六十一銭の所持金で、六月九日東京の千住新橋から出発。仙台までのぶらぶら歩きの約二週間の体験日記である)。

確かにこの年譜の（　）内の記述内容は矢橋丈吉『自伝叙事詩』の「孤独なる流浪」に書かれている内容とそっくりそのまま同じである。高木は年譜発行後に、それに気が付いたというのだ。そして、そのことに気が付いて、不審な印象を持った人物がもう一人いた。寺島珠雄である。

寺島は「單騎の人　矢橋丈吉ノート」（前出、第一章冒頭）を執筆する際、矢橋丈吉と辻潤の関係を考察する中で、高木護編纂の『辻潤年譜』のこの記述に注目した。寺島は水島流吉の「手記」、つまり『オール女性』二十九号の記事そのものは読んでいないことを断りつつ、高木の記述にある〈出発時の所持金四円六十一銭〉という偶然とは言い切れない金額の一致や〈六月九日の千住新橋を出発点とし、目的地仙台〉の一致に驚きつつ、戸惑いを隠さない。しかし寺島は驚き、戸惑いつつも、次のように書いた。

……憶測して立てられるいくつかの筋はすべて書かない。読者各位の想像なり判定なりあるいは真実はこうだの教示に委ねよう。

高木護、寺島珠雄という先達に続いて、この二つの手記の類似に接して、これはなにか変だぞ……と疑った三人目の人物が今この文章を書いている筆者自身である。筆者もまた、高木護編纂の『辻潤年譜』の記述の〈所持金四円六十一銭〉と〈六月九日、千住新橋を出発〉を読んで、『自伝叙事詩』の「孤独なる流浪」の記述とそっくり同じだと気が付いて不審に思った。それで、『オール女性』二十九号、三十号を探したのである。

この章の注5で詳しく触れるように、昭和九年一月の創刊号から昭和十六年十月の最終号まで『オール女性』九十二冊をすべてそろえている図書館はないと思われる。ある程度まとまって所蔵している「市川房枝記念会図書室」と「石川武美記念図書館」を調べると、石川武美記念図書館に三十号（昭和十一年七月一日発行）が所蔵されていることが分かり、手記の後半を読むことが出来た。

しかし、二十九号は現状ではどこからも見つからず、「手記」の前半部分は未だに読めないままである。辻潤年譜編纂の時点では、この二十九号が高木護の周辺にあったと思われるのだから、何とか手に取って、手記の冒頭の部分を読んで確認したいものである。

さて、三十号掲載の手記後半部分を読んで、矢橋の「孤独なる流浪」と突き合わせてみると、確かにそっくり同じ内容が続いている。その日の行動や、場所や日付け、時折出てくる所持金の残りや使った金額、その日の天候や曜日も全く同じなのである。そればかりか、当人の気分のようなものまでがそっくり同じように書かれている。毎日の曜日も、（辻潤の手記でも）昭和八年の曜日が記入されており、矢橋の『自伝叙事詩』の「孤独なる流浪」そのままである。

しかし、全体の文体やことばの選択、言い回しなど、細かな表現にはかなりの違いがあることが分かる。矢橋の「孤独なる流浪」に特徴的な文語体まがいの文体は辻潤が手を入れて〝普通の文章〟にしているのだろう。たとえば次のようなことである。

○六月十四日（水・朝小雨後晴夕驟雨）第六日
午前四時すぎ　目ざめてまっ先に頭に来しは降りしきる小雨に非ずして右足なりしとも角雨中に朝食を終えて助川の町に入る
高萩七キロ*　平潟三十六キロ　の道標腹立たしくにらみ見……（「孤独なる流浪」の矢橋の記述）

＊七キロは十七キロの間違いと思われる

○第六日　六月十四日（水曜／朝小雨後晴、夕驟雨）今朝眼のさめたのは午前四時頃、真つ先に心配になつたのは降る小雨よりも例の右足の痛みであつた。とも角雨中に朝食をすまし、立上つて助川の町へ入つた頃には雨はやんだが、こゝで高萩十七粁、平潟三十六粁の指導標を読むことが訳もなく腹立たしい自分であつた……（水島流吉の同じ部分の記述）

一読、辻潤の手がかなり入っている。矢橋の記述を読んで、辻は自分のことば遣いと文体に書き換えているのだろう。矢橋の文章のかなりの部分を省略・割愛して雑誌の記事の分量にしている。全体として、辻の文章の方がスムーズで分かりやすくなっている。それでも、寺島珠雄によれば、この手記は辻潤のどの著作集にも入っていないという（寺島「單騎の人　矢橋丈吉ノート」下、四〇頁）。また、『オール女性』との関係でいえば、六号、七号の「まんごりあな」、二十四号の「妄人閑話」、七十四号の「大原だより」など、辻潤はこの雑誌に度々寄稿しているが、「ある徒歩旅行者の手記」以外はすべて「辻潤」名の寄稿である。

他にも不思議なことはある。『オール女性』二十九号が発行された昭和十一年の時点で、矢橋の「孤独なる流浪」の記述がどんな状態だったのかは分からないが、旅の途中でノートや手帳に記録したメモとか草稿のようなものだっただろうと思われる。実際、矢橋の「孤独なる流浪」の六月十四日、高萩の町の木賃宿松川屋に一泊した際の記述に〈木賃宿松川屋の古畳の上でその日録をしたため……〉とあり、野宿の場合はノートにメモを書くのはムリだとしても、神社や寺の畳の上で夜を過ごすこともあり、時には蠟燭を灯してメモやノートを書く機会はあったのではないかと思われる。尾形亀之助の家には二十日ほど滞在したはずだから、この間も旅の記録を付けることが出来ただろう。矢橋が旅の途中で日記をつけていたのは間違いないだろう。

しかし、水島流吉の文章は彼自身の手が入っているとはいえ、三十年近くも経ってから出版された矢橋の『自伝叙事詩』「孤独なる流浪」の文章内容とそっくり同じなのである。メモ書きなどを基にしたとは思えないほど、文章の内容や行動の具体性が類似しているのだ。どのような操作や工夫があったのか、不思議なことである。

水島流吉こと辻潤の文章の後半部分（『オール女性』三十号記載）は第五日（六月十三日）から第八日の六月十六日までの記述の後、「後記（仙台にて）」という小見出しがあり、矢橋の「孤独なる流浪」と同様、風邪で熱を出して平駅から汽車に乗って仙台に辿りついたことが書かれ、

さらばへて徒歩《かち》行く旅や梅雨《つゆ》しぐれ

という句が挿入されているのも含めて、内容は矢橋のものとそっくり同じである。仙台到着後のことが矢橋の文章では次のように書かれている。辻潤の記述と並べておく。

○こうしてかれはついに仙台へついた……そしてK君夫妻（亀之助・優子）の双手双心を挙げての歓待に感謝しつつ　広瀬川近くうつろな心に閑古鳥の声をなつかしんだのであったが――（矢橋の記述　以下略）

○かうして自分は遂に仙台へついた……、そしてK君の心置きない歓待に感謝しつつ、広瀬川近く空ろな心に閑古鳥の声を懐しんでゐるのだ。

T子よ、僕はこれから一体どうしたらいゝのだらうか？　終（水島流吉の記述）

『オール女性』三十号掲載の水島流吉「ある徒歩旅行者の手記」（下）はこれで終わりである。最後の一行にT子なる人物への呼びかけと思える記述がある。これはいったい何だろう。もちろん、この一行は矢橋の「孤独なる流浪」にはない。いわば、矢橋の記述をそっくり写し取って続けてきた「手記」の内で唯一、水島流吉こと辻潤が自

らの心の内を吐露して書いた一行でもあろう。T子とは誰だろう。

――と、ここまで書いたところで、事態が変わった。実は『オール女性』二十九号が見つかったのである。(14) つい数頁前に、筆者は〈……(二十九号を)何とか手に取って、手記の冒頭の部分を読んで確認したいものである〉と書いたが、ついに二十九号に掲載されている前半部分を読み、水島流吉「ある徒歩旅行者の手記」全部を確認することができたのである。一読後、なんといっても、手記冒頭の〈T子よ!〉に驚かされた。筆者は三十号の最後だけを読んだ段階で、〈T子とは誰だろう〉などと書いたが、水島流吉の手記を冒頭から読めばはっきり分かる。この手記自体が松尾季子《まつおとしこ》に向けて書かれたものなのだ、と考えざるを得ないのである。

水島流吉「ある徒歩旅行者の手記」、その冒頭の部分を引用する。

前記（東京にて）

T子よ!

私はまた旅をする……とはいふものの、ただ単に「旅」といふ言葉から受ける感じのやうなあまいロマンティックな、ものさびた楽しい旅ではない。むしろ「私はまた放浪生活に行く」といつた方がより適切な表現であるかもしれないところの、その旅をすることにした。――と聞いたなら、あなたはきっと私のために、「悲しみの泉」から生れ出てきたものゝやうに悲しんでくれることであらう。そして私自身もまた女々しくも過去半生の亡霊に、ことにあなたを知つて以来の限りない哀楽の亡霊に、痛いほど自分を苦しめられてゐるのだ。（以下略）

次に矢橋の「孤独なる流浪」の「残翰」と称する前書きを引く。いうまでもないが、『自伝叙事詩　黒旗のもとに』に掲載されている文章である。

《T君──六月八日（昭和六年）──一九三一年──
僕はまた旅をする……とはいうものの、唯単に旅という言葉から受ける感じのような、あまいロマンチックな、乃至はものさびた楽しい旅ではなく、むしろ『僕はまた放浪生活にはいる』といった方がより適当な表現なのかも知れないところの、その旅をすることにした。（以下略）》

T子とT君の一致は偶然だろうか。矢橋の文章にあるT君が誰だかは分からないが、何か腑に落ちない感じもある。水島版のT子に呼び掛けた部分以外は放浪の旅への想いはどちらも、ほぼ同じである。もともと同じ文章を書き写したものだから、両方がほぼ同じであるのも当然だろう。

筆者は当初、矢橋の書いた文章に辻が手を入れて、辻の文章としたのだろうと考えて、そのことを疑いもしなかった。しかし、ふたつのソックリな文章を読んでいるうちに疑問が湧いてきた。この辻潤（水島流吉）の手記が掲載されたのは『オール女性』の昭和十一年六月号と七月号なのである。その時点で、矢橋が「孤独なる流浪」を『自伝叙事詩』に掲載したような形に書き上げていたとは考えられない……そのことに思い至った。

つまり、「孤独なる流浪」は、まだ旅の途中で書いたメモか覚え書きの状態だったと考えられ、きちんと整った文章や整理された原稿にはなっていなかったのではないか。そう考えるのが自然であろう。

ところが、矢橋耕平氏宅の遺品の中に旅の途中で書いたと思われるメモや紙片と一緒に、四百字詰め原稿用紙三十四枚に書かれた「東京／仙台間徒歩旅行記　矢橋丈吉」と題の付いた原稿が残されていたのである。千住新橋の出発から仙台に到着するまで、原稿としてまとまっており、書き換えや直しも入っている。昭和十一年当時のものと思われる資料と一緒になっており、紙の古びぐあいも同じようだ。発表された『自伝叙事詩』の「孤独なる流浪」よりも詳しく書かれたところも多く、「孤独なる流浪」本編の記述はこの原稿を基にしているものと考えられる。つまり、この原稿は昭和十一年の段階（水島流吉の手記を作る時点）で、すでに書かれていたのではないかと思われるのだ。とすれば、水島流吉版もまた、この原稿を基にして書かれたと想像できる。

原稿には文章の合間のところどころに、矢橋作の俳句が挿入されている。

水戸近しその街道の暑さかな

夕立や宿乞ひて受けし包金

さらばへて徒歩行く旅や梅雨しぐれ

矢橋の「孤独なる流浪」にも水島流吉「ある徒歩旅行者の手記」にも同じようにこれらの俳句が挿入されている（最初の〝水戸近し〟の句は出版された『自伝叙事詩』の「孤独なる流浪」には使われていないが、『オール女性』三十号の水島流吉版には掲載されている。もちろん、今回初めて見つかった元原稿には記述されており、矢橋の句であることは間違いない。『自伝叙事詩』出版に当たって、矢橋自身が割愛したのだろう。他の二句はどちらにも使われている）。水島流吉こと辻潤は俳句もそのまま矢橋の作を借用したことになる。矢橋の原稿ではもっとたくさんの句が詠まれているが、矢橋自身も水島も、仙台までの全編で二、三句だけを採用している。それとは別に、仙台からの帰路、阿武隈山中から磐梯山をめぐる旅では矢橋は毎日たくさんの俳句を作り書き留めているが、『自伝叙事詩』には一句も使われていない。帰路自体の記述が簡略なものになったためであろう。水島流吉版には帰路の記述自体がなく、仙台で終っている。

結局のところ、水島流吉版「ある徒歩旅行者の手記」は矢橋と辻が二人して相談しながら、文章や事実を練り上げた合作というべきものではないだろうか。

昭和十一年三月、四月、ちょうど六月、七月号の企画準備と思われる時期だが、矢橋の手帖日記の記述によれば、辻潤が『オール女性』編集部を頻繁に訪れて、矢橋と会っていたことはすでに述べた（二五七頁参照）。その日々、二人の手記作成の議論が続き、執筆作業が進められていたと思われるのだ。矢橋にとっても、この辻との共同作業が後々の自伝執筆の際の力になったのではないだろうか。

さて、水島流吉が手記で呼びかけているT子である。年代的に考えれば、昭和六年ごろからこの頃まで、辻は松《まつ》尾《お》季《とし》子《こ》と一緒に暮らしていた。T子を季子（トシコ）のイニシアルと考えれば符合し、T子は松尾季子だと考えることができる。彼女は水島流吉の手記が『オール女性』に掲載された昭和十一年、二月に病を得て六月ごろは故郷の佐賀に帰っている。別れ別れになってしまった愛人への想いが〈T子よ、僕はこれから一体どうしたらいゝのだらうか？〉と辻潤に語らせているのではないか。こういう呟きを読めば、たとえ病を得て別れ別れに暮らしていたとしても、二人は決別したわけではないのだとも思われる。実際、辻潤と松尾季子の間では、その後も、昭和十九（一九四六）年十一月の辻の死去の少し前まで文通を続けていたという。

松尾季子は、後に『辻潤の思い出』[15]という著書を残し、辻潤との出会いから同棲生活のこまごまとした日常を書き残した。この本の内容を高木護は〈辻潤に注ぐ、松尾さんの眼は菩薩のごとくやさしく、ときにはきびしくもあるが〉と書いたが、この本は辻の傍若無人とも唯我独尊ともいうべき晩年の暮らしぶりを記述したもので、彼の最後の恋人による冷静な観察でもある。

ふたりは馬込に住んでいた時期があり、矢橋丈吉の住まいにも近かったので、松尾の著書には矢橋との関りも随所に出てくる。昭和十年の秋、酒浸りの日々を過ごしていた辻潤が息子のまことに伴われて栃木県の塩原温泉を訪れ、先にひとりで塩原に来ていた松尾季子のもとにやって来たことがあったという。東京には居られなくなったという感じだったのか、静養のつもりだったのか。しかし、塩原温泉の旅館では、結局滞在を断られて、三人で東京に帰ったのだが、その前後のことを松尾が書いている。東京に帰っても、住むところもない辻と松尾は友人宅を泊まり歩くのだが、矢橋の家にもしばらく居たらしい。『辻潤の思い出』から、矢橋丈吉との関りの部分を選んで、省略・抜粋して引用する。

○……結局旅館をことわられて東京へ帰ることになりました。……塩原で散々な目に遭って帰京し数日は辻さんの友人知人を尋ねて泊めて頂きました。……塩原からの帰り八橋《ママ》丈吉氏（矢橋の間違い）の家に数日お世話になりましたが……やっと身近な知人のお世話で馬込の東館というマーケットの近くの下宿の二階の六畳を借りて落ち着きました。……一間の押込みのある西北隅の部屋でした。

○……当時よく出入りしておられた矢橋丈吉氏のお宅へ、何の用事で訪ねたのか忘れましたけれど、お邪魔して帰りがけに、矢橋氏も俺もちょっと用事があるから一緒に行こうといわれてご一緒したことがありました。人の顔がはっきり見えない位夕闇に包まれた夏の宵を二人で歩きながらぽつぽつ話しました。何の話のついでか忘れましたが、「辻さんは女たらしだからなぁ、松尾さんは誑《たぶら》かされているんじゃないかなぁ。辻さんは女を一つの道具にしか思っていない人だから、あの歳で若い女に子供を作るなんてどんな気持ちでいるんだろうなぁ」と矢橋氏は呟いておられました。

○……一歩外に出て酒が入ると歌って騒いだり友人知人の誰彼に毒舌を吐いたりであったらしいのです。歌といっても古今東西の歌と云ってもよいでしょう。ある時矢橋丈吉氏の奥さんが「あきれたわ、辻さんたらよくまぁあんなにおぼえられたこと」とあきれておられました。

松尾季子の記述に「矢橋丈吉氏の奥さん」が登場している。親しい人の家に居座って酒を飲み続ける日々を過ごすのがその頃の辻潤の習性のようなものだったらしいが、辻潤の傍若無人ともいえる勝手な振る舞いについての記述は他にもある。(16)

しかし、矢橋の家には辻潤だけではなく、さまざまな人が訪ねて来ては泊まり込んだり、飯を食ったりしていたらしい。矢橋も奥さんのはな夫人もそういう状態を厭うことがなかったように思える。それは単なる親切心からの行為というよりも、アナキズムに通じる相互扶助の気持の表れでもあり、そこに「精神の自由」のようなものが関わっていると見える。はな夫人の場合も、何か社会運動などの経験で身に付いた他人に対する優しい態度だったのではないだろうか。彼女が結婚前に何をしていた人なのか、それについて矢橋も具体的なことは何も書いていないが、何らかの運動の中に身を置いていた人ではないかと思われるのだ。想像の限りではあるが、矢橋家に漂う、その「精神の自由」のようなものは、夫婦それぞれの身についた生活態度だったと見えるし、はな夫人の存在感も大きかったと思われるのである。

『自伝叙事詩』の「かれと家庭」の章の〈「Y　世帯をもちぬ！」／たちまち同志友人の間に喧伝し谺《こだま》す〉（六章二二三～四頁参照）の後に、次のような記述が並んでいる。

住むに家がないといって家族づれがくれば家の三分の二をあけてやり
ねるところがないといって独りものがくればベットを提供し
金がないといって手をだせば財布をさかさにして笑いあい
米がほしいといって袋をだされればなにがしかをいれてやった
あの人々よ
戦前戦中、戦後のそのたれかれよ
辻潤よ　まことよ　イボンヌよ　イヴよ
草野心平　天平　ヤマさんよ

高梨　所　玉生　日下一家よ
同学園園主　永藤種作よ　その子和泉よ
田戸　山崎　入一　入汎　白水　遠藤　松丸の同志らよ
喀血やまぬ友　高熱にうめきくるしむ友
血ぬられた額をおおい　片腕を折られたる友どちのもとむるままに
強烈のアルコール求めてきたりて
わずかに生きてあるを強いたるその「家庭」よ
二見　植村　相沢　入江ら同志主謀の
無政府共産党の秘密地図のかくされたその天井裏よ
これすなわち　かれの「家庭」にして
ここにかれ　二男三女をなす

最初の五、六行が所帯を持ったばかりの矢橋家の特異な日常を具体的なことばで伝えている。親しい友人や同志ばかりではなく、仲間から紹介された同志と名乗る人物や未知の人も紛れ込んでいたという。こういう一宿一飯が日常的に繰り返されたらしく、時には見ず知らずの一家を泊めて、翌朝金品を持ち逃げされたりしたこともあったという。〈あの人々よ／戦前戦中、戦後のそのたれかれよ〉という呼びかけは当時を回顧することばではあるが、矢橋が脳出血の発作から生還して『自伝叙事詩』の編集、執筆に取り組んだ時、戦後十五年ほどを経たその時点で(17)、誰彼の区別なく一人一人の姿や容貌が矢橋の脳裏に蘇ってきているようにも読める。

後段の十数行に、何人もの人物の名前が連なっている。辻潤やまことと、草野心平のようなよく知られた名前に混ざって、誰だか分からない人びとや知らない名前も多い。〈田戸　山崎　入一　入汎……〉のあたりは「同志」ということばもあって、アナキズム運動の仲間たちが並んでいるのだろう。〈喀血やまぬ友〉とは山崎真道か入江一郎か……。多くの青年たちが肺結核を患っていた時代である。

〈わずかに生きてあるを強いたるその「家庭」よ〉のことばが矢橋のアナキズム運動の中での立場、あるいは役割を示しているかのようにも思える。しかし、この十数行で目を引くのは何といっても〈無政府共産党の秘密地図のかくされたその天井裏よ〉の一行である。これはいったい何を意味しているのだろう。秘密地図とは何だ[18]？

文脈をたどって読めば、フルネームで書かれてはいないものの、ここには二見敏夫、植村諦、相沢尚夫、入江汎ら無政府共産党の主要なメンバーが並んでいる。彼らが主謀した〝党の秘密地図〟を矢橋家の天井裏に隠していたという風にも読める。しかし、矢橋丈吉と無政府共産党の関係がどんなものだったのかは分からないのだ。というよりも、『自伝叙事詩』にも、その他の文章にも、この二行以外に、矢橋が無政府共産党について語った記述はなく、無政府共産党の行動史にも、たぶん矢橋丈吉の名前は出て来ない[19]。

しかし、ここに主要なメンバーの名前を列記し「無政府共産党の秘密地図」と書く以上、矢橋が無政府共産党の活動に何らかの関りがあったということもできる。表には出ない形で秘密の活動を続けていたということはあり得る。無政府共産党と矢橋丈吉との書かれざる繋がりがあるとすれば、それこそが本稿で度々触れてきた矢橋丈吉の昭和六、七年の空白に関係があるのではないだろうか。数年後に無政府共産党を名乗ることになる二見や相沢との秘密の関係があったのか。第五章の一九九頁で詳しく触れたように、昭和六年に矢橋が菊岡久利の居所を辻潤に問い合わせたのはどんな理由だったのか……という疑問にも関わる。菊岡と無政府共産党の活動がどういう関係にあったのか、それについても何ひとつ知らず、確かめようもないが、当時の菊岡の急進的な姿勢から考えて、秘かに無政府共産党の活動に関わっていたことを否定はできない。

あるいは、矢橋が昭和八年に結婚して所帯を持ったことに関わっているのかもしれない。矢橋の新婚の住まい（貸家であろう）の天井裏に、党の秘密地図を隠すというお伽噺のような思い付きだったのではないか。

矢橋が所帯を持った、その年は「日本無政府共産主義者連盟」が結成された年であり、翌昭和九年に「日本無政府共産党」が誕生した。「秘密地図」なるものが何であったとしても、官憲なり国家権力なりの眼を欺くには、貧しい新婚家庭の貸家の天井裏は恰好の隠し場所だったのかもしれない。

相沢尚夫は著書『日本無政府共産党』[20]の冒頭に、昭和十年十一月のはじめに、日本無政府共産党事件に関わるアナキストに対する全国的な一斉検挙が行われたことに触れて、〈この事件を最後として、日本のアナキズム運動は第二次大戦が終わるまで実質的に中断したのである。〉と書いた。で、「無政府共産党の秘密地図」があったとしても、無政府共産党の運動で、何かの役に立つことはなかったといわざるを得ないのだろう。

「かれと家庭」の記述をさらに読むと、先に引用した〈ここにかれ　二男三女をなす〉のすぐ後に次の十数行が続いている。人の名前を含めて、極めて具体的な記述である。

宗運英　孫勃　呉世創などなど……
多くの朝鮮の同志
かれが家庭に歓をつくしたるもこののちにしていまやこれらの流れ
馬込村なるキムチ部落にそそぎて
かれが妻　かれらの妻子隣人とむつみて交誼ことのほかなり
丁讃鎮　朴律来　鄭泰成……
そして数多くの日本姓の友人　隣人よ
すなわち　かれが食卓に
マックレー（どぶろく）　キムチ（つけもの）をはじめ　カッールビ（もつやき）
さてはデジバール（豚の爪）などなど　求むるままににぎわいておもしろし

君らは　諸君は　今何処《いずこ》の「世界」にかいる？

ここに挙げられている朝鮮名の人びとの中には、戦前からのアナキストや活動家も含まれているのだろうが、矢橋丈吉のご長男の矢橋耕平氏にお話を伺った際（注13、14参照）、昭和十二年生まれの耕平氏がこれら朝鮮の人びととの関係や朝鮮風の豊かな食材のことをよく記憶されていて、懐かしそうに語っていたのが印象的だった。耕平氏の年齢を考えれば、その記憶は戦後のことであろう。

耕平氏の語るところでは、馬込東の矢橋家の住まいの近くには在日朝鮮人がまとまって住んでいた地域があったという。引用部分のことばの響きはこの地域に住む人びとも交えた家族ぐるみの交友が戦後ずっと続いていたことを伝えている。

＊　＊　＊

昭和十二（一九三七）年七月、中国の盧溝橋で日中両軍が衝突し、その戦闘は日中戦争に拡大した。日本国内では、前年の二月に二・二六事件が起き[21]、軍部独裁的な体制が強まったが、昭和史を読むと、この頃の日本は経済状況もよく、国民の誰もが繁栄を謳歌していたという。戦争はどこか遠くでやっているということだったのか。この年、川端康成の『雪国』や志賀直哉の『暗夜行路』、永井荷風『濹東綺譚』など、昭和の文学を代表する文芸作品が次々に刊行されて、文化的にも高揚した雰囲気に満ちていたように思われる。今、当時の世相を想像すれば、人びとは中国で続けられている「侵略」も「戦争」も意識せずに過ごしていたのだろうか。

翌（昭和十三）年四月、「国家総動員法」が公布されて、国民生活のすべてが確固たる戦時体制に組み込まれることになるのだが、国民の多くは戦争の悲惨を想像できなかったのだろう、昭和十二年十二月に日本軍が蔣介石《しょうかいせき》政府の首都南京を占領すると、日本中の町や村は〝南京陥落・戦勝祝賀〟の提灯行列で沸き返ったという。新聞やラジオも、勝利、勝利！　と大騒ぎだったことだろう。

そのような世間の雰囲気の中で、株式会社となったオリオン社の仕事は順調だったのか、新たに入社する社員も増えていたらしい。その、昭和十二、三年ごろ（あるいはもう少し後だろうか）、当時、オリオン社で学生アルバイトとして働いていた人物が当時を回想して書いた文章がある。戦後、国画会で活躍した洋画家木内廣《きうちひろし》の自伝的エッセイ「絵の中の人びと」[22]から引用する。

……木挽町の林ビルというちっぽけなビルに、オリオン社はあった。歌舞伎座前の角から二軒目だかのビルだ。薬局のウインドウに、クスリ会社の特定商品のデスプレイをするのが、私たちの仕事だった。そこでいちばんエライ人が片柳忠男氏で、その次が、村山知義が中心の「マボ」に属していたと記憶する戸田達雄氏である。

（仕事の）仲間のなかには、旅役者崩れみたいなのや喰いつめ者のひょろひょろしたおかしなのもいたが、多くは、真面目にして熱心な、画家詩人の寄り合いで、戦時体制下の思想弾圧を逃れて、かすかな光に吸い寄せられるように、集ってきたというおもむきだった。

当時、木内廣は太平洋美術学校に学ぶ画学生だったが、彼がオリオン社で働いていた時期は竹久不二彦、辻まこと、島崎蓊助ら昭和十年前後にオリオン社に在籍していた面々がすでにオリオン社を去った後だったらしい。しかし引用したエッセイの後半で〈アナーキストの東井信《あずまいしん》やオノチョーこと小野長五郎が……〉と書いているところを見ると、木内の在籍は小野長五郎や東井信がオリオン社で仕事をしていた時期と重なっていたのだろう。しかし、いずれも正確な時期や年代の記述はない。

　小野や東井はアナキズム運動史などの記述で、時に名前の出る活動家[23]だったが、昭和十年十一月のアナキスト一斉逮捕で運動が頓挫《とんざ》（注19参照）した上に、収入を得るための仕事のない彼らをオリオン社へ誘ったのはたぶん矢橋丈吉だったろう。矢橋の関連ではもう一件ある。倉橋健一の著書『辻潤への愛』（一九九〇年、創樹社刊）で、小島キヨの日記を読んでいたら、昭和十三年の〈七月九日、オリオン社に秋坊働く事になる。矢橋氏のお世話〉とキヨが書いている。秋坊とは辻潤と小島キヨの子、秋生だが、大正十二年生まれだから、まだ十四、五歳の少年であった。

　そして、戸田達雄の回想録には小野長五郎、東井信それぞれのオリオン社での仕事ぶりや人柄、性格などが詳しく述べられていて、この二人のアナキストたちがオリオン社の仕事においても、十分な役割を担っていたことが分かる[24]。

　画家でいえば、エビス倶楽部以来の交友のある庫田叕《くらたてつ》もオリオン社にしばしば現れる常連だったようだ。『オール女性』の第七十二号（昭和十五年二月号）の扉絵を庫田叕が描いている。

　アナキスト菊岡久利（鷹樹寿之助）も戦前からのオリオン社の常連だった。戦後、右翼に転向してからも変わらずにオリオン社にやって来ており、昭和三十年代にオリオン社が発行していた週刊新聞『ザ・タイムス』に、かなり長い期間、コラムを連載していたこともあった[25]。また、かつて矢橋や岡本潤、菊岡らと共に「知識階級失業救済土木事業」に参加した小山内龍（澤田鉄三郎）も、『オール女性』に「昆虫放談[26]」を連載していたので、オリオン社、『オール女性』編集部来訪の機会は多かったはずだ。辻潤も前述した通り、三日に挙げずに矢橋を訪ねて来ていたし、戸田や矢橋と親しかった詩人の草野心平や高橋新吉もオリオン社に現れる常連であっただろう。アナキズムとかそのシンパサイザーとかいうけれど、多くは個人的な関係での来訪だったのだろう。

　アナキズム研究家の大澤正道はオリオン社のこの時代について〈戦時下のアナ系の避難所〉と書いたが[27]、確かにもそういう一面はあったのだろう。

実際に、アナキストやそれらしい人物が在籍する、あるいは頻繁に出入りする会社を公安当局が放っておくはずもない。当事者たちに〈戦時体制下の思想弾圧を逃れ〉ようという意図や行動があろうとなかろうと、オリオン社が「要注意」の会社だったのは当然だったし、矢橋や戸田の自宅も特高の定期的な立ち寄り先になっていたらしい。戸田の家の場合、月に一回ぐらいの割で、昼間、スーツにソフト帽の特高の担当者が訪ねて来て、戸田の妻を相手に小一時間、世間話をしていったということがあったらしい。

オリオン社が自由で開放的な雰囲気だったのは間違いないだろう。社員として仕事をするというのではなくても、さまざまな人物が訪ね、顔を出したりする場所だったようだ。昭和の初めの「エビス倶楽部」の頃の雰囲気がそのまま続いていたともいえるし、会社の経営状態が好調で、訪ねてきた旧知の友人たちに昼飯や茶碗酒を振舞うことぐらい、造作もないことだったという想像もできるが、会社の所在地が銀座の真ん中に位置していたことも、人が集まりやすい理由だったのかもしれない。

注

注1　前掲書『雨と風と雲と虹』（片柳忠男回顧録）の三四頁〜三五頁にはオリオン社初期の顧客獲得の過程が語られており、片柳の独自の発想による営業努力や大胆な行動力をよく伝えている。

注2　オリオン社の入っていた林ビルは昭和二十年五月二十五日の大空襲で米軍機の爆撃を受けて全壊した。本社の建物を失ったオリオン社は、当時第二作業場にして使っていた東銀座の木挽町一丁目の木造の建物を本社として戦時中を凌ぎ、終戦後もこの木造建物から再出発した。林ビルのあった場所は現在の地番では中央区東銀座五丁目十三番地で、別のビルになっている。

注3　『島崎蓊助自伝　父・藤村への抵抗と回帰』島崎蓊助著（二〇〇二年、平凡社刊）の末尾（三五〇頁）に掲載された「島崎蓊助年譜」による。

注4　『オール女性』はオリオン社の（というより片柳社長の）営業努力の結果、薬品販売問屋との緊密な関係の中で生まれた雑誌で、大手の薬品問屋・玉置合名会社のPR雑誌として企画され、経費一切を玉置合名会社が負担したが、スポンサーとして表に出ることは一切なく、雑誌の体裁や内容にもPR雑誌らしさを出さず、毎号の執筆者や企画の内容から見ても、あくまでも女性向けの教養雑誌として発行された。ただし、『オール女性』をめくると薬の広告が多いのも特徴ではあった。一頁広告や裏表紙の大きな広告も記事の間に入る小さな広告もほとんどすべて薬品問屋と製薬会社・化粧品会社の広告で、薬と化粧品の商品名で占められている。薬品、化粧品以外では、途中から常連になったキッコーマン醬油の広告が目立っている。

注5　筆者の知る限り、『オール女性』のバックナンバーをまとまった数で所蔵しているのは渋谷区代々木二丁目にある「市川房枝記念会　女性と政治センター」の図書室である。ここには全九十二冊発行された内の、半数以上に当たる四十九冊が所蔵されており、閲覧できる。また、千代田区駿河台二丁目の「石川武美記念図書館　近代女性雑誌ライブラリー」には十

注6　二冊が所蔵されており、そのうちの六冊（昭和九年十二月号、昭和十一年七月号から十一月号、閲覧可能）は市川房枝記念会では所蔵されていない号である。他には、国会図書館、都立多摩図書館、日本近代文学館、神奈川近代文学館などに、それぞれ一、二冊の所蔵があるが、全巻を揃えている図書館はないと思われる。

この写真が撮影された時期について、本文でも述べたが、昭和九年十二月だとするもう一つの根拠がある。この同じ写真が『山と溪谷』誌の昭和六十二年十二月号の五十頁に及ぶ「特集＝辻まことの世界」のアルバム集に掲載されており、写真に付けられたキャプションに、次の一行が書かれている。

〈オリオン社時代のスタッフと（?）後列の蝶ネクタイ姿が辻まこと。昭和9年〉。そして、アルバム集の最後に「写真協力」として八人の方の名前が明記されている。そのうちのどの人がこの写真の提供者なのかは不明だが、〈昭和9年〉と書かれている以上、写真提供者には何らかの根拠があったものと思われる。女性が持っている新年号と併せて判断すれば、この写真が昭和九年十二月に撮影されたと考えていいのではないだろうか。写真の出所については不明だが、戦後、オリオン社が解散する際（昭和五十三年と思われる）、不要となった書類や資料と共に写真なども廃棄されたのであろう。ここに掲載した写真は筆者の友人の研究者が手に入れて所蔵していた一枚である。

注7　前掲書『雨と風と雲と虹』（六章注13参照）九四〜九五頁。戸田の文章の引用をはさんだ後半の記述も同様。

注8　前掲書『私の過去帖』一八〇頁。そのくだりを片柳が引用したものである。

注9　『換気筒』はこの創刊号のあと、二号以降は発行されなかったものと思われる。

注10　『辻潤年譜』は、オリオン出版社発行『辻潤著作集』全六巻の別巻として昭和四十五（一九七〇）年十二月刊行。菅野青顔、品川力の協力を得て、高木護が編纂した。

注11　高木護『人間浮浪考』一九七二年五月、財界展望新社刊。引用部分は「ぶらぶら金さんのこと　屯田兵の子、矢橋丈吉」の章、一一九頁。

注12　『辻潤著作集』の別巻（注10参照）に年譜とは別に、添田《そえだ》知道《ともみち》が「辻潤・めぐる杯」というエッセイを寄稿している。浅

草時代、馬込時代を通じて添田と辻潤との愛憎半ばともいうべき交友の日々が活写されているが、ともに馬込に住んでいた時期、辻が添田不在の添田家に上がり込んで酒を飲み続け、酔って暴れて物を壊す、添田の蔵書を勝手に持ちだす、添田夫人に金を無心するなどなど、辻の傍若無人ともいうべき振る舞いが語られている。また別の日、辻の使いという人がやって来て「本日女人不在にて煙草銭にこと欠く　よろしく」という辻の達筆の手紙を差し出す。あるいは、度々なので気が引けたのか、何か自分の書いたものを置いていったり、「これは誰々の画だ、二円五十銭には売れる、二円貸してくれ」など、金の無心も手が込んでいて、どことなく愛嬌も感じさせる。辻との交友を書いた添田の文章にも、どことなく諦念に近いユーモアのようなものが漂う。これを読むと、辻潤にしてみれば雑誌編集部での金の無心など、ごく普通の事だったようにも思えてくる。

注13　矢橋丈吉は『オール女性』編集長就任後に始めたと思われる手帖日記をつけていた。現在、残されている一番古い手帖は昭和十年のもので、その後、戦中戦後を通じて、何年か欠落している年もあるが、戦後の昭和三十六年の日記まで、二十八冊の手帖が残されている。日常的には几帳面な性格だったのか、戦前、戦中、戦後を通じてポケットに入るような小さな手帖に、ほぼ毎日、会った人、編集部を訪れた人や記事編集の進捗状況、果ては執筆者への原稿料支払いなど具体的な事柄を書き残している。それは鉛筆書きの小さな文字でびっしりと日常の事実のみが記述された一年ごとの手帖で、毎年文藝春秋社の「文藝手帖」が使われているが、まれに第一書房発行の「手帳日記」の年もあった。これらの手帖は丈吉のご長男の矢橋耕平氏のもとに丈吉の遺品として保存されていた。滝沢恭司氏が「矢橋丈吉年譜考」（本書五章注17参照）の執筆時の資料として耕平氏から預かったもので、筆者は滝沢氏からお借りしてそれを読み、二〇二〇年十月九日に耕平氏とお会いした折に、この歴代の手帖の閲覧と引用についてご了解を頂いたものである。

注14　『オール女性』二十九号に掲載されていた水島流吉「ある徒歩旅行者の手記」の前半部分は矢橋耕平氏のお宅の資料の中にあった。矢橋丈吉の遺品として保存されていたものだが、『オール女性』誌自体が残されていたのではない。二十九号、三十号に連載した「ある徒歩旅行者の手記」の見開き頁、合わせて四頁分だけを切り取ったものが保存されていたのであ

る。丈吉が何故これらの頁だけを切り取って残したのかは分からないが、この記事の成り立ちに関わる特別な意識があったのだろうという想像はできる。

注13にある通り、筆者は矢橋耕平氏とは二〇二〇年十月にお会いし、それ以来ご無沙汰が続いていたが、二〇二二年五月、娘さんの関口里美さんからご連絡を頂き、一か月前の四月二十七日に耕平氏が八十五歳で亡くなられたことを知った。その後、丈吉の遺品資料を整理したいという里美さんからの要請を受けて、茶箱一杯に収められた資料を確認する作業に立ち会った。矢橋丈吉唯一の著書である『自伝叙事詩　黒旗のもとに』の原稿や関連のメモが多く、出版された著書には使われていない文章、見出しの文言の書かれた校正途中のゲラなどが保存されていた。中でも、仙台へ尾形亀之助を訪ねて徒歩旅行をした「孤独なる流浪」の何段階もの原稿の他、小さな文字がびっしりと書き込まれたノートや紙片、旅の途中で書かれたものと思われるメモなども大量に保存されていた。また、戦後の「組合書店」での書籍出版に関わる資料や発行書籍、出版前の諸氏の原稿や画稿、矢橋自身の登山や山歩きの際の写真、手紙やハガキの類など、貴重なものも含まれていた。その中に、水島流吉の手記の頁があったのである。

注15　松尾季子『辻潤の思い出』は一九八七年九月、『虚無思想研究』編集委員会刊。この本についての高木護の〈辻潤に注ぐ、松尾さんの眼は菩薩のごとく優しく……〉とは松尾季子の著書に高木が寄せた跋文のことばである。

注16　添田知道「辻潤・めぐる杯」（前出、注12参照）には次のような記述もあって、辻が矢橋の家で頻繁に酒を飲んで過ごしていた様子が、ここでも想像できる。

矢橋も辻を好きで、大切にしたから、御出現の最初は歓待したらしい。飲みつぶれて寝たらしい。起きればまた迎え酒、といったことで、居心地よければ居続けをしたくなるのも道理である。辻はどこへ行かなくちゃならん、というのではないから、尚更《なおさら》である。けれども（オリオン社勤務だった）矢橋の方は社へ出なくちゃならない。やむを得ず辻をおいて出る。辻には矢橋なんかいてもいなくてもいいのである。わが家の如く「おうい、酒がないよ」。そこ

で矢橋の細君が酒屋へ走る。（以下略）

注17　『矢橋丈吉自伝叙事詩　黒旗のもとに』のあとがきに〈なお本稿は、昭和三十四年秋に起稿し、三十八年春三月末に脱稿した。〉とある。終戦の年から十五年が経った時期といえるだろう。

注18　この「無政府共産党の秘密地図」という名称（あるいはことば自体）を矢橋の『自伝叙事詩』以外のアナキズム関係の書物等で目にしたことはない。従って、これは何なのか、何を指しているのかは想像をめぐらす以外にはない。「地図」といっているが、これは何か組織の行動指針とか、行動計画の指標のようなものを指しているのではないかという想像は成り立つ。実際、組織内部では行動計画書のようなものを作ろうという議論はあったらしい。注20の相沢尚夫の著書『日本無政府共産党』には、二見敏雄が中心になって起草されたという「組織行動計画書」（一）（二）という五十行に及ぶ項目が掲載されている（六二〜六五頁）。しかしこの行動計画は組織として承認されていないものだとも書かれており、これが「地図」として、どこかに隠したり保存されたりすることはなかっただろう。その何十項目もある行動計画の一つには、例えば次のようなものもあり、読んでみれば、どの項目とも現実離れした〝絵空事〟という印象だ。

「第三次行動目標　資本主義経済機構の破壊（偽造紙幣の発行）」……。

その一方で、本当の秘密の地図があったのでは、という想像も当然ある。たとえば、次のようなことだが――

相沢尚夫が著書に書いた（前述二七〇頁）昭和十年十一月の日本無政府共産党関係者の一斉検挙という「事件」から一か月後、十二月二十四日のクリスマス・イヴの銀座で緊急逮捕された二見敏夫は、その後の警視庁特高課での取り調べで、ある事実を自供したという新聞記事がある。

昭和十一年五月二十四日付東京朝日新聞に「果然・多量の爆薬」「千葉の海岸から掘り出される」などの見出しを付けた大きな記事で掲載されたのは、次のような事実である。曰く、日本無政府共産党ギャング事件の首魁二見敏雄と同党中央委員寺尾實に対する取り調べから、千葉県興津海岸の地中にダイナマイト多数を埋めて隠していたことが判明したという。

記事によれば、二見らは昭和六年の芝浦製作所の大争議（新聞では昭和五年暮となっている）の際、工場長の自宅爆破を意図して、鵜原海岸の工事現場からダイナマイトと雷管を盗んだが、争議が急遽解決したために使われず、今後の闘争に備えて興津海岸に埋めて隠したという。

自供の翌日、特高課大野首席警部らが寺尾實を同行させて現地に赴き、松林の地下三尺の地点から、自供通りに甕に入ったダイナマイト五十本、雷管百二十個を発見、押収した、という。四段組みの大きな記事には「果然・多量の爆薬千葉の海岸から掘り出される」「二見・叉戦慄を撒く」「襲撃用に隠匿」などの大見出しが目を引いている。

例えば、こういう武器や弾薬の秘密の隠し場所を地図にしておく必要はあったかもしれない。矢橋家の天井裏に隠した「秘密地図」が興津海岸のダイナマイト埋蔵場所を示す図面だったか否かはともかくとして、である。

しかし、それにしても逮捕された「首魁」たる人物が、ダイナマイトの隠し場所を、こんなにあっさりと自白したのでは「秘密地図」でも何でもあるまい。無政府共産党の主要なメンバーが運動に見切りをつけたということなのだろう。

注19　司法省刑事局思想部が編纂した『日本無政府共産党関係検挙者身上調書』という文書がある（昭和十一（一九三六）年十一月発表）。前年の一斉逮捕などで検挙したアナキスト三百三十六人の身上調書だが、このリストにも矢橋丈吉の名前はない。（この文書は一九七四年に東洋文化社から刊行された）。

注20　相沢尚夫『日本無政府共産党』は一九七四年六月、海燕書房刊、引用部分は一一頁。

注21　二・二六事件は昭和十一年二月に起きたが、当時矢橋は手帖にメモ書きで日記をつけていた（前述、注13参照）。その手帖の頁には、二月二十六日から三月一日の間、次のような記述があるので書き写しておく。

〈2月26日雪　相沢中佐派の軍部大クーデター■《判読不可》らるも事情全く詳ならず。但し重臣五六名は銃殺されたるごとく、東京は殆ど戦時に似たり、早く帰る〉

〈2月27日晴　今朝戒厳令降る。市中到るところ不気味の空気漲る。■《判読不可》報による即死者、岡田、斎藤、渡辺、他に高橋、牧野、鈴木侍従長死亡の如し。四月号原稿、三十二頁とどける〉
〈2月28日雪　治安維持さると発表されど、却って市中の空気険悪なり。丸の内その他多く早引け休社多し。国鉄ダイヤにも変化あり。三月号発送〉
〈2月29日曇　昨夜十時頃より叛徒強硬鎮圧に出ずることとなり、今朝五時より全交通止まる。出社出来ず、市街戦惹起の不安中にラジオのみをたよる。午前十時頃より帰順者出で、午後二時全く鎮定せる旨告示あり。尚岡田首相生存由、夕刻報道あり〉
〈3月1日晴　日曜なれど出社してみる。休みなり。Zスタジオにより、街をブラブラしてかえる。大阪の滝沢君に手紙出す〉

クーデターの動きを注視し、反乱軍による政府要人の殺害などに注意を払っているが、ラジオからの情報だろう。殺害されたという政府要人の名前が事実と違っている。第一報ではこうだったのだろう。

手帖のメモは連日書かれているが、矢橋自身の感想や意見はなく、矢橋が二・二六事件をどう考えたのかは分からない。普段は日常の業務や家庭内の細事が短く記入されている日記である。世間の出来事や事件のことを書いたのは稀である。

矢橋は『自伝叙事詩　黒旗のもとに』の表紙の裏、見返しの部分に二・二六事件の際の戒厳令司令官香椎《かしい》中将の「兵に告ぐ」の戒告や反乱鎮圧を告げる新聞記事の写しを大きく張り付けている。手帖の日記には深い関心を示す記述を残したけれども、自伝本文では二・二六事件について一行も触れていないにもかかわらず、である。この、見返しのデザインには不思議な感じが残る（後述）。

注22　木内廣の自伝的エッセイ「絵の中の人びと」は画材・絵具メーカーのクサカベが発行していたPRパンフレット「AVECART」に連載されていたもので、引用部分はその昭和四十五（一九七〇）年四月十日発行の第百四十八号掲載の文

章である。

注23　オノチョーと呼ばれて親しまれた小野長五郎は明治四十四（一九一一）年生まれというから、オリオン社入社時には三十歳前後の年齢だったろう。若い時からアナキズムに傾倒し、黒色自由労働者組合に参加、昭和六年の芝浦製作所争議にも参加したという。農村青年社の運動史にも名前が出てくる。昭和十一年治安維持法違反で逮捕され、懲役三年・執行猶予三年の判決を受けた。とすれば、オリオン社へは執行猶予が明けた昭和十四年以降に入社したものと思われる（昭和十四年一月二十四日の矢橋丈吉の手帖日記に〈小野長五郎君来社〉との記述がある。この時オリオン社に入社したかどうかは不明だが……）。

東井信、本名は信福だが、戸田達雄『私の過去帖』（前出）によれば、オリオン社では東井信と名乗っていたという。この人のアナキストとしての活動歴はよく分からない。『日本アナキズム運動人名事典』（二〇一九年四月、ぱる出版刊）には短い紹介で「一九二九（昭和四）年七月、黒色自由労働者組合メンバーとして、誰某の出獄歓迎集会に参加した」とある。昭和五年春、アナキストが大挙して参加した「知識階級失業救済土木工事」に東井も参加しており、この工事への参加を差配した全国労働組合自由連合会（自連）に属していたものと思われる。この下水管敷設工事を通じて矢橋と知り合った縁で、オリオン社に入社したのだろう。

注24　戸田達雄『私の過去帖』の「オリオン社時代」には小野長五郎と東井信福にそれぞれ一項目が設けられており、その人柄や仕事ぶりがかなり詳しく紹介されている。小野は若い時から文学志向があって俳句などもうまく、よく句会で褒められていたという。「子二人の親ともなりて放浪の癖」とかいうオノチョーの無季俳句を木内廣が自伝エッセイ「絵の中の人びと」（前出）で紹介している。仕事では年長者でもあり、若い社員へのリーダーシップを発揮して、部下を統率する力量も並ではなかったようだが、仕事を離れれば、手の付けられないほどの大酒飲みだったと、これも戸田の回想録にある。戦後もオリオン社に復帰して仕事を続けたというが、晩年に至って不摂生の果てに亡くなったらしい。

東井信福も明治三十九年生まれというから、何年にオリオン社に入社したか正確には分からないものの、入社時、三十歳は過ぎていただろう。薬局のウインドーの飾り付けの仕事のエリアも、その頃になると全国規模に広がっており、東井は東北担当で出張業務を続け、後にオリオン社の大阪駐在も務めた。

注25　『ザ・タイムス』とは冗談のようなタイトルだが、昭和三十年代にオリオン社が発行していた週刊新聞である。芸能、スポーツ、文化中心の、どちらかといえば男性向けの記事が多く、戦前の『オール女性』に対して「オール男性」ともいうべき内容だった。その紙面の片隅に菊岡久利が「最小事件」というタイトルのコラムを連載していた。内容は菊岡がこれまでに出会った人びととの交友などの昔話が主で、菊岡自身の描く小さな挿絵の付いた三百五十字あまりの記事だった。『ザ・タイムス』が昭和四十年代に廃刊するまで、延々三百回以上連載し続けた。菊岡久利は戦後は転向して右翼陣営の人となったが、オリオン社の面々との関係は昔通りだったようだ。『ザ・タイムス』紙は千葉県成田市の成田山新勝寺の付属図書館にかなりの部分が所蔵されていて、閲覧できる。

注26　小山内龍の「昆虫放談」は『オール女性』の連載の中でも人気の高かった読み物で、柳瀬正夢、小野十三郎《とおさぶろう》、伊馬《いま》鵜平《うへい》等、錚々《そうそう》たる芸術家たちが愛読、絶賛した（「終刊に寄す」八章注5参照）。そればかりか、鳥類学者の内田清之助、昆虫学者の石井悌《いしいてい》という専門家たちも、その絵はもとより記述の内容を高く評価するほどだった。矢橋は後に、オリオン社の出版部門として設立された大和書店から単行本の形で出版し、戦後も大和書店時代の紙型を使って、組合書店から再版した。『昆虫放談』のファンは多く、ずっと後の一九七七年に築地書館から新装出版された際には、昆虫マニアでもあった作家の北杜夫《きたもりお》が帯に推薦文を書いた。

注27　二〇〇五年四月十五日発行の『トスキナア』誌創刊号で、大澤正道は「木材通信社とアッツさくら」と題するエッセイを掲載し、戦時下のアナキスト系左翼人たちの避難所として、木材通信社とオリオン社の名を挙げて、次のように書いている。

秋山清《きよし》が東京深川の木場にあった木材通信社で戦時下を凌いだこと、その木材通信社には川柳の鶴彬《つるあきら》らがいたことはわたしも知っていた。だから木材通信社は戸田達雄のオリオン社と並んで戦時下のアナ系の避難所と受け止めていた。オリオン社には辻まこと、竹久不二彦、島崎蓊助ら二世や矢橋丈吉が働いていた。（以下略）

大澤正道は少しだけオリオン社に触れているが、主として秋山清の戦時中の詩作と著書を概観する視点で書いている。秋山清の戦時中の多面的で複雑な仕事の全貌について、筆者は大変興深く読んだ。

第八章

大森区馬込町東四ノ三三一

矢橋丈吉は著書『自伝叙事詩　黒旗のもとに』には、オリオン社での日常や『オール女性』編集長としての業務の様子など、本人の仕事については、ほとんどなにも書いていない。それで、彼の日常の暮らしや仕事ぶりを知るには、まわりの人びとが矢橋について書いた文章や、彼自身が毎日記述したメモ書きの手帖日記（七章注13参照）の細かい鉛筆書きの文字に頼ることになる。毎年一冊ずつ書かれた手帖の記述は矢橋丈吉の正体に迫る作業にとって重要だ。細かい鉛筆書きの文字を判読しながら辿る雑誌編集長の日常は多忙を極める。雑誌の記事や掲載作品がこのような日常の行動や人びととの付き合いなどから生まれるのだということがよく分かる。ひとつだけ例を挙げるが、昭和十（一九三五）年四月十三日（土）の手帖日記の記述である。

近来の好晴なる。十時近く尾崎氏宅訪問。次の連載小説執筆の快諾を得。
十二時近く出社、十円もらって藤原氏と共に野田醤油に行き、福島、小宮氏を同乗、車にて野田町へ行く。工場、清水公園、運河等撮影、待月に一泊す。桜満開。

この章の表題の所番地は矢橋の自宅の住所だが、[1]同じ大森区馬込に住む流行作家の尾崎士郎宅を訪ねて連載小説の依頼をし、首尾よく引き受けてもらったようである。[2]その後、出社して、スタッフを伴い、千葉県野田町に出張する。キッコーマン醬油の特集記事、あるいはキッコーマンが毎号掲載する一頁広告のための取材であろう。編集長の多忙な日々が想像できる。

残された手帖日記の記述とは別に、当然ながら『オール女性』の編集後記など、誌面に掲載された矢橋の文章もある。オリオン社の社内報に掲載された日常雑記もある。第七章の冒頭数ページで、初期（昭和九年、十年頃）の編輯余語など、その頃矢橋編集長が書いた文章を幾つか引用した。それらの文章の印象は矢橋が大正期から昭和の始め頃に発表した難解にして苦渋に満ちた観念的な筆致とは似ても似つかぬ、明るい平易なものに変わっていたのに驚かされたのだった。別人が書いたかと思える程で、矢橋自身の内面の変化の結果だろうか、あるいは彼自身が立場や環境の違いに応じて文体を変えるという、器用な一面も持っていたのかもしれない。雑誌の編集という仕事では当たり前のことだといえば、その通りだろうが。

それはそれとして、ここに昭和十四年六月号の「編輯余語」を引用する。創刊から四年半経った『オール女性』第六巻第六号（通巻六十四号）である。一読して、これもまた同じ人物が書いた同じ雑誌の編集後記とは思えないような文体であり、記述内容も言葉遣いも別の雑誌のもののような印象である。これが本当に矢橋丈吉による「編輯余語」なのかと疑いたくなるような文章である。

編輯余語

＊去る四月二十三日夜、興亜の前線に一命を捧げて新東亜建設の尊い人柱となつた忠霊一万三百八十九柱の、新たに神と祀らるる第五十四回靖國神社臨時大祭招魂の御儀を拝し、更に四月二十九日、畏くも天長の佳晨《かしん》に際し臠《みそなわ》せ給ふ大観兵式の盛観を拝し奉る。

＊この銘記すべき国民的感激のうちに進められた本号の編輯でしたが、先づ朝萱留紅氏の「皇軍に感謝を捧ぐる歌」一篇をこゝにお贈りし得たことは、蓋《けだ》し余語子一人のみの喜びではありますまい。（以下略）　（矢）

昭和十四年といえば、日中戦争が〝泥沼化〟し、日本の軍隊が中国の奥地へ奥地へと追い立てられるように突き進んだ時期である。(3)『オール女性』創刊の頃と比較して、時代の雰囲気も人びとの意識も変わり、国全体が戦時体制一色となっていたのだろうと想像はできる。しかし、月刊誌の編集後記という「公」の文章だとはいえ、まさか、矢橋丈吉が〈興亜の前線に一命を捧げて新東亜建設の尊い人柱……〉などと書くとは！　と驚かされる。本心から書いたとはとても思えないけれど、まるで、軍国主義賛美そのものである。さらにそれに続いて、朝萱留紅「皇軍に感謝を捧ぐる歌」の掲載を誇り、大いに喜んでいるが如き記述が続いている。その「皇軍に感謝を捧ぐる歌」の歌詞とは次のようなものである。

皇軍に感謝を捧ぐる歌　　朝萱留紅

一
地図をひろげて　立てて見よ
旗を　真赤な　日の丸を
これぞ神速　皇軍の
辛苦のあとだ　血がたぎる

二
昨日は雪の　朔北を
今日は苦熱の　江南を
逆巻く海を　また空を
征く将兵が　眼に浮ぶ

三
感謝す　百万　将兵よ
みんな丈夫で
凱旋の
旗を平和の

朝風に
立てる名誉の
日を待たう

四

南京落つる
その前に
漢口落つる　その前に
死んだ護国の　英霊を
思えば　胸が　一杯だ

五

せめて　白衣《びゃくい》の　勇士等の
故郷の夢を　安らかに
捧げよ　子等の　真心を
与へよ　父母の　導きを

六

今ぞ　東亜の　大陸に
とどろき渡る　声あげて
銃後　我等の　感激を
叫べ　涙に　咽《むせ》ぶまで

歌詞についての解説や批評は必要ないだろう。読んでの通りの詞である。この類の歌がたくさん作られて、歌われたり語られたりした時代。これらの歌詞の響きの中に、この時代の空気が充満している。

そして、この『オール女性』昭和十四年六月号・通巻六十四号が矢橋編集長による最後の号となったのだ。そう、矢橋はこの六十四号を以て編集長を辞任した。前から予定されていたのか、唐突な辞任なのか、クビになったのか、〝もう、やってられねえょ！〟と、投げ出したのか、事情は何も分からない。矢橋自身がこの「辞任」について何か語ったことはない。しかし、とにかく次の号である通巻六十五号から『オール女性』の編集長は竹下源之介という人物に代わった。

普通は、雑誌の編集長が交代する際には、誌面のどこかで読者に向けて説明や挨拶があるものだろうが、この場合は『オール女性』六月号のどこにも、何も書かれてはいない。従って、編集長退任の理由などは分からないし、交代する新しい編集長の紹介などもない。当然ながら、『自伝叙事詩』にも何も書かれてはいない。

にもかかわらず、編集長が交代したと書けるのは何故か。それは次のような『オール女性』終刊の顚末を知り、その経緯と当事者たちの発言を読んだことによる。

『オール女性』は、この時から二年半後の昭和十六年の十月号（通巻九十二号）を以て終刊となったのだが[4]、その終刊号の最後の数頁に常連執筆者たちの短い寄稿集「終刊に寄す」[5]という欄が組まれている。そして、それに続いて、発行者の片柳忠男の「終刊に際して」という挨拶と前編集長の矢橋丈吉、現在の編集長の竹下源之介の挨拶が掲載されている。その、片柳の終刊の挨拶を一部引用する。

……今日のやうな益々深刻な情勢のもとに又物資の問題上からこの雑誌を飽くまでも発行することが、大きな国家目的に副《そ》ふことであろうかを深く考へます時に、この際断然たる決心を以て廃刊を決行することこそ我等が最も国家への奉仕の道であるといふ信念に立ち到つたのであります。（以下略）

続いて現編集長の竹下源之介が廃刊の挨拶の中で、次のように語っている。昭和十四（一九三九）年六月号が、編集長・矢橋丈吉による最終号だったことが、これで分かる。

私は、一昨年五月畏友矢橋兄に迎へられて本誌の編輯に従つた。第六巻の七月号、即ち六十五号以後今日まで凡そ二ケ年半の間に二十八冊の編輯を担当した……。

竹下編集長の文章冒頭にある「一昨年五月……」とは、数えれば昭和十四年五月の事である。七月号の企画や編集の作業は五月半ばには始まっていただろうから、七月号編集の途中から竹下編集長に交代したということだろう。この竹下の挨拶文を読むことで、昭和十四年六月号が矢橋編集長による最終号だという事実がはっきりしたのである。同じ頁で矢橋前編集長もひと言述べているが、〈多年御援助を戴いた各位に茲《ここ》に謹んで謝意を表する次第であります〉という風な型通りの、まぁ、そっけない挨拶であった。

編集長辞任の際の矢橋の心境には興味もあり、竹下編集長に交代した経緯なども知りたいと思って、昭和十四年の手帖日記の頁を探した。ここには何か書いているのではないか。解読困難の部分もある鉛筆走り書きの小さな文字を辿ってみる。

三月末日の記述に〈夜竹下君、望月君とあってのむ〉とあり、ここで初めて、日記に竹下の名前が登場したようである（望月君については不詳）。続いて四月四日には〈竹下君来社〉とある。その後、ひと月ほど経った五月六日には〈竹下君入社の話する〉、五月十八日〈竹下君入社と決定〉とあり、数日後の記述に〈夜竹下君入社祝の御馳走になる〉というのもある。こうしてみると、四月から五月にかけて、ひと月半ほどの間に新編集長の就任がバタバタと決まった感じである。

想像の域を出ないが、この編集長の交代は矢橋自身の希望だったような気がする。先に矢橋が編集長をつとめた最後の号となった六月号（六十四号）の記事内容や編集後記を部分的に紹介したが、この時代の雑誌の記事はどれも似たようなものだったのだろう。軍国主義一辺倒で、読者の戦意高揚を煽るような、あるいは極端な愛国心に訴えるような記事やスローガンが誌面全体に溢れている。そういうモノ以外は許されないということか。しかし、そうであったとしても、六十四号の「編輯余語」のごとき、矢橋としては心にもない戦争賛美のことばを連ねることに嫌気が差していたような気配は充分感じられるのだ。

この年の一月初頭からの日記の記述を読むと、編集作業の進捗状況や執筆者との付き合い、さまざまな来客への対応、家庭内の諸々などが記述されているのは、以前の（昭和十年、十一年頃の）日記と変わらないし、仕事は精力的にやっている印象である。しかし、編集作業の合間を縫って、スキーや山歩きに出かける機会が増えたように思われる。これは昭和十年、十一年の日記にはなかったことである。(7)

昭和十四年三月八日の記述に『オール女性』の〈四月号全校了〉とあり、九日には〈四月号稿料精算その他〉、十日〈誰々君（氏名略）らとのみ、荒れる。カバン紛失してクサル〉という記述がある。「荒れる」の一言が意味深長だ。翌日（十一日土曜日）カバンは見つかって一安心したが、驚いたことに〈夜9時45分新潟行きにて斎藤、笹原君と出発。〉とある。翌十二日（日曜日）の記述を追うと、志賀高原へスキーに行ったことが分かる。三日後の十四日朝五時上野着、自宅で仮眠して夕方出社……。かなり無理をして仕事から逃避している感じでもある。

四月八日（土）、この日は七日の五月号校了の翌日だが、〈新宿発夜7時半にて小山内君と出発〉とある。「昆虫放談」の執筆者小山内龍と小田急で大秦野《オオハダノ》へ向かうのだという。〈大秦野着9時、9時半より電池を頼りに札掛《フダカケ》へ向かって歩く。途中より月出る。札掛着前2時30分〉と、記述が続く。小田急線大秦野から歩いて、丹沢山系の低い山々、白山やヤビツ峠が目的地であるらしい。札掛という場所に宿泊できる施設があるのだろう。

このあたりの低い山々は東京近郊では有名なギフチョウの生息地なのだ。ギフチョウは春のほんの短い期間しか姿を見せない美しい蝶で、この時期、蝶愛好家たちは競って観察や採集に向かう。四月初旬のソメイヨシノが満開の頃、羽化したばかりのギフチョウが飛び交うのである。

同行の小山内龍は『オール女性』の人気連載読み物「昆虫放談」の執筆者であるばかりか、若手漫画家にして蝶マニアでもある。昭和五年の「知識階級失業救済土木事業」（前掲第五章）に矢橋、小山内共に参加して下水道を掘った仲間である。

矢橋丈吉が登山、山歩きを好んでいたのは知っていたが、このように雑誌編集の合間を縫って山に行くほどとは思わなかった。まして小山内龍のギフチョウ採集に同行するなどとは想像できなかった。早春のギフチョウ採集は多くの蝶マニアにとっての恒例の行事というほどのものだが、小山内龍に同行したとはいえ、矢橋もかなりの自然愛好家でもあったようだ。

手帖日記の記述によれば、編集長の業務から解放された後の六月十日、十一日も山に行っている。六月十日（土）の記述に〈午後10時45分発にて蓼科《タテシナ》登山に向かふ。同行鈴木、辻君〉とある。辻まこと達との蓼科山登山だが、同行の鈴木君というのはオリオン社々員の鈴木正三だろうか。雨に降られて、十二日（月）早朝帰京とある。

その、早朝帰京した日の午後には出社して〈「オール」7月号納本出来〉との記述がある。竹下編集長最初の発行となる号が刷り上がってきたわけだが、矢橋が編集業務から完全に離れたのではないことが分かる。しかし、とにかく編集長交代は無事に進んだものと思われる。

この時期の手帖日記を読むと、多忙な業務から解放された感じは明らかで、これは五月末頃の記述だが、〈ヤメ竿買ふ〉〈オリオン社より50円借、カメラ用〉などの記述があり、会社から借金をして新しいカメラを買ったらしい。矢橋の解放感をよく表わしている。

山行きも続く。七月八日（土）には〈午後2時半新宿発にて鈴木と白馬《ハクバ》へ向けて発つ。大町《オオマチ》泊り。〉とある。白馬岳登山後に帰京するが、解放されたのは気持ちだけで、仕事の合間をぬって行く慌ただしい山行きである。山か

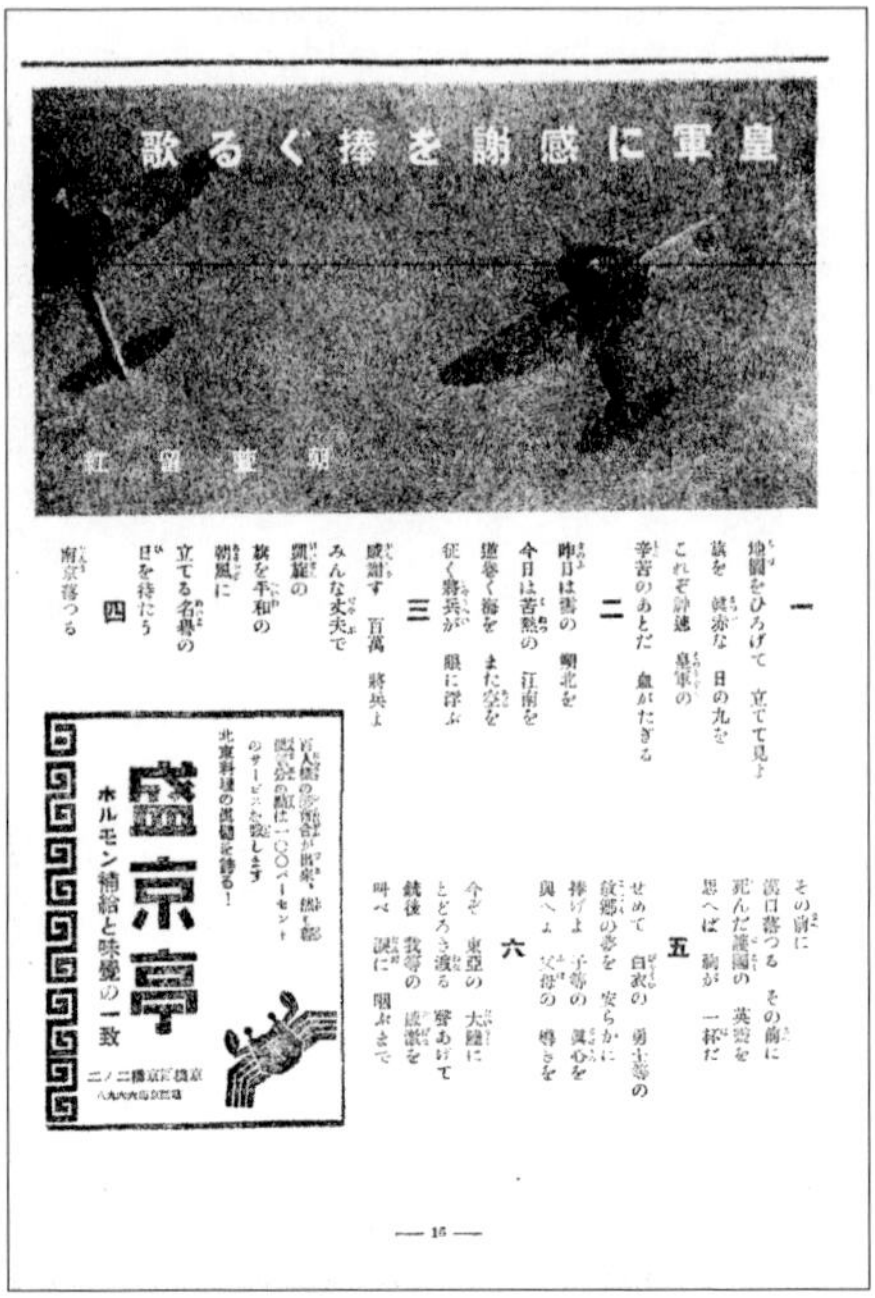

図17『オール女性』昭和14年6月号
「盛京亭」の広告入りの頁

ら夜行で帰京して、家で仮眠をとり、午後出社するというようなことも度々あったようだ。

こうして矢橋は無事（？）『オール女性』編集長職を離れた。最後の号である昭和十四年六月号（通巻六十四号）の編集長としての矢橋の心情や想いについてはすでに述べた。また軍国主義一色に染まりきった世の中で雑誌を出すことの虚しさ、困難さについても想像を巡らせながら触れたつもりである。

しかし、一つだけ書き残していることがある。矢橋編集長が最後に担当した昭和十四年六月号、これまでに何度も取り上げてきた通巻六十四号に掲載された朝萱留紅「皇軍に感謝を捧ぐる歌」の頁のレイアウトについてである。

この歌の歌詞は本章前段ですでに引用・紹介したが、図版で見る通り、頁のほぼ三分の二を占めて、一番から六番までの歌詞が二段に組まれて並んでいる。その頁のノド側に広告がひとつ掲載されている。縦八センチ、横六センチほどの「盛京亭《せいきんてい》」という北京料理店の広告（8）である。

普通、こうした小さな広告は毎号決まった場所に掲載する場合が多いが、記事の字数やレイアウトの都合で、どの頁かの空いたスペースに入れることもある。「盛京亭」の広告がこの頁に掲載されたのも、たまたまこのスペースが空いていたからという理由だったかもしれない。しかし、この場合はそうではないように思える。

この頁に掲載された歌詞は日本の軍隊が中国に展開する戦争のイメージそのものである。〝雪の朔北〟といい、

〝苦熱の江南〟と詠う。〝南京落つる　その前に〟〝漢口落つる　その前に〟と続き、戦死した英霊を賛美しながら、日本軍の中国侵略の道筋に沿ってことばが続いている。そこへ〝北京料理の真髄を誇る！〟とか〝ホルモン補給と味覚の一致〟などというのである。

中華料理店広告のコピーと、彼の地で日中戦争を戦う「皇軍」を称える歌詞とが同じ頁の中に並べられている。その行間が放つ、記事の内容とは相反するような違和感が感じられるのだ。そこに、中国大陸に侵攻する「皇軍へ」の高揚感とは違う別のメッセージを読み取るのは筆者だけだろうか。人びとの味覚に直接訴えかけるような小さな広告の発散するイメージが時代の空気を攪拌《かくはん》し揶揄《やゆ》しているかのように思える。この頁に「盛京亭」の広告を置いた矢橋編集長の意図が感じられる。

編輯余語において矢橋は〈「皇軍に感謝を捧ぐる歌」一篇をここにお贈りし得たことは、蓋《けだ》し余語子一人のみの喜びではありますまい〉などと書いて知らん顔をしているが、この頁に「盛京亭」の広告を載せることで、ペロリと舌を出したのではないか。この号を最後に編集長を降りる矢橋丈吉のサヨナラヒットだったのではないか――これは筆者の感じた印象に過ぎないけれども……。

編集長退任後の、六、七、八月以降の日記は何も書かれていない白紙の頁も多く、毎日一、二行の簡単な記述になっている。家族のことや両親のこと、親戚のことなどの記述も、これまでになく増えた。千葉県八日市場《ヨウカイチバ》にある山室家の墓参りに行き、多古町の夫人の実家に泊ったことなど、どれも編集長時代にはできなかったと思われるプライベートな行動である。

また、この頃の日曜日の欄には〈家にゐる〉と、たったひと言だけが書かれていることが多い。時には、自宅の庭でのことだろう〈雨中ネギ苗うえる〉という日曜日もあって、無聊《ぶりょう》の日々が続いている感じでもある。

それでも、山歩きは続けている様子だ。手帖日記に〈8月31日（木）午后十時四十五分にて燕《ツバクロ》、槍《ヤリ》縦走に出発する〉という記述がある。ほう、北アルプス燕岳、槍ケ岳の縦走とは……。九月四日までの五日間だが、手帖日記には途中の詳しいことは何も書かれていない。わずかに宿泊した山小屋の名前が書いてあるだけである。

実は、通常使っていた手帖日記（文藝春秋社の文藝手帖）とは別に、矢橋は登山や山歩き専用の手帖も愛用していた。日本山岳会発行の「山日記」だ。昭和十三年七月から十四年六月までの暦の付いた「山日記」一冊が残されている[9]。矢橋はこの山日記帖にかなり詳しい行動記録を書き残している。徒歩の所要時間、乗り物の発着や所要時間、途中の休憩や出発の時刻などのほかに、山の雰囲気や天候、コースや時間、食料、掛かった費用など詳しい記録と共に、その時々、矢橋自身の感じた印象や気持ちの動きなども書かれている。山小屋で呑んだお茶の値段十五銭などという記録もある。

その「山日記」のうちから、昭和十四年八月三十一日出発の北アルプス行きの記述を読む。毎日の手帖日記のメモ風の走り書きとは違って、詳細にわたる記述は一日ごとにかなり詳しい。そして、ビックリするようなことも書かれている。

「山日記」14年8月31日（木）～9月4日朝（燕―槍縦走）単行

7月末以来、約1ケ月半、この燕、槍縦走をあこがれしまゝ天候その他に禍されてその機を得ず、やうやく今出発しえたるを独り悦《よろこ》ぶと同時に妻に行先をごまかして来たりしことなどと共に些か不安と興奮を覚ゆ。新宿着10時前。珍しく悠々と座席を得たり（新宿駅にて）。

北アルプス行きの書き出しの部分である。単独の山行きだという。そして〈妻に行先をごまかし……〉というところでビックリさせられる。独りで北アルプス槍ケ岳に行くといえば、反対されて行けなくなることもあり得たのだろうか。その事態を恐れたのか、どこか、もっと簡単な山に行くようなことをいって、ごまかしたのだろうか。

七月以来、こっそり山行きの機会を探っていた様子の、本人の気持ちが素直に現れているともいえる。

九月一日朝、夜行列車が松本に着き、バスで一の瀬というところまで行く。そこから歩き始めるのだが、「山日記」の記述に従って進めたい。燕岳を目指して十三キロあまりだというが、途中の「曲り沢」という地点での昼食休憩以降の記述を引用する。

……清冽なる水と日陰を得て中食《ちゅうじき》、ヤキ肉、バタ、ミルク、キウリ、リンゴ等々にパンを食す。甚だうまし。約1時間の中食時間を過ごして午前11時20分出発。同50分中房温泉合戦橋着。少憩していよいよ樹間ジグザグの急坂にかかる。相当の登りにしてアゴ出す。合戦小屋着午後3時15分、番人居ず、貯えの天水にのどを潤し、ビスケット、リンゴをとり、燕山荘着3・35分、ルックをおいて直ちに頂上へ。……

〈甚だうまし……〉につながる最初の部分、日陰の清冽なる水場での食事の充実感にリアリティがある。食べた品々がどれも旨そうに思われる。まさに〈甚だうまし……〉である。

この日は燕山荘泊り。翌九月二日、早朝から「槍」を目指す。槍ケ岳に対する矢橋のあこがれともいえる想いが記述の随所に滲む。

槍の次第に迫りくるに胸おどらせつつ写真機盛んに働く。

暮れゆく槍の威容に、感嘆これを久しうし。

（この日、殺生小屋泊）

小屋の人らと、かつぎ上げられたる日本酒をのみ、甚だここちよく酔ひて床にはいる。

図18　矢橋丈吉、槍ケ岳山頂にて。遺品のアルバムから。

短い記述ながら、高揚した感情や感動ぶりが素直に現れている。三日も快晴。早朝に殺生小屋を出発する。

……憧れの槍の岩肌の冷たさと豪華さに息を殺して登はん。頂上着5時5分。思はず小祠の前に額づく。ややありて、肩よりの登はん者2名来る。思ひのまま写真とり、この2名下りし後も1人頂上に残って山をむさぼる（写真は三脚を使い、セルフタイマーで撮ったと思われる）

……（殺生小屋に下り、朝食の後、7時55分出発）満ち足りて下山の心は無精《ママ》に軽く、残り雪などむさぼり喰ひ、声一杯に歌など朗し、……時間たっぷりあれば気ままに歩いて、午後2時50分上高地着。五千尺食堂にてカツライス。河原にて日向ぼっこし、4時20分発バスにて松本へ。……総費用21円17銭也。

この燕・槍紀行の記述全体が単独行の登山の緊張感と大きな自然の中に解き放されたような解放感に満ちている。ジグザグの急勾配を息を切らせて登り、槍ケ岳の頂上で一人山をむさぼる、と書いている。〝むさぼる〟に矢橋の高揚した気分が溢れているように思える。それは雑誌編集の日常からも〝欲しがりません勝つまでは〟という風潮の世間からも完全に解放された気分だろう。下山の途中で〈声一杯に歌など朗し〉というのだ、その気分はよく分かる。矢橋にはこのように孤独で、しかも満ち足りた瞬間が必要だったのだろう。

かなり無理をして（妻にも行先をごまかして）五日間の孤独な山歩きに身を任せた。それを実現させたのは編集長退任という状況の変化だけではなく、何かはよく分からないが、自身の内面のどこかに沸き上がった〝区切りのようなもの〟を求める気持ちだったのではないだろうか。その気持ちを自ら確認するための槍ケ岳行きだったとも思われるのである。

昭和十六（一九四一）年、『オール女性』終刊から二か月後の十二月八日朝、日本海軍の艦載爆撃機がハワイ真珠湾に集結していたアメリカの太平洋艦隊に奇襲攻撃をかけ、同時にアジア各地に進軍して、日本はアジア太平洋戦争に突入した。

戦争の進展とともに、オリオン社の仕事は減少していった。あらゆる物資が欠乏した状態で、物の売り買いというものが成立しにくくなる。従って、商売に必須の宣伝や広告をする理由も必要もないのである。そういう世の中になれば、オリオン社が生き延びるのは難しいが、当時すでに何十人もの社員を擁していたと思われる組織で、仕事がない状態を続けるわけにはいかない。給料を支給して社員の生活を保障しなければならないのはどこの会社も同じである。その上、内閣直属の情報局からは同種の企業同士を統合合併させて会社の数を減らす方針が打ち出されてもいた。

このような窮状に際して力を発揮するのがオリオン社々長の片柳忠男という人物である。片柳は独自のアイデアを思い付き、業界や監督官庁と談判を重ねて、ある団体の結成を図ったという。以下に挙げるのが、片柳の自叙伝にある彼自身の記述[10]である。

その頃をふりかえり、私も若かったとしみじみ感じる。若かったればこそできたのである。私は日夜かけまわり、その必要性を説き、その団体の結成を急いだ。それが「大東亜宣伝連盟」として、力強いうぶ声を上げることとなった。

片柳の努力で結成された「大東亜宣伝連盟」。それはどういう団体なのか、何をするのだろうか、次のような説明がある。[11]

戦争中に片柳オリオン社社長は、宣伝関係の人材を糾合して「大東亜宣伝連盟」という団体をつくり、(アルスの)北原社長を理事長に推戴《すいたい》した。民間企業体に残ってはいても使い道のない宣伝広告費を出してもらって国のための宣伝に活用しようという片柳社長一流のアイデアによる事業であった。

「大東亜宣伝連盟」とは、いかにもという名称だが、この国策に協力する形の新事業の発足が個々の商品や行事の広告宣伝ではなく、国策遂行に資する宣伝事業の推進という新たな領域の誕生につながるということなのだろう。同時にそれは広告宣伝会社の社員たちの新たな業務を生み出すことにもなるのだった。

『日本文化団体年鑑　昭和十八年版』(一九七〇年七月大空社より復刻)には「大東亜宣伝連盟」についてのかなり詳しい紹介が掲載されている。それによれば、昭和十五年九月、「新東亜産業美術連盟」として発足、昭和十六年十二月「大東亜宣伝連盟」と改称したという。連盟の理事長に北原鉄雄アルス社長、常務理事に日本宣伝会社社長片柳忠男など、主だった役員が列挙されている。連盟の所在地は東京市京橋区木挽町五ノ一。この住所はオリオン社のある林ビルの場所で、つまり「大東亜宣伝連盟」の事務所はオリオン社内にあったということである。また、片柳の肩書が日本宣伝会社社長となっているが、情報局の指導で実施された企業の合併統合に際して、横文字の社名は認められず、オリオン社は日本宣伝会社と名乗ることになったためだという。

年鑑の記述には「大東亜宣伝連盟」の設立の目的及び事業として、一　日本宣伝道の確立、二　高度国防国家体制下の民間宣伝部門の一元的組織確立、三　国策宣伝の高揚、四　産業宣伝の粛正向上に努め以て大東亜の新秩序建設に翼賛する、など、戦時体制推進のための型通りのスローガンが並んでいる。しかし実際にどんな事業が実施されたのか、これでは全く分からない。別の文献[12]によれば、この連盟の発起人、役員のメンバーには薬品販売の関係者や製薬会社の幹部が名前を連ねているという。当時、医薬品広告が華やかで活発だったためだろうが、オリオン社が発行していた『オール女性』誌に、製薬会社や薬品問屋の広告がたくさん掲載されていたのを見ても、薬品関係企業からの資金がこの事業に投入されたことが想像できる。その意味でもオリオン社（ここでは日本宣伝会社）がこの連盟の中心にあったことが分かる。

この組織がどの程度の仕事をしたのか、具体的に示す資料は見当たらない。わずかに、『戦争と宣伝技術者』（注12参照）には、大蔵省や情報局が進めていた戸外広告への広告税徴収計画に異を唱えて、大蔵省当局と折衝を続けたことが書かれている[13]。

いずれにせよ、これは戦争が激しくなり、経済が停滞する状況での広告宣伝に携わる人びとの業務確保のためともいえる計画であり、それを実現させた片柳忠男という人物の企画力、行動力は並々ならぬものだったというべきだろう[14]。

しかし、「大東亜宣伝連盟」がその事業を長く続けることはなかった。戦局は日を追って厳しいものとなり、国民の生活を圧迫しつつあった。昭和十八年四月には連合艦隊の山本《やまもと》五十六《いそろく》司令長官の搭乗機が南太平洋上で米軍機に攻撃され、山本長官が戦死し、アッツ島の日本軍玉砕の悲報が伝えられて、国民の多くが戦局の絶望的な状況を認めざるを得ない状況となった。多くの男子が徴用されて、どの業界にも人がいなくなって動きようがない。大東亜宣伝連盟どころではなく、どの組織も団体もまともな活動のできる状況ではなくなっていた。

片柳が大東亜宣伝連盟の解散について書いている[15]。

……新聞も一県一紙に統合され、雑誌も統合され、すべてが政府の手によって統合されている時、大東亜宣伝連盟のみが、がんばるわけにもゆかず、（中略）昭和十八年の五月二十六日〝盛京亭〟に於いて、大本営報道部、情報局国民運動課、翼賛会宣伝部、日本宣伝文化協会等から諸氏（出席の諸氏の氏名は省略—引用者注）を迎えて、発展的解消をしたのである。

解散式が開かれたのは「盛京亭」だという。あの盛京亭である。矢橋編集長が担当した最後の号で、「皇軍に捧げる歌」の頁に広告を掲載した京橋の北京料理店「盛京亭」。戦況が逼迫《ひっぱく》した雰囲気の中でも、大本営や情報局、大政翼賛会の代表を招いて、業界団体の解散のための宴会を中華料理店でやるぐらいのことは、まだ可能だったらしい。いずれにしても、業界の状況はかくの如しで、本来の広告や宣伝の仕事もない状態が続いていた。

この時期より少し前の昭和十五年に、オリオン社は「大和書店」という書籍出版社を創業して、出版分門を独立させている。矢橋は『オール女性』編集長退任後、その大和書店の編集担当役員として、書籍出版の仕事に携わることとなった。[16]大和書店発行の書籍の奥付を見ると、大和書店の社屋は木挽町のオリオン社とは別の場所にあった。昭和十六年発行の書籍の奥付では発行所の場所として芝区浜松町の所番地が書かれている。その後、昭和十八年発行の本では奥付の住所が神田区多町《タチョウ》となっている。「オール女性社」がオリオン社内にあったのと比較して、大和書店の規模は大きく、社員の数も多かったのだろう。

しかし、戦局の激化とともに印刷用紙などの供給が途絶えて、どの出版社も同様だが、出版社本来の業務ができなくなり、大和書店は開店休業状態に陥った。それでも、戦時中の数年間に幾つかの書籍が発行されてはいたようだが、それも昭和十八年を過ぎると、ほとんど発行できなくなったようだ。[17]当然ながら、オリオン社の本来の業務、広告宣伝の仕事もなく、徴用を逃れて社に残った者たちは夜ごとの空襲の恐怖におびえながら、無為の時を過ごしていた。そして、昭和二十（一九四五）年五月二十五日、B29爆撃機が銀座一帯を襲い、オリオン社の林ビルは全壊した。

『自伝叙事詩』では、矢橋はオリオン社での自分の仕事や立場について、ほとんど何も書いていないことについてはすでに触れた。自身の手帖日記や周りの人の書いたものによって、彼の日常がかろうじて想像できるという事情も述べてきた。

ただし、『自伝叙事詩』の「彼と家庭」に続く、次の章「戦中戦後」ではオリオン社での立場や境遇、また自らの心境について、ほんの少しだが語っている。

その「戦中戦後」の章は次のように始まっている。

かれ　兵役第二乙種
戦中はただただ黙して語らず
職場オリオン社における編集重要人に仮託し徴用をものがれて敗戦にいたる
怯懦《きょうだ》なりしインテリのひとりとして
忸怩《じくじ》たると同時に無謀なる軍暴政のもと
身辺四辺の悲惨無惨
ただただ滂沱《ぼうだ》と泣いてなすところをしらず
妻子が疎開先　千葉県多古町なる義父が田畑を　ただただウロチョロなす
……

矢橋丈吉の徴兵検査結果の「第二乙種」は「甲種合格」には至らないが、場合によっては徴兵され、兵役につくこともあり得る立場だという。しかし、社会で重要な仕事に就いている人物は徴用の義務を免除されるという決まりもあったらしい。大和書店での編集担当役員という矢橋の立場は、それに当たるものだったのだろう。矢橋は徴用も免除され、仕事もない戦争末期を〈ただただ黙して語らず〉に、なすところなき日々を過ごしていたというのである。

残されている昭和二十年の手帖日記を読むと、何か実質的な仕事をしているようには見えず、手帖の頁には何も書かれていない白紙の日々も多い。時々、知人に会ったり、誰かを訪問したりのメモ書きもあり、〈午後、神田へ行く〉〈夕刻、神田へ〉などの記載も目立つ。この頃には大和書店が神田多町にあったので、頻繁に出てくる「神田」というのは大和書房のことだと思われる。この時代の記述のなかに「巽《たつみ》氏」という名前が時々目につく。この「巽氏」はたぶん、北原白秋門下の歌人で、以前から親交のあった巽聖歌《せいか》のことであろう。戸田達雄の矢橋についての回想に〈……そのころ、巽聖歌氏からその編集、造本技術を見込まれた矢橋君は、大手町にあった中央出版協会が発行する本の編集、造本に協力した一時期もあった〉という記述がある（前掲書『私の過去帖』一四一頁）。たぶん、この関係で巽聖歌と会う機会が多かったのではないか。しかし、手帖日記三月二十一日の欄に「中央 正式辞任」という記載がある。この「中央」は中央出版協会のことだと考えられ、中央出版協会との仕事はこの時期までで終わったのだろう。

昭和二十年の冬から春にかけて、毎晩のように東京への米軍の空襲があった。日記には三月十日未明の東京下町を壊滅させた大空襲（三月九日に記載されているが）のことも、五月二十五日の東銀座の林ビルを全壊させた空襲についても書かれている。矢橋は空襲についてはかなり具体的に書いているように思われる。例えば〈朝七時、果然艦載機の来襲あり、夕四時頃までつづく。夕刻出社して見る〉（二月十六日）とあり、翌日には〈本日も亦朝より小型機来襲、午後一時ごろまでつづく　出社せず〉（二月十七日）、という類の記載がある。こうしたメモが七月、八月まで続いている。

しかし、東京での緊迫した日々を過ごしつつ、日記の頁で目に付くのは、ほとんど毎週のように多古町に行って過ごしていることである。妻と子どもたちが疎開している妻の実家である。東京での仕事もほとんどなく、空襲が続く東京よりも千葉県の農村の方が安全と考えるのは当然だろう。鉄道が順調に走れば、半日で行けるほどの場所でもある（鉄道もバスも順調ではないことがしばしばあったようだが）。

ここで矢橋は〈妻子が疎開先　千葉県多古町なる義父が田畑を　ただただウロチョロなす〉として、〈ただただ滂沱と泣いてなすところをしらず〉と、無為の日々を過ごしたように書いているが、昭和二十年初頭からの手帖日記には次のような記載もある。正月の数日も多古町で過ごしたらしいが、その部分、鉛筆書きの文字がかすれて判読できない。読める部分を抜粋して引用する。

昭和二十（一九四五）年二月の矢橋丈吉手帖日記　抜粋

二月十八日（日）乗車制限中を多古へ向かう。存外楽に通過できて午后四じすぎ多古着。愛助出征を知る（愛助は矢橋の妻はなの弟さんと思われる）。

二月十九日（月）多古、午後Ｂ２９編隊来襲。

（この間、東京へ戻って会社に出たりした。20日、敵、硫黄島上陸開始との記述あり）

二月二四日（土）深川より多古へ。雪にてバス不通。成田、三里塚トラックのち徒歩、８時ごろ着。

二月二五日（日）ひる頃より雪、小型６００、Ｂ２９、１３０余　来襲。雪大いにふる。

三月九日　（金）深川へ寄って多古へ、この夜から翌未明、下町　大空襲あり。

三月十日　（土）多古にて退避壕ほり。

三月十一日（月）壕ほり。

三月十二日（月）（多古から東京の会社へ帰る途中）堀切より歩いて深川を訪ねる、全焼、下町殆《ほとん》ど全滅なり。関喜平君上京。宿直室にて一杯。

二月十九日や二月二十五日の日記を読むと、多古町にも米軍機の編隊が襲来したと想像できる。多古町の位置は東京の街を襲った米軍機の編隊がまっすぐ東に進路をとって銚子から太平洋に抜けてマリアナ諸島へと帰る際のコースの直下である。東京を爆撃した後、B29が多古町上空を飛ぶことは充分考えられるのだ。多古町に空襲があったという記録はないようだから、帰路の米軍機が上空を飛んだだけかもしれない。しかし、米軍機は余った焼夷弾をどこでも構わずに帰りがけに落していくこともあると聞いたこともある。多古町の場合、そういう空襲をも恐れて、退避壕を掘ったりしたのだろうか。

二月二十四日などの記述にある「深川」には多古への行き帰りに度々寄っている。B29による爆撃で、東京下町の一帯が焼野原となった後、三月十二日にも多古からの帰路、矢橋は深川を訪ねている。ひとり焼け野原を歩く矢橋の姿が目に浮かぶようだが、深川には、たぶん山室家の親戚の方が住んでいたのだと思われる。人の名前や場所などで分からないものは多いが、個人的な手帖の記載だから、説明がないのは当然なのだ。

それにしても、かなり頻繁に多古町へも行き、他の場所の知人を訪ねたりしている。空襲の最中のこととしては、かなり行動的だと感じさせる。

戸田達雄の回想(18)によれば〈……戦中、彼は妻子を千葉県の奥さんの実家に疎開させ、そこから運んでくる物資に、私などずいぶん潤してもらった。〉という。多古町の畑で収穫したイモやダイコンだろうか。矢橋が持ち帰り、友人らが分けて貰う機会があったのだろう。昭和二十年の東京では、イモやダイコンは貴重品だったことだろう。

この昭和二十年の手帖日記はこういう調子で八月まで続いているが、どういうわけか八月十日(金)から十六日(木)までの一週間、見ひらき二頁分が欠けている。その部分は切り取られたような感じで無くなっている。切り取られたというより、無理やりちぎって破いたという感じなのだ。後で矢橋本人がやぶり取ったのだろうと想像はできるが、何故そうしたのかは分からない。八月十七日以降には何も書かれていない白紙の頁が続き、日付に関係のない数字や人の名前や住所がランダムに書かれている頁が並んでいる。手帖日記ではなくメモ帖として使われたのだと思われる。

終戦の日前後に、どんなことが書かれていたのか、当然ながら関心があったが、頁がちぎり取られているという事態は予想できず、驚くとともに残念な思いが募った。しかし、何かを書いて、後で本人がそこをちぎり取って捨てたのだとすれば、矢橋丈吉という人物の気持ちの動きとして、それ自体が興味深いことではある。何を書き、そしてどんな気持ちで昭和二十年八月十五日の頁を破いて捨てたのだろうか。

注

注1　矢橋丈吉は昭和八（一九三三）年に山室はなと所帯を持ち、大森区馬込町の貸家に新居を構えて、昭和三十九年に亡くなるまでそこに住んだ。戦後経営した出版社「組合書店」もその場所に構えた。現在は大田区東馬込一の四三だが、昭和八年から昭和二十二年三月に大森区と蒲田区が合併して大田区となるまでは大森区馬込町東四ノ三三二がその住所であった。昭和八年当時の大森区の住宅地図で矢橋家の正確な場所の確認は出来ていないが、昭和十二年版の矢橋自身の手帖に自宅住所として、この所番地が記入されている。

注2　尾崎士郎は昭和八年に「都新聞」で連載を始めた自伝的長編小説『人生劇場』が大ベストセラーとなり、当時の流行作家だったが、この時矢橋編集長の依頼を受けて『オール女性』への連載を承諾した。尾崎士郎作・辻まこと挿絵の連載小説『翡翠の夢』は昭和十年七月号（通巻十九号）から五回に亘って連載された。尾崎士郎はこの連載小説のほかにも、『オール女性』にはエッセイを度々掲載している。

注3　この年の出来事で特筆すべきは『戦ふ兵隊』という映画の誕生であろう。亀井文夫《かめいふみお》監督の『戦ふ兵隊』は昭和十三年の日本軍の漢口（武漢）侵攻に同行して撮影し、翌年完成した記録映画である。国民の戦意高揚を目的とした軍部の意向を受けて制作されたが（東宝文化映画部製作）、完成後の試写では軍部の意に沿わず、上映禁止となった。のちに亀井監督も治安維持法違反で投獄された。

　戦後もプリントの行方が分からず、長く公開されなかったが、今見ると、日本兵の厭戦気分と中国人民の無言、無表情のしたたかさが画面に満ち、人びとの暮らす中国の現実を描こうという姿勢は明らかで、軍部の求めていたような戦意高揚の意図は皆無だと見える。国内の定期刊行物である『オール女性』の印象と比較するつもりはないが、昭和十四年の出来事として、映画『戦ふ兵隊』が制作されたことを記憶しておきたい。

注4　本文にあるように『オール女性』誌は昭和十六年十月号（通巻九十二号）を以て終刊となった。戦時体制の進む中での「雑誌統合」のあおりを受けた結果だが、印刷用紙など、あらゆる物資の欠乏という状況を前に、雑誌の発行継続は得策ではないと判断した発行者・片柳忠男の〝時代の動きを読む勘〟が働いているようにも思われる。大規模な出版統合の動きの中で『オール女性』は実業之日本社から強く乞われて、同社発行の『新女苑』誌に統合された。

注5　『オール女性』最終号（通巻九十二号）の巻末数頁の「終刊に寄す」に、常連執筆者たちが挨拶や感想、お礼や激励の短いことばを寄せている。著名な作家や評論家、画家や詩人や芸能人が寄稿しているが、寄稿者の名前の多様なことも含めて、「終刊に寄す」自体がこの雑誌の特色を出していて興味深い。六頁に及ぶ「終刊に寄す」から、幾つかを紹介する。

「およそ個性を持つたものは存在を許されない世の中になり、あつても無くても人間の生活向上に関係を持たないものだけが存続を許される今日のこと故、オール女性も廃刊するを以て光栄と感ずるべきである」（石川三四郎）、「小山内龍氏の『昆虫放談』等といふ面白い読み物が無くなつたことは非常に残念に思ひます」（小野十三郎）、「女郎花《おみなえし》芒《すすき》と共に刈られけり」（徳川夢声）、「用紙節約から廃刊になるといふことはさけがたいことながらやはりそれぞれにつながる編輯者のこれ迄の御骨折りや読者の好意について感想を新しくいたします」（宮本百合子）、「当代に稀らしい愉しき雑誌でした。この良き記憶の裡《うち》に内的「オール女性」は益々小枝を伸ばし幹を太くするでせう」（稲垣足穂）「大衆に堕せず、芸術至上ともならず、また商品本位ともならずして、常に一脉清新の気を誌上に漂はしたる矢橋君の労を甚だ多とします」（小川未明）等々、ほかに尾崎喜八、村岡花子、水谷八重子、武井武雄、神近市子、清水崑《しみずこん》、新居格、辻まことなど多士済々《たしせいせい》七十二氏がことばを寄せた。

注6　矢橋丈吉という人物、若い頃の作品や振る舞い、容貌なども含めて、およそ家庭的な事々には縁なき存在に見える。ところが、実は家族想いの家庭人の一面を持っている。手帖の日記には生まれたばかりの我が子の発育や健康を案ずる記述が頻繁に出てくる。赤ん坊の発熱や体調の変化にオロオロする様子を自身の日記に度々書いている。乳幼児の健康への親の心配が現在以上に厳しかった時代だともいえるが……。オリオン社の社内誌に載った矢橋のエッセイ「手紙」（二五四頁

参照）を読めば、初めて我が子を持った若い父親の心情丸出しという感じがよく分かって、それなりに興味深い。また、本稿前段で何度か触れたが、この人は親思いの孝行息子でもあった。北海道の開拓農民として苦労を重ねた両親への想いや苦悩に満ちた開拓地での暮らしの記憶が親思いの心情を醸成してきたに違いない。そして、我が子に注ぐ父親らしい態度は両親への敬意とも愛とも見えるふるまいと同根のものであろう。

注7　「手帖日記」の記述を細かく読むと、『オール女性』発行初期の昭和十一年七月に矢橋は一度だけ、編集作業の合間を縫って登山に行っている。七月二十一日、八月号校了の日の夜行で新宿をスタート。翌日朝、小淵沢《コブチサワ》から徒歩、山小屋泊り。翌日正午、霧中の八ケ岳山頂を極め、赤岳鉱泉《アカダケコウセン》泊り。二十四日、激しい雨の中、茅野《チノ》へ降りて帰京したという。八月号の校了後のタイミングとはいえ、かなり無理をした山行きであったと思われる。ここには同行者の名前が書かれていない。単独の八ケ岳登山だったのか。

注8　「盛京亭」は京橋二丁目にあった北京料理店だが、この店の経営者が山内（椎葉《しいば》）富貴子《ふきこ》の父、椎葉紀義であった。前述（六章二二三頁）の通り山内富貴子とは片柳も戸田もエビス倶楽部時代からの親しい友人で、その関係でオリオン社の面々は度々この店で食事や宴会をしていたらしい。『オール女性』には毎号のように「盛京亭」のきまりの広告が載っていた。

注9　一冊だけ残されている「山日記」（昭和十三年七月〜十四年六月）の記述のうち、本文では昭和十四年八月三十一日からの燕岳、槍ケ岳を踏破する北アルプス行きを取り上げたが、昭和十三、十四年は他にも何度か山行きを実行している。本文中には書けなかった山行きの記録のうち、幾つかを書いておく。

〈富士登山〉昭和13年8月12日（金）同行斎藤君。8合目より雨となり眺望きかず。9合目より空気の希薄に依る呼吸困難、初めて経験する。頂上展望きかず、下山して西湖《サイコ》に辻君あり。ツブラ小屋にて泊る。マドモアゼル5名同宿。予定変更して、こーもり穴、青木ケ原……に遊ぶ。

矢橋丈吉の「山日記」の記述によれば、同行の詩友、斎藤峻《たかし》と二人、悪天候の富士山頂からやっとのことで下山して西湖畔へ向かい、辻まこと所有の別荘小屋「ツブラ小屋」に辿りつく。この時、矢橋と斎藤は辻まことが滞在しているのを承知していたものと思われる。

〈マドモアゼル5名同宿〉というのが想定外の特別事態だが、これについては、辻まことの『山からの絵本』（昭和四十一年七月、創文社発行）の「小屋ぐらし　2・メシだぞォー」の項に次のようなクダリがあるので紹介する。

……あらかじめ（食事の）時間をきめても（みんな遊びにいってしまい）、その（時間）とおりにはなかなかアリツケないので、小屋の前に柱を立てて用意ができたら信号旗を掲げることにした。最初のデザインはスプーンとフォー

図19　上：ツブラ小屋外観。下：同宿した「マドモアゼル」５名と共に、写真右側の前列から矢橋、斎藤、辻。矢橋丈吉・遺品のアルバムから。

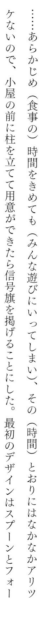

クのクロスした洒落れた《ママ》ものだったが、女性ハイカー五人がこれをみて、なにか食わせる家とまちがえて三十分も苦労して路のない岬を廻ってやってきたので、みんなクサって、丼にゴハンという古風なやつに変えた。この旗は十二《ジュウニ》ケ岳《ガダケ》の頂上からでも八倍の望遠鏡を使えば、よく見えた。

この、女性ハイカー五人が矢橋の山日記にある〈マドモアゼル5名〉であるのは間違いない。たまたま、同じタイミングだったということだろう。矢橋と斎藤は予定を変更して、西湖周辺で一日遊んだ。

矢橋の遺品資料の中のアルバムに、この時のものと思われる写真が残されていた。矢橋のカメラで写したものだろう、五人の若い女性と矢橋丈吉、斎藤峻、辻まことが、ツブラ小屋のウッドデッキに並んで写っている。

〈甲斐駒登山〉昭和13年9月10日（土）〜13日（水）同行鈴木、辻。五頁にわたる長文の登山記録と「甲斐駒費用詳細」あり、それによれば、帰京後新宿での飲み代含めて三十一円八十一銭也と記述がある。一人当たり十円六十銭。

〈新鹿沢スキー行〉昭和14年1月1日夜発。同行鈴木君、スキー場にて辻、相川他数人と一緒になる。上野駅の超混雑にまず度肝を抜かれ、ダイヤ混乱でくたくたになって上田着。新鹿沢《シンカザワ》に向かうバスが鳥居峠にてエンコ。スキーを付けて新鹿沢へ。夜、宿で辻君らと落ち合う……。

昭和十四年三月の志賀高原スキー行き以降は本文（二九二頁）にある。

注10　前掲書　片柳忠男『雨と風と雲と虹』「九一　若さの尊さ」一九六頁。

注11　前掲書　戸田達雄『私の過去帖』「オリオン社時代　北原鉄雄」一七三〜一七四頁。

注12　山名文夫、今泉武治、新井静一郎編『戦争と宣伝技術者――報道技術研究会の記録』一九七八年二月十五日、ダヴィッド社刊、二〇頁。

注13　広告税の扱いについての国の方針は在来の屋外広告について一点ずつシラミつぶしに課税しようというものだったが、宣伝連盟ではその実施は困難、不可能であると具申し、宣伝連盟が自主的に集めて一括税額を納入する案を提言した。厳し

い議論の末、この方式が税務当局の納得を得て実現したという。この一連の経緯は前掲書注11の戸田達雄『私の過去帖』の一七四頁の記述に基づいている。たぶん、この事業の実施によって「大東亜宣伝連盟」独自の業務が発生し、広告主の資金提供も活発になったものと想像できる。

注14　片柳忠男の企画力や行動力をどこからか見ていた者がいたのだろう。どのような経緯なのかは分からないが、大東亜宣伝連盟が解散した後、戦争末期のある日、片柳は海軍省報道部に呼ばれて、ある会議に出席することになった。彼の自伝『雨と風と雲と虹』の、この件についての記述を要約すると（二五七頁〜二六〇頁）その事情が明らかになる。片柳が呼ばれた会議とは次のようなものだった。

　当時、新しく兵役に就くべく召集される民間人のうち主たる人材はすべて陸軍に採用され、海軍に回されてくる召集兵は、その他のお余り的な者だということだった。海軍としても独自に優秀な若人を集めねばならぬ。海軍志願兵制度の確立と強化が必要だ。それには宣伝が欠かせまい。海軍を宣伝するにはどうすべきか、どのように若人に向けてアピールすべきか……片柳は専門家として海軍宣伝のプランを考える役割を果たすべく呼ばれたのだった。片柳は横須賀鎮守府の海軍人事部に所属する嘱託（佐官待遇）として勤務することになったという。その後、片柳の企画した「海軍志願兵募集」の新聞広告が評判となり、志願兵希望者が殺到したという。海軍がどんな機会に片柳の能力に気づいたのかは分からないが、まさに慧眼だったといえる。しかし、戦争末期の海軍で軍属として働いた片柳は戦後進駐軍による「公職追放」の処分を受け、オリオン社の現場に復帰するのが遅れた。

注15　前掲書　片柳忠男『雨と風と雲と虹』「一一五　敗戦への道」二四三頁。

注16　『オール女性』第八巻十号（通巻九十二号）の「終刊に際して」で矢橋は次のように語っている。「尚、私は昨年創業を見ました株式会社大和書店の業務に専心し、時局下出版文化のため渾身《こんしん》の努力をつゞけて居りますから今後共よろしく御支援のほど懇願仕ります」。

注17　大和書店の書籍出版状況について、滝沢恭司「矢橋丈吉年譜考」（第五章注17参照）の昭和十五年（大和書店創業年）の

欄に次のような記述がある。

大和書店発行の本は四十冊程度あり、嘉治隆一著『東邦研究』（一九四〇年十二月）、伊東敬著『現代印度論 英・印・ビルマ関係の再検討』（一九四〇年十二月）が最初で、一九四四年五月発行の與田準一著『海の少年飛行兵』が最後の出版であると思われる。出版物は多くがアジアの資源に関するものや紀行文、南洋進出に絡んだ時局ものだが、中には小山内龍『昆虫放談』のような挿絵入りの童話本も発行されている。出版は一九四二年から四三年に集中している。

矢橋丈吉の遺品資料の中に、出版が集中していたという昭和十七（一九四二）年七月に発行された「大和書店だより（図書目足槐録）」が残されていた。それによれば、滝沢の指摘の通り、アジアへの関心・野心に応えるような書籍が並んでいる。『新亜細亜叢書』全五巻について、大川周明《おおかわしゅうめい》が刊行の辞を述べているのを始め、伊東敬『印度洋問題』、長野朗『支那三十年』、L・フェーヴル『亜細亜大陸横断記』、石井悌『南方昆虫紀行』などなど、この時代、アジアへ向かう国の姿勢が強く反映した内容の本が並んでいる。

だが、このような国策に沿った内容の本ばかりではない。滝沢の挙げている『昆虫放談』を始め、大木惇夫《おおきあつお》詩集『日本の花』（昭和十八年刊、装幀・棟方志功、花絵・戸田達雄）や「絵による自然科学叢書」全十巻も企画され、『鳥と巣』（内田清之助監修・戸田達雄絵）、『淡水魚』（寺尾新《てらおしん》監修・辻まこと絵）なども出版されている。

しかし、戦局の激化に伴って、印刷用紙や諸物資の欠乏が激しくなり、書籍の出版ができない事態に至り、昭和十八年以降は大和書店自体の活動が停止状態に陥ったまま、終戦を迎えたのだった。

注18

『個』（十三号、昭和四十三年九月刊）「矢橋丈吉君のこと」、引用は『私の過去帖』掲載の再録による。

第九章

大田区馬込東四ノ三〇

この章の見出しの場所は第八章の見出しの住所と同じところである。戦後、昭和二十二（一九四七）年三月十五日に東京の区制が変わり、大森区と蒲田区が一つになって大田区となり、大田区馬込町東四ノ三三二が矢橋家の住所となった。矢橋はこの場所で出版社・組合書店を立ち上げて戦後の活動を開始する。昭和二十二年、二十三年に出版された書籍の奥付には発行所の住所として大田区馬込町東四ノ三三二と記入されている。その後、住所表示の変更があったようで、昭和三十九（一九六四）年一月に発行された組合書店最後の出版物である『矢橋丈吉自伝叙事詩　黒旗のもとに』の奥付には版元の住所として、この章の見出しの所番地が書かれている。

戦争が終わった日、矢橋が何を感じて、何を書き残したのか、それがはっきりしない。手帖に何かを書いて、破いて捨てた形跡があるのはすでに述べた。

戦争が終わった時の矢橋の心境のようなものは、強いて言えば『自伝叙事詩』「戦中戦後」の半ばあたり（先に第八章三〇三頁で引用した八行の後に続く五行）に書かれてはいる。しかし、読んだ感じでは、これらのことばは戦争が終わってからしばらく後で書いたもののように思われる。終戦時の解放感はすでに無い。とりわけ、最後の一行には日本に進駐したアメリカ軍への反発の気分やアメリカに影響された文化や経済などの戦後状況にすぐに気付かなかった自らの迂闊《うかつ》さへの忸怩《じくじ》たる思いが語られているように読める。いや、むしろ、そうした忸怩たる思いは戦争が終わると同時に、どっと押し寄せてきたアメリカ的なものに追随して飲み込まれていく日本人の姿に向けられているようにも思える。

而《しか》して思い出ずるかゝの日の放送音に
一掬《きく》の親近感をおぼえ　一抹の哀感のただよえるにこそ
われまた人なりとほほえめけるのみ

而してひたぶるなる解放感に
アメリカ資本　アメリカ軍国主義の侵攻を思いいたらざりし無知不明よ

『自伝叙事詩』では終戦の日に関連した記述はこの五行だけである。〈戦中はただただ黙して語らず〉に息をひそめていた人物が昭和天皇の「終戦の詔書」いわゆる玉音放送に〈「一掬の親近感をおぼえ」「哀感のただよえる」〉と感じたというのだろうか。それは多くの日本国民があのラジオ放送を聞いて懐いた安堵の実感に通じる感情だったのだろうか。しかし、アナキスト矢橋丈吉にして、〈一掬の親近感〉や〈一抹の哀感〉とかいう普遍的な気分を語るのか——という意外な印象も受けるのだ。あるいは、〈ひたぶるなる解放感〉がそう言わせたということなのだろうか。戦争が終わったという解放感は矢橋の内なる思想を超えていたのか、とも思うのである。それだけに、進駐・占領以降の〈アメリカ〉への反発が前面に出ているのだろうか。

『自伝叙事詩』「戦中戦後」では、この終戦の日の感想のあと、一行空けて次のような十三行ほどの記述が続いている。だが、そこに戦争が終わったことへの矢橋自身の希望に満ちたような高揚感が示されているわけではない。情緒的な記述を連ねて自身の内面の葛藤を語るという態度でもない。そうではなく、そこでは戦後をどう生きるかを模索した矢橋自身の姿勢が示され、旧知の先輩である新居格《にいいたる》の薫陶を得た具体的な行動計画というべきものが語られているように思われる。以下、その部分を書き写す。

のちの日　昭和二十一年（一九四六年）
黒旗なびく世界への一つの橋　文教のミゾとしてかれがひさしく念願せししごと　出版
それは先達たり先駆者たりし同志　新居格との熟議のすえのアイデアたり
命名なりしが生活協同組合を中核として

あらゆる中間搾取を排除した新聞　雑誌　図書の出版と配給
その名もクミアイショテン・組合書店！
その世界への橋たるべきをこい願い
その世界へのミゾたるべくこい願いて
戦後のインフレと欠乏に抗して全力をつくし
妻子の犠牲をさえ強いたが
のろわれたる二十世紀の　のろわれたる一億白痴化の資本の波は
橋を　ミゾを　あえなく押しながし　あえなくのみこんだ

この後に組合書店から発行された十八冊の書籍の著者名と書名が列挙されている。[1]

その他農漁山村　文教関係の新聞雑誌等々
それはかれの挙げた敗戦解放へのノロシであったと同時に
かれのあがき抗した戦いのツメあとであった
島田耕三　佐々木孝　堀内勝等々
このかれの「ツメ」にかかるといえど責めることなし

二行目に語るように、書籍出版という仕事について、理想社会に通じる「橋」であり、そこへ向かう水の流れ（ミゾ）のイメージが示され、文化や教育の向上に役立てるべき出版事業の目指す「理想」が提示されている。

久しく念願していた仕事だともいうが、矢橋自身も書いている通り、ここには新居格の生活協同組合思想や啓蒙的な文化思想への急激な傾斜が感じられる。

出版という事業に理想社会へ向かう道筋を見たのは新居格の思想に通じるものだが、そこには矢橋丈吉なりの想いもあったようだ。組合書店の発行した書籍の裏表紙には図20のような特徴のあるロゴマークが入っている。二隻の小舟に人が乗って、同じ方向を向いている。帆掛け舟だろうか、絵の線がどことなくユーモラスで「ＫＵＭＩＡＩ」のロゴも素朴なタッチだ。「理想」に向けて船出をする絵のイメージは矢橋の手書きであろう。

最初に出版された石川三四郎『社会美学としての無政府主義』という思想的な内容の本にもこのマークが描かれ、小川《おがわ》光生《みつお》『猫のひとりごと』や小山内龍『昆虫放談』、古田大次郎遺著『死刑囚の思ひ出』など、初期に出た本には、この小舟のマークが付いている。

しかし、マークが付いていない本もある。一九五〇年代後半以降に出版された本ではこのマークが付いていたり、いなかったりして、その区別はよく分からない。すべての組合書店発行の本を調べたわけではないが（国会図書館のデジタル画面で見ると、カバーの欠けている本も多い）、最後の出版となった二冊の本のうち、斎藤峻詩集『夢に見た明

図20　組合書店のロゴ

日』には付いていない。しかし、矢橋丈吉本人の『自伝叙事詩　黒旗のもとに』には付いている。真っ黒いカバーの裏表紙の隅にかすかに二隻のボートのマークが見える。ただし、なぜか「ＫＵＭＩＡＩ」のロゴではなく、「組合書店・版」という文字が入っている。

出版した書籍名列挙のすぐ前の数行に、自ら立ち上げた出版社の挫折とも停滞ともいうべき状況が語られている。戦後もずっと後になって、最初の脳出血で倒れたのちに書かれたと考えられるこの部分に、矢橋自身が戦後社会に求めていた理想にあっさりと裏切られた苦い想いが滲み出ている。〈あがき抗した戦いのツメあと……〉というあたりには、忸怩たる思いで反芻《はんすう》する素朴な錯覚に陥った心境が顕わになっている。

三人の人物名が並んでいるが、たぶん矢橋の〈あがき抗した戦い〉をまともに引き受けた印刷や製本など、組合書店の日常実務の協力者たちであろう。

戦前、戦中のオリオン社での『オール女性』編集長としての実績、大和書店編集担当役員としての経験等々が矢橋を書籍出版に向かわせたのは間違いないところだが、同時に、戦争が終わって自由に活動できる状況を得て、素早く理想社会実現への道筋を思い描いたのも事実だろう。と同時に、希求すべき理想社会がすぐにも現実のものになるという素朴な錯覚もあったのではないか、とも思うのである。

「組合書店」の立ち上げ自体は素早かった。戦後いち早く、昭和二十一年六月十五日に復活創刊された日本アナキスト連盟機関誌『平民新聞』第一号には、クロポトキンの翻訳書や『フランス大革命史』の書籍名を掲げた他の出版社の広告と並んで、組合書店の広告が掲載されている。石川三四郎の無政府主義についての二冊の著書や新居格『協同組合の理想と実際』(近刊)、小川光生の童話集『猫のひとりごと』(近刊)など出版予定の書名が列記されている。華々しいスタートというべきところだが、このうち、石川三四郎の『社会美学としての無政府主義』は昭和二十一年六月に組合書店の最初の刊行物として出版され、他の石川三四郎の著作と小川光生の『猫のひとりごと』は翌年出版されたが、新居格『協同組合の理想と実際』はその後発行された形跡がない。(2)

終戦直後、戦争中に本や活字に飢えていた人びとが競って書物を買い求めたという。本当のところは分からないが、自由に本が読める時代になったのは間違いない。組合書店が発行する本も〝飛ぶように売れた〟時期があったのかもしれない。しかし、それは短い間のことだったらしい。戸田達雄が組合書店の状況と矢橋の戦後の仕事や立場について次のように書いている。(3)


終戦直後の本が飛ぶように売れた時代はあまり長続きせず、組合書店もだんだん経営が思わしくなくなって行った。

やがてオリオン社が、久保田宣伝研究所発行の「宣伝会議」の発売元になって、矢橋君は呼び戻されてその編輯顧問となり、かなり長い間若い編集部員を指導した。


戦争が終わるや、直ちに組合書店創業の意図と決意を明らかにした矢橋には、理想社会の実現を目指す強い志と同時に、アナキストらしく「自立」した立場を自らに課す姿勢が見て取れた。しかし、そこには厳しい現実も待ち構えていた。戦後、本に飢えていた人びとが競って本を買い漁った期間は短かった。繰り返しになるが、本が爆発的に売れるという時代はすぐに去っていったらしい。世間の雰囲気もどんどん変化していったのだろう。

組合書店の経営が〈妻子の犠牲をさえ強いた〉というような事態に陥れば、理想社会実現どころか、「自立」さえもおぼつかないのは当然だろう。もちろん、行き詰まっている組合書店の窮状を見かねた古い友人たちの配慮もあっただろうが、組合書店を続けながらとはいえ、矢橋は呼び戻されて、またもオリオン社の傘の下で仕事をすることになったのである。

戦後世界への期待と理想社会に向かう強固な意志を秘めて、組合書店の輝かしい出発を語る一方で、希望を打ち砕くような事態にも遭遇する。『自伝叙事詩』第二部後半に至って、矢橋自身の戦後世界に対する忸怩たる思いを吐露した詩篇「戦前戦後」の五十一行が終わると、次の項目からは、これまでの頁とはことばのトーンが急に変わるのである。

これ以降の各項目の見出しは次のようなものだ。項目ごとの行数を書いたが、いずれの一編も長い。五編合わせると三十三頁も費やしている。

・のろわれたる二十世紀　六十七行
・黒旗のもとに　百十三行
・ユートピア未来図　百五行
・その世界への道　九十九行
・シュプレッヒコール　八十五行

そこに書かれていることばの調子はこれまでの頁とは明らかに違っている。どのことばもデモや運動の中で叫ばれるスローガンのような響きがあって、読むことにはなじまない感じである。一斉に叫んでいるような印象さえある。矢橋の内にある戦後の日本社会の現実への憤懣と批判が噴出しているのだが、かなり饒舌で教条的な響きを伴っている。大衆運動にありがちな常套句のようであり、〝進歩的文化人〟の類型化した発言のようでもある。正直な想いだろうし、偽りのないことばだろうが、矢橋の生真面目な一本気のところばかりが目立って、自由な精神の広がりやことばの飛躍が失われている。

かつて、小野十三郎と秋山清が強く感銘を受けたという老アナキスト岩佐作太郎《いわさ　さくたろう》がアナキズムの何たるかを語った――野放図な心情の発露や欲望の拡充（一〇六頁参照）こそアナキズムの本質だという発言を矢橋はどう感じるのだろう。しかし、この部分を書いていた当時、矢橋の心にそんな余裕はなかったのだろうとも思われる。組合書店の経営は先細り、日々の暮らしの中で苦しい想いに駆り立てられていたに違いないのだ。

のろわれたる二十世紀の　のろわれたる一億白痴化の資本の波は
橋を　ミゾを　あえなく押しながし　あえなくのみこんだ

「戦中戦後」の後半の二行を、ここに再度引用したが、この二行のことばに矢橋の苦悩とあきらめの気持ちが語られているのではないか。

昭和二十年代の手帖日記を読むと、終戦直後の組合書店発足早々の頃は、書籍出版に関わる記述が続くが、やがて書籍出版に関するメモが減っていくのが分かる。

かすれた鉛筆書きの小さな文字を追っていくと、昭和二十四（一九四九）年十一月二十四日の欄に〈午後四時頃から辻君と潤さん墓碑式へ〉との記述がある。辻君は辻まこと。この日は昭和十九年に亡くなった辻潤の命日で、東京染井《ソメイ》の西福寺に墓碑が建てられ、多くの作家や詩人、関係者が集って除幕式が行われた。矢橋は辻まことと揃って出席したのだ。(4)

そして、日記の文面はいつの間にか家族や親戚、とりわけ五人の子どもたちや妻はなの日常についての細々とした記述が大半を占めるようになっていく。矢橋が家族のことを気にかけている様子が実によく分かる。もともと、矢橋丈吉という人は外見や態度、酒乱で喧嘩早いといわれる性格から想像するイメージとは違って、家族や家庭を大事に考える人格だった。意外な感じだが、昭和十年にオリオン社の社内報『換気筒』に掲載したエッセイ(第七章二五四頁参照)でも、はじめて子どもを持った父親らしい筆致で喜びと不安を語り、家族思いのマイホームパパぶりがはっきり現れていた。

手帖日記に書かれているのは家庭内の諸々の出来事や子どもたちの日常などのプライベートな事々がほとんどなので、それらについては触れないが、矢橋丈吉像として意外な一面だと、思わず笑ってしまったところを一か所だけ引用したい。それは昭和二十九年一月一日。元旦の日記に次のように書かれている。

一月一日晴　相変わらず自分が起きてゾーニの支度する。松も立てざる新年にして変わった気分感慨もなし…（以下略）。

〈相変わらず〉というのだから、正月の雑煮の支度は矢橋本人が毎年受け持っていたらしい。

この年の四月某日の記述に〈専ら「宣会」に専念〉との短い記述がある。「宣会」とはオリオン社が発行元を引き受け、編集を任されていた『宣伝会議』誌のことである。矢橋は組合書店の運営を続けながら、その仕事が減った分、オリオン社の業務である雑誌『宣伝会議』編集の仕事に指導的な立場で加わっていたのである（注3参照）。

同じ年の九月十六日夜、東中野「モナミ」で「大杉栄の会」が開催された。(5) 矢橋の日記には〈……夕刻から大杉の会へ。川合、辻君と帰る途中、品川で大木さんに会う〉とある。〈大木さん……〉は詩人大木惇夫であろう。

戦後、文筆活動をどの程度続けていたのかは分からないが、日本アナキスト連盟の機関誌『クロハタ』『自由連合』には、時々矢橋の詩が掲載されていた。(6) それらの詩作品は『自伝叙事詩』の「付録（Ⅱ）」に、戦前の作品に続いて掲載されている。

そして昭和三十四（一九五九）年を迎えた。八月十日の日記には松川事件の最高裁判決で原審破棄、仙台高裁への差し戻しが決まると書かれている。テレビニュースで知ったのだろう、〈近来の溜飲さがる〉と追記がある。また、九月十四日、〈ソ連月ロケット成功〉と、これも一行書かれている。

この頃、矢橋の体調に異変があったのだろうか。前の晩の矢橋の様子を伝える片柳のことばがある。それを聴いた戸田が書いている。(7)

ある日片柳社長が私に向かってひそかに、「ゆうべ矢橋と一緒に酒を飲んだが、矢橋はニヤニヤ笑っているだけで、一言も物をいわなかった。どうも少しヘンだよ。脳溢血の前兆のような気がしてならない。若《も》し万一半身不随になるようなことがあっても、一生面倒を見なくちゃなるまいね」といった。私は異存のない旨を答えた。その片柳社長の予測は不幸にも的中した。

九月二十三日（水）の手帖日記の記述に〈夜6時15分右半身しびれくる。流平に付き添ってもらって病院へ、入院させられる〉とある。夕方六時頃家にいたのだから、体調が悪くて休んでいたのだろう。流平は次男、二十歳。最初の脳出血の発作であった。しかし、その後の日記の記述によれば、入院したとはいえ、病状は軽く、妻はな、家族、見舞いの人びととも普通に話をしている様子である。

十月十日午後、妻や家族に迎えられて退院する。十八日間の入院だった。

十月十二日の日記に〈夜、自伝的長詩書きかかる〉とある。脳出血の発作で入院し、危うく命拾いをしたという想いがあったのか、これを機に『自伝叙事詩　黒旗のもとに』の執筆を始めたようである。そして、退院から一週間ほど後、元気になってオリオン社に出社、仕事に戻ったことも書かれている。とはいえ、退院後も病院通いは続く。三日に挙げずという感じで通院して、血圧の数値に一喜一憂する様子が窺える。

手帖から抜粋、引用する。昭和三十五年六月十日、羽田デモ、ハガチー、ヘリコプターで脱出、十五日全学連デモ、女子学生一人死亡との記述がある。六月二十四日血圧二〇二とは、高い。七月十三、十四日軽い脳出血あり、血圧低下する……との記述があり、二度目の発作とも思われ、健康とはいえない状態が続いている。しかし、その後回復したのか、十二月十八日の日記には次のように書かれている。

10時半ごろ出て、妻、耕平と3人でガシンタレ見に行く。耕平にレコード1枚プレゼント。観劇後妻とギンザ歩いて帰る……。

菊田一夫作・演出の『がしんたれ　青春篇』は第十五回芸術祭参加東宝現代劇特別公演として日比谷芸術座で上演されていた。この芝居の内容については第三章と三章の注19で詳しく触れたが、菊田一夫の自伝的戯曲で、若き日の矢橋丈吉が印刷工の先輩としてかなり重要な役どころで登場する。しかも実名で出ているのだ。

手帖日記によれば、少し前に『がしんたれ』はテレビの舞台中継で放送され、矢橋はそれを見て自分が実名で登場しているのを知ったようだ。菊田一夫から観劇用のチケットが送られてきたことも日記に書かれている。

文中、同行した耕平とは矢橋家長男の耕平氏だが、すでに七章の注14で述べたように二〇二二年四月に八十五歳で亡くなられた。若い頃はジャズドラムの演奏家で、ウィリー・沖山のバンドなどのドラマーとして銀座や横浜のジャズ喫茶、クラブなどで活躍していたという。

手帖の日記は昭和三十六年の分までがあり、それ以降の手帖は残されていない。日記を付けるのを止めたのか、後に本人が廃棄したのかは分からない。『自伝叙事詩』の執筆や原稿整理に専念していたとも考えられる。著書末尾のあとがきに〈なお本稿は、昭和三十四年秋に起稿し、三十八年春三月末に脱稿した〉とある。

その年、昭和三十八年七月十五日、矢橋は六十歳還暦を迎え、「還暦自祝」という詩を、松尾邦之助《まつおくにのすけ》が主宰していた個の会の機関誌『個』に発表した。

昭和三十八年七月十五日
ここに還暦
きざむ年輪六十年
ともに食らい
ともに衣をわかち

擁してともに獄屋の夢わかちたる
先覚　同志　知友　身辺の人々よ

という風に始まる五節の詩で、最後の節で、

いま還暦
かくて私は
非文化　非革新のワンマンだ
かくて今私は
残り少なく数すくない
先覚　同志　知友　身辺の人々とともに
私自らに
拍手をおくっている。

（昭和38・6月）

と結んでいる。六十歳、還暦を迎えた喜びの気持ちが満ち満ちている。

そして本書第一章ですでに述べた通り、その年、昭和三十八年の暮れ、出先で三度目の発作に襲われて倒れ、救急病院に搬送された。これまでの二回の発作よりも重篤だったことは間違いない。緊急入院後、罹り付けだった大井町の厚生会本部病院に移って治療を続けていたが、昭和三十九年五月二十八日に亡くなった。

日本アナキスト連盟機関誌『自由連合』第百号（昭和三十九年七月一日発行）には次のような記事が掲載された。

五月二八日午後、矢橋丈吉君が死んだ。六十歳と十カ月。矢橋の活動はことしのはじめに刊行した自伝叙事詩「黒旗のもとに」に自ら詳しくかきとめられているように、文学や美術のひろい面において大正時代の終りから「マボオ」「文芸解放」「単騎」「矛盾」「黒戦」等の同人として活動をつづけまた編集事務などにも骨身をおしまず、晩年は殊に表面に出ず、しかし運動に情熱を欠くことはなかった。ここ数年軽い中風に侵されながら働きつづけ、昨年末から病んで、東京大井町駅近くの厚生会本部病院で療養をつづけていた。
　その死後家族と二、三の友人ら相はかか《ママ》って簡単な通夜の後、翌二九日桐ケ谷火葬場に運んで、骨を自宅に持ちかえった。故人の意を体して葬儀は廃し、近く彼のための集会が行われるはず。遺著として前記の叙事詩一巻があるが、自営の組合書店からは戦後石川三四郎、松尾邦之助、布留川桂《ふるかわけい》、田代儀三郎《たしろぎさぶろう》、古田大次郎、植村諦《うえむらたい》らアナキストの著書の数多くが刊行されたことは、十分記憶される仕事であった。

記事には通夜や火葬の様子が簡単に書かれているが、桐ケ谷斎場の具体的な雰囲気について、矢橋と親しかった戸田達雄が次のように書いている[8]。

> ……火葬場の定まりで死後二十四時間経過してから焼くというので私たちは冷酒を酌みかわしながら待った。私たちとは、矢橋夫人、二人の息子、二組の娘夫婦、矢橋夫人をかあちゃんと呼ぶ初対面の青年、故斎藤峻、故中条登志雄、秋山清君と私との十二人で、おくれて兄の矢橋利一氏夫妻が駆けつけた。胸に「黒旗のもとに」一巻をのせた遺体は火葬にされた。昭和三十九年五月二十九日、享年六十歳十一カ月であった。

戸田は火葬場での最後の別れに集まった人びと全員の名前を書いている。家族以外で立ち会ったのは斎藤、中条、秋山、戸田の四人だけだ。中条は矢橋と親しかったオリオン社の幹部、斎藤と秋山は詩人仲間で、思想的にも矢橋と近い関係だった。矢橋夫人をかあちゃんと呼ぶ初対面の青年というのは誰だろう(9)。

詩人仲間が少ないし、マヴォのメンバーだった人は戸田以外には誰も来ていない。その戸田がわざわざ、火葬場での葬送に立ち会った人びとの名前や人数まで書いているのは、そこに来なかった人びとが沢山いたことを暗に伝えようとする意図があったのではないか、とも思われる。

ただし、七月半ばに銀座の会場で開催された「矢橋丈吉を偲ぶ会」には多くの友人知己が集ったという。偲ぶ会の模様を伝える『自由連合』百一号（昭和三十九年八月一日発行）の記事がある。

> 矢橋丈吉君を偲ぶ会が、戸田達雄、斎藤峻、添田知道、秋山清その他の発起で七月十九日午後三時から東銀座で行われた。参会者八十名、文学者、画家、及び古い同志たちの新旧の顔ぶれを集めてたいへんな盛会であった。同君の生前の交友のひろさ、誠実さを語るものとして参会者一同感ずるところであった。

そして、この会の開催を伝える記事がもうひとつある。

それは昭和三十年代から四十年代に、オリオン社が発行していた『ザ・タイムス』という、冗談のような名前の、文化・芸能・スポーツ記事中心の週刊新聞に載ったコラムである(10)。文末に筆者のイニシアルが（T）とあり、この一文、たぶん戸田達雄の書いたものであろう。

> ある会合――降りみ降らずみ、うっとうしいお天気の七月十九日、銀座二丁目銀座館地階「おしどり」で、風変わりな人びとが七十人ほど集まって、ガヤガヤヒソヒソと、賑やかなような静かなような会をした。
> 　これは先日他界した詩人、矢橋丈吉を偲ぶ会というもので、故人と親しかった面々が会合したのだが顔ぶれを拾ってみると――添田知道、近藤《こんどう》真柄《まがら》（堺利彦《さかいとしひこ》氏令嬢、近藤憲二氏夫人）巽《たつみ》聖歌《せいか》、秋山清、吉川兼光《よしかわかねみつ》、田河水泡《たがわすいほう》、

住谷磐根《すみやいわね》、上田光慶《うえだこうけい》、別府貫一郎《べっぷかんいちろう》、長谷川修二《はせがわしゅうじ》、即ち詩人、画家、国会議員、作家、翻訳家、その他いろいろさまざまだが、いずれも華やかな脚光を浴びて、第一戦に活躍している人びとではない。が、世の中のどこかの一隅で、その人ならではの〝しごと〟を受け持って、いわば〝いぶし銀〟のような底光りを感じさせる人が多かった。この集まりは、詩人で、胸の奥底には〝無政府主義〟の火をくすぶらせていた故人につらなっている——という理由によるものと思われる（T）。

この会に参加した人びとが署名した色紙が残されている。出席者の一人田河水泡による、薄い墨絵の「のらくろ」が色紙の真ん中で笑っている。七十人ほどの出席者の名前全部は読めないが、オリオン社や大和書店関係者はもとより、コラムに名前の出ている人びと以外にも、伊藤信吉《いとうしんきち》、山内我乱洞《やまうちがらんどう》、古河三樹松《ふるかわみきまつ》、飯田豊二、小川光生……と、古いアナキスト詩人を偲ぶ会らしい面々が集まっている。賑やかなような静かなような……とコラム子は述べたが、なるほどこのメンバーの醸し出す雰囲気をよく伝えている。それはまた、矢橋丈吉を偲ぶには相応しい空気でもあった。

——〝矢橋丈吉を探す〟つもりで書いてきたが、矢橋丈吉が見つかったのだろうか。それが分からないのだが、分からないままで終わるのは心残りなので、せめて、彼の詩篇の一編をここに掲げて、偲ぶ会の様子を伝えるコラムのいう〈胸の奥底には〝無政府主義〟の火をくすぶらせていた〉人物の、その胸の奥底の葛藤を追体験しよう。

暗い　寒い夜だ
暗い　寒い夜だ

どんなに眠ろうとしても眠られない夜だ
だのに　あいつらは何をしているのだ
あいつらは眠っているのか
あいつらは寒くないというのか
あいつらは我慢しているというのか
あいつらは何をまっているというのか
あいつらは「時」をまっているというのか
それなら俺たちはあいつらを敵にしろ！
ブタやサーベルや赤い坊主どもといっしょにだ！

おい　兄弟！

暗い　寒い夜だ
どんなに眠ろうとしても眠られない夜だ
こんな夜は――きょうだい！
もっと寄り合え！
抱き合え！
肉と肉とをぴったりつけて一塊りになるんだ
黒い鋼鉄のような力の塊に！

さあ　火夫よ火を付けろ！
油に　ガスに！
あいつとあいつとあいつらに！

これは昭和三年六月、矢橋自ら主宰した同人誌『單騎』創刊号の巻頭に掲載された無題の詩である。翌昭和四年五月に鈴木《すずき》柳介《りゅうすけ》の手で編集・出版されたアンソロジー『アナキスト詩集』に転載された際に「火夫」の題名が付けられ、矢橋自身が『自伝叙事詩　黒旗のもとに』に再録した時、「暗い　寒い夜だ」と改題した。

注

注1　ここに列挙されている書籍名は以下の通りだが、注2で述べるように、組合書店発行の書籍数は全部で二十八冊だと思われる。しかし、ここに並べられているのは全部で十八冊の書名であり、発行年の順番もまちまちである。これらの書籍をここに並べた理由も順番の意味も分からないが、何か特別な理由があるとも思えない。そのままの順番で書き写す。

石川三四郎『社会美学としての無政府主義』（一九四六年八月刊）、『無政府主義研究』（一九四七年六月刊）、『進化論研究』（一九四七年十二月刊）、古田大次郎『死刑囚の思ひ出』（一九四八年十月刊）、植村諦『愛と憎しみの中で』（一九四七年十一月刊）、小川三男『猫のひとりごと』（一九四七年八月刊）、松尾邦之助『ユネスコの理想と実践』（一九四八年十二月刊）、山本勝之助《やまもとかつのすけ》『日共批判の基礎知識』（一九五〇年刊）、坂田俊夫『ＭＲＡの挑戦』（一九五〇年十一月刊）、鈴木幸輔『谿《たに》』（一九四八年九月刊）、布留川桂『自主的労働組合の話』（一九四八年四月刊）、田代儀三郎『崩壊』（発行年不詳）、小山内龍『昆虫放談』（一九四八年十月刊）、霜田静志《しもだせいし》『相談に現れた子供問題』（一九四八年三月刊）、田口《たぐち》泖三郎《りゅうざぶろう》『音と生活』（一九四八年三月刊）、勝谷稔《かつたにみのる》『気象と防災』（一九四八年三月刊）、遠藤正雄《えんどうまさお》『施肥の合理化』（一九五一年三月刊）、竹久夢二『見せられない日記』（複製限定版・一九五七年八月刊）。

並べて眺めると、学問的なもの、社会運動論、政治的なもの、生活や科学、詩集、童話、エッセイなど、発行された書籍の分野はさまざまだ。手あたり次第、何でもアリという感じでもある。石川三四郎のアナキズムについての本があるかと思えば、ＭＲＡ運動についての本もある。ＭＲＡが何なのかよく知らないままにいうのだが、道徳再武装とかユートピア願望とか、保守的な運動のような印象である。

注2　滝沢恭司「矢橋丈吉年譜考」（前出5章注17参照）には昭和二十一（一九四六）年以降、組合書店から出版された書籍

名が掲載されているが、ほぼ網羅されていると思われるそのリストにも新居格『協同組合の理想と実際』はない。
「矢橋丈吉年譜考」の記載によれば、組合書店発行の出版物は全部で二十八種を数えるが、再版、重版した本も多いだろう。ここには注1で列挙されている以外の本の書名を挙げておく。
新美南吉《にいみなんきち》著・巽聖歌編『新美南吉童話選集　久助君の話』（一九四六年六月刊）、小山内龍『昆虫たちの国』（一九四八年刊）、新美南吉創作集『花を埋める』（一九四八年刊）、新美南吉著・大沢昌助《おおさわしょうすけ》絵『新美南吉童話選集　和太郎さんと牛』（一九四八年刊）、伊藤佐《いとうたすく》『土地改良と農民』（一九四九年十月刊）、岩村通世《いわむらみちよ》『俳句の基礎知識』（一九五〇年刊）、高橋《たかはし》昭治《しょうじ》・高橋雄次《ゆうじ》『東京―パリ　バイク無銭旅行』（一九五七年十一月刊）、小川光生詩集『宇宙の孤児』（一九六三年七月刊）、斎藤峻詩集『夢にみた明日』（一九六三年十二月刊）、矢橋丈吉『自伝叙事詩　黒旗のもとに』（一九六四年一月刊）。

注3　前掲書、戸田達雄『私の過去帖』「矢橋丈吉」の項、一四一頁。

注4　辻潤著作集　別巻『年譜』（昭和四十五年十二月十五日、オリオン出版社刊、高木護、菅野青顔編）の昭和二十四（一九四九）年の欄にこの除幕式に参列した人びとの名前が列記されている。墓碑をかこんだ辻潤ゆかりの人びと三十二名ほどの中には高村光太郎、大宅壮一《おおやそういち》、永井荷風《ながいかふう》、尾崎士郎、松尾邦之助、西山勇太郎《にしやまゆうたろう》、村山知義、石川三四郎、小牧《こまき》近江《おうみ》、添田知道ら著名な文化人の名前が並んでいる。

注5　矢橋丈吉の遺品資料の中に「大杉栄の会出席申込者（敬称略）九月十五日現在」という謄写版刷のプリント一枚があり、そこには百名ほどの人が名前を連ねている。氏名は省略するが、アナキズムに関わりのあるほとんどの人が勢ぞろいした感があり、作家や思想家など著名人もたくさん出席している。

注6　○『クロハタ』十六号（昭和三十一（一九五六）年）掲載の詩「砂川にいかる」、
○『クロハタ』五十四号（昭和三十五（一九六〇）年）掲載の詩「警官諸君」、
○『自由連合』七十九号（昭和三十七（一九六二）年）掲載の詩「大会に寄す」、

注7　〇『自由連合』八十六号（昭和三十八（一九六三）年）掲載の詩「沈思黙考」……掲載紙はいずれも「日本アナキスト連盟」機関誌。

注8　前掲書、戸田達雄『私の過去帖』「矢橋丈吉」の項、一四一頁。

注9　同書、一四三頁。

注を付けてみたが、この人物（矢橋夫人をかあちゃんと呼ぶ初対面の青年）が誰だか、結局よく分からなかった。矢橋夫人の関係の人だろうとは思うのだが、肝心の矢橋夫人が結婚前に、どこでどんな暮らし方をしていたのか、それがはっきりしない。親戚の方々やゆかりの人もすでに亡く、調べようもないのだ。『自伝叙事詩』の「かれと家庭」の章に、婚約した矢橋丈吉を関東玄洋社の頭山満に〈会見せしめ〉という記述があり、その前の行には権藤成卿の流れをくむユートピア裁縫塾の塾長に代わる仕事をしていたという説明もある。右翼関係の大物の名前が次々に登場するのも謎である。

調べようのない謎と諦めていたが、二〇二一年秋、矢橋丈吉のご長男の矢橋耕平氏にお会いした折に、戸田達雄『私の過去帖』の桐ケ谷斎場のこの記述をお見せして、この（矢橋夫人をかあちゃんと呼ぶ初対面の）人物が誰だか、お尋ねしたところ、はっきりした記憶ではないといいながら、少し考えてから、「子どもの頃、馬込の家に時々やって来る、自分たちが〈イズミあんちゃん〉と呼んでいた、何歳か年上の人がいて、そのイズミあんちゃんが桐ケ谷の火葬場に来ていたような気がする」というのであった。しかし、耕平氏も〈イズミあんちゃん〉についてそれ以上のことは語らず、確かなことは分からないままに終った。『自伝叙事詩』の「かれと家庭」八一頁、矢橋家を訪れる人びとを列挙した部分に〈同学園園主　永藤種作よ　その子和泉よ〉の一行があり、この和泉が〈イズミあんちゃん〉だろうかと想像するばかりである。

結局、矢橋夫人、旧姓山室はなが矢橋と結婚する前にどんな仕事をしていたのか、権藤成卿とか頭山満などの名前が出てくるところを見るとタダモノではない……と想像することはできるが、矢橋が『自伝叙事詩』に書いた以上のことは分からず、今のところ、それらを調べる手がかりもない。

注10　このコラムは『ザ・タイムス』昭和三十九（一九六四）年七月三十一日号に掲載された。

矢橋丈吉を探して　補遺

矢橋丈吉の唯一の著書である『自伝叙事詩　黒旗のもとに』という一冊の本から著者矢橋の正体に迫ろうと考えたのだが、第一章の始めの方で書いた通り、この本はとても一筋縄ではいかない「曲者」だった。〈どう考えても辻褄の合わない事態〉や〈疑問と思われる個所〉はたくさんあり、全部書き終えたつもりの現在も、その疑問の数々は解消しない。矢橋の側に、書けない事情や明らかにできない事実が隠されているのではと、疑心暗鬼になる。寺島珠雄が〈消息不明〉と断じた昭和六年、七年の空白の日々もその一つだが、何も分からずにそのまま残った。何故この二年間についての記述がないのだろう。この二年間、矢橋は何をしていたのだろう。

仙台への「孤独なる流浪」が、さまざまな「動かぬ証拠」から昭和八年六月の行動だったにもかかわらず、昭和六年のこととして記述されたままなのは何故か。これも昭和六年七年の空白の日々と絡めて考えると、何か秘密めいた事情があるようにも思えるが、結局、何も分からず、病後の昭和三十四（一九五九）年秋からの自著執筆の際、徒歩旅行中のメモを原稿に転記する際のウッカリミスだろうと結論付ける以外になかった。〈病床でまとめたので〉という納得しやすい事情もある。

しかし、疑問は他に幾つもある。まず、表紙のデザインについてである。

真っ黒な表紙カバーの全面に銀色の文字の新聞紙面が大きく斜めにレイアウトされて裏表紙のカバーに続いている。これが太平洋戦争終結の詔書が掲載された昭和二十年八月十五日の朝日新聞の紙面だということはすぐに分かる。黒地に銀文字の新聞紙面が際立っていて〈戦争終結の大詔渙発《かんぱつ》さる〉の大見出しが眼に飛び込んで来る。

しかし、この本の本文の記述には戦争終結の日のことがそれ程大きく扱われているわけではない。わずかに戦争中から敗戦までの日々を十数行で語った「戦中戦後」という一節の最後のところに次の数行が記述されているばかりだ。ここに、もう一度引用するが、太平洋戦争終戦の日に関する矢橋の記述はこの五行だけである。

而して思い出ずるかの日の放送音に
一掬の親近感をおぼえ　一抹の哀感のただよえるにこそ
われまた人なりとほほえめけるのみ
而してひたぶるなる解放感に
アメリカ資本　アメリカ軍国主義の侵攻を思いいたらざりし無知不明よ

もちろん、戦争が終わった感慨と戦後への期待の思いが矢橋の内面に渦巻いていたのは間違いない。戦後直ちに「組合書店」を立ち上げた素早さにも、それは現れている。

だが、そのことと天皇の終戦の詔書とが、どう結びつくのだろう。その日の新聞紙面の詔書のことばを大きなレイアウトで掲げて、まるで著書全体を象徴するかのような表紙のデザインをどう考えればいいのだろう。

昭和二十年八月十五日という特別な日のことを考えると、本書三〇六頁に書いた通り、この日をはさんだ一週間の手帖日記の頁が破り捨てられていたことに思い至る。何故だか分からないことは次々に増幅してくるのだ。

表紙カバーに関連していえば、見返しのデザインにはさらに意外な感じがある。表の見返しには、昭和十一年の二・二六事件の際の戒厳司令官香椎《かしい》中将の戒告、有名な「兵に告ぐ」の全文が左右両面の見返しを使って、ビラのような体裁で斜めにレイアウトされて貼り付けられている。裏表紙の見返しには「懇々たる説得に改心　下士官兵殆ど帰順す」という大見出しの、戒厳令鎮圧直前の三月一日付の『朝日新聞』の紙面が使われている。

表裏の見返しを使って二・二六事件の経緯がクローズアップされているのだが、『自伝叙事詩』本文には二・

二六事件については一行も書かれてはいない。すると、この見返しのデザインは何を意図したものなのか、著者は何も語っていない。

ただし、矢橋が二・二六事件に強い関心を持っていたことは確かだ。昭和十一年の手帖日記の二月、三月の頃の記述では、事件の経緯に注視して、連日、反乱軍の動向や事件の経緯を書き留めている（本文第七章注21）。だが、繰り返すが『自伝叙事詩』本編では二・二六事件についての記述は全くないのである。本文で何も触れていないにもかかわらず、何故見返しのデザインに……という、ごく普通の疑問が生じる。

表紙カバーや見返しのデザインに込められた矢橋の意図は何だろう。このふたつの、文字通り昭和史の大事件を並べて考えると、否応なく、ある良く知られた発言に思い至るのだ。

それは昭和天皇の次のことばである。

「自分は立憲君主たることを念願してきたが、二回だけ非常に切迫した緊急事情のため直接行動をとった。その一つが二・二六事件であり、もう一つが終戦の時である」

昭和四十六年秋、訪欧を前に外国人記者団に対して、昭和天皇はこのように語った（岸田秀夫『侍従長の昭和史』一九八二年、朝日新聞社）。昭和天皇は立憲君主たるを願い、事を為すには輔弼《ほひつ》（天皇の政治を補佐する役）の意見に従ったという。しかし、二・二六事件と太平洋戦争の終戦という二つの事態の際は、自ら決断したと語ったのだ。昭和天皇発言録などで明らかにされている昭和史に関する天皇自身の発言である。

矢橋丈吉の著書のカバーデザインの選択と昭和天皇の発言。この二つの「出来事」について、何か共通する歴史認識などがあるのだろうか。奇妙とも思える一致をどう考えれば良いのか、不思議な想いが残るのである。

遺品資料の原稿、メモなどのなかに「責了」と朱筆されている分厚いゲラの束があった。一番上のトビラ頁に『矢橋丈吉自伝叙事詩　黒旗のもとに』のメインタイトルが読める。その横にサブタイトルのような体裁で、

「＝虚偽・汚辱・権力に抗して＝」

という一行が入っている。そして、その一行には赤線が引かれていて、トルと赤字が入っているのだった。責了と書かれたゲラだから、最後の最後でこのサブタイトルを外すことにしたのだろう。「＝虚偽・汚辱・権力に抗して＝」とは言わずもがなの語句で、赤字「トル」は適切な判断だろう。

もうひとつ、これはゲラになる前に不使用と決めたと思われる文章がある。あとがきのような「断章」で、二百字詰原稿用紙三枚ほどの、次のような文章である。

本書刊行についてのおぼえ断章

・当時にして言えば、よくこれらの暴作（？）を書き、よくぞ活字にもしたことと思うが、一方、その発表雑誌のほとんどは即時発売禁止であり、それを覚悟の上で書いたことも事実であった。そして「当時」はこのゆえにニラまれもし、「実力行使」のゆえにブチコマレもしたのであった。いま、これらの今世代への「遺産」が、それぞれの年代者にどう批判され、どう理解されるであろうかを、わたしは疑うものである。が、デモクラチックを云為《うんい》される敗戦後のきょうも、車の両輪としての資本の虚偽と国家権力が残存し握手しているかぎり、わたしたちはやはり一歩もそのクビキから解かれたものでないことを、忘れたくない。

・この小著刊行の意図するところは、ただただわたくしという一個人の存在を、五人の子らを主とした「世の中に」説明しておきたいためにほかならない。

・パンのための仕事であった広告宣伝という仕事にさえ、こんにちの資本主義国家機構下でのそれには、ついに妥協できなかったわたしは、やはり天性的に不幸であり、半面またわたしのヒロイックな誇りでもあった。しかもミゾを掘る（宣伝・啓発）ということは、いかなる理想、いかなる予定を実現するためにも、突変説でも信じないかぎり、絶対に欠くことのできない最重要事であることを、十二分に知り、かつ信じているのであったのに——。

この文章は原稿が残っていただけで『自伝叙事詩』本編には掲載されなかった。読めば、矢橋自身の正直な想いが込められた文章である。自らの不運と内なる誇りを共に心の隅に秘めた生き方を語っている。五人の子らに伝えておきたいというのも本心から出たことばだろう。ここに矢橋丈吉の真実があるともいえるし、これを自著に掲載しなかったのも、その真実の故だったかもしれない、とも思う。

矢橋丈吉のペンネームについても書いておきたい。

矢橋は大正期のマヴォの時代は矢橋公麿の名前で作品を発表していた。「公麿」の由来ははっきりしている（本書四六頁参照）。昭和に入ってから、『文藝解放』のメンバーとなる際に矢橋丈吉の本名で活動を始めた。その間、昭和二年に『若草』という雑誌に発表した掌編「濤に語る」では「公馬」なるペンネームを使っている（本書一六六頁参照）。矢橋公馬という名前で発表したものは他に『太平洋詩人』大正十五年十二月号の「雑感一束」というエッセイなどがある。大正末から昭和二年頃までは矢橋公麿、矢橋公馬、矢橋丈吉が混在していることになる。

ところが、遺品資料の中に「橋槐太《はしかいた》」なる筆名で発表した詩の掲載誌面（その頁だけ切り取ったもの）が何種類も見つかった。いずれも昭和九年から十二年頃に雑誌に掲載された詩で、何年何月と鉛筆書きのメモがあったが、掲載誌の記載はなかった。『自伝叙事詩』に再掲するための原稿に使ったものと思われる。実際、それらの詩は『自伝叙事詩』の一四七頁から一五三頁に掲載されている詩であり、順に「はがき」「手紙Ⅰ」「手紙Ⅱ」「空気」「新よ」の五篇だった。それらはどれも作者名が初出では「橋槐太」だった。再掲された『自伝叙事詩』では橋槐太の著名は入っていないが。

これをどう考えればいいのか、まさか矢橋丈吉に未知のペンネームがあるとは思いもしなかったのだ。

ところが、遺品を調べていると、かなり痛んだ状態の薄い絵本が一冊見つかった。そして、その表紙になんと「橋 槐太／清水崑」と著者名・画家名が入っていたのである。それは橋槐太の詩と漫画家の清水崑描く絵による少国民絵詩集『ゐなかの音　ゐなかの色』というものだった。それは季節の移ろいの中で営まれる農村の暮らしと労働を描いた絵本で、秋の稲刈りの農作業を手伝って働く子どもたちは、絵本の中で耕平くん、法子さん、流平くんと呼ばれている。三人とも矢橋家の子どもたちの名前なのである。ここにも、矢橋丈吉の子煩悩ぶりが垣間見える。奥付を見ると「昭和二十一年十月三十日発行、発行所株式会社日本教文社」となっている。この絵本は日本教文社から出版されたのだ。

組合書店は昭和二十一年六月十五日発行の『平民新聞』戦後第一号に石川三四郎『社会美学としての無政府主義』発売中という広告を掲載している（第九章三二九頁）から、この時はすでに組合書店がスタートしていたことが分かる。どのような経緯でこの絵本が日本教文社から出版されたのだろう。

橋槐太について、またこの絵本について何か分かれば……と考えて、現在の日本教文社に問い合わせた。しかし、終戦直後の混乱期のことでもあり、当時の事情が分かる資料などは残っていないという。この絵本自体も保存されていなかったそうで、古書店から取り寄せて確認して下さったという。しかし、いろいろ調べて頂いたが、矢橋丈吉と日本教文社との関係を示す資料は無かった。

さらに、『オール女性』通巻十九号（昭和十年七月号）に掲載された特輯写真グラフ「盛り場カメラ訪問・銀座の二十四時間」というタイトルの見開き二頁の写真特集記事があることが分かった。

「橋槐太編輯オリオン社写真部撮影」である。次頁にその一部を紹介するが、スナップ写真と解説による特集頁——写真撮影も解説も矢橋自身の手になるものだと思われる。編集長の名前ではなく、橋槐太名を使って銀座の街を写真を撮って歩いている。岡田龍夫が『みずゑ』昭和十二年十二月号「マヴオの想ひ出」で、オリオン社での

盛り場 カメラ探訪 銀座の二十四時間

橋槐太 編輯 オリオン社寫眞部撮影

岡田龍夫にからかわれたり、オリオン社の片柳社長の「趣味は写真でバカに下手なり」とけなされたり（第七章256頁）したにもかかわらず、見開き２頁に並んだ銀座の時々刻々を記録したスナップ写真を見ると、橋槐多こと矢橋丈吉の腕前はなかなかのものだと思う。

写真好きだったらしく、昭和12年の手帖日記に、愛用のカメラやレンズ、シャッターなどの品名や製品番号などが控えてあった。それによれば、矢橋愛用のカメラはバルダックスというドイツ製のカメラで、蛇腹スプリング式のブローニーサイズだという。昭和10年7月号のこのグラビアも、たぶんそのカメラで撮影したものだと思われる。

矢橋の変容ぶりをからかって語ったことばが思い出される（第七章二五五頁参照）。「青い背広にライカなぞ携へて銀座辺りを颯爽と闊歩してゐる。世の中は確かに変りました。」これはまさに「銀座の二十四時間」の橋槐太である。

矢橋丈吉は銀座が好きだった。オリオン社が銀座にあったので、なじみやすかったのか、銀座への愛着は強かった。何かにつけて、「銀座」が出てくるのだ。手帖日記の記述にも、〈銀座に出る〉、〈銀座を歩く〉〈そのあと銀座へ〉などなど、「銀座」が度々登場する。『オール女性』の記事にも、銀座をテーマにした企画が幾つもある。矢橋編集長時代だけを見ても、「名士に残る銀座の記憶（諸家回答）」という読み物や「銀座花形女給座談会」などというのもある。橋槐太名で掲載された「盛り場カメラ訪問 銀座の二十四時間」では自ら銀座を歩いて写真も撮った。

その矢橋に「銀座に思う」という詩がある。末尾に（昭38・7月）とあり、『自伝叙事詩』の付録Ⅱ（自作の詩の掲載欄）のいちばん最後に載っている。この詩は添田知道が主宰していた雑誌『素面』の昭和三十八年十二月号に掲載された。

その年の暦を辿れば、『自伝叙事詩』の校了が十二月四日（あとがきにそう書いてある）であり、矢橋はその十日後の十二月十四日、自著の校了を待っていたかのように、三度目の脳出血の発作で倒れて入院したまま、翌年の五月二十八日に亡くなったのである。

「銀座に思う」を書いた七月から十二月の校了までの期間は自著の編集に集中して、他の詩を書くゆとりはなかっただろうから、この詩が矢橋丈吉の最後の作品だと思われる。

しかし、「銀座に思う」は、銀座への長年の親近感やあこがれのような親密な想いを謳った詩ではない。銀座を舞台にしてはいるが、還暦を過ぎた矢橋が声高に伝えようとしているのは戦後二十年近くを経た日本という国の姿や人びとの現実の姿への批判であり、矢橋の内なる憤怒の感情である。そう、世の中全体が気に入らないのだ。老境にある詩人の世間に対する気分は分からないではない。途中の一節を書き写す。

いま私の前　私のうしろに蹣跚《まんさん》する無数の人間男女よ
それは何だ　何なのだろう
櫛けずるポマード一つにホワイトカラーのこびを売り
ブラウスのひだの一つに性術のウインクをおくり
ゴルフと車に功成るをほこりて広告することのみを心得た
利己保身に長けたプチブルのむれむれ
精神《こころ》に鍵した　利己の　エゴのマッス
奴隷　奴隷　二十世紀のドレイのむれむれよ

直情的なことばが連続している。詩的なニュアンスではなく、読む者の心に響くような表現でもないが、ストレートなことばの連なりを通じて、〝世の中の今〟に向けての矢橋の批判と絶望の気分が伝わってくる。〈私はいま／九十ホンの深海の底の一個の貝となって／ただただ　沈思し　黙考しているばかりである――。〉という矢橋の心情も語られている。

すでに銀座への親密な抒情は失われているようにも思える。

この詩「銀座に思う」が『自伝叙事詩』掲載の最後の一編である。次の頁に「補遺」として、短い記述が続いている。その全文を引用する。

小学校も満足に出られなかった私も、「考える」ことのよろこびは自由で、二十、三十と生きてゆくうちには、時に厭世的にも、虚無的にも傾かれたが、四十、五十と生きるにおよんで、人間は――生物は、お互い助けあい譲りあって生きることのほうが良いことを知った。そして私の知りえた相互扶助と自由連合の理念は、虚無や厭世等々と全く次元を異にした。次元以前のものであることも知った。

狡知、詐術、物質万能――これが私の教えられた、処世の術のすべてであったが、これらのどの一つをも私は実行できなかった。

性善を信じえたことは、私のよろこびであったと同時に、悲劇でもあった。が、貧乏や裏切や恋を失うことよりも、貧乏をなくし、裏切者を教育し、性善を信じることのほうが、より建設的、より前進的であることには、間違いなかった。

ひとり山へ行き、ひとり酒をのむことをこのんだ私、友と家庭は、さぞや私をもてあぐんだであろうと、いまも私はひとりさむしむ。

「本書刊行についてのおぼえ断章」にくらべて、矢橋本人の心の内の深いところから発せられたことばのように思われる。どのことばも日常的な響きを持っているが、よく読むと、簡単には理解しにくい内容だと気が付く。そういう難解なところがある。アナキズムという語を使わずにアナキズムの本来を語りたかったのだろうか。

「アナキズムは、社会の改造や国家権力との妥協ではない。いっさいの支配・強権を拒否し、私有制・賃金制・国境等々を否定して、自主自治・連帯・相互扶助・公正・自由を主張し理想とするもの」。著書のあとがきで、矢橋はそう語る。そこには人間の〈性善を信ずる〉という前提が求められ、その点こそ矢橋が生涯に亘って苦悩したところだったと思われる。はたして矢橋は人の性善を信ずる点において、アナキズムに希望を抱き続けたのだろうか。

北辺の開拓地から、数日をかけた長い汽車の旅を経て、矢橋丈吉が大都会東京の地に立ったのは大正九（一九二〇）年十二月のことだった。矢橋自身は意識していなかっただろうが、それはまさに「一九二〇年代」の最初の年だった。

一九二〇年代、ヨーロッパやロシアで多くの芸術分野の新しい表現が模索され、それが素早く日本にも伝播した時代である。そして、大正十二年九月一日の「関東大震災」襲来の直前に起こった芸術運動「マヴォ」の胎動が、日本における一九二〇年代芸術を顕在化する出来事だった。

ヨーロッパの最新の表現思想を引っさげてドイツから帰国した村山知義をはじめ、その村山作品を一目見て瞠目した若い芸術青年たちの鋭敏な感覚も特筆すべきだろう。表現刷新の世界的な広がりの中で、日本においても機は熟していたのだと思われる。

公麿と名乗っていた矢橋も一九二〇年世代として、当然のように「マヴォ」の運動の中で自らの表現を出発させた。それはジャンル横断的な多様性を特徴としていた。

絵画も文芸も、版画や写真やオブジェも、演劇や舞踊も、すべてがジャンルの境界のない多様性のもとに出現した。建築や商店の看板にさえも「マヴォ」の表現思想が顕著に表れていたし、あらゆるものが「マヴォの表現」に変容していった。

矢橋公麿もまたジャンルを超えた表現思想に身を委ねて、さまざまな分野を易々と越境していく身軽さを身につけていた。これ即ち芸術表現におけるアナキズムというべきだろうが、同時に印刷工場で働き、印刷労働者たちとの日常的な関りを通じて政治思想としてのアナキズムに触れた。

それは矢橋の後半生の、雑誌編集や書籍出版という分野の仕事につながっている。その仕事はアナキズムがもともとその奥底に秘めている精神の身軽さや自由な気分を持続することで成り立っている世界である。

その上で、矢橋の内には北海道の開拓地での暮らしを通じて身につけた相互扶助の精神が潜んでいる。開拓農民の労働の実際を通じて、日常的な感覚としてのアナキズムの原初の形に触れたのだ。それは誰もが平等に役割を担い、難事に当たってはお互いに助け合うという協同の精神でもある。後にアナキズムの文献を読んだとしても、開拓地で身についたものは文献の知識を凌駕する強靭さと柔軟性を備え、〈人の性善を信ずる〉という規範に通じるものだったといえるだろう。

しかし、矢橋丈吉という人物、自らの内に秘めたプリミティヴなアナキズムの感覚を、運動であれ表現活動であれ、現実世界で発揮させる器用さには欠けるところがあった。

アナキズムのオリジナルともいうべきものを心の内に秘めながら、昭和の数十年間、戦中・戦後を不器用に生きたというのが、このアナキスト芸術家の生涯であった。

そして、その〝オリジナル〟は矢橋自身の内に蟠《わだかま》り、同時にアナキズムという無限の思想空間を漂い続けているように思われるのである。

あとがき

その唯一の著書『自伝叙事詩　黒旗のもとに』を読んだのはずいぶん前のことになるが、矢橋丈吉という人物について、何か書けるかなと思い始めたのは二〇一九年の二月頃のことだったと思う。その年の秋、人に誘われて築地本願寺の講堂で開かれた詩人秋山清を偲ぶ会「コスモス忌」に初めて参加した。黒川創氏の講演のあとの懇親会の立ち話で、矢橋丈吉のことを調べているとか書いているとかいうことを、どなたかに話した記憶がある。

その数か月後に、世の中全体がコロナ禍に見舞われ、諸々の事情が一変した。さまざまな仕事や行動に支障が生じて、社会活動全体が滞った。「コスモス忌」も多分この四年間は開催出来なかったのではないか。

しかし、私自身に関していえば、社会活動も喫緊の用事も特になく、普段通りの日々が続いていたに過ぎない。それで、部屋に籠って机に向かっていたということになるのだが、この四年間、矢橋丈吉について考えたり書いたりすることが私なりのコロナ禍をやり過ごす方策だったようだ。

しかし、矢橋丈吉の実像はなかなか見えてこなかった。矢橋丈吉を「探す」目的で書き始めた訳だから、それで困りはしないのだが、「分からないこと」が次々に現れる事態は、あまり経験したことがない。

それでも、今年の四月末ごろだったか、書き終わるメドが立ったような気がして、文生書院の目時美穂さんに連絡をした。目時さんは二〇一六年に、『東京モノクローム』を出版した時にお世話になった編集者で、コロナ禍の始まる少し前だったか、矢橋丈吉の評伝のようなものを書いていると話したら、ほぼ四年間、書き終わるのを待っていてくれたのだった。

そして、この本も文生書院から出版して頂けることになり、再び、目時さんのお世話になることになったのだが、〝書き終わるメドが立った〟というのは、執筆者にありがちな自己満足の思い込みだったことが、たちまち明らかになり、目時さんのご苦労を増やす結果になった。改めて、お詫びとともに深く感謝をする次第です。

執筆に際して、たくさんの方々にお力添えとご協力を頂いた。

札幌市の北海道史研究者・橋本とおる氏には多くのご教示を頂き、矢橋丈吉が暮らした大正期の雨竜郡雨竜村の歴史や蜂須賀農場に関する貴重な知見を提供して頂いた。

町田市立国際版画美術館学芸員・滝沢恭司氏には「矢橋丈吉年譜考」を始め、複数の論文を通じて多くのご教示を頂いたばかりか、私どもが丈吉のご長男の矢橋耕平氏にお会いする際にも尽力を頂いた。

その矢橋耕平氏は二〇二二年四月、八十五歳で亡くなられた。耕平氏にお会いした折、戦中、戦後の矢橋家の雰囲気や暮らしぶりなど、貴重なお話を伺えたことを記しておきたい。ご冥福をお祈りします。

矢橋耕平氏の娘さんの関口里美さんにも大変お世話になった。丈吉の残した原稿や写真、手紙やスケッチなど、貴重な資料をご提示いただいた。また、つい最近になって、里美さんのご紹介で、矢橋丈吉のお子さんで唯一ご健在である伊藤るり子さん（昭和十八年生まれ）にお会いする機会を得、戦後の矢橋家の暮らしぶりなど、貴重なお話を伺うことができた。

また、『日本アナキスト運動人名事典』の記述に関して、ご教示を頂いた冨板敦氏にも大変お世話になった。資料の発掘や評価では、友人の三木博氏、高橋徹氏のご協力にも大いに助けられた。

執筆のための取材や資料探しには、いつも佐藤洋氏が同行してくれた。共立女子大学で教鞭をとる映画研究の専門家だが、大正・昭和の社会史に造詣が深く、文献探しや資料の発掘の際に力を貸して頂いた。

執筆にあたっては先人の著作や論文・評論を参考にし、引用もさせて頂いた。この場を借りて、ご報告とお礼を申し上げる次第です。皆さま、どうもありがとうございました。

二〇二三年十月二十三日

戸田桂太

矢橋丈吉略年譜・執筆録（一九〇三〜一九六四）

明治三十六（一九〇三）年
矢橋丈吉、父鉄次郎、母とふの次男として岐阜県に生まれる（七・十五）。

明治三十九（一九〇六）年
三月、矢橋家一家六人、北海道雨竜郡雨竜村字渭ノ津の開拓地に移住、蜂須賀農場の小作人となり、大豆、小豆などの豆類、菜種、燕麦、大麦を栽培する。

大正五（一九〇八）年
苛酷な開拓地暮らし。日々の食糧にも事欠く厳しい日々が続く。一方で、新天地を求めて開拓に入った人びとが集い、差別のない平等の関係の中で成長する。
三月、雨竜村立雨竜尋常高等小学校渭ノ津教育所卒業。入学以来六年間首席だったが、両親の反対で高等小学校には進学できず、卒業後は馬の世話をし、開墾と農作業の日々を過ごす。この間、新潮社発行の『文章倶楽部』を愛読、投稿を通じて作家小川未明に激励を受ける。

大正九（一九二〇）年
十二月九日、十七歳の丈吉は五歳上の兄利三郎と二人、家族を残して東京へ出奔する。函館本線妹背牛駅から夜行列車を乗り継いで十二月十一日朝上野着。牛込区改代町に兄と共に三畳一間を借り、東京暮らしを始める。

大正十（一九二一）年〜

印刷工場などで働き、多くの友人を得て文学や思想の影響を受ける。某日、アナキストらが近衛文麿邸で近衛面会強要事件を起こし、矢橋もこれに参加。この機会に「公麿」と名乗り、昭和初期まで「矢橋公麿」をペンネームとする。


大正十二（一九二三）年　二十歳。

五月、ドイツ帰りの村山知義の「意識的構成主義的小品展」を見て、仰天する。後に「マヴォ」で矢橋の仲間となる多くの芸術青年がこの展覧会を見た。

六月、（五月に解散した）「未来派美術協会」の村山知義、柳瀬正夢、尾形亀之助、大浦周造、門脇普郎の五名により「マヴォ」が結成される。

七月、「マヴォ第一回展」浅草伝法院で開催。

八月、矢橋二十歳。この頃「マヴォ」に加盟したか。

友人のイワノフ・スミヤビッチこと住谷磐根の二科展

入選作品をめぐって、矢橋は村山知義と共に「二科入選作撤回運動」を主導し、二科会批判を強める。この一連の騒動を新聞も大きく取り上げて話題沸騰する。

九月一日「関東大震災」が首都東京一円を襲う。矢橋は神田三崎町の印刷工場で地震に遭遇。線路伝いに東中野へ歩き、豊多摩郡落合村の家族の元に帰る。すでに、震災より前に家族全員が東京に出て来ていたものと思われる。

三日、戒厳令のもと、小滝橋付近で、「不逞鮮人・社会主義者狩り」の軍隊に身分を疑われて銃殺の危機を体験する。偶然にも村山知義家に近く、村山家にて身分を保証され、辛くも放免されたが、国家権力による「暴力」を実感する。

大正十三（一九二四）年

六月、「意識的構成主義的連続展・矢橋公麿展」開催。

七月、『マヴォ』創刊号刊。エッセイ「狂愚の愛――不具者の言葉」掲載。

八月、『マヴォ』第二号刊。リノカット版画「自画像」掲載。

九月、『マヴォ』第三号刊、写真作品「死の舞踏」に他のメンバーと共に参加。

十月、「マヴォ」第四号刊、リノカット版画「貴族の像」、オブジェ「私のオナニ」、詩三編を掲載。『マヴォ』は四号で休刊となる。

十二月、詩人仲間の飯田徳太郎の提案で、壷井繁治、岡田龍夫、平林たい子等と矢橋も銚子海岸の貸別荘合宿に参加する。しかし、合宿の計画は破綻し、成果なく帰京する。

年末の十日間、画廊九段にて『マヴォ展』開催。「憂鬱なる夢」と題したオブジェを出品し、『建築新潮』二月号の展覧会評で高い評価を受ける。

大正十四（一九二五）年

四月、矢橋、他のマヴォメンバーと共に画廊九段での第二回無選首都展に出品。

六月、『マヴォ』第五号刊（後期マヴォ）。執筆メンバーが変わり、小説家や文芸評論家らの寄稿が増えた。発行所も「長隆舎書店」になり、編集・発行人は村山、岡田、萩原の三名となった。矢橋はリノカット版画（無題）を掲載。

七月、二十二歳。『マヴォ』第六号刊。「詩とエッセイによる作品・石」とダイアローグ劇脚本「病」を発表。

八月、『マヴォ』第七号刊。舞台劇「残虐者の建築」のための舞台イメージ二作品（リノカット版画作品）を掲載。『世界詩人』創刊号に、詩「十万マイル」「豚と混血児に与ふる」の二作を発表する。『マヴォ』誌は七号で廃刊となる。

十月、萩原恭次郎詩集『死刑宣告』が長隆舎書店から刊行される。岡田龍夫の造本が話題となる。矢橋公麿のリノカット版画も二点掲載される。

大正十五・昭和元（一九二六）年

四月、『文芸市場』（梅原北明編輯）に戯曲「硫酸と毒蜘蛛」を掲載。

五月、画家横井弘三が企画・開催したアンデパンダン展「理想大展覧会」に「マヴォ」のメンバーたちと共に矢橋も「作品」を出品する。

文芸誌、詩誌、美術誌などの各雑誌五月号に「文責岡田、矢橋」の連名で「マヴォ大聯盟再建に就いて」や「マヴォ大聯盟建設趣意書」のアピールを掲載する。

太平洋詩人協会から『太平洋詩人』創刊〈編輯・渡辺渡〉。矢橋公麿はエッセイ「断片」を掲載。太平洋詩人協会印刷部が作られ、矢橋公麿、菊田一夫、渡邊渡らも書籍や雑誌の印刷業務を担当した。

また、矢橋公麿中心の『低氣壓』という雑誌が一号だけ発行された模様だが未確認。

十一月、太平洋詩人と女性詩人主催の「詩・舞踊・演劇の夕」が讀賣会館で開催され、矢橋公麿作の舞台劇「二人の廃疾者」が上演される。菊田一夫、渡邊渡らが出演。矢橋はこの催しのポスターも制作する（リノカット二色刷り）。

小野十三郎の第一詩集『半分開いた窓』の表紙の装幀を担当、尾形亀之助に褒められる。リノカットの挿絵も岡田龍夫と共に担当。

十二月、『太平洋詩人』四号に「矢橋公馬」の名前でエッセイ「雑感一束」を掲載。

『太平洋詩人』での矢橋は詩の掲載は少なく、評論やエッセイなどの散文が多い。

昭和二（一九二七）年

一月、『文藝解放』が創刊される（印刷発行人壷井繁治）同人はアナキズム系の作家、詩人、思想家ら二十数名、マヴォのメンバーだった萩原恭次郎、岡田龍夫らと共に、矢橋丈吉も参加。この時本名の「矢橋丈吉」を名乗る。

二月、友人の紹介で、出版社春陽堂が刊行する円本

『明治大正文学全集』の校閲担当準社員に採用される。月給四十五円。

二月、『太平洋詩人』二巻二号に「散文・断想」を掲載、筆名矢橋丈吉。

三月、雑誌『若草』三号に、矢橋公馬の筆名で掌編創作「濤に語る」を掲載。この時期、公馬名の文章は他にもあり、公麿、公馬、丈吉が混在している。

四月、『文藝解放』四号に丈吉名で「無産派作品短評」、五月、第五号に公麿名で「菓子を盗んだ子供」を掲載（いずれも、小田切進編『現代日本文芸総覧』による）。執筆は少ないが、他に文芸講演会や地方講演旅行に参加している。

九月、全無産階級文芸雑誌『バリケード』創刊。表紙デザインを担当する。

翌年創刊された『黒色文藝』誌の表紙もデザインし、アナキズム文芸界で好評を博す。

この頃『黒色文藝』の編集者星野準二と矢橋はアナ・ボル対立の乱闘で中野署に逮捕され、星野、矢橋ともに拘留二十九日間、市ヶ谷刑務所雑居房に入る。

昭和三（一九二八）年　二十五歳。

一月、岡本潤詩集『夜から朝へ』刊行、装幀と挿絵（リノカット）を担当する。挿絵は岡田龍夫作もあり。

六月、アナキズム文芸誌『單騎』を飯田徳太郎らと創刊。巻頭詩と「二十一の春」（エッセイ）、「二畳の住人より」（創刊の言葉）を掲載。表紙・扉頁のデザインも担当した。発行所：東京市牛込区西五軒町三六、宮本方は矢橋の下宿先の住所と思われる。

七月、雑誌『悪い仲間』二巻七号に短編創作「四月二十九日の六蔵」を掲載。筆名は矢橋丈吉。本人の日常の様子が描かれている。

八月、『單騎』二号発行。エッセイ「痴情点描録」、「編輯雑記」を執筆。

九月、全国労働組合自由聯合会機関誌『自由聯合新聞』に短編「円に龍の字」を掲載。筆名矢橋丈吉。以後、例外はあるが筆名は「矢橋丈吉」で統一された。

十月、『單騎』三号発行。一九二六年十月に死刑に処された中浜哲追悼の短編「死んだNの価値」を掲載。編集後記で「矛盾・單騎の合併」を伝える。盟友だった飯田徳太郎とは恋愛関係のもつれで絶交となる。引っ越した模様で、新発行所は東京市小石川区西江戸川町十三、高橋方。『單騎』は以後、『矛盾』と合併。

十一月、『悪い仲間』改題『文藝ビルデング』に自伝的創作「恵岱別川」を掲載。

昭和四（一九二九）年
三月、『文藝ビルデング』に創作「『お前さんと私』の夢」掲載。

四月、『矛盾』にエッセイ「舌足らずの弁――生活その日その日」掲載。

五月、『文藝ビルデング』に創作「きれぎれな物語（ロマンス）」掲載。アンソロジー『アナキスト詩集』に『單騎』創刊号の巻頭詩が掲載される。題名「火夫」。

六月八日、有楽町「モンパリ」にて尾形亀之助『雨になる朝』出版記念会に出席。

七月、『文藝ビルデング』六月号の小説月評担当。

八月、勤務する春陽堂の経営者と対立して組合闘争を起こす。数か月、会社側と対立して、一時金や手当を勝ち取ったが、矢橋は馘首される。

十月、『矛盾』六号にエッセイ風のレポート「移住民部落の生活」掲載。

十一月、『自由聯合新聞』に短編「源親父の話」掲載。

昭和五（一九三〇）年　二十七歳。

二月～六月、東京市が実施した「失業救済土木工事」に参加し、赤坂山王下～新町の下水菅敷設工事に従事する。矢橋、岡本潤、菊岡久利、小山内龍、東井信福らアナキストが多く参加し、自ら「知識階級失業救済土木工事」と称した。矢橋は給料の一部で、オノトの高級万年筆を買う。

八月、尾形亀之助が家財道具一切を売り払って芳本優を連れて信州諏訪の布半旅館に滞在する。友人小森盛が同行。矢橋は亀之助を案じて、諏訪湖訪問。草野心平も訪れた。

十月、『自由聯合新聞』に短編「体で生きる男達」掲載。

昭和六（一九三一）年
四月、『近代思潮』創刊号に短編小説「泡盛バー物語」を掲載という（未確認）。それ以外には、昭和六年、七年は執筆、行動ともに不明。

昭和八（一九三三）年　三十歳。

六月九日、千住新橋を出発して、徒歩で仙台に向かう徒歩旅行を実行。「孤独なる流浪」と称す。仙台に蟄居している尾形亀之助を訪ねる旅である。我孫子の町はずれで野営、以降、土浦、堅倉村、助川と野営を続け、平まで歩いて、体調不良となり、鉄道で仙台に辿りつく。

尾形亀之助夫妻の歓待を得て仙台に滞在約半月、裏磐梯経由猪苗代湖から列車で七月十五日に帰京。裏磐梯を歩く途中、連日、山々の自然を詠んだ俳句作り。『自伝叙事詩』ではこの徒歩旅行を昭和六年のこととしているが、複数の確実な根拠から、これは昭和八年のことである。

帰京後、千葉県多古町出身の山室はな（明治四十年四月十四日生まれ）と所帯を持つ。

結婚に至る詳しい経緯は不詳（『自伝叙事詩』の記述では、正確なことが分からない）だが、大森区馬込の借家に新居を持つ。

矢橋はマヴォ以来の友人戸田達雄や片柳忠男の経営するオリオン社に勤めて、近く創刊予定の『オール女性』誌の編集長として、仕事を始める。

昭和九（一九三四）年

一月『オール女性』創刊号発行。この当時のオリオン社には竹久不二彦（竹久夢二次男）、辻まこと（辻潤長男）、島崎蓊助（島崎藤村三男）らが働いていた。

『オール女性』は文芸、美術分野での矢橋編集長の豊かな人脈もあり、女性誌として順調に発展していった。島崎、竹久、辻の諸氏は表紙絵や挿絵で活躍する。

昭和十（一九三五）年　三十二歳。

二月五日、山室はなと正式に結婚（婚姻届提出）した。

三月一日、長女法子誕生。

八月、オリオン社の社内誌『換気塔』に長女誕生のことなどを書いた「手紙」というエッセイを掲載。

九月二十一日、辻潤『痴人の独語』の出版記念会（浅草三州屋）に出席する。

昭和十一（一九三六）年

三月～四月、オリオン社に来訪する辻潤と頻繁に会う。『オール女性』六、七月号に掲載の水島流吉（辻潤のペンネーム）による仙台徒歩旅行記執筆のためと思われる。その内容は矢橋の「孤独なる流浪」とそっくり同じもので、辻潤なりの言葉遣いになっている。矢橋編集長の辻潤への金銭的配慮があったものと想像される。

昭和十二（一九三七）年

十一月六日、長男耕平誕生。

十二月『みづゑ』十二月号に岡田龍夫が「マヴオの想ひ出」を執筆し、〃マヴォイストたちの現在〃をレポートした。

この頃から、矢橋は「橋槐太」なるペンネームを使うことがあった。『オール女性』の記事や一部の詩にも橋槐太名がある。戦争末期まで、たまに使っていたと思われる。

昭和十三（一九三八）年　三十五歳。

八月、富士登山。同行者斎藤君（詩友の斎藤峻と思われる）。天候悪く頂上は雲の中。

下山して西湖の辻まこと所有のツブラ小屋を訪ねる。

九月、甲斐駒ケ岳へ。同行者は辻、鈴木とメモあり。

帰京後、新宿で呑む。それも含めて経費三人で三十一円八十一銭とある。

昭和十四（一九三九）年
五月十六日、次男流平誕生。

六月、『オール女性』の編輯長を降りる。四月初めから編集長交代の動きがあり、六月号を以て、竹下源之助編集長となる。交代の理由は不明。編集長を降りると、すぐに、ヤマメ釣り用の竿などを購入し、会社から五十円借金して、新しいカメラを買った模様。この後山行きも頻繁になる。

六月十日、蓼科山登山、同行辻、鈴木。雨にたたられる。七月八日、白馬岳へ。八月三十一日から五日間の予定で北アルプス燕岳、槍ケ岳へ。単独行、〈妻には行先をごまかして……〉との記述あり。

この年、雪の季節には新鹿沢、志賀高原へスキーツアー。四月には小山内龍と丹沢札掛にギフチョウ採集にも行く。

昭和十五（一九四〇）年　三十七歳。

三月、父鉄次郎死去、享年六十九（明治四年生まれ）。

オリオン社が出版部門を独立させて、「大和書店」を設立し、編集担当役員として矢橋が加わる。

昭和十六（一九四一）年
四月八日、次女百合子誕生。七月、母とふ死去（享年不詳）。

十二月八日アジア太平洋戦争開戦。

昭和十八（一九四三）年　四十歳。

一月八日、三女るり子誕生。

～昭和二十（一九四五）年
「大和書店」は創業以来、四十冊ほどの書籍を出版したが、日を追うごとに戦局は激化し、用紙の欠乏などで出版事業は停滞した。この間、矢橋は歌人の巽聖歌に見込まれて、中央出版協会の仕事を手伝う一方、妻子の疎開先の千葉県多古町の妻の実家を度々訪れる。
八月十五日敗戦。矢橋丈吉四十二歳。

昭和二十一（一九四六）年

五月十二日、「日本アナキスト連盟結成大会」（於・東京芝公園、日本赤十字社講堂）に参加する。

六月、「組合書店」を創業する。書籍出版は戦後の矢橋の仕事の核であり〈先達たり先駆者たりし同志新居格との熟議のすえ〉矢橋が独自に始めた出版社である。

石川三四郎『社会美学としての無政府主義』を皮切りに、社会科学系の書籍、新美南吉作品の数々、童話や子ども向けの絵本などバラエティ豊かな出版を続けた。大和書店時代に出版されて人気だった小山内龍『昆虫放談』や矢橋の畏友田戸正春が戦前出版して、即発禁となった古田大次郎遺著『死刑囚の思ひ出』なども再版した。

昭和二十四（一九四九）年　四十六歳。

十一月二十四日、この日は昭和十九年に六十一歳で亡くなった辻潤の命日。東京染井の西福寺境内に墓碑ができ、多くの関係者、作家、文化人が集って集会を開いた。矢橋も辻まことともに参加。

昭和二十九（一九五四）年

久保田宣伝研究所発行の雑誌『宣伝会議』の編集発行をオリオン社が引き受けることになり、再度矢橋が編集顧問として、オリオン社に招かれた。

九月十六日、「大杉栄の会」に出席（東中野モナミ）。

昭和三十一（一九五六）年　五十三歳。

日本アナキスト連盟機関誌『クロハタ』十六号（昭和三十一年十月）に詩「砂川にいかる」を掲載する。

昭和三十四（一九五九）年

八月十日、松川事件裁判、最高裁での仙台高裁への差し戻し決定のニュースを知り、矢橋の日記に「近来の溜飲さがる！」の一言あり。

九月二十三日夕方、自宅にて右半身のシビレを感じる。次男流平に付き添われて新橋本部病院へ、そのまま入院する。最初の脳出血の発作である。

十月十日には退院、十八日間の入院だった。

十月十二日の日記に「自伝的長詩書きかかる」とある。元気になって、オリオン社にも出社していたが、病院通いは続き、血圧の数字に一喜一憂する。

昭和三十五（一九六〇）年　五十七歳。

六月、日本アナキスト連盟機関誌『クロハタ』五十四号に、詩「警官諸君」を掲載する。六月十五日の日記の記述「全学連国会前デモ、女子学生一人死去」とあり。

この頃、血圧の数値二〇二と高く、七月十三日、血圧低下と書かれている。軽い脳出血があったらしい。二度目の発作だが、大事には至らず。

十二月十八日、芸術座で公演中の芸術祭参加、菊田一夫作・演出。東宝現代劇『がしんたれ』、妻と耕平の三人で見に行く。実名で出演している矢橋丈吉を演じる俳優は児玉利和。観劇後、妻と銀座を歩く。

昭和三十七（一九六二）年

九月『自由連合』（『クロハタ』改題）七十九号に詩「大会に寄す」を掲載する。

昭和三十八（一九六三）年　六十歳。

四月『自由連合』八十六号に詩「沈思黙考」を掲載する。

七月十五日、六十歳還暦を迎える。

八月、松尾邦之助主宰の「個の会」会誌『個』一号に詩「還暦自祝」を掲載。

十二月、添田知道主宰の雑誌『素面』十二月号に、詩「銀座に思う」を掲載。この作が矢橋丈吉最後の詩作品だったのではないか。

『自伝叙事詩』のあとがきによれば、十二月四日が自著の校了の日である。

校了の十日後の十二月十四日、出先で三度目の脳出血の発作に襲われ、救急車で病院に運ばれ、その後転院した大井町駅近くの厚生会病院で療養を続けた。

昭和三十九（一九六四）年

一月二十日、矢橋丈吉唯一の著書である『自伝叙事詩　黒旗のもとに』はこの日発行された。定価六百円。この本は著者入院中に発行されたのである。

三月、『自由連合』九十六号に『自伝叙事詩　黒旗のもとに』についての斎藤峻の書評が掲載された。

五月二十八日午後、矢橋は入院先の病院で死去。六十歳十一か月の生涯だった。

七月一日、『自由連合』百号の矢橋死去を伝える記事には〈……文学や美術の広い面において大正時代の終わりから「マヴォ」「文芸解放」「単騎」「矛盾」「黒戦」等の同人として活動をつづけ、また編集事務などにも骨身をおしまず、晩年は殊に表面に出ず、しかし運動に情熱を欠くことはなかった……〉とある。

七月十九日、東銀座「おしどり」で「矢橋丈吉を偲ぶ会」が開催された。詩人、画家、作家、労働運動家、国会議員など、矢橋ゆかりの様々な人びと七十人ほどが集い、〈胸の奥底には〝無政府主義〟の火をくすぶらせていた〉故人を偲んだ。

戸田桂太（とだ　けいた）

1940年東京に生まれる。

1963年早稲田大学文学部仏文専攻卒業、NHKに入り主としてドキュメンタリー番組の撮影に従事する。16ミリフィルムからハイビジョンまで、テレビの映像制作に従事。

退職後、NHK出版で『放送文化』誌の編集などに携わる。

2002年から、武蔵大学社会学部教授として、映像、メディア、ドキュメンタリー研究などの授業で教鞭をとり、学生の映像制作を指導する。2009年定年退職。

大正、昭和期の思想・文化・芸術に関心があり、独自に学習・研究を続ける。

その間、毎日映画コンクール選考委員、ギャラクシー賞テレビ部門選奨委員、
文化庁芸術祭テレビドキュメンタリー部門審査委員、文化庁映画賞選考委員などを歴任。

武蔵大学名誉教授。日本映画撮影監督協会会員。

矢橋丈吉《やばしじょうきち》を探《さが》して
――『自伝叙事詩　黒旗のもとに』を読む

2023年12月8日　初版発行
定価はカバーに表示してあります。

著　者　　戸田桂太
編集協力　福田光一
発行者　　小沼良成
印刷・発行所　株式会社 文生書院
〒113-0033　東京都文京区本郷6-14-7
Tel 03-3811-1683　Fax 03-3811-0296
e-mail : info@bunsei.co.jp

製本　　株式会社望月製本所

ISBN978-4-89253-655-7